天明狂歌研究

小林ふみ子著

汲古書院

目次

天明狂歌研究

はじめに

本書は、近世中期から後期にかけて、江戸で大流行した狂歌という文芸をめぐる諸事象を明らかにしようとするものである。幕臣歌人内山賀邸の門下の下級武士や町人らが中心となって、十八世紀も後半を迎えた明和（一七六四〜七二）頃から、四方赤良《よものあから》・大根太木《おおねのふとき》・元木網《もとのもくあみ》などといった戯れの名を付けて集って狂歌を詠むようになったことが思わぬ人気を呼び、多数の作者が輩出する。天明（一七八一〜八九）初年までには、当代の人気戯作者、歌舞伎役者、また公許の遊里新吉原の関係者ら、さらには旗本等、高位の武士や大名家の子弟までをも巻き込んだ一大流行となって、江戸が都市として十分に成熟をみたこの頃の都市風俗を謳歌する陽性のおかしさに溢れた作品の数々を生み出した。近世初期以来の、あるいは中世にまで遡り得る狂歌の歴史上、はじめての江戸における狂歌の流行であり、その規模はもとより質の点でも、文学史上、画期的な現象となったことはよく知られている。この狂歌の大流行は、その熱狂がはじめに頂点を迎えた時の年号をとって、文学史上、天明ぶり、天明調狂歌、また天明狂歌と呼ばれている。

この呼称は、天明期の江戸を中心としたこの狂歌の流行現象、つまり四方赤良こと大田南畝や唐衣橘洲《からころもきつしゆう》、朱楽菅江《あけらかんこう》、また元木網といった人々が巻き起こした狂歌の大流行をのみ指し、同時代の江戸にあっても、上方の油煙斎貞柳・栗柯亭木端の流れに連なる、あるいはまったく無関係に独立して成った作者・作品等は含まないことが了解される点で、またここを震源に早くより江戸の境界を超えて地方にも広がった流行現象をも含み得る点で、有用である。(1)ただし、天明という時代に狂歌の一つの頂点を見て、その歌風を「天明ぶり」とする呼称は、時を隔てた天保（一八三〇～四四）以後、それまでの狂歌史を振り返る中で生み出されたものでしかなく、(2)大流行の起こった当時の用法ではない。「天明狂歌」の称となると、幕末になってはじめて登場し、菅竹浦『近世狂歌史』（中西書房、一九三六）など、近代以後の論者によっていつのまにか定着してきた、いわば文学史上の用語であることが指摘されている。(3)本書は、この語が、当時の用法に基づいた呼称ではなく、そうした限定的な流行現象を指す文学史用語であることを確認した上で、あえてそれに対象を定めるという意を込めて「天明狂歌研究」と題する。

この「天明狂歌」は、天明三、四年前後にさまざまな催しが挙行され、矢継ぎ早にその成果が出版されて一つの頂点を極める。しかし、はやくも天明四、五年頃には、狂歌壇の中核にあった赤良・橘洲・菅江がその人気に伴う狂歌壇の大衆化・通俗化に倦み、半ば冗談めかしつつも隠退の意志を示すことによって（天明五年刊『俳優風《わざおぎぶり》』）、彼ら、いわば天明狂歌壇の第一世代における流行は一段落するかたちとなる。一方で、以後もうなぎのぼりの人気によって狂歌人口は増加の一途をたどり、地方へも展開してゆく。(4)寛政（一七八九～一八〇一）・享和（一八〇一～〇四）期は、続く文化（一八〇四～一八一八）・文政（一八一八～一八三〇）期の狂歌壇が、鹿都部真顔《しかつべのまがお》、宿屋飯盛《やどやのめしもり》すなわち和学者でもあった石川雅望をはじめとする、職業的判者たちの競合によって特徴づけられる新たな段階を迎えるに至る、いわば過渡的な時期と位置づけるのが妥当といえよう。しかし、そうした過渡期こそが、次世代勢力の台頭、また陰に日向に狂歌壇に影響力を保った第一世代の狂歌師らの消息といった、狂歌壇の動向を把握する上で見逃せない動きのあった時期である。それと同時に、寛政・享和期の狂歌壇は、絵入狂歌本や狂歌摺物制作の流行の始まりなど、前後の時代とは異なる出版状況が見られる点でも興味深い特徴をもつ。とくに寛政期は、それまで狂歌壇の中心人物であった大田南畝が少なくとも表向きには狂歌壇を離れ、かつ次世代を担った判者の一人石川雅望が江戸払いに遭っていた時期でもあり、研究の蓄積が薄い部分でもある。こうした観点から、本書においては、この「天明狂歌」を幅広く捉え、その濫觴から、大衆化・通俗化によってその性質を変えながら狂歌壇が大きく次の展開を見始める頃まで、すなわち明和期から寛政・享和期までの約四十年間をおおよその対象とする。

第一章「天明狂歌の特質」では、天明狂歌の本質的要素や表現的特徴、その展開において中心となった興行・出版形式などを取り上げ、それらのあり方とその変遷について考察する。第一節「天明狂歌の狂名について」では、天明狂歌を特徴づけるふざけた狂名の性格・意義と大衆化に伴うその変質について考察し、これを総論に代える。第二節「狂歌角力《すもう》の発達」では、俳諧・雑俳などとも共通する高点歌合という商業的な興行形態が、天明狂歌という趣味的な営みにどのように持ち込まれ、狂歌壇の中心的な活動となるまでに発達したかを把握する。第三節「天明狂歌の『江戸』」では、天明狂歌の最大の特徴とされる江戸賛美の具体相を解明する。第四節「狂詩の役割」では、狂歌師連中によって試作された狂詩との表現性の相違を考え、彼らにとっての狂詩の意義について論じる。第五節「狂歌連の摺物制作」では、従来、狂歌研究史上さほど重視されてこなかった私家版の一枚刷（摺物）という出版形態が、天明狂歌の展開の中で役割を拡大してゆく過程を明らかにする。また第六節「天明狂歌前史の一齣」は、天明狂歌流行前夜に江戸において出版された狂歌集との詠風の比較によって天明狂歌の詠風の特色を洗い出そうとする試みである。これらの論考を通して、天明狂歌の初期から次代への展開までを視野に収め、天明狂歌の特質というべきもののありようとその変遷を見定めようと試みたつもりである。

第二章「大田南畝の狂歌と狂文」では、天明狂歌壇の盟主であった四方赤良こと大田南畝の文事における狂歌および狂文の意義を考える。はやくに伝記研究が進められ、今や全集やその索引も備わり、また数多くの論考が出され続けている南畝研究の現在をふまえた上で、言葉の表現に鋭敏な感性を発揮した南畝が狂歌・狂文という表現形式をどのように捉え、生かしたのかを考究する。第一節「南畝と江戸狂歌の先人」では、天明狂歌について、これまでそれ以前の狂歌に比べて異質さばかりが強調されてきたことに疑問を呈し、彼ら狂歌師連中、とくに南畝の前代の狂歌の受容の様相を明らかにする。第二節「政変下の南畝と狂歌」では、南畝が寛政の改革が始まるに際して狂歌壇を離れたとされる天明七、八年の動向を追い、狂歌という文芸に対してどのような感情を抱き、どのような態度を取ったのかを探る。第三節「寛政期の南畝と狂歌」では、狂歌壇から離脱し、狂歌を作らなかったとされる寛政期の南畝と狂歌の関係を論じ、さらに踏み込んで南畝にとっての狂歌の意義を推察する。第四節「詩文と戯作」では、狂歌とともに発達した狂文や戯作の文体と、南畝自ら本領とした漢詩文との関係を論じ、狂歌・狂文、戯作と、漢詩文との表現形式としての連続性を検討する。衆人を惹きつける滑稽の才能を惜しみなく費やして戯れ尽くした感のある南畝の狂歌活動ではあるが、一方では、狂歌も狂文も、彼にとって言語表現のあり方を追求する方途でもあったようである。その点では漢詩文とも通底する部分があったのではないかという見通しに基づいて、さまざまな角度から南畝の狂歌・狂文を照射する四節である。

第三章「狂歌師たちと連の動向」では、狂歌壇の主要狂歌師のうち、これまであまり研究されてこなかった狂歌師たちを取り上げる。はじめの二節「落栗庵元木網の天明狂歌」「智恵内子の狂歌と狂文」では、多くの門人を抱え、天明狂歌壇に、一時、一大勢力をもった元木網とその妻智恵内子の生涯とその作品をそれぞれ論じる。智恵内子についての第二節では狂歌における女性性の表現のあり方にまで論を広げることになる。第三節「鹿都部真顔と数寄屋連」では木網の門人の中でも際だった活躍を見せた鹿都部真顔とその仲間連中である数寄屋連の活動を追う。漢詩文を本領とした南畝や、師の内山賀邸等とともに堂上歌人日野資枝に入門し和歌をよくしたことが伝えられる朱楽菅江などとは異なり、木網夫妻にせよ、真顔にせよ、もともと戯作であるはずの狂歌が、戯作ではなく、その文学活動の中心となる。そうした事情が、その狂歌観に、作品にどのように反映されるのかを考えながら、戯れではない、真摯な自己表現の形式としての天明狂歌の一面を照らし出し、木網から真顔へと連なる一つの血脈を浮かび上がらせる。第四節では、真顔の盟友銭屋金埒をとりあげ、その作風と彼の家業銭屋との関係を論じて、狂歌師としての貌と実体との距離を具体的に論じる。第五節では、狂歌壇で独自の位置を占め、南畝とも親しい友人であった酒月米人の伝と作品を、また第六節では、従来明らかでなかった、南畝の盟友朱楽菅江門下の狂歌師と諸連の動向を整理し、その中で次代を担う狂歌判者の一人として台頭した便々館湖鯉鮒について論じる。後者については、寛政以後も狂歌を続けた武士作者という角度から照射することで、狂歌の社会的評価の変化の様相をも浮かび上がらせることになる。

「天明狂歌」をこの時代の流行現象として捉えることは、会集し、狂歌を詠む行為、またそれに準ずる催しの挙行こそが「天明狂歌」という現象の本質であって、作品はその副産物にすぎないという考えを生む。実際に、そうした立場に立つ論者も少なくない。しかし、それでは「宝合」「団扇合」といった特殊な催しの盛り上がり自体は解釈できても、それが必ず狂歌・狂文を伴うことによってこそ成り立ったこと、それ以上に兼題によって狂歌を詠み合った月並み会が日常的に営まれ、それらの場で作られた作品が孜々として添削・記録され、さらに編集・出版され続けたことの説明はつかない。本書では、狂歌を詠む行為のありよう、そうした場の実態の究明に努めることはもちろんながら、それと同じ重みで、個々の作品の特質を考え、多方面から検討する。それらの総体が「天明狂歌」なのである。

注

（1）「天明狂歌」ではなく「江戸狂歌」と銘打てば、『江戸狂歌本選集』のように、上方系の釈大我『夢庵戯歌集』（明和五年刊）、柳下泉末竜『柳の雫』（明和七年刊）等を含むことになる。

（2）小林勇「安永・天明期の江戸文壇」（『岩波講座日本文学史』九巻、岩波書店、一九九六）。

（3）「天明狂歌」という言葉が、後世用いられるようになる経緯については、石川了「「天明狂歌」名義考」（『大妻国文』三十六号、二〇〇五）が詳細に検討している。

（4）この「流行」の二重性については、石川了「狂歌の流行」（『講座日本の伝承文学　韻文文学〈歌〉の世界』三弥井書店、一九九五）参照。

本書の引用文については、基本的に依拠した本を示したが、『大田南畝全集』『江戸狂歌本選集』に拠ったものについては注記しなかった。引用文には句読点および濁点・半濁点を付し、漢字は通行の字体にあらためるなど、適宜校訂を施した。省略箇所は「……」で示した。また書名については、適宜角書きを省き、万葉仮名風の宛字は平仮名で表記した。

第一章　天明狂歌の特質

第一節　天明狂歌の狂名について

石川淳は、「江戸人の發想法について」（昭和十八年）に「天明狂歌師はその狂名の中に不在である。すなはち無名人格である。いひかへれば、讀人不知といふことにほかならない。」と記した。[1] 同じ趣旨は、天明五年開催「百物語の会」の成果『狂歌百鬼夜狂』について論じた、その名も「狂歌百鬼夜狂」において繰り返される。[2]

百物語といふ虚構を核として、俗中また格別の生活が仕掛けられる。そして、その生活の性格がそこに參加するひとびとに於て一様の人格となつてゐるやうなけしきである。この人格もやつぱり虚構のものにちがひない。かくのごとき虚構の人格の名を、狂歌師と呼ぶ。天明の狂歌師とは、みずから個性を脱却したこの詩的世界の住民の總稱であつた。したがつて、天明に謂ふところの狂名は、前代とも後代ともちがつて、個人の身に卽した雅號のたぐひには似ない。何の名でもよし、無名であつてもよい。その眞の意味は讀人不知といふことであつた。といふのは狂歌は仕事ではなくて、運動の方法であつたからである。

この発言は天明狂歌の本質を把握したものとして多くの論者に踏襲され、天明狂歌師の狂名とは、実体を伴わない「よみ人しらず」の意であるとされてきた。[3] この石川淳の論旨は、作者の実体や日常から乖離した別人格としての天明狂歌師の（一）虚構性と、その乖離した人格の（二）画一性ないし均質性の二つの要素を含む。かつ「讀人不知」「無名人格」という表現は、本来、作者の（三）匿名性をも意味しよう。このうち、（一）の虚構性とは、狂歌作者が自分自身とは異なる狂歌師という虚構の人格を演じたとする把握で、それまでの狂歌との決定的な差異とされる。この点だけを選択的に採ると思しい論もあり、[4]石川淳のこれらの所説が、今なお、天明狂歌の標準的な理解の基底にある。

とはいえ、こうした論述は多く感覚的なもので、論証が十分であったとは言いがたい。たとえば、狂名の由来のいいかげんさや、『吾妻曲《あづまぶり》狂歌文庫』（天明六年刊）や『古今狂歌袋』（天明七年頃刊）において「歌仙やつし」の姿で描かれた狂歌師の肖像の虚構性といったことが、根拠に挙げられているに過ぎない。それでもこの感覚にある種の確かさがあり、初発期の天明狂歌を特徴付けるものであればこそ、一度改めて検証する必要があろう。本節は、この点を中心に天明狂歌の特質の一つである狂名の意義を考察する試みである。それは、（三）匿名性の点と関わって、初期戯作一般を特徴づける作者の韜晦のあり方とその行方を、天明狂歌において具体的に跡付けることにもなろう。

一　「狂歌師」の虚構性と画一性

天明狂歌の狂名はそれほど特殊なのであろうか。ある世界で玄人と認められるにはその世界に特有の号をもつ必要があること、それが俳号から遊里の表徳等にまで見られることは、早くに中村幸彦氏が論じており、天明狂歌において狂名が仲間入りに必須であったことは、文学史上、また文化史上、珍しくはない。[5]肝心なのは、その狂名が途方もなくふざけた号であったことである。それは、その狂名の表象する人格の（一）虚構性とどのように関わり、それに（二）画一性をもたらすものなのか。

四方赤良こと大田南畝によれば、安永の宝合せの催しにおける酒上熟寝《じゆくね》の名のりが、天明狂歌の狂名の始まりであるという（天明七年頃刊『狂歌才蔵集』巻八熟寝哀傷歌詞書）[6]。左は彼の狂名についての文章である[7]。

　石上ふりにし頃種々のたからをとふで、興ぜしむしろには、こゝらの酒をたふべて酒上熟寝とも申せしが、さいつ頃より病の床に年月をおくりて……身さへ唯からざけのよふにやせおとろへ、足さへひよろ〳〵とひさごの風に逢たるさまして、露のいのちのあらんほどは心もかろくわたらまほしく、友なる穴主の許江（ママ）へ隠れむとする。あやしの名をいかにせましととひ奉りて、いさゝか心をなぐさむなかだちとして、此言をのばへ侍る。

瓢空酒

熟寝は天明四年五月に没した（『南畝集』1206詩注記）から、それ以前のことである。大酒して「酒上熟寝」、病後、その酒も入らなくなり、痩せた「乾鮭」のような身で風に吹かれた「空」の「瓢」箪のように歩いて「瓢空酒」。たしかに、いいかげんな命名で、ふざけを特徴とする天明狂歌の狂名の元祖と呼ぶにふさわしい。滑稽な命名で自らの存在自体を戯画化することは、その行為を自己から切り離して対象化する意識なくしてはあり得ない。ために滑稽な別人格を演じたと把握されたのであろう。

大根太木《おおねのふとき》が、安永の宝合を「わが党のばかもの達の沙汰し申さるゝ宝合」と呼び（『たから合の記』）、唐衣橘洲もまた、天明狂歌の濫觴を記して有名な『狂歌弄花集』序[8]に、赤良が狂歌をわざわざ集って詠む行為を「をこ」と呼んで喜んで「いざしれものゝ仲ま入せむ」とそれに加わったと記すように、彼らのこの種の集いは自覚的に「ばかもの」になりきる遊びであったろう。中野三敏氏は南畝によるこれら「痴れ者」の用法が積極的な意味を帯びることを指摘した上で、その仲間にあえて身を投じたことを、明確に自己を相対化した行為と解釈する[9]。次のような恭しい演出は、そうした理解を補強する。

　堂上壇を設け、花氈を施す。掛物・立花等を禁ず。賓・主とも礼服を着す。賓階に上りて拝す。主人答拝す。賓箱のふたをひらき、包袱を解き、壇上に置かざり畢て退。尤ふくさ箱等美をつくせり。各坐につく。上座より一人ヅ、進て名目并伝詞書を披講す。

『たから合の記』「何某の院宝合記」(10)

彼らのこの頃の著作に散見する、さきの「わが党のばかもの」のような仲間を強調した例も、このようなばかげた遊びの共犯意識の反映と言えようか。南畝も、安永三年の「から誓文」で「わが同盟の通人」に呼びかけ（『四方のあか』、天明八年頃刊）、天明二年の顔見世に際して五代目市川団十郎父子に贈った『江戸花海老』では「贔屓の腕をこく吾党の連中」と記す。『狂文宝合記』（天明四年刊）でも、赤良の跋、東作の凡例がこぞってこの仲間を「吾党」と呼ぶ。

この仲間の「ばかもの」遊びは、自覚的な分、たしかに「ばかもの」を演じたといえ、ここで狂歌師人格に（一）虚構性を指摘するのも妥当であろう。その人格が場に依存し、作者本人の属性とかけ離れれば、狂歌師の人格は（二）画一性を帯び得る。ただし、この（二）の点については、疑問が残る。前述の熟寝の場合も、「熟寝」は行為による命名であったが、「瓢空酒」は実体の身体的あり方を戯画化した名であったし、例えば浜辺黒人も、色黒な上に法体で鉄漿付けして「歯までの黒人」とあだ名されたことが狂名の由来のようで、実際の本人の姿と密接に関わった命名である（『奴凧』、写、文化十五年序）。橘洲こと小島源之助は、その氏より、謡曲の詞章「橘の小島」（「頼政」「浮舟」(11)）にちなんで橘洲、吉原の妓楼大文字屋市兵衛の狂名加保茶元成も、先代の市兵衛をめぐる諸々の逸話や流行歌に由来するという（『奴凧』、『仮名世説』文政八年刊、等）。頭《つむりの》光はその禿頭の戯画化であり、蔦屋重三郎の狂名蔦唐丸は、商標でもある蔦を前面に押し出したもので、それぞれに姓氏・名称や生業、係累、身体的特徴など実体を体現し、滑稽化した名である。これらはすべてそれら実体の属性と不可分で、あやまっても他人の狂名とは交換可能ではない。たしかに草双紙の流行語「鯛の味噌ずに四方のあか」に由来する四方赤良、俚諺そのままの元木網といった、戯れだけで成り立ち、作者の属性と関わりのない狂名もあり、実体と狂名との距離には、人ごとに幅がある。それでも、作品ごとに内容に応じて変えられ、作者の正体を眩ませる役割を持った初期の洒落本類の作者名とは異なり、これらの狂名は人ごとに一つに固定化し、後述のように相互の呼称として定着していった。狂名が、「狂歌師」であることを示すだけでなく、他と識別するという名前としての基本的な機能を備えていたことは、狂名とそれが指し示す人格の（二）画一性を否定する十分な根拠である。「よみ人しらず」で、その表す人格が画一ならば、狂歌師、戯作者らが大集合した日暮里大会の成果として、狂名を連ごとに羅列しただけの『狂歌知足振《しつたりぶり》』(12)（天明三年頃刊）を刊行する意味は薄い。石川淳の「よみ人しらず」論を、狂歌師とは狂名に記号化された人格であるの意と解釈する説もあるが(13)、狂歌集に漫然と並ぶ狂歌師名を眺めるだけでなく、個々の狂歌師の活動を仔細に追えば、天明狂歌師を表す記号というだけではない、狂名一つ一つの個性が見えてくる。

狂歌師人格にある程度の（一）虚構性は認め得るとしても、以上の検討と関わって注意すべき点がある。そもそも虚構の人格で狂歌を詠むとはいえ、狂名と通称の区別、つまり虚構の人格と実人格と使い分けは当初から厳密ではなかった。本人との同一視は当然の前提であったと言うべきか。明和の狂文「九月十三夜のことば(14)」の段階ですでに東作は橘洲を「小島氏」と記し、狂歌師「唐衣橘洲」とその実体小島源之助とを区別していなかった。南畝『をみなへし』（写）の天明初年以前の早い頃の詠を集めた中にも、橘洲の氏を契機とした作が見える。白居易が優れた詩を先に成した劉禹錫に対して驪竜の珠を取られたからには残る鱗や爪など欲しがろうかと言って詩作をやめにした逸話（『世説新語補』文学下）を踏まえ、その鱗も取れないと自ら卑下した橘洲への返歌として、南畝は次のように詠む。

　　北条のうろこもなどかとらざらんひるが小島の源の助どの

頼朝が流された蛭「小島」を氏にもつ君には、北条氏の三つ鱗の紋があるではないか、というのである。安永八年の南畝主催の五夜連続観月会の成果『月露草』（写）においても同じように狂名と本名・通称との混用が見られ、その名寄せや欄外の書き入れでは、狂名も、大根太木の「雁奴」、菊池衡岳の「関叟」といった俳号も、一括して「綽号」つまりあだ名とされる。筆者不詳ながら南畝周辺に詳しいこの注記は、狂名を俳号と同じ範疇で捉え、石川淳のように天明狂歌師を特別視することはない。天明二年の『江戸花海老』で、南畝が山の手・四谷・麹町・麻布・芝などと居住地別に狂歌師を羅列した時、また焉馬が南畝の『判取帳』に記入するにあたり喜撰法師の「世を宇治山と」をもじって「喜撰」に「貴賤」を、「大人《うし》」に牛込を掛けて次のように南畝を持ち上げた時、狂名にはそれぞれの地に住まう作者の実体と日常が必ず伴って来る。

　しかも上手狂歌はきせんおしなべて四方牛込と人はいふなり

狂名が固定化し、「ばかもの」遊びの頻度が増す中、早い時点で日常の人格と「狂歌師」との切替えは曖昧となり、いわば狂歌師の仮面を被らずとも、素顔に普段着のままで狂歌師としてふるまうようになっていたのであろう。天明三年あたりになると、誇張もあろうが、狂歌の流行を述べて「連中相たがひに狂名のみ覚へて本名をしらず」（同年刊『通詩選笑知』「夷風歌」頭注）となる。緩やかに階層・地域を反映した連が形成されつつあったこの頃には、[15] 狂名は、互いの呼び名の一つとして実体と同一化していたのであろう。

　以上のように、狂名とは、狂歌仲間のつどいに参加する際の各人に応じた役柄、「ばかもの」遊び用の名前と規定でき、その意味で（一）虚構性を帯びた人格の表象であったが、個々人がおのおの決まった狂名をもち、互いの正体も日常も承知の上の仲間内の遊びであるだけに、実体と不可分に定着するに至った。つまりこの狂歌師人格の（一）虚構性とは、個々の作者の日常も身体もまるごと、おかしな「ばかもの」「痴れ者」の人柄を演出するものであった。演じる「ばかもの」は本人と無関係の役柄ではない。その点では、あるいは虚構という表現はやや不適切かも知れない。「ばかもの」「痴れ者」というように、「者」と人格化してはいるが、核心は、狂歌という元来は座興にすぎない戯れを、また日常品に宝物としての由緒をこじつける宝合のようななおいっそう下らない催しを、大まじめに真顔で挙行する行為のおかしさを対象化することにある。行為する主体は、個々の作者そのものにほかならない。（一）虚構性とは、言い換えれば、確信犯的に「ばかもの」として行為する主体とは別に、その行為のばかばかしさを自覚する醒めた意識があることによって成立するものである（前掲の中野論文の「明確な自己の相対化」はこの点の指摘であろう）。それを確保した上で、心おきなく「ばかもの」になることに精神の解放があったのであろう。彼らのこのばからしさに対する自覚を度外視すれば、素の生活を互いに了解した上で、実社会の身分・社会制度とは異なる秩序をもつ狂歌の世界を作り上げたということでしかなくなる。その点では、外見上、俳諧や種々の芸事、諸学問等の世界と大きく異なるところはないことになる。

二　匿名性をめぐって

ここで（三）匿名性を考えてみる。これは、（一）虚構性や（二）画一性が、狂名が表象する狂歌師という狂名に表象される人格の性質を問題とした議論であったのとは、やや問題の位相を異にする。（三）匿名性とは、そのような狂名・狂歌師人格と、作者実体との一体性が、どれほど公にされているかをめぐる概念である。

出版や写本の流通を介して作品を享受する、作者から隔たった読者・享受者を想定する文学形式において、作者が本名など一般に認知されている名以外の仮号・筆名などを用いる行為は、通常、作者の匿名化をもくろむものと考えられよう。天明狂歌において、その前提として読者を意識した作品の公開が行われるようになったのは、主として天明三年の出版を契機とした爆発的大流行以後と考えるのが順当であろう。それ以前の狂歌活動は仲間内の了解による茶番めいたその場の戯れで、ほとんど出版・公開しなかった。安永の宝合の催しも、観衆の好奇の目に曝されていたというが、この遊びを理解できずに「あやしみて帰りしものもありき」（『奴凧』）と可笑しげに記す南畝は、仲間外の理解を期待してはいなかったろう。『たから合の記』として出版はしても、その場限りの一回的な狂名に隠れた正体不明の人物も多く、仲間の外への情報の伝達そのものを意図しないものであった。

一方、狂歌師連中の狂名の一般認知が始まったのは早い時期のことと考えられる。とくに南畝は、安永期にしてすでに有名人であった(16)。蓼太が、人を介して「高き名のひゞきは四方にわき出て赤らく\と子どもまでしる」の一首を携えて、南畝を訪ね来たったという有名な逸話（『奴凧』、文化十五年成、写）は、狂名の名高さからその主を尋ねたことを意味し、狂歌壇の外で狂名と実体が同一視された事実を物語る。安永六年六月付『蓼太句集』南畝序によれば、この出会いは同年夏のことである。前述の『たから合の記』を除き、「四方赤良」名での出版がほとんどない中で南畝が高名となったことを伝えるこの逸話は、噂の伝播や写本の流通など、当時の出版以外の情報伝達のあり方を窺わせて興味深い。先に出版されていた『寝惚先生文集』（明和四年刊）も一因ではあろうが、「寝惚先生」が「四方赤良」として世に知られるためには両者を同定する情報が必要で、つまりは種々の号を持つ南畝という実体が有名となっていたことになる。安永八年八月に南畝が主催した観月会には、その名声に人々が「われおとらじとしたひ」押し掛けたという（前掲『月露草』午睡狂歌詞書）。こうした状況下で、安永末年より南畝らはさまざまな仮号を用いてきた戯作類に、固定化した狂名によって署名し始めていた。有名になるに従って、書肆や関係者らがその名前を出すことを希望する構図も想像できよう。南畝の「赤良」名で言えば、菅江等との合作の戯作『七拳図式』（安永八年刊）、菅江作洒落本『大抵御覧』（同刊）序、咄本『万の宝』（同九年刊）の編、また黄表紙評判記『菊寿草』（天明元年刊）である。「寝惚先生」として十二分に有名人となりながら、それまでは戯作類では内容に憚りのある洒落本的な『論語町』（明和末頃刊）のような著作に限らず、咄本や『評判茶臼芸』（安永五年刊）等でも種々の仮号を使い続けたこととは対照的でさえある。[17]この点で菅江はより積極的で、安永六年の洒落本『売花新駅』以下、同八年刊『雑文穿袋』『大抵御覧』といった著述に、同年の山手馬鹿人作『深川新話』序に、「朱楽館」「朱楽菅江」の名を顕していた。[18]つまり、天明狂歌が出版され、匿名性が問題となる読者との関係が成立し始めた段階で、狂名はすでに広く認識されていて、結果として（三）匿名性は、とくに南畝や菅江等の中心的な狂歌師の場合、ほとんど成立しなかったと考えられる。

こうした状況に、天明三年の爆発的な狂歌の流行は何をもたらしたか。狂歌をめぐる会集・出版が組織化され、日常化する中で、そうした狂歌をめぐる活動を「をこ」めいたものと突き放して見る当初の感覚、つまり（一）虚構性への意識は薄れかけていたであろうし、本来戯号・仮号といったものがもたらすはずの（三）匿名性も希薄な狂歌師らは、出版物という媒体の上に露出して、最新流行の狂歌を弄ぶ有名人としてふるまい始める。天明三、四年頃の作、例えば『狂文宝合記』巻上巻軸、鹿都部真顔「戯作者観音略縁起」は浅草観音縁起をもじって狂歌師等を多数登場させて斯界の状況をうがち、『狂歌師細見』（天明三年刊）は吉原細見の体裁に断片的に狂歌壇事情を盛りこんで、また天明四年の四方連の歳旦黄表紙五作や、狂歌壇に交わり始めた恋川春町作『万載集著微来歴』（同年刊）にしても、黄表紙らしい荒唐無稽さの中にも狂歌壇の楽屋落ちを満載して、いずれも嘘も実も綯い交ぜの世界を読む者に提示する。作者の実体と狂歌師の人格とを同一と見なす観衆の存在を前提として、媒体上に虚とも実ともつかない狂歌師群像を演出するようになった。

ここで、狂歌師の（一）虚構性はいくぶんかの変質を遂げる。出版物という媒体を舞台として、不特定多数の読者を観客にしてなされる、今を時めく有名人としての、めでたい、にぎやかな狂歌師の演出それ自体は、仲間内で「ばかもの」を演じていたことが大がかりに実行されるようになっただけとも言える。三河万歳の芸能者の滑稽な口ぶりや子ども遊びのたわいなさを真似る行為には、それを行う主体への認識、つまり「しれもの」や万歳の太夫才蔵に擬えた狂歌師という人格を、「しれもの」ではない主体が演じるという（一）虚構性への意識があり、韜晦的な意味も少なからずあったろう。[19]しかし、かつて一部少数派の嗜好であった「しれもの」遊びを面白がる感覚が広く一般に共有されるようになり、狂歌師が出版界の花形となって続々と追随者が出るほどに人々の憧れの存在となれば、おめでたい「しれもの」を演じることのもつ韜晦的な意味あいは失われる。演じるということが示唆する、その裏にある素の人格の存在は省みられなくなる。楽屋落ちをちりばめることで実体との一体性を強調しこそすれ、実体との距離・差異は問われることなく、その（一）虚構性は過剰なまでの演出の謂となる。媒体上に今を時めく有名人群像を演出した彼らには、この時点でもはや韜晦の色はほとんど見えない。

三　戯号の匿名性

以上のように、一見、韜晦し、作者の正体を眩ませるかのような、面白おかしい名でありながら、天明狂歌の狂名は、作者を匿名化する機能をほとんど持たないまま、狂歌師という出版界の有名人として彼ら自身を演出する小道具の一つとなった。こうした狂名のあり方は、彼ら狂歌仲間が関わった種々の戯作類では見られるのだろうか。

ふざけた筆名は洒落本や咄本等にも見える。この点では、鈴木俊幸氏が狂歌を含む江戸戯作の特性を作者の虚構性を軸に論じている。[20]前期洒落本に顕著に見えるように、匿名性によって韜晦と自己顕示の均衡を図りながら戯作する行為そのものが一種の虚構された「通」の社会への参加の演出であり、作中での作者の戯画化によってそれを可視化したのが黄表紙で、自らを道化化するその営みを作品外で集団的に実行したのが天明狂歌であったという。自己を道化化してみせる行為としての天明狂歌とはまさにここまで縷々分析してきたことを端的に表した卓見であった。

鈴木俊幸氏のこの洞察は、他の戯作類と天明狂歌の共通性をも指摘して興味深いが、黄表紙が生れ、狂歌が大流行する過程で、作者のあり方が（三）匿名性の点で大きく変化していることに注目したい。洒落本等、初期戯作の作者が多く仮号によって正体を朧化するのに対し、黄表紙作者や狂歌師の固定した筆名による演出は、実際の人格と多少の相違はあっても、作者の存在を顕在化するものに他ならない。

安永半ばに生れた黄表紙の作者は、狂歌師よりやや早くから、青本黒本作者のあり方を引継ぐかたちで固定した筆名によって正体を顕わにしていたが、戯作者としては彼らより早くに匿名性の喪失を経験したのが風来山人平賀源内であり、寝惚先生であった。源内は風来山人の筆名を宝暦末年以来しきりに用いて安永頃にはその名は広く知られたといい[21]、さまざまな筆名で韜晦した多くの初期戯作の作者らとは一線を画したと言えよう。

南畝の「寝惚先生」号も、たしかに当初は「陳奮翰」、編・校者「安本丹」「滕偏木」とともに『寝惚先生文集』という作品の一部として戯れの虚構の作者名であったろう。その正体は、夢と寝惚けの縁語を吹き寄せた「寝惚先生伝」によって煙に巻かれるばかり。「寝惚先生」作にして、その伝（「自伝」とはされない）を収め、彼を「先生」と呼んで作品内の烏有の人物に仕立て上げる[22]。しかしこの名声以後、南畝は、翌年、源内作『根無草後編』序でも「寝惚」と署名し、次作『小説土平伝』（明和六年刊）に序を寄せた源内に「友人寝惚子」と称され、天明元年刊『魚籃先生春遊記』では陳奮翰の名を友人熊阪台州に譲りつつも「寝惚道人」として序を寄せるなどして、「寝惚」を自らの号として定着させる。この明和から天明にかけての寝惚先生の実体化の過程は、多かれ少なかれ他の戯作者・狂歌師らも辿った道であったろう。作品上に虚構した戯画的な作者像が、そのまま実体と同一視されることになる。黄表紙の流行とともに、洒落本でも作者が固定的な筆名を用い始める。咄本でも個々の咄に作者名が付されることがほとんどなかった安永期から、天明を経て寛政期の咄の会の咄本では一話ごとに作者が付されるようになる。このように、作者の名の明示、筆名の実体化による実質的な（三）匿名性の希薄化は、戯作の社会的な認知が広まる中で、俗文芸の様式・形式を超えた時代の趨勢であった。

あえてその中で狂歌の特性を考える。集って虚構の人格を演じる狂歌の遊び（虚構の意味が変化していることは前述の通りだが）を、戯作の作品上に作者を虚構する営みと較べれば、現実に「会」を開いて行動に移す分だけ、前者の方が楽しいことは疑いない。この（三）匿名性を放棄した開放的で肯定的な気分の実現・実行が、戯作者らまで巻き込んだ天明狂歌の特異な盛り上がりの一因となり、それがさらに各界の著名人を含む、多くの人々の参入を促して、いっそう魅力的な演出へとつながっていった。

四　狂名の実体化の効果——追随者たち

（三）匿名性を棄てた「狂歌師」という虚像の肥大化と実体との同一視、つまり狂名の実体化は、天明狂歌の大流行を考える上でも鍵となる。出版の問題だけなら、洒落本でも咄本でもそれ以前から出版されてはいたが、作者の存在は、その正体を曖昧化する筆名によって現実から隔てられ、一部の仲間内を除く、外側の読者からは手の届かない存在であったろう。天明狂歌師の場合、実体が明らかな上、その集団が会の開催等によって一般に開かれたことで、読者にとっても目に見える、手の届く「有名人」となった。

南畝は、多くの人々に狂名を乞われ、「棟上高見」「紫色紙」「布留糸道」などと名付けて狂歌壇に仲間入りさせたことを『巴人集』（写）に書き留めた。鈴木俊幸氏は前掲論文でこれを「狂歌師を演じてみせることを願う数多くの追随者を輩出する」と描出したが、ここで「演ずる」狂歌師とは、ここまで見てきたように実体の日常や身体とのつながりを保った上で媒体上に過剰なまでに演出された人格の謂である。新たに参入した人々にとっては、「狂歌師」が虚構の存在であるか否かよりも、むしろそれが本人自身と見なされることが重要であったろう。狂名を得ることで、最新流行の狂歌仲間の一員として自らを世に宣伝できることは大きな魅力であったはずである。その意味において、狂歌は大衆の自己表現の具となりはじめた。

「万歳集にいりはべらざりけるを深くうらみて」（『判取帳』加陪仲塗）、「万載集にたゞ一首いりたる事をなげきて」（『徳和歌後万載集』巻十二、加保茶元成）などといった『万載狂歌集』入集への執着も、文学的な意欲というより、大流行に乗り遅れたこと自体の無念さ、名前の露出へのこだわりの表れであったことは、『万載集著微来歴』（天明四年刊）が如実に示している。同作は『万載狂歌集』刊行を穿った恋川春町画作の黄表紙で、前の丁で藤原俊成に「よみ人しらず」でも構わないから勅撰集に入集させてほしいと訴えた忠度の前に登場した赤良が、「よしんば千ざいしうに一しゆお入なされたとこが、よみ人しらずとかゝれては入料をおいたみだけがむだといふもの」と言って『万載狂歌集』への入集を勧める場面がある。[23]この言葉は名を顕すことへの一般狂歌師の執着をうがってこそ、その当世的な現実感がおかしみをもつ。自己を狂歌師として戯画化しつつ、そこに作者自身を見え隠れさせ、韜晦とは逆に、自己顕示する。「よみ人しらず」ではない。むしろ「よみ人しれた」という狂名の存在が[24]そのことを体現している。

狂名の自己顕示的側面は、狂名そのもののあり方にも窺える。「大木の生え際太いの根」「鯛の味噌ずに四方の赤」という古い草双紙の常套句に由来する大根太木、四方赤良をはじめ、早くからの中核的狂歌師では、唐衣橘洲にしても平秩東作にしても、[25]それ自体で王朝歌人、公家の名をかすめることは多くはなかった。有名どころでは酒上熟寝・智恵内子程度か。少なくともことの本質ではなかったようで、赤良は万葉歌人を思わせる「赤人」を早くに改め、橘洲は橘氏を意識した橘実副《みさえ》の名を譲渡し、木網は「朝臣」をもじった前名網「破損《あみのはそん》」針金《はりがね》を門人に譲ってふざけに徹した程であった。ところが後続の狂歌師たちには、公家や王朝歌人を意識した命名がかなりの割合で見える。源三位頼政や官職名「参議」をきかせた算木有政、山部宿禰赤人をもじった山手白人、山芋つくね、大伴旅人めかした多旅人はその顕著な例で、院政期の歌人源仲正あたりに似た芋掘仲正《いもほりのなかまさ》、紀氏を意識した紀定丸、紀束《きのつかね》、紀安丸、また秦氏めかした秦玖呂面《はだのくろつら》、畠畔道、大原氏では大原くちい、大原安公、大原雑魚寝、あるいは油小路家をひねって油《あぶらの》杜氏錬方《とうじのねりかた》、いかにも公家風の膾盛方やおかべ盛方、大束冬名《おおたばのふゆな》などと枚挙にいとまがない。天明狂歌が王朝和歌の卑俗化であることを強調する仕掛けだが、個々の狂歌師に即して言えば背後に古典歌人の影を負うことで、それをやつす遊びの雰囲気と同時に一種知的な香りを身にまとうことができる。(26)彼らが演じたのはもはやただの「ばかもの」ではない。

こうした狂歌師という人格のありようを鋭く表現したのが肖像入狂歌集『吾妻曲狂歌文庫』（天明六年刊）・『古今狂歌袋』（同七年頃刊）の北尾政演こと山東京伝の画であったろう。たしかに歌仙やつしの彼らの姿は日常から遊離した虚像ではあるが、同時に頭髪によって出家と俗人を区別するだけではなく、書家でもあった腹唐秋人《はらからのあきんど》こと中井董堂に筆と短冊を持たせ、きおい肌の魚商であったという辺越方人《へごしのかたうど》にその風俗を反映するなど、今日、読み解くには困難も多いものの、それぞれの日常を象徴する事物を書き加えているようである。(27)一部に見える特徴的な面貌表現は各自の似顔として描かれたことを暗示しよう。(28)つまり歌仙やつしの虚像であると同時に、各自の日常を背負った狂歌師自身の実際の姿でもある。他ならぬ彼ら自身をやつし歌仙として描かせ、狂歌という風雅な遊び仲間に交わる自らの肖像として喜んだ者も少なくなかろう。以後この種の肖像狂歌集が続々と刊行されることは、そうした需要の高さを物語る。

こうして狂名が作者主体の表象になり得たからこそ、狂歌による売名が可能になる。酒楽斎滝麿の「わが名をひゞかせん」ための試みのあれこれを戯画化した京伝作の黄表紙『吉野屋酒楽』（仮題、天明八年刊）は、実際に酒楽の景物本というような特殊な成立事情が想定されている作品であるが、[29]「四方赤良が門人となり、狂歌にて高名とな」り、紀定丸・飯盛・真顔・光・金埒、そして版元蔦唐丸とともに一座する一場面を用意する。作中に見える「歌麿がかいたしゆらくが一まいゑ」も現存し、それにも赤良・飯盛・光が狂歌を寄せている。[30]寛政初年から、さかんに蔦屋重三郎版狂歌絵本の編者を務め、酒楽同様、黄表紙や狂歌賛入錦絵を作らせ、狂歌狂文集等を次々と刊行した、奇々羅金鶏やその友人寝語軒美隣の活動は、狂歌が売名の具になったことを典型的に示す。[31]こうした売名行為をさほど嫌う様子もなく、南畝らが序跋などを寄せたのは、一つに彼等の財力が理由であろうが、そうした欲求が狂歌の流行を盛り上げた多くの狂歌仲間と多かれ少なかれ共通するものであったからでもあろう。狂名の実体化は、こうして狂歌に自己宣伝の具という一面をもたらした。天明狂歌の大流行は、作者の（一）虚構性よりも、媒体上に最新流行として喧伝された狂歌連中の一員として自己の存在を演出するという機会を多くの人々に与えたことこそが、引き起こした現象であったと言えるであろう。

五　詠作において

さて、詠作の主体の（一）虚構性を論じるのに、肝心の狂歌の検討を行っていない。もちろん天明狂歌に多い、会における題詠に典型的な、言葉遊びで成る作では、主体を問うても詮無い場合が多かろう。それでも天明狂歌の特徴とされる江戸賛美は、自慢する、味噌をあげる行為が戯作的方法であることに照らせば、そうした狂歌を詠む行為自体が江戸の繁栄を手放しに喜ぶおめでたい連中を演じる遊びであった、と解釈できる。久保田啓一氏は江戸賛美と滑稽とを統合する天明狂歌の主題に「めでたさ」を見るべきことを唱えたが[32]、そのように彼らが三河万歳の口まねをしてむやみやたらにめでたがってはおかしがったことには、万歳の太夫や才蔵に、あるいは左に掲げる「めでた男」のような存在に、演じるべきある種の理想を見出していたことが読みとれる。

よるもひるもめでたい〳〵といふ事をくちぐせにして、めでた男と名だゝる人あり。われも又めでたい事をほり川の流のまゝによみ出せしめでた百首のたはれ歌を、めでた男にしめさんとて

南畝『めでた百首夷歌』（天明三年刊）序

五代目団十郎親子に捧げた『江戸花海老』における次のような南畝の口吻も、そうした太平楽であればこそであろう。

日本大きに狂歌はやり、別て東都に上手多く、かりにも落書などといふ様な、鄙劣な歌をよむ事なき正風体の狂歌連中、てには違ひのことばのある、屁玉の様な狂歌など、は落栗庵とすつぽん体ほどの相違。

こうしためでたい滑稽な連中の演出、つまり（一）虚構性が、天明狂歌の基調として底流することは事実である。では、そうした演出とは、一見対局にある「述懐」題の狂歌にも（二）虚構性は見出せるのだろうか。これは漢詩・和歌で作者の本懐を吐露する形式とされ、狂歌でも世の憂さやつらさを嘆くのが本義として理解されていたことは、元木網の著した狂歌作法書『狂歌はまのきさご』（天明三年刊）にも窺える。

そうした嘆きの形式というべき「述懐」でも、多くの狂歌が滑稽な作者を演出する。たとえば、次は『万載狂歌集』巻五その他に見える南畝の作で、良いことづくめをいう諺「いつも月夜に米の飯」と「金のほしさよ」という通俗的な付け句（ともに例えば寛政九年序の写本『諺苑』に見える）を巧みに組み合わせて卑近な心情を詠う。

世の中はいつも月夜に米の飯さてまたまふしかねのほしさよ

あからさまな俗人ぶりの演出によって滑稽さを出す作である。次も『万載狂歌集』巻十五に収める南畝の作で、

いたづらに過る月日もおもしろし花見てばかりくらされぬ世は

本歌「いたづらにすぐす月日はおもほえで花見てくらす春ぞすくなき」（藤原興風、『古今和歌集』巻七賀）と、本来は嘆きを詠み込む述懐の形式とを逆手にとって、慌ただしい日々もまたよしとする、現実肯定的態度が「狂歌師」的演技といえよう。

彼らのそうした「狂歌師」的演出が、仮面のように作者の現実を覆い隠すのではなく、その日常や身体的特徴をさらけ出して行われたことは一「『狂歌師』の虚構性と画一性」で述べたが、それは狂詠そのものにも表れている。たとえば次の東作の詠は、糸が切れた操り人形（木偶坊）のお役御免の気楽さを、下座音楽の擬音語と掛けて天の恵みと喜ぶ。現世を厭うことなく、むしろ謳歌する姿勢に「狂歌師」的演出が見える一首だが、「述懐」とすることで、出家して隠居の身である東作自身と重ねて読まれることを期待していよう。

糸きれて隙になりたるでこの坊この楽もてむから〱　『狂歌若葉集』巻上

『徳和歌後万載集』（天明五年刊）巻十収載の次のような作も同様に、それぞれの実年齢に即した詠のはずである。

とし〲に目も弱りゆきはもかくるふる鋸のひきてなき身は　加陪仲塗

われが身も三十にしてたつか弓やたけ心にまどふたゞ中　清水立登麿

それぞれ鋸の縁語、「三十而立」（『論語』為政）と弓の縁語で構成し、老いと心の迷いを嘆く。次は『狂歌角力草』（天明四年刊）の頭《つむりの》光の詠。

たらちねの我黒髪を烏羽玉のよる昼なで、かくははげけん

『後撰和歌集』巻十七、『和漢朗詠集』等に収められた、遍昭の落飾の際の詠「たらちめはかかれとてしもむばたま

のわがくろかみをなでずや有りけん」を、狂名にもした自らの禿頭に応用、それを母親のせいにして嘆じる姿を戯画的に描き出す、身を挺した滑稽な演出である。また『通詩選笑知』「戯言」に通詩をよく解する者として登場する、彼らご贔屓の芸者杵屋お仙の詠に、

から猫のみすぢの糸につながれて何の因果にばちあたる身ぞ　『万載狂歌集』巻十五

撥と罰と掛けて三味線にされた猫に憐憫を寄せ、可憐にして滑稽な詠みぶりで芸者らしい愛嬌を演出する。同時に猫とも呼ばれる芸者稼業のつらさをかこつようにも読める。（一）虚構性を帯びた「狂歌師」的演出の見える狂歌であっても、以上のように、作者の現実から離れたものではなかった。彼らは、おめでたい別の人格を演じたというよりも、やはり他ならぬ自分自身を、そうした滑稽な存在として演出したのであった。

では、狂歌師的演出の枠の外にはみ出るような、本懐の吐露は見出せないのか、という問題に突き当るが、この点の見極めはほとんど困難であると言う他はない。どんな嘆きも、それを反転した現世の謳歌も、また諦めも、演技や創作なのか、作者の実際の感情を表したものなのか、外側から完全に見分けるすべはなかろう。ただ、狂歌師という看板と作者の素顔という二重性をよく示す一首を挙げることができる。南畝の詠で、

世中の人には時の狂歌師とよばるゝ名こそおかしかりけれ　『徳和歌後万載集』巻十

『巴人集』天明三年分にも見えるので、『万載狂歌集』の爆発的人気の渦中での詠懐である。この一首は『巴人集』の詞書に示唆されるように「世の中の人にはくづの松ばらとよばるる名こそうれしかりけれ」（『撰集抄』所収覚英僧都詠）の本歌取りで、文字通り狂名が滑稽であるとの意と同時に、狂歌師としての盛名を「おかし」と対象化して形容する態度が示され、狂歌師を演じていない外側からの視線が示唆されている。つまり、狂歌師であることが演技であるという、自己相対化の感覚が、他ならぬ狂歌の上に表出された例である。

以上のように、江戸自慢の雰囲気が全体に指摘される天明狂歌では、そうした江戸賛美に「めでたい」「ばかもの」連中の演技を見出せば、（一）虚構性を指摘できる狂歌は少なくない。ただ、発想や内容、感情の虚構と同時に、詠者の生活や身体といった現実が盛り込まれることも少なくなかった。智恵内子ら女性狂歌師たちが、内容に関わらない表現や用語においても女性らしさを演出したことは別に論ずるが（第三章第三節）、それらも含め天明狂歌師の作品上の自己演出は、作者の性別、職業、身体性といった現実を隠すことなく、時にそれを強調してなされるものであったことがわかる。天明狂歌における作者の（一）虚構性とは、彼らの現実から乖離した全面的な虚構化ではない。

一方で、最後に掲げた一首が示唆するように、そうした演技性、（一）虚構性だけでは天明狂歌は覆えないことも事実である。南畝が松葉屋三保崎、身請けしてお賤と呼ばれた女性との恋路を漢詩と狂歌とによって補いあいながら詠んだことを池澤一郎氏が描き出したように[33]、作者の置かれた状況を総合的に鑑みることで、その感情の直接的表出とみなすべきものが見出せる場合もある。いつもおめでたい天明狂歌師であっても、人の死という現実に直面すれば哀傷歌も詠じ、『いたみ諸白』（天明四年刊）のような追悼歌集も作る。それらの哀悼の真意に疑うべき余地はあるまい。天明末年から寛政半ばまでに、菅江や木網は実情・平懐を表現の雅俗にとらわれずに詠むのが狂歌だとするに至り（第三章第一節）[34]、のち狂歌壇全体がその方向へと流れてゆく。これらが天明狂歌の本質でないと切り捨てるのは容易だが、そうした要素を内包していたことも含めて、天明狂歌の総体なのである。

結び

以上に論じたように、天明狂歌における狂名は、一面で「ばかもの」遊びの小道具として機能し、それらが表す人格の（一）虚構性は一定程度には見出せるが、[35]時にその意識も希薄化した。狂名は個々人に固有の名として固定化し、作者実体との区別は早くより曖昧となる。というより、作者実体のもろもろの属性をそのままに出してめでたい狂歌師連中を演出していたというべきであろう。作品そのものに即しても、作者実体に密着した詠も見出すことができ、必然的に狂歌師人格の（二）画一性は否定される。天明狂歌を特徴づける大流行・急激な大衆化は、（三）匿名性をむしろ放棄した狂歌師という存在が、実体との同一視を前提とすることで、大衆に媒体上への自己露出の機会を供したことが引き起したと言える。

天明狂歌は、「戯れ」であるばかりではなく、ある人々にとっては自己を盛りこむ文学様式であった（第三章各節参照）。この狂名をめぐる問題は、そうした文学としての機能以前の次元においても、天明狂歌が多くの人々に自己顕示欲を満たす機会を与えたことを示唆する。それが天明狂歌の大きな特徴の一つである大衆普及をもたらした要因とすれば、案外、本質的な問題とも考えられよう。『俳優風』（天明五年刊）に南畝が記すことには、

世の中の人には時の狂歌師とよばる丶名こそおかしかりけりとよみしころは小百年もまへの事にて、そのころ狂歌師といふはおかしな名を付く計にて浮き世を茶にする事とのみ心得、物事ふじゆうなりし世の事なるべし。今の世にいたりては……丸のや、橘屋、四方やの三軒問屋、其外はまべや、へづつやなど、おの〳〵出みせ仕みせのはんぜう。もう狂名でも有るまひと、三升をなりたや路考をはま村やなど丶いふかくで、家名をもつて呼ぶ事とはなりぬ。

「家名」といっても、これ以後羅列されるところでは、現実の屋号か、狂名に「屋」をつけただけの、例によってふざけ半分の記述である。狂名について詠む冒頭の狂歌は前述のように天明三年の作なので、「小百年」などと言っても実はほんの二年ほど前に対する追懐で、人気に支えられたこの間の狂歌の地位の急激な変化を、狂名の変質――世

間を茶化して韜晦するための狂名から、屋号にも相当する「立派」な号へ——に託して語る点は、天明狂歌における狂名の象徴的意義を語って興味深い。『狂言鶯蛙集』巻十六には、次のような大衆化に対する嫌気を吐露する「よみ人しらず」の狂歌の詞書があることもよく知られている。

> このごろもはらたはれ歌を世にもてあそびて、ことにたはれたるひやうとこをいひの、しるに、ことばはさしたるおかしきふしもいひ出ざりければ、

ここでも「戯れたる表徳」つまり狂名をのみ持てはやすことにその因を求める。狂名という安易な手段によって流行の「狂歌師」として振る舞う機会を無制限に大衆に開いたことが、結局、狂歌壇の肥大化を招き、結果として天明半ばにして狂歌壇中枢にある種の倦怠感をもたらしたということになろうか(36)。

狂名と実体との距離が縮まり、ほとんど同一化したことで、狂名は狂歌師らの自己像の表現となった。そのことによって、前掲の『俳優風』の冗談が現実のものとなって、実際に寛政期半ばには堂号・亭号・庵号などによるものものしい名のりが一般化する。同時に狂歌自体が、いよいよ正統たる和歌への志向を示したり、衒学臭を帯びたりといった傾向を示したことはその後の狂歌史が示すところである。その点において、狂名は狂歌のもつ性格の変化の指標であった。天明ぶりへの回帰が六樹園宿屋飯盛こと石川雅望やさらに後の天明老人尽語楼内匠らによってたびたび唱えられはしたものの、ついぞ叶うことはなかったが、それも、この狂名の変化が象徴するように、狂歌が韜晦の遊びから狂歌師の自己表現へと大きく傾斜していったことを考えると、抗いえない必然の流れであったといえよう。

注

(1)　石川淳「江戸人の發想法について」。初出は『思想』二百五十号(一九四三)。引用は『石川淳全集』十二巻(筑摩書店、

一九九〇）による。

（2）石川淳「狂歌百鬼夜狂」。初出は『文学界』六巻十号（一九五二）。引用は『石川淳全集』十三巻（筑摩書店、一九九〇）による。

（3）たとえば宇田敏彦「天明狂歌成立の背景」（『江戸文学研究』、新典社、一九九三）・小林勇「天明風浅見」（『国語国文』五五巻九号、一九八六）・同「安永・天明の江戸文壇」（『岩波講座日本文学史　一八世紀の文学』、岩波書店、一九九六）、また田中優子『江戸の想像力』二章（筑摩書房、一九八六）等。なお「運動」の表現は、さらに多くの論者が採るが、本稿では論述しない。動的なイメージが先行する「運動」の語は魅力的だが、多義的で曖昧化しやすい。私見ではこの語が想起させる参加者に共通の目的のようなものは天明狂歌にはない。

（4）日野龍夫「虚構の文華――五世市川団十郎の世界」（『江戸人とユートピア』朝日新聞社、一九七八、のち岩波現代文庫収録、二〇〇四）や鈴木俊幸「戯作と蔦屋重三郎」（『蔦屋重三郎』Ⅲ章、若草書房、一九九八、初出一九九一）は、直接には石川淳の所説に触れないが、作者の虚構性について類似の論を展開する。ただし鈴木俊幸氏は別のⅤ章では石川淳に言及している。

（5）中村幸彦「号のある文学」（『中村幸彦著述集』二巻一章、中央公論社、一九八一）。

（6）石川了「狂歌の流行」（『講座日本の伝承文学　韻文文学〈歌〉の世界』三弥井書店、一九九五）指摘。これが狂名の初めとすると、明和七年『明和十五番狂歌合』（写）に見える唐衣橘洲・四方赤良等の狂名が問題となる。あるいはこの写本は後年の狂名で記したか。

（7）三村竹清編『続名家手簡』所収。『江戸時代文学誌』六号（一九八九）翻刻による。

（8）石川了「『狂歌弄花集』（翻刻・上）」（『大妻女子大学紀要―文系―』二十八号、一九九六）による。

（9）『新日本古典文学大系　寝惚先生文集　狂歌才蔵集　四方のあか』（岩波書店、一九九三）中野三敏解説。

（10）松田高行・山本陽史・和田博通「略注『たから合の記』」（延広真治編『江戸の文事』ぺりかん社、二〇〇〇）による。

（11）後述する赤良の狂名とともに宇田敏彦「『四方のあか』考」（『歌子』二号、一九九四）が詳しく論じる。

（12）『狂歌知足振』が春町主催の日暮里大会の成果であることは鈴木俊幸『蔦屋重三郎』（前掲注4）Ⅱ章指摘。

（13）野口武彦『蜀山残雨――大田南畝と江戸文明』三章（新潮社、二〇〇三、初出二〇〇二）。

(14)　中野三敏「南畝耕読五」（『大田南畝全集』十二巻月報6、一九八六）紹介・翻刻。

(15)　こうした連のあり方については、石川了「天明狂歌の連について——唐衣橘洲一派を中心に——」（『雅俗』四号、一九九七）参照。

(16)　天明三年以前の赤良人気については鈴木俊幸『蔦屋重三郎』（前掲注4）Ⅱ章が論じる。

(17)　例外は『江都二色』（安永二年刊）序を幼児の玩具や草双紙の言葉遊びで綴り、その文脈で「四方あか人」と署名した程度。

(18)　濱田義一郎「朱楽菅江覚書」（『江戸文芸攷』岩波書店、一九八八、初出一九七二）。

(19)　子ども遊びが天明狂歌の主調音であると指摘したのは、『四方のあか』「児戯賦」中野三敏注（新日本古典文学大系、前掲注9）。

(20)　鈴木「戯作と蔦屋重三郎」（前掲注4書Ⅲ章、初出一九九二）。

(21)　石上敏『平賀源内の文芸史的位置』（北溟社、二〇〇〇）二章。

(22)　実際この作品には平秩東作の作が含まれる上、当初南畝が東作に示した作品数は出版時の半分強といい（東作『莘野茗談』、寛政七年序、揖斐高「寝惚先生の誕生」『江戸詩歌論』汲古書院、一九九八、初出一九八七指摘）、他にも別人の作や合作によるものが混じる可能性もある。さらに平賀源内の作品と表現の一致が多い点は（前掲注9『新日本古典文学大系　寝惚先生文集』揖斐高注）、次作『小説土平伝』（明和七年刊）が源内の刪定を経たというように（南畝識語、『新百家説林　蜀山人全集』二巻、吉川弘文館、一九〇七解題）、全体にその手が加わっているかとも思わせ、正確には南畝ひとりの手になる著作とは言い難い面もある。

(23)　『江戸の戯作絵本二』（社会思想社、一九八一）宇田敏彦校注・影印。

(24)　『万載狂歌集』『徳和歌後万載集』等に入集、牛込御門前住、医官河野元貞（『判取帳』南畝書入、濱田義一郎翻刻『大妻女子大学文学部紀要』二号、一九七〇）による。

(25)　東作の名は『書経』堯典に由来するといい（井上隆明『平秩東作の戯作的歳月』角川書店、一九九三）、天明狂歌師流のふざけた狂名とは一線を画す点には注意すべきか。

(26)　狂名の権威化については石上敏「天明狂歌とは何か」（『岡山大学国文論考』二十五号、一九九七）が論じるが、同論文は天明狂歌の王朝和歌のやつしとしての面を本質と見て、「彼らの狂名の〈意味〉とは、それが和歌の伝統に登場する歌人たちの名前のパロディであったということにつきる」とする点で本稿とは立場を異にする。

(27)『日本古典文学大系　川柳狂歌集』（岩波書店、一九五八）濱田義一郎注。広部俊也「黄表紙の人物類型」（新潟大学『人文科学研究』九十四号、一九九七）が方人について詳述。

(28) ティモシー・クラーク「中洲の盛衰」（『国華』千五十二号、一九九五）・「北尾政演画の狂歌師細判似顔絵」（『江戸文学』十九号、一九九八、のち改訂して‘Some Portraits of Kyōka Poets by Kitao Masanobu’, *Orientation*, vol. 35, Jan-2004）は、同じく政演の肉筆画を論じ、その特徴的な面貌表現が、『吾妻曲狂歌文庫』『古今狂歌袋』の肖像に似ることから、いずれも似顔であるとする。太田記念美術館『蜀山人大田南畝』展図録（二〇〇八）出品番号1北尾政演画・南畝賛「料亭四季庵図」（ニューオータニ美術館蔵）および同7・8『吾妻曲狂歌文庫』『古今狂歌袋』参照。

(29)『山東京伝全集』一巻（ぺりかん社、一九九二）棚橋正博解題。

(30) 浅野秀剛・Tクラーク編『喜多川歌麿』展図録（千葉市美術館・大英博物館、一九九五）。

(31) 前掲鈴木俊幸「狂歌界の動向と蔦屋重三郎」（注4書V章）指摘。

(32) 久保田啓一「『めでたさ』の季節」（『語文研究』五十五号、一九八三）。

(33) 池澤一郎「東山の妓――大田南畝と中国六朝文学――」（『江戸文人論』二部四節、汲古書院、二〇〇〇、初出一九九〇）。

(34) とくに菅江の場合、これを述べた『狂歌大体』の成立が天明七年四月に遡り得ることから寛政の改革を契機とする転向としては片づけられない旨、石川了氏が論じる（「朱楽菅江――多彩な文学者」『国文学解釈と鑑賞』六十五巻五号、二〇〇〇）。

(35) なお、人格の虚構化に関し、小林勇「天明風浅見」（前掲注3論文）が、古文辞格調派との連続性を見るべきことを示唆する。人格の虚構化による繁華の情趣の演出という現象は確かに類似するが、表現の方法の点で検討すべき課題を残すため本稿では論じない。

(36) 和田博通「天明初年の黄表紙と狂歌」（『山梨大学教育学部研究報告（人文・社会）』三十一号、一九八〇）・前掲鈴木「狂歌界の動向と蔦屋重三郎」（注4書V章）指摘。

第二節　狂歌角力《すもう》の発達

天明狂歌が大衆化するにつれ、高点を競い合う狂歌合やその成果を示した番付の刊行といった遊戯的な催しがさかんに行われるようになる。狂歌合の流行が最高潮にあった文政期当時の方法、つまり不特定多数の人々を対象としてチラシで配布した兼題によって入花を募り、高点を競わせ、その得点によって参加者を配列した番付とその狂歌をまとめた本を刊行する運営形態に関しては、多くの資料をもとにほぼ明らかにされたが[1]、その成立に関してはいまだ不明な点も多い。こうした遊戯的な高点狂歌会の参加には多くの場合その対価が求められたため、入花制度と深く関わる。本節では、入花制度について江戸狂歌の濫觴より幕末までを大きな視野で捉えた石川了氏の論考をふまえ[2]、高点狂歌合の興行とその結果としての狂歌集の刊行がどのようにして成立したのか、その経緯と展開について考察する。

一　狂歌角力のはじまり――『狂歌角力草《すまいぐさ》』

高点を競って勝負を争う遊戯的な狂歌合の系譜を検討する上で、一つの鍵となるのが「狂歌角力」「角力会」といった称、あるいは相撲の縁語で語られる狂歌会である。一対の狂歌に優劣の判を下すことを相撲の勝負に擬えての謂であるが、天明狂歌では相撲の縁語によって命名される狂歌集が繰り返し出版されており、結論から言えば、最終的に番付刊行の形式が生まれるのも、その延長上にあると考えられる。

では、そのはじめはいつか。『狂歌師細見』（天明三年跋刊）の見返しにこの年の各連の狂歌会の開催日が記され、そのうちに「伯楽街角力会　四之日　会料百文」「黒人角力会　七之日　入花四十八文」という二つの「角力会」が見える。後者を執り行った浜辺黒人に関しては、その『狂歌栗の下風』（天明二年刊）等三点の狂歌集の刊行が石川了氏によってくわしく検証され、書肆でもあった彼の、入花を募るチラシの配布から狂歌本の出版までの経緯が明らかにされたが[3]、この「黒人角力会」がそうした一連の出版行為を指すものなのか否かは今のところ裏付ける資料がなく不明。前者の「伯楽街角力会」は、その成果が翌春『狂歌角力草』として刊行される。とくに注目されるのは、左に示す同書の赤良の凡例に見える、その版行方法をめぐる記述である。

大江戸はこらのまちにふぐりのつり方なるものあり。……そのつどへるたびごとに、左右のうたを桜木にものして、見てのみやてふ人々にあたへしをあつめて、ひとつの巻となしてんのほゐなりしが、十たびのつどひ終るをまたで不幸にして身まかりぬ。宿屋飯盛・なますの盛方・つむりの光等その志をつぎて、その会を終る事とはなりぬ。（傍線は小林による）

「はこらのまち」とは伯楽街という美称をもった馬喰町のことで、ここを拠点とした伯楽連が、これ以後もこの狂歌角力の発展に中心的な役割を果たすことになる。傍線部からは、会の開催ごとにその成果を刷りだし、それをまとめて出版しようとした催主普栗釣方《ふぐりのつりかた》のもくろみがうかがえる。実際に『狂歌角力草』に就いて検討すれば、同一題に対して各々二首がつがえられ、同趣の題による詠が十数番から数十番続く。このような一連なりが一、二種収められるのに続き（多くは四季に関する題で、ときにこれに恋の題が組み合わされる）、それらに対してその時々に赤良とともに判者を務めたと思われる狂歌師数名の詠が並ぶ。凡例にいう「すまひのとしよりになずらへてひとつふたつかいつけたる歌」であるが、これらは、狂歌角力の一般参加者と同列の二首一番ではなく、各々が異なる題の下に詠じている。これが狂歌会一回分の成果の基本的な配列と見られ、そこで丁が改められる。21オに年寄格の唐衣橘洲・四方赤良の狂歌があり、その裏半丁が空白で、次の題から丁が改められることや、29ウ・37ウの赤良の詠のあとに一、二首分の空白があって次の丁から新たな題がはじまることなどは、右の凡例にいう、会ごとの成果の摺刷を裏付ける。ところが、こうした方法で『狂歌角力草』に収められた狂歌を会ごとに分けてみると、六、七回分にしかならない。とくに最後の分は、堀川百首題による百番二百首に続いて、丁を改めずに六十一番もの職人や雑芸能者に寄せる恋の狂歌が並び、これ以前の各一回分に比べるといかにも多い。朱楽菅江の後序は、四月から七ヶ月間に興行された狂歌会十回の成果であることを記すが、晴天十日という相撲興行に擬えたにすぎない可能性もあり、十回分の成果がその都度刊行されたとは限らない。

赤良の凡例の次の記述は、歌合の形式に準じてつがえられた左右二首の詠に対し、実際の会の席上では判詞が付されたことを示す。

　判のことばはこらのまちのはこにおさめてかくせり。もとつまち、にゐ川、深川のつらなどうつしとむといふ。されど一時のたはぶれにしてわざをぎの家にいふめる楽屋おちてふことのみ多し。よりてうなゐ子のし、にはあらねど、例のもらかしつ。

判詞は、本町や新川・深川の連中が書き留めたが、「楽屋おち」が多いために掲載しなかったという。そのことを裏付ける写本が存在する。(4) 扉に「狂歌角力　十会終」と記し、『狂歌角力草』65ウ三首目「髪結恋」の一番から末尾71ウ「仏師恋」までの三十八番七十六首、およびそれぞれに対する赤良の判詞を載せる一冊である。奥に「湊船人主」と書写者と見られる記名があるが、どのような狂歌師なのかは不明。左右の歌に勝負をつけ、「勝」の歌を中心によい出来のものに（ときには「負」の歌にも）三〜十五点を配したものが朱で記され、「楽屋おち」もほどほどに、まじめな判の詞が記されている。最高の十五点を得た宿屋飯盛の「神道者恋」の歌とその判詞を紹介すれば、

文の数やれど返事の中臣は罪といふつみ咎といふとが

左歌（この飯盛の歌、小林注）、中臣祓のことばによりてこゝだくの罪とがにもなるべき数のうらみ、一首の仕立よろしくこそ。

赤良の判詞は、返事「無」に「中臣」を掛け、『中臣祓』の「罪ト云罪咎ト云咎」を用いて、たくさんの手紙を送っても返事がないのはどれほどの罪咎かと詠んだ飯盛の歌の趣向を指摘し、その仕立てを誉める。赤良もまた「こゝだくの罪」と、飯盛にあわせて『中臣祓』の言葉を用いているのも面白い。狂歌という遊びは遊びなりに、まじめにやっているることがわかる貴重な作品評と言えるが、狂歌角力（すなわち高点狂歌会）の制度の成立を論じる本稿の趣旨からは離れることでもあり、詳細は別の機会にあらためて検討したい。

この二首一番の形式が示すように、彼らも古来の歌合や宮廷での物合の流れを意識していたようで、菅江による同書の後序は、次のようにいわばその通俗版というべき催しであったことを述べる。

おほよそ言葉をひだり右にして優劣をわいだむること、延喜十三年亭子院歌合をはじめとして天徳寛和をためしとすとかや。また物合することは長元草合、永承寛治根合よりして、前栽合、扇合のたぐひ、こゝら侍るにや。これらはみなおほやけの御遊びにして、作法あまねく世の知る処にあらず。……歌合の作法にならはんもかしこければとて、勝といひ、負といふも、おさ〳〵勧進[5]のすまひにならふ。

赤良の序もこれと同様に相撲とともに歌合の歴史に言及する。これに関しては、のちに、宿屋飯盛こと和学者でもあった石川雅望が、藤原基俊撰「長承二年十一月十八日相撲立詩歌合」という、詩歌合を相撲に見立てた先例さえも見出

したことによって、[6]通俗化あるいはやつしというような落差の意識も薄れ、むしろ狂歌の権威付けに使われることになる。

しかし、この「角力」という呼称の由来をたずねるならば、雑俳の先例がいかにも手近であろう。万句合の行われていない春夏には、安永期より「角力句合」という句会が行われていた。その興行法をめぐって様々な議論が交わされてきたが、現在ほぼ決着を見ている。[7]それによれば、各組連から寄せられた惣句の中から勝句が選ばれ、その後に、勝句が東西で同等数になるように各組連が東西に振り分けられ、あたかも東西で競吟がなされたかのように、相撲番付の様式による摺物が制作されたという。この興行方法と狂歌角力のそれとの共通点を明らかにできるだけの資料をもたないため、ここでは関連の可能性を示唆するにとどめたいが、天明狂歌が俳諧の先例を踏襲したことは、濱田義一郎氏が、宝暦六年『俳諧多満《たま》尽し』を踏まえた四方赤良・大根太木・安土弦音による安永三年の「下町稲荷社三十三番御詠歌」、明和二年刊『俳諧歌異合《かいあわせ》』を範とする天明三年刊『絵本見立仮譬尽《かいづくし》』の二例を挙げたように、[8]とりたてて珍しいことではない。後述のように、これ以後の「たはれ歌の角觝」「狂歌のすまひとり」等と称する会の結果として刊行された狂歌本では、『狂歌角力草』のような二首を一対とする配列ではなく、同一の兼題に対して多数が詠を寄せる万句合などと同様のかたちが一般化するように、雑俳の影響は小さくないと思われる。いわば歌合のやつしとして性格付けられた初期の『狂歌角力草』は、歌合と同じく二首一番に判を下す形式を採ったものの、結局、狂歌角力は、次節に述べるように雑俳や俳諧の句合に似た高点を争う興行形式[9]をもつ狂歌合として発達してゆくことになる。

二　兼題による狂歌の募集へ

この翌年には、二つの狂歌角力が行われた形跡が残る。一方は南畝が『巴人集』（写、天明四年序）同年分に見える狂歌の詞書きに「深川にてたはれ歌の角力会ありしかへりに」云々と記すのみで詳細は不明。もう一方は、同じ四方連系のうち、山の手の幕臣等によって開催されたらしく、その開催を告げるチラシの存在が知られる。(10)その催しは次のような文言で、前年の「下町」、つまり伯楽連の主催に対して、この年は「山の手」で主催することを述べ、おそらく伯楽連をはじめとする四方連系の諸連に属する人々を招いたものと思われる。

去年さつきの頃より霜月にいたるまで、四方先生の行司にて山の手下町引わかれ、たはれ歌のすまひありしためしにならひて、ことし辰の春より門前になす市谷のほとりにおいて言葉の花角力をなさばやと思ひ立ぬ。

行司には四方赤良こと南畝、世話役には山道高彦や清水燕十、紀定丸ら六名が名を連ね、正月から十二月まで、各月二題の兼題と、毎月十六日に市ヶ谷左内坂上河内屋久兵衛方で行う旨を雲楽山人（雲楽斎）の名で記す。一枚刷のチラシながら、その後の行方を決定づける、大きな興行方法の変化があったことを窺わせるのが次の記述である。

一、当日御出席無御座候御方は、前日までに最寄の世話役方へ御歌可被遣候。

一、題御銘々にはあげ不申候。おしなべに御詠可被下候。取組は当日相極め申候。

右から分かるのは、一つには、前年、各取り組み、つまり二首ごとに異なっていた席題を各月二題の兼題に統一することであり、もう一つにはそれによって会の当日に出席しないまでも出詠が可能になったことである。この時には少なくとも当日は「取組」が行われたようだが、一つの題に対して参加者がめいめいに詠み、最寄りの「世話役」に寄せる形式は、雑俳の取次に近く（とはいっても、ここではまだ仲間内の小規模なものではあろうが）、のちの高点狂歌合の興行方法に一歩近づいている。

この天明三、四年の催しの後も、伯楽連ではときに角力会が開かれていたようだが（天明七年頃「春夜伯楽宴集序」に「狂歌のつがひならずんば、ばちは角力の太鼓にあたらん」、『四方のあか』所収）、その後しばらくの中断を経て伯楽連で狂歌角力が復活する。その間の事情を語るのが『狂歌部領使《ことりづかい》』（寛政三年刊）の頭《つむりの》光序（同正月付）である。

そもたはれ歌の角觝は……ますらをのふぐりの何がしよりはじまりにたれど、絶て太鼓の音せざりしを、こたみ大江戸のはこらのちまた俊満亭につゞみ櫓かいたてゝ、四方のすき人らそゝのかし、たはれ歌のすまふをなん、ふたゝび催しける。……ふた歌ひとつがひと定つゝ、唐衣橘洲大人・宿屋飯盛大人・鹿津部真顔大人・紀定丸大人よたりの判のうちはを乞てさうぶをわいだむる事になんぬ。

この序が語るように、主催は窪俊満で、赤良の退隠後、狂歌壇において重んじられた橘洲、および宿屋飯盛・鹿都部真顔・紀定丸に判を仰いだ。ここでも「ふた歌ひとつがひと定」とは言うが、『狂歌部領使』刊本にはそのかたちは反映されない。一題に対して三首以上が並び、それも偶数とは限らないことから、二首一対の取り組みが行われたかどうかは疑わしい。一方で、会ごとの成果の摺刷は、本書でも数丁ごとに丁付の形式や版下の筆跡に変化が見られることから、この会でも行われたと推測できる。

角力句合のように東西に組連を分けて番付を出したようすもなければ、二首一番の取り組み形式も不分明な形で刊行したにもかかわらず、これを「たはれ歌のすまふ」（序）と呼び、相撲節の力士を募るために諸国を巡る役人の意の「部領使」を題とし、丁付に「すまひ」と刻するなど、この会でもことさらに相撲の縁語を用いた。その理由は、序に述べるように、飯盛の江戸払い後に伯楽連の中心としてこの会を執り行った光や主催者俊満が、狂歌角力の起源として『狂歌角力草』を刊行した伯楽連の系譜を意識したからに相違ない。ただ、狂歌を相撲に擬えて勝負の判を下す催しは、他の連でも行われている。先述の山の手、深川の会もすでにあったし、また朱楽連の『狂歌めし合』（寛政三年序刊）もその例で、次のように、この書を相撲節で各地から力士を召すことを意味する語によって命名したことを跋に述べる。

歌は左右にわかちて百つがひを八たびかさね、朱楽ぜうこれが勝負をわいだめ給ふければ、やがて勝の歌をもて桜木にきざみ、諸連にこれをわたすになん。これやすまひのせちに諸国の力士をめさるゝたぐひに似たればとて、はたたぐへんもかしこけれど、諸連の歌をあまねくつどへて一小冊子となし侍る上は、かしこまりながらめし合となづけ侍るになんと小雪多丸がいふ。(11)

「勝の歌をもて桜木にきざみ」という文言は、そのまま取れば、左右二首のうち勝とされた歌のみを採録したことになろうか。しかし、次に述べるような高点狂歌集である、つまり雑俳風にいえば勝句刷だという可能性もある。菅江は雑俳との関わりが深く、前句付の点者としても知られ、天明期の中断後、この寛政三年頃、川柳界に復帰している。(12)続いて行われた狂歌角力は、「駒すさむ浅草の殿原、狂歌のすまひとりせんと」（頭光序）という馬道《うまみちの》霜解《しもとけ》編『狂歌四本柱』（寛政四年刊）であった。浅草市人の跋に、

歌ごとに甲乙のしるしをうけて、すまひになぞらへさうぶをあらそひ、ほうびの言葉の高きをば、まがねふくきびよき勝と定めてはゞかりなくはゞかりに関取にそなへ、はたそれがつぎをばそれ〴〵にえらふで、なつ声のほそまくのうちとしるし、おとりたるは土俵のそとへすたりとなして此集にはぶきぬ。

と言うことから、多くの歌の中から秀作を撰んで載せる方式をとって編集された本とわかる。「甲乙のしるし」「ほうびの言葉」はおそらく点印の謂で、つまり高点狂歌集だということになろう。高点狂歌集といえば、狂歌角力とは称

さないものの、翌寛政五年正月に同じ霜解の編で刊行され、巻末の刊語に「連月千種会、よみ歌高点をあげて追出板仕候」とする『狂歌太郎殿犬百首』や、「よみいでけるをやがて下戸と上戸とわかち……これが甲乙のきはみを乞ふ」（頭光序）という窪俊満編『狂歌上段集』（寛政五年序刊）等、ほぼ同様の性格を持つ狂歌集が伯楽連内で出されている。後者はノドの丁付けの上に「夷歌合」「夷曲歌合」と刻されるように「合」と呼ばれたことに注意すべきで、『狂歌角力草』以来、狂歌角力を歌合の通俗版として性格づけてきたことを再確認させる。二首一番という実態の無くなった狂歌角力は、もはや高点狂歌集の一趣向にすぎないものとなった。

とくに注目したいのは『狂歌太郎殿犬百首』である。『狂歌部領使』以来、右にあげた伯楽連系のこの種の狂歌集のすべてに序文を寄せる頭光は、「めざましう勝もあり……さうぶなし、あるひは預り引分と判のうちはに定りぬ」（『狂歌部領使』序）、「手習傍輩はかたみによみあらそひて、やつがれに甲乙のしるしを乞ふ」（『狂歌太郎殿犬百首』序）等と、判を単に「勝負」あるいは「甲乙」と表してきた。『狂歌太郎殿犬百首』序において、光は次のように一段と具体的に「点」の内実を示す。十五点を最高とするのは最初の『狂歌角力草』稿本に見えるものと同じく、さらに実際に批点の残る板行物に見える点数と一致することは後述の通りである。

朱の筆もて清書草紙の点をぞひく。おのれながらをこのわざなめり。まづ日本一のきび団子と思へる歌は十五点ときはみ、柚は九点、柿は八てん、七点よりもてかみは桜木にものする事をゆるし、桃栗三てん、五点よりもて下はみなもらしぬ。

天明の『狂歌角力草』と同様、この頃にも、会を開催するごとにその成果が摺刷されたことは、『狂歌四本柱』『狂歌上段集』の体裁にも窺われる。『狂歌四本柱』の国立国会図書館本は丁付が不統一で、版下の手も数丁ごとに変わる。また本文の位置が上下し、刷りの調子や紙の色が微妙に異なるところがあるなど、もとは別々のものであった数丁ずつを綴じ合わせたと思わせる本で、後印の刈谷市中央図書館本において種々の彫り変えが見えるというように[13]、一連の会が終了した時点で校正を加えてすべてを併せて再度刷り出したと思しい。『狂歌上段集』もまた、初印本の誤りを正し、統一を図って修訂後印本が出されたことが指摘され[14]、落丁乱丁のある本が多いという実態も、こうした推測を裏付けるといえまいか。

寛政七年版『四方の巴流』において、鹿都部真顔が南畝から「四方」姓とともに譲られた「判者」の地位も（第三章第三節参照）、和歌に擬えて狂歌を権威づけようとする意図とは別に、このような高点を競う遊戯的な狂歌会の興行をも背景に考えるべきであろう。「判者」の語は天明期にはあまり見ないが[15]、この頃では、たとえば『狂歌上段集』を広告して「当時江戸狂歌判者六人の評」としたように[16]、狂歌に点を施す点者の意味で用いられ始める。これまで中心的に見てきた伯楽連系の催しの他、真顔周辺の高点狂歌会の興行を示す資料としては、真顔と花江戸住両評の部分に点が残る『江戸紫　再編』（寛政八～末年刊カ）があり、また寛政六年春蔦重版『吉原細見』の広告に見える真顔・銭屋金埒両評『狂歌抜出《ぬきで》集』も、今のところ刊本の所在は知られないが、宮中の相撲節後の優秀者による御前試合を意味する「抜出」の語を題に冠することからして、何らかの高点角力狂歌会の開催の実態ないし計画の存在を思わせる。このような催しが一般的ではなかった天明期にはほとんど使われなかった判者の語が、俳諧・雑俳における宗匠・点者と同様の意味で普及したのは、以上のように点印を付す場面が実際に多くなったこの時期のことであった。

三　『晴天闘歌集』

このような高点狂歌集という出版物の性格、つまり会ごとの結果を摺刷し、一連の狂歌会の終了段階で、すべての成果物を合せ、序跋を付して体裁を整えて正式に出版するという過程をよく示すのが、『晴天闘歌集』と、その前段階とも、構成要素とも言える返草摺物の存在である。[17] 歌麿の挿絵によってよく知られる本書は、頭光序（寛政八年三月付）に、

大宮人の歌合にならひて、誹諧歌の友どちをつどへて、西東とかたわかちて晴天十日のむしろをひらき、勝ずまひの花のことの葉かいあつめて、縄さじきのとじぶみとなし、猶、後の世にも伝はれとていたつきなせる人はたぞ。正木桂長清なり。

と、狂歌角力の流れを汲むことが示される。浅草市人の跋に「後巴人亭のあるじ、この相撲の会終らんとする頃、ゆくりなく西のかたやの空に入ぬ」というように、寛政八年四月十二日に没した頭光[18]の遺した高点狂歌集で、その興行の開始の時点は不明ながら、この跋よりおおよその終了時期が知られる。『割印帳』では、寛政九年六月二十五日割印の項に掲出され、通常なら刊行年月を付す書名の右肩には寛政八年三月の年記が示されるが、この作品は現在知られる限り無刊記である。序の日付に拠ったものであろうが、正木桂長清による版行を述べて仮名遣いの誤りへの寛恕を乞うこの序の時点でおそらくすでに返草摺物はなかば梓行されている。いずれにせよ割印との一年余りの日時のずれは、こうした会ごとに発行された返草摺物と最終的に形式を整えられた刊本という二段階の摺刷による若干の混乱を示唆するものとも解釈できようか。完本は半紙本二冊で、蔦屋重三郎蔵板目録半丁を付すが、刊記はなく、鈴木俊幸氏のご教示によれば、本書は判者もしくは催主の蔵板で、蔦屋が出版の工程を請け負った類の書という。右の序によれば長清の蔵板となる。伯楽連系高点集でも、浅草方面の人々を中心にして馬道霜解が編集した『狂歌四本柱』『狂歌太郎殿犬百首』、のちの享和二年刊『狂歌幕の内』が、霜解本人である山中要助を含む数肆の相版であるのに対して、本書は、『狂歌部領使』『狂歌上段集』と同様、伯楽連本流の狂歌集として蔦屋が刊行するという図式も見える。

この『晴天闘歌集』の前段階にあたる返草摺物集は、今のところ東京都立中央図書館東京誌料所蔵『〔狂歌集〕』（仮題、四四二―六九）、巻頭の題によって『〔残花〕』と仮称される東京大学総合図書館蔵本（E三一―一三四七）、日本浮世絵博物館蔵本、および筆者架蔵本の計四本を見出し得ている。これら四本の返草摺物集は、完本『晴天闘歌集』ではすべて削除された批点を各首の右肩に付すのが特徴である（判者の詠を除く）。最高の十五点を得た狂歌は半丁に歌麿もしくは無款の挿絵とともに大きく掲出され、以下七点までの詠を順に並べるが、この点数は前に掲げた『狂歌太郎殿犬百首』の序の記述と一致する。いずれの本も『晴天闘歌集』全八十九丁のすべてではない。各本の内容は以下の通り。

東大本　20ウ～26オ（完本『晴天闘歌集』実丁数による該当箇所、以下同）
東京誌料本　20ウ～32オ、62オ～68オ
架蔵本　53オ～59ウ、62オ～78オ
浮世絵博本　6ウ～32オ、34オ～45オ、46ウ～50オ、52オ～78オ、79オ～88オ

つまり浮世絵博本がもっとも多く、序～6オ、32ウ～33ウ、45ウ・46オ、50ウ～51ウ、78ウ、88ウ・跋の第89丁を欠くのみで、かなり完本に近い。右の諸本のうち、東京誌料本と東大本は、同様に開催されてほぼ同時期に出されたと考えられる他の会の返草摺物と合綴されており、旧蔵者が同種の摺物をいくつか綴じ合わせたと考えられる。これらの摺物集を完本『晴天闘歌集』と比べると、いくつか校正の跡が見られる。たとえば完本『晴天闘歌集』20ウと、東京誌料と東大本にある当該箇所を比較すれば、尚左堂俊満の一首において、返草摺物の段階で「新がつほくればぞ春にわかれ霜」と字足らずであったのを、完本『晴天闘歌集』では「新がつほくればぞ春にわかれ霜」と脱字を補い（傍点は小林）、岱之平亀なる人物の詠で「つめとう」とあった仮名遣いの誤りを「つめたう」と修正する。また、「寄能

恋」のうち、摺物段階で「うき人にあつくおもひをかけ舞台薪の能に胸をこがして」（15オ、夢覚兼）とあって恋を能の縁語で綴るのみであったのを、完本『晴天闘歌集』では初句を「舞人に」と改めて能役者への恋とするなど、添削が反映されたと思しい形跡もある。また、狂歌師名では「東夷」「米々庵東夷」が「可々庵東」（「べいべいあん」と訓むのであろう）に彫り変えられるが、これはおそらく狂歌師個人の庵号による表記の希望を反映したものであり、また「末程吉」が「下館　板谷棟成」に（24オ）、「桑折　朝霧深樹」が「白川　方寸斎長丸」に（34オ）、それぞれ彫り変えられたといった例は、所付を異にすることと、とくに「末程吉」の名は完本『晴天闘歌集』の段階でも他の箇所では見られることから、おそらく取り次ぎや編集の過程で起こった取り違えを修正したものと推測される。

編集の過程を窺わせるのは、完本『晴天闘歌集』で53オ～78オに相当する二十四丁半分である。浮世絵博本・架蔵本のその箇所はノドに「■壱」～「■廿四」（■は彫り残し）の仮の丁付が確認できる（架蔵本では「■壱」の丁に当たる第52丁は失われている）。完本『晴天闘歌集』では、この丁付を削って、彫り残し部分に新たに丁付を入れている。架蔵本にはない『晴天闘歌集』第60・61丁に相当する二丁分は、浮世絵博本でもこの仮の丁付を欠き（版面は刷られている）、ノドは空白のまま、第55・56丁の間に入れている。完本『晴天闘歌集』を正しい配列とするならば、錯簡ともいえる状態である。

では、この間の狂歌の配列を見てみよう。この狂歌集は半丁に六首を収めるようになっていて、「■壱」とされる第52丁にはオモテに挿絵と「月」の題で最高点を得た一首があり、同丁ウラ以下「月」の狂歌が四十一首、55ウまで四丁にわたって並び、末尾に真顔の一首が置かれる。56オが「砧」を題とする最高点の狂歌と挿絵の丁となり、つづいて同丁裏から59ウなかばまで「砧」の狂歌が四十首続き、最後に大屋裏住の一首が置かれた後、「月」の狂歌が二首あってここまででやはり四丁。この『晴天闘歌集』第52丁から第59丁までの七丁分は、浮世絵博本・架蔵本の返草摺物集は、完本『晴天闘歌集』と、前述の彫り変えや批点を除いて同じである。架蔵本が欠き、浮世絵博本で配列を違えて右のように「月」四丁と「砧」四丁の間に入れる、『晴天闘歌集』第60・61丁は、その中にあってやや特異である。ともにオモテに無款の挿絵とその賛である狂歌一首（題は各々、「浦月」「恋」）を配し、ウラには狂歌を載せるが、60ウでは「浦月」が四首、61ウでは、「恋」一首、「傾城恋」一首、「田家砧」四首である。62オ以降、別の題に変わって「稲」を題とする狂歌四十首、約四丁、「寄橋恋」二十七首、約二丁半と続くので、この二丁分の狂歌はいかにも一題に対する狂歌の数が少なく、また挿絵の出る頻度が高い。当然ながらそれぞれの題に対して判者格の人物による詠も付されない。つまりこの二丁分は、架蔵本のかたち、つまりおそらく最初の返草摺物の段階では、欠けていたものであったのが、別にこれら種々の題の狂歌十四首が輯められ、挿絵を交えて浮世絵博本のようにほぼ完本に近い段階まで返草摺物をまとめた段階でここに加えられたと考えられる。つまりこの二丁の位置は、本来どこに入れてもよいものであったため、浮世絵博本と完本『晴天闘歌集』で配列に違いが生じたのであろう。

浮世絵博本と完本『晴天闘歌集』とを比べれば、前者にない数丁は、同様に前後から独立した内容を持つことが分かる。まず、第33丁と第51丁は、ともにオモテを挿絵と画賛に宛て、ウラに仁義道守と緑青人の狂歌を三首ずつ掲載する。オモテの挿絵にはともにこの道守の落款があり、賛は道守と青人が一回ずつ分け合う。これらの狂歌の題も前後の丁とは異なるもので、あとから挿入したことは明らかである。それらの前半丁、つまり32ウ・50ウも、それぞれ「寄歌舞伎恋」「寄操座恋」各六首となっていて、その前まで数丁にわたって十数首から数十首が並んでいたことに照らすと、明らかにこの半丁も独立していて、後から加えたものと考えられる。また、45ウ・46オ、これは上下分冊になっている完本『晴天闘歌集』の上冊末ウラ、下冊初めのオモテの各半丁に相当するが、ここも仁義道守の画に「恋」の一首の半丁および同じ「恋」六首の半丁と、ここもどうも後から追加した感がある。末尾88ウの「祝」六首も同様であろう。

浮世絵博本で空白となる78ウは、前後の題の並びも併せて検討する必要があろう。完本『晴天闘歌集』78ウには、73オから六丁続く「菊」六十二首の末尾三首（催主・判者を含む）と「野分」三首が配される。79オには、無款の挿絵に紀晴之による恋の一首があり、そのウラは「恋」四首と「蔦紅葉」二首、次の80オに同題が六首続き、80ウに無款の挿絵に紀軽人の「河落葉」一首、続く81オ・ウにかけて河落葉八首が並び、恋四首を加えてこの丁を埋めている。82オからは、氷二十五首約二丁、神楽十四首約一丁半と続いてゆくから、やはりこの78ウの「野分」三首から81ウまで、数首ごとに題が変わり、異例の感がある。78ウは、最初の返草摺物の段階ではおそらく裏表紙にあたっていて空白であったものを、完本にまとめる際に同じ題で判者らの狂歌を付け足し、また「野分」三首を集めて埋めたのであろう。それと併せて浮世絵博本のように臨時の催しか何かで作られた「恋」「蔦紅葉」などの題の三丁を挿入したと考えられないだろうか。つまり、60・61丁と同じ要領である。

浮世絵博本は、序文のあと、巻頭から6オまでの五丁半、つまり「霞」十一首、「鶯」十四首、「梅」十七首、「花」十二首も欠くが、その点に何か理由があるのか、それとも偶然のことなのかは分からない。この部分には挿絵が一図もないことから、あるいは別の成立事情があるのかも知れない。この点を除けば、浮世絵博本と完本『晴天闘歌集』との相違、またそれらにおいて十首に満たない少数の題の詠作はすべて右の推測のように後から加えられたものとして説明が付く。つまり『晴天闘歌集』は、はじめ、東大本・東京誌料本・架蔵本のような一回ごとの返草摺物であったのが、浮世絵博本のように、それ以外の臨時で開かれたような小規模の会の成果を集めた数丁を交えてとりまとめられるという過程を経て、その空白を埋め、またさらに数丁を補って、最終的に、序跋を付し、刊記・表紙の体裁を整えて、完本『晴天闘歌集』として世に送り出されたと考えられる[19]。

第一段階と考えられる返草摺物であっても、相互に若干の相違があることから、以上のような三段階は単純化した把握であって、実際にはさらに細かく、種々の経過を経たようである。完本『晴天闘歌集』26オに相当する丁で、この丁を最終丁とする東大本では判者の三陀羅法師・桑楊庵（頭光）まで五首を載せて末尾一首分を空けるのに対して、数丁が続く東京誌料本・浮世絵博本では、次の三十六首続く「菖蒲」の一首目をここに繰り込む（文字の位置が上下しており、版木の切り接ぎか入木かであろう）などの相違がある。相手によって数回分をまとめて渡したり、一回分のみを渡したりと、刷り出しの方法にさまざまな違いがあったのかも知れないが、その辺りの事情にはさらに検討の余地があろう[20]。

いずれにせよ、数十首ないし十数首の高点歌を集めるような比較的大規模な会で作られた返草摺物をもとに、小規模なあるいは臨時の会の摺物などを補い、さらにその間隙を埋めて成り立ったのが『晴天闘歌集』であったといえる。そのようなあとから加えられた丁への入集者は、少なくともこの時点では名の知られない狂歌師らであり、こうした丁が作られた理由としてもっとも考えやすいのは入銀であろう。その額の多寡によって、通常なら最高得点の歌に与えられる画賛の位置に配されたり、通常に募集された兼題とは異なる題の狂歌を、判者の点に左右されることなく載せることが可能であったりしたのではなかったか。仁義道守と緑青人と二名で二丁を独占し、道守が二図を描いた第33・51丁はそのもっとも顕著な例であろう。

これらの返草摺物にはまだ不明な点も多少はあるが、少なくとも、高点返草摺物を基礎としながら、入銀などの特殊な事由による入集者などを増やすことによって、返草摺物段階の不都合や無駄をなくし、丁を増やして一冊に仕立て上げるという編集の方法は推測できる。東京誌料本も東大本も、他の同様の返草摺物と合綴されており、他にもこうした摺物集の残存は少なくないが、見方を変えれば、こうした多くの高点狂歌合の結果としての返草摺物のうち、企画に継続性があって判者等が出版費用を都合して一定分をまとめることができたものだけが、このように一冊の本として、版元の手を借りて上梓されることになったということもできよう。

四　『狂歌鵬』へ

この『晴天闘歌集』以後も狂歌角力はさかんに行われる。『晴天闘歌集』に入集していた岩槻の可々庵東が、自ら判者として狂歌角力を催した『夷曲久語花《ひさごのはな》』（寛政八年序刊）は、他にあまり見えない狂名が並ぶこと、また田舎版らしい体裁から同地の催しの成果かと思われる。馬道霜解は着々と狂歌角力を続け、享和二年にも『狂歌幕の内』を出す。同書の国立国会図書館本には、上下二冊のうち下冊に、通しで付された丁付とは別の丁付が三丁にあり、これもやはり返草摺物段階の丁付の削り残しと思しい。

ただ、同じく狂歌角力を名のる狂歌集でも、いまだ形式には揺れがある。享和二年の跋をもつ、芍薬亭長根判『竜宮城百番狂歌合』[21]は、相撲に倣って左右ではなく東西として勝負を定める旨が序跋に記され、実際に東西の歌をつがえて判詞を付しており、これまで述べた伯楽連を中心とする狂歌角力の方式とは一線を画す。下って、文化年間の刊と思われる『雪月花狂歌合』（常盤種松編）は、左右の歌を一番として勝負を下し、判詞を付す歌合の形式に則る作であるが、石川雅望が序において天明の『狂歌角力草』の狂歌角力にその淵源を求め、「此たはぶれ、今も猶世におこなはれてさることとする人おほかりとか[22]」と述べるのは、開催・編集の形式の相違は措いて、他の狂歌角力との類縁性を認めるもののようである。

一方、狂歌角力を標榜せずとも高点返草摺物が残る例は少しずつ多くなり、『晴天闘歌集』同様にそれらから作られた本が知られるようになる。例えば、編者自序に、狂歌に点をかけて刷り出すことが一年に及び、それらをまとめて出版する旨を述べる芍薬亭編『吾妻曲《あづまぶり》花鳥余情』（刊年未詳）は、やはり丁付や版下の不体裁の目立つ、返草摺物から作られたことがよく分かる本であるが、この本でも一冊のうちに『晴天闘歌集』にも見えた東夷から可々庵への狂名表記の変更が見られ、これと同時期の編集・刊行と思われる。よく知られた例としては『狂歌左鞆絵《ひだりどもえ》』がある。(23)これは寛政十二年に割印を得たのち、高点返草摺物集をまとめて三冊本とし、最終的に享和二年の序を冠して蔦屋から出版された作で、完本の他、同一版木ながら丁付・各丁の順を異にし、各首の右肩に点を有する等の相違があって丁数が少ない本、つまりその返草摺物数種が存在する。このように最終的にまとめて本として出版されるに至らないものでも、返草摺物がこの時期に数多く出されはじめたことは、たとえば九州大学富田文庫につけば、旧蔵者の富田新之助氏によっておのおの享和から文化頃と推定され、大抵はいくつもの小冊が合綴された、夥しい数の摺物集の存在が証する。これらは『晴天闘歌集』の返草摺物と同じく、各首の右肩に点数を付すのを特徴とする。

『晴天闘歌集』の数年後には、判者による評価の相違が一目して分かるという合評の面白さを全面に出し、正式の刊本にも点を残す形式が始められる。(24)三陀羅法師編『狂歌東西集』（寛政十一年刊）は、狂歌におけるその先駆けであることを次のように宣言する。その主張の真偽はともかく、合評の形式は、江戸狂歌においてはこの頃から行われはじめ、定着する。

　毎歌の傍らに一二三七八十三五等の印は、時の行司惣点の数也。もとも題のかしらに　酔、四方、千など書たるは行司庵号の頭字なり。此片名の順を以て横に見通せば、行司誰は何点、誰こそ何点と、しれやすきが為也。世にあまた有る狂歌集には此例なしといへども、詠者の手柄をあらはさんが為にこたみはじめてこのことをなす。

さて同書の凡例には、次のような文言も見える。

狂歌合を角觝となす事は天明の始、何某のうし一会のちらしに太鼓を画して好友を勧られしより此かた有り。高点なる物を大関・関脇・小結・前頭等の名をかうむらしめ、判者と行司と呼べる事、みな滑稽の戯れ也。

狂歌角力の起源を天明三年の釣方の『狂歌角力草』の会に求めることは、これ以前にも行われてきた（残念ながらここに伝えられるその会のチラシの存在は今のところ知られていない）。注目したいのは続く記述である。高点歌に大関・関脇・小結・前頭等の名を冠したという記録は、筆者の知る限りではこれがはじめてである。今日残る『狂歌東西集』そのものにはこのような位付けは記録されていないが、こうした発想からは番付の制作までそう遠くない。知られる限りもっとも早い番付は石川了氏の指摘した文化二年のものである[25]。ここに、兼題による入花の募集、集められた狂歌を最終的に本として刊行し、あわせて得点によって番付を制作するという近世後期江戸狂歌の典型的な興行形態が成立することになる。

式亭三馬編『狂歌觿』（享和三年刊）がこうした時期に出されたことを鑑みれば、その意義はより明白に理解される。つまり『狂歌觿』は単なる『俳諧觿』（明和五年初編刊）のもじりや模倣ではない。点取俳諧が盛行しはじめた宝暦・明和期の江戸俳諧において『誹諧童の的』（宝暦四年刊）・『俳諧觿』といった点取手引書が刊行されたのと同様に、高点狂歌集が編集・出版されつつあった狂歌壇において、高点を取るための手引書の需要が見込まれたからこそ、各判者の嗜好と主義の案内として刊行されたといえよう[26]。たしかに天明七年頃に真顔を編者に「諸家の秀作をあつむ」等として蔦屋の広告に出始めた段階では[27]、洒落本『傾城觿』と同じく、『俳諧觿』のもじりの企画であったかも知れない。しかし実際に刊行された頃には、こうした江戸狂歌壇の趨勢の中で、点取手引書として実用的な役割を担うようになっていたことは、初編後印本付載の主版元万屋太次右衛門（すなわち三馬自身）の広告で、出来上がった『狂歌觿』後編（文化三年刊）について「よみ方をしるためには此上もなき近道にて、題詠点取の重宝いふばかりなし[28]」とすることがはっきりと示している。

結び

天明狂歌を主導してきた南畝や菅江周辺に倦怠感が漂い始めた天明四、五年頃より、書肆蔦屋重三郎が狂歌会を準備し、南畝や橘洲、菅江らに依頼して狂歌本を編集させ、刊行するという版元主導の本作りが行われたことは、今や定説に属する。[29]以上に論じた一連の狂歌角力の興行と、その成果としての狂歌摺物、そして狂歌本の出版は、そのような版元主導の本作りとは別の動きが、寛政半ば以降の狂歌壇において出始めたことを示すものである。この狂歌角力の発達過程は、南畝や菅江らの次代・次々代にあたる狂歌判者たちが、営利的な関心を伴いつつ自ら狂歌合を運営しはじめた、いわゆる狂歌判者の職業化の具体的な実態として捉えることができよう。

注

（1）丸山一彦「狂歌合にみる地方と中央との交流――文政期の資料を通して――」（『文学』四十六巻八号、一九七八）。

（2）石川了「江戸狂歌史の一側面――入花制度とのかかわりを中心に――」（矢野貫一・長友千代治編『日本文学説林』和泉書院、一九八六）。

（3）石川了「浜辺黒人による江戸狂歌の出版――天明一、二年を中心に――」（『大妻女子大学文学部三十周年記念論文集』大妻女子大学、一九九八）。

（4）後藤憲二氏御教示。

（5）版本は「勧越」。文意によって改める。

（6）『狂歌初日集』（芦辺田鶴丸編、享和二年序刊）序・『雪月花狂歌合』（文化年間刊）序などおいて雅望が挙げる。『平安朝歌合大成』三（増補新訂版、同朋舎出版、一九九六）の萩谷朴解題によれば続群書類従本（十五輯下）が唯一の写本。『玉葉』『今鏡』もこれに言及するようであるが、それらは「相撲立」の語は用いていない。
（7）桜井仁美「角力句合に関する一考察」（『早稲田大学大学院教育学研究科紀要』三号、一九九二、『季刊古川柳』七十九号、一九九三に転載）による。
（8）「江戸文学雑記帳（一）踏襲」（『江戸文芸攷』岩波書店、一九八八、初出一九七九、原題「偶観抄」）。やや時代は下るが鳴滝音人編『旧則歌仙』（寛政八年刊）も、立圃の俳書『休息歌仙』の先例を襲う点でこの系譜に連なる。
（9）尾形仂「月並俳諧の実態」（『俳句と俳諧』角川書店、一九八一、初出一九七五）によれば、万句合は俳諧の月並句合に先行する。加藤定彦「生成期の月並句合——江戸俳壇を中心に——」（『国語と国文学』七十一巻五号、一九九四）は、江戸では宝暦末頃より点取りの月並句合が行われたことを論じる。
（10）渋井清「浮世絵入門」（『太陽浮世絵シリーズ　歌麿』平凡社、一九七五）図版掲載。
（11）東京都立中央図書館加賀文庫蔵本による。
（12）宮田正信『秘稿最破礼』（太平書屋、一九九二）解説に詳しい。
（13）『江戸狂歌本撰集』三巻（東京堂出版、一九九九）同書解題（佐藤悟執筆）指摘。
（14）『江戸狂歌本撰集』四巻（東京堂出版、一九九九）同書解題（石川了執筆）指摘。
（15）『狂文宝合記』（天明三年刊）出品の鹿都部真顔「戯作者の観音略縁起」で木網・赤良・菅江を三社権現に準えて「はん者ごんげん」とし、『俳優風《わざおぎぶり》』（天明五年刊）で位付けを行った赤良を「判者」とした例以外、『狂歌角力草』朱楽菅江後序に、歌合に準えることを憚るとした上で、勝負の判を下す人を「かの歌合のはんざにもなずらへ、またすまひのぎやうすにもたぐへむとす」とする例程度か。
（16）鈴木俊幸『蔦重出版書目』（青裳堂書店、一九九八）寛政五年『堪忍袋緒〆善玉』項。
（17）俳諧におけるこの名称（尾形仂「月並俳諧の実態」『俳句と俳諧』角川書店、一九八一所収等）を狂歌にも適用した鈴木俊幸氏（前掲注16書）に倣う。
（18）武田酔霞「つぶり光の墳墓」（『みなおもしろ』一巻八号、一九一六）。
（19）上方狂歌では、中野真作氏が、寛政末～文化初年における月次会の摺物（丁摺）から成った麦里坊貞也編『和歌夷』『後にも夷』の例を報告している（日本近世文学会平成六年度秋季大会口頭発表「『和歌夷』・『後にも夷』の上梓について」）。また俳諧では早くに類例があり、建部綾足の宝暦十二、三年頃の月並句合の摺物『古人六人以上句』が改修されて『片歌東風俗』（明和二年刊）として刊行されている（『建部綾足全集』三巻、国書刊行会、一九八六、長島弘明同書解題）。

（20）架蔵本・浮世絵博本では、何箇所かに空白の見開きがある。それらは、各題の最低点つまり七点の歌の並びの末尾、多くの場合判者の狂歌の位置の直前にあたる。たとえば「砧」の末尾で、大屋裏住の一首のある『晴天闘歌集』では59ウに相当する丁は、架蔵本・浮世絵博本ではそのオモテとは別の紙に刷られ、その間の見開きが空白になっている。袋とじになったこれら二丁の白紙の半丁ずつを貼り合わせれば、一丁の体裁となり、架蔵本では糊付けされている。空白の見開き直後の一首分が彫り残されている場合（『晴天闘歌集』68ウ）もあり、追加入集者に備えた措置と考えられるが、よく分からない。

（21）九州大学文学部富田文庫蔵本による。同本の書名は後補の墨書題簽に『竜宮百題狂歌東西角力歌合』とあるが、ここでは菅竹浦『狂歌書目集成』および石川県郷土資料館『大鋸コレクション目録』を引く「日本古典籍総合目録」データベースによる書名とした。

（22）九州大学文学部富田文庫蔵本による。

（23）田中達也「窪俊満の研究（一）」（『浮世絵芸術』百七号、一九九三）が、複雑なこの本の書誌について検討を試みている。

（24）判者が自らの出題に各々判をする寛政期の合評制から、同題に対して複数の判者が点をかける方式への合評形式の変化については、石川了「江戸狂歌史の一側面」（前掲注2）参照。

（25）石川了「江戸狂歌史の一側面」（注2）。同じ頃の刊と思われる番付に、東大総合図書館蔵『〔狂歌角力種〕』（E三一－一三九六、墨書題）所収の、千秋庵・浅草庵・桑楊庵三評「狂歌角力初会」摺物の共紙表紙の裏に、狂歌師を東西に分け各二十三名を大関から前頭に配列した番付とする例、富田文庫の浅草庵・末広庵両評「狂歌大角觝」摺物で（二六V、一八－三二）、「夕立」題によって東西に二十五名を並べる番付がある。

（26）ちなみに「側」の称は、『狂歌觿』において編者三馬が「すべて何側といへる物は、たはやぎぶりにいふめる其角側去来側などをもてしばらくかりにならへる也」というように、これ以後、慣例化したと思われ、実際これ以前には用いられなかったというのが私見である。

（27）『狂歌千里同風』（天明七年刊）・『古今狂歌袋』（同頃刊）等の蔦屋の目録に中本全一冊として広告される。後者の広告全文

は鈴木俊幸『蔦重出版書目』（注16）掲載。

(28) 東京大学総合図書館蔵本による。

(29) 鈴木俊幸「狂歌界の動向と蔦屋重三郎」（『蔦屋重三郎』V章、若草書房、一九九九、初出一九九一）。

第三節　天明狂歌の「江戸」

江戸賛美が天明狂歌の大きな特徴の一つであることに異論はあるまい。それ以前の狂歌と天明狂歌とを比べたとき、技巧の多寡やそれによる一首の勢いに多少の差は認められるものの、掛詞の多用、同音の繰り返しなどによる言葉の調子といった点でも類似の先例はあり（第二章第一節）、その点に天明狂歌の独自性を求めることは難しい。本章第六節に見るように先行作にその萌芽は見られるものの、江戸の泰平を謳歌し、大いに味噌を挙げる天明狂歌師たちの愉快な気分こそが天明狂歌の大きな特色であり、また魅力であると言えよう。

数ある天明狂歌の作品の中に、それもよく知られた代表的な作品に、江戸を、つまり江戸の土地や風物・風俗を賛美することだけで一首が成り立ち、滑稽の要素を欠く歌があることも早くより指摘されている。(1)そうした作から笑いを導き出す鍵が「めでたさ」であるとして、「めでたさ」の気分を天明狂歌の本質と見なす説も提唱されている。(2)

そうした歌をはじめとして、江戸の街に取材する天明狂歌の作品は少なくない。江戸の街を主題とする狂歌集も、天明期の狂歌絵本以来、幕末まで連綿と編まれており、江戸という土地が狂歌師連中にとって格好の題材であったことは疑いない。そこで本節では、そうした江戸を題材とする狂歌を採り上げ、それらの作の表現的特質とその変遷について考察する。江戸賛美を特徴とするとされる天明狂歌は、いかに江戸を表現したのか。一口に天明狂歌とはいっても、作者や連ごとに詠風に相違は見出せるが（第三章各節参照）、本節では江戸の各地に取材するという切り口における天明狂歌の詠風の集団的特質を析出すべく、あえて個別の作者や連ごとの主義や詠風の相違を捨象して検討することにする。

一　天明狂歌は江戸を描いたか

では具体的に、そうした江戸賛美の狂歌の例を見てみよう。まず、天明狂歌の親玉四方赤良こと大田南畝の代表的な狂歌の中から、江戸の街に取材する天明期の作を挙げてみる。

一面の花は碁盤の上野山黒門前にかゝるしら雲　『狂言鶯蛙集』（天明五年刊）巻三春下

「上野花」を題とする一首。上野山の桜は、南畝が生涯にもっとも多く狂歌に詠んだ題材の一つであるが、それら多くの作の中でもよく知られた詠の部類に入り、のちの自選『蜀山百首』（文政元年刊）にも収められる。桜を白雲に擬える和歌の伝統的な発想から、その白と黒門の黒の対照を碁盤に見立てるのが趣向である。湯島あたりの高台から捉えた景の表現かとも思わせるが、その実、黒門だけでは黒一点にすぎず、他の堂宇の瓦屋根の黒を考慮に入れても、白黒の石が並ぶ碁盤と見なすのはやや厳しくはないだろうか。実際の視覚的把握に基づく喩えというより、むしろ黒白という言葉の対置から生まれた観念的表現と考える方が自然であろう。事実、この歌に倣ったと思われる「碁石とも見ゆる上野の寛永寺花のしら雲かゝる黒門」（天秤坊、万象亭編『絵本吾嬬《あづま》鏡』天明七年刊）では、碁盤から一つの碁石へと表現が弱められる。結局、この見立ては上野の花の景色を描くようで、実は描いていないのではないか。南畝の次の「吉原花」の題による二首はどうであろうか。

吉原の夜見せをはるの夕ぐれは入相の鐘に花やさくらん　『万載狂歌集』（天明三年刊）巻二春下

中の町うゑたるはなのかたはらに深山木などは一本もなし　『狂歌才蔵集』（天明七年頃刊）巻二春下

一首め。能因の「山里の春の夕暮」（『新古今和歌集』巻二）の世界では桜の散る入相の鐘の時、江戸の吉原では、花で飾られた仲の町で、いわゆる物言う花の遊女たちが見世を張ると、二重の意味で花が咲き誇るさまを詠む。花の吉原を謳歌する情緒が、この一首をたんなる本歌の反転に終わらせないものの、「夜見世を張る」「花や咲くらん」以上の具体的表現はなく、そこから華やかな景を想像で補うのは読者である。本歌をうけて「らん」で結ばれることは、その観念性を強調しよう。つまり景を描くことより、本歌の山里の景を引き合いに出しながら吉原の全盛を謳う趣向に一首の眼目がある。二首め、「花のかたはらの深山木」とは、『源氏物語』紅葉賀巻で光源氏とともに青海波を舞った頭中将の喩えであったが、この吉原にはそんな見劣りのする遊女は一人もいない、と言いきることで、居並ぶ遊女たちの垢抜けた美しさを称揚する。「深山木はない」と言うだけのこの歌は、意味の上では「植えたる花」以上のことを、つまりそのさまや数などの一切を描かないが、そのことが満開の桜と美を競い合う遊女たちの存在感を語って余りある。「吉原花」という題は、咲き誇る仲の町の花と全盛の遊女の姿を、その本意ともいえるほどに当然の前提としていたはずで、いずれの例でも、一首の力点は、それをどう表すか、どのような趣向を絡めるかという表現技巧にある。それゆえ、いずれも吉原の華やかさを描写するようで、しかし観念的になる。次は、これらに輪を掛けて対象を描かない。

二千里の海山かけて行く月もいでたつ足のにほむばしより　『狂歌若葉集』（天明三年刊）巻下

題は「日本橋月」。日本橋が東海道の起点であることから、西へ行く月を西上する旅人に見立て、その足の二本に日本橋を掛ける。二を二千里の音に重ね、「三五夜中新月の色、二千里の外故人の心」（白居易「八月十五夜宮中独直憶元九」・『和漢朗詠集』所収）の遥か遠くを想う気分を漂わせる。ここで実際に描かれるのは運行する月だけで、歩を進める旅人の足運びを同時に連想させるにとどまり、日本橋は言葉として取り入れられたにすぎない。西へ行く月の先々の海山も観念の世界で、日本橋が街道の起点であるという知識を媒介として成立する歌である。次の例は、刊本に採られてはいないものの、南畝の佳詠として今日的評価が高く、しばしば引用される一首。

両国のはしより長き春の日に槍二三本たつ霞かな　『巴人集』（写）

一見、両国橋上に絶えないと言われる槍を二、三筋描いて絵画的な印象を与えるが、その大名行列の毛槍を、霞と並べて「立つ」ものとした点は、春の日の長さの比喩として両国橋を取り合わせたのと同様に、趣向である。春霞に包まれた両国橋のさまが具体的に描かれるわけではない。南畝の江戸に取材した作の多くがこの調子で、実はその景を描かない。たとえ描いても類型の範囲内で、むしろ多くの場合、その上に凝らされた彫琢に主眼がある。

このように江戸の各地に取材しながら、その地の景を描くことがない、描いても類型・観念の範囲内であるといった傾向は、南畝一人のものではなく、他の天明狂歌師にも多かれ少なかれ認められる。代表的な作者の例を検討してみよう。まず明和に最初の狂歌会を催し、天明狂歌の草分け的存在であった唐衣橘洲には、次のような詠がある。

双六のふり出す雨ははれにけり月を乞目の日本橋より　『狂歌若葉集』巻下

手にとらぬはし場でくふた道草は露も浅茅がはらにたまらず　同　右

一首めは、これも「日本橋月」と題して、振る－降る、月を乞う－乞目、二－日本橋と掛けて、日本橋が道中双六の始発点であることを前提に、振り出す・乞目・二と双六の縁語で構成して、雨後の月の出を待つ心を詠む。双六の連想に題の月を配して日本橋の語を詠み込んだ作といえ、実際に雨後の日本橋を描くわけではない。二首めは、題して「浅茅原」、橋場も付近の地名で、箸－橋場、原－腹を掛けて、原の語から手にもとれない草の露を連想させる語をちりばめつつ、内容の点では道草は食っても腹にたまらないと言うのみで、これもその地を詠むものではない。露深い原野、はかない露という和歌的な世界の連想と、道草が空腹を満たさないことを残念がる下卑た態度の落差を楽しむのであって、題の浅茅が原のさまを描く意図は片鱗も覗かせない。次に、南畝の盟友として天明狂歌を主導した朱楽菅江の例を挙げれば、

今朝みれば木ごとに花のさかひ町あら面白の雪のふり付　『徳和歌後万載集』（天明五年刊）巻四冬

「堺町雪」を題に、「雪ふれば木ごとに花ぞさきにける」（『古今集』六冬・紀友則）以来の発想に基づいて樹々の梢に降り積もった雪を花に見立て、「花咲く」に掛けて堺町を出す。木（拍子木）、雪の「降」に掛けた振り付け、謡曲「鉢木」の「あら面白からずの雪の日やな」めいた謡曲がかりの詞章をちりばめて、全体を芝居の縁語構成に仕立てた歌であるが、この歌から「花」やかで「面白」い振り付けの所作事のさまを具体的に想像することは難しい。また、同じく菅江の作に、「葛飾の竜眼寺に萩を見侍りて」の題で、

よせぎれと見ゆるお寺の錦かなどこもかしこもはぎだらけにて　『万載狂歌集』巻四秋上

別名萩寺として人々に楽しまれた寺をよむこの一首は、上の句で『古今集』以来、錦に喩えられる萩をあえて寄せ裂に擬え、下の句でその心を継ぎはぎ－萩だらけと謎解きをする作で、これも萩寺が「萩だらけ」であることを前提に、これを寄せ裂と呼ぶ趣向が要である。もう一人の天明狂歌の主導者元木網も、「吉原花」を詠めば、

中の町塩がま桜うつし植ゑてそばをとほるの大臣もあり　『万載狂歌集』巻二春下

塩竃桜は桜の一種で、陸奥塩竃の景を模した庭を営んだことで知られた（謡曲「融」等）左大臣源融－通ると掛けて、花盛りの吉原を闊歩する当世の大尽の姿に重ねる。やはり吉原の描写よりも、豪奢に遊興する大尽たちを融の大臣に見立てる趣向が一首の眼目である。つまり、橘洲・菅江・木網の場合も、それぞれの地に対する一定の像・類型を前提として、対象を描くことよりも、それに絡める趣向に力点をおく点で、南畝の詠み方と共通している。

さらに他の狂歌師の作を見てみよう。天明三年の伯楽連主催の狂歌角力の成果『狂歌角力《すまい》草』（天明四年刊）には江

戸の名所と四季折々の風物を取り合わせた題による狂歌が約七丁分収められる。題は「増上寺暮鐘」「正灯寺紅葉」「梅屋敷春」「目黒滝」「湯島遠眼鏡」といった調子で、四十三番八十六首が並ぶ。うち、数首を採り上げてみる。

あたごより霧の辰巳をながむればはるかに太郎房州のやま　　吹殻咽人

羽うちはのあふげば高き愛宕山はなの先にも安房上総みゆ　　婆阿上人

「愛宕山眺望」を題とする取り組み。芝の愛宕山に京のそれから天狗の太郎坊を借りて仕立てた二首。一首めは霧立つ－辰巳、太郎坊－房州を掛けて、霧に煙った東南の海上の遠くに房総半島を描き出す。二首め、扇ぐ－仰ぐを掛けて、天狗の縁で羽団扇と鼻を詠み込んで同じく海上の眺望を詠む。いずれも、具体性を帯びた叙景のようだが、江戸前の海上の眺めがよいことを安房上総が見える、というのは定型で、助六の台詞にも「はけの先の間から……安房上総が浮絵のやうに見える」（天明二年初演「助六曲輪名取草」による）という。この点を差し引けば、これら、とくに二首めの叙景性は、観念に依拠する部分が大きく、やはり天狗との取り合わせが趣向と考えられよう。別の「三囲蛙」と題する取り組みを見よう。

蛙なく井手の里にはあらかねの土手に鳥居を見めぐりの神　　奈良花丸

よし原を已が気まゝに三めぐりのかはづに船のすけん酒かも　　たきゞの高直

一首め、和歌の世界で蛙の名所として知られる井手を出し、井手の里にあら（ず）－あらかねの、と土手を出し、三囲－見めぐりと掛けて隅田川の土手の向こうに鳥居が見える三囲の定番的な景に収める。二首めは、素見の連中が（遊女を）買わずに吉原をぐるぐる見て回るの意味を掛けて「かはづ」「みめぐり」の語を詠み込んで、素見－拳酒と掛けて彼らが隅田川を下る帰りの舟で拳酒をして遊ぶことを詠む。いずれの狂歌も、題意そのままに、言葉の上で三囲に蛙を取り合わせたものと言ってよい。

以上のように、江戸名所を詠む天明狂歌の作品では、概して地名それぞれがもつ一定の像が前提とされ、景の具体的なさまを描くことよりも、それに絡める技巧・趣向に主眼があったようである。もちろん、そうした趣向・技巧と、それに括られない風景描写とが、適度な均衡を保って何気ない江戸の景色を垣間見させる（少なくともそのように思わせる）作もないわけではない。前掲の『狂歌角力草』の「あたごより霧の辰巳をながむれば」は、中では風景描写的要素をもつ作であり、また「冬の夜洲崎なる望汰欄にあそびけるに庭におりたちて月をながめ侍るとて」の詞書きで収められた次の一首もある。

空と海ひつたりつきの中川のばら〳〵松にたつ千鳥かな　四方赤良　『徳和歌後万載集』巻四冬

浜辺の松原に千鳥という和歌的世界、また李白「長江の天際に流るる」（「黄鶴楼送孟浩然之広陵」『唐詩選』所収）さまにも似た空と水との境が茫洋として寂寞とした風景を切り取って、月と掛けて「ひ（あるいはぴ、か）たりつ」く、「ばらばら松」と俗語を取り合わせる。[3] 月夜の洲崎の景に松を点綴したこの歌は前年春に刊行された南畝作の黄表紙『頭てん天口有《てんにくちあり》』の勝川春潮の挿絵に描かれた料理茶屋望汰欄の座敷から見た海上の景色を彷彿とさせる。『江戸名所図会』にも言うとおり、冬の洲崎は千鳥でも知られたが、それらは類型と言うほどにおなじみの景でもなく、むしろ月夜の眺望の切り取り方も趣向のうちであろう。また元木網の「隅田川御秡」の題による一首、

中臣の秡をすだの夕こえてまつちのわをやくゞる川風　『徳和歌後万載集』巻二夏

中臣祓はここでは夏越祓を指し、祓をす（為）－隅田、待乳－まづ茅の輪をくぐると掛けて、夏越の祓のために隅田河畔の神社（水神の森あたりであろうか）の境内に設えられた大きな茅の輪を、人々に先んじて吹き抜けるさわやかな川風を詠む。待乳山を出すのに、『万葉集』巻三の弁基の歌「亦打山《マツチヤマ》暮越《ユフコエ》行而《ユキテ》」（寛永版本等通行の訓による）の表現をとって夕暮れ方の時間を設定し、六月祓の定番の道具である茅の輪に、川風を配することで真夏の暑さを和らげる川

辺の風景を成り立たせており、手の込んだ技巧を感じさせない作に仕上がっている。

ただ、これらに描かれた景が実景であるか否かに関わらず、言葉から風景を想起させるこうした作は、天明狂歌の江戸名所詠の全体の中では多くはない。南畝・菅江、橘洲等の学問の師であった内山賀邸の左の詠は、古典大系の濱田義一郎氏の解説で「ほとんど狂の要素がない」「叙景歌」とされ、たしかに上方への空間的広がりが、掛幅の絵のような構図をもつ一首ではある。

大はしのあるうへにまたかけたかとなくやなかずに行ほとゝぎす　　椿軒　　『狂歌若葉集』巻上

しかし、鳴くや鳴かずに中洲を横切って飛び行くほととぎすの鳴き声を、両国橋の上にさらにまだもうひと橋「架けたか」と訊くものと聞きなす点に、おかしみを感じ取ってよい歌である。つまるところ、このようにその土地土地の景を言葉で描き取ることに優先して趣向を構えるのが、天明狂歌の通常の江戸の詠み方であったようである。叙景のみで成立する狂歌は、この時期にはほとんどない。叙景とまで言わずとも、景色を捉える角度、切り取り方に新たな工夫を見せる作品もあまり多くはない。

天明狂歌において、江戸の礼賛が作品の主題と成り得たことはたしかであるが、江戸を賞賛すること、それ自体は、一方で、たとえば次のような実際には何らの景色も伝えることのない一首にあっても可能であった。「浅草市」の題による一首で、

ふたつなき浅草市のにぎはひはまことに江戸のかざり物なり　　紀定麿　　『徳和歌後万載集』巻四冬

技巧は、浅草市に掛けられた一の音と二つないという数字の重ねのみ。浅草の市がどれほどの賑わいであるかは既に了解済みであって、彼らにとっては描くまでもなかったのであろう。むしろそれを手放しで礼賛し、味噌を上げることのおかしみが一首の妙味である。

以上、江戸に取材した天明狂歌の作品のごく一部を論じたにすぎないが、江戸の各地の景には、それぞれに何らかの決まった型があり、それを描き出すことよりも、その前提の上に技巧・趣向を絡めつつ、礼賛するのが、天明狂歌の江戸名所詠の標準的な行き方であったとまとめられよう。はやくに中村幸彦氏が、戯作的文章が内容よりも趣向を重視したことを論じて南畝の鰹や菊などの狂歌を引き、それらの主意が対象の情趣や内容ではなく、作者が立てた趣向の表現にあったことを指摘したが[4]、それはそのまま江戸の地を詠んだ狂歌にも当てはまる。江戸賛美というと江戸の土地や風俗を謳いあげるような印象を与えかねないが、天明狂歌の場合はその実、賛美する対象である江戸を詳細には描かない。趣向を凝らし、技巧を畳みかける調子の良さ、その速さとおかしみの効果によって、江戸礼賛の気分を増幅させるのみである。それは、後述のように、これ以後、大衆化にともなって地方へも狂歌人口が広がった時代の詠作が、具体的に江戸の各地の名物や風景を詠み込んでゆくのと好対照をなす。以上のような描写を欠いた江戸の地の礼賛という天明狂歌の性質は、江戸の土地に対する知識の点で基盤を共有する範囲における鑑賞を想定して作られることによってもたらされた性質であったのであろう。

二　狂詩・狂文では

天明狂歌連中が同じく関わった狂詩と狂文ではどのように江戸が描かれたのか。それらとの対比・検討によって、狂歌の表現性を考えてみたい。単純に言って、担い手と主題が同じであるから、それらとの比較は、表現形式の特性を析出することになろう。

狂詩が江戸各地を主題とすることは、狂歌同様に多かった。残された作品の数、また携わった作者の数からすれば、その割合は狂歌より高いと言ってよいかも知れない。狂詩の江戸名所詠のあり方を端的に窺わせるのが南畝批点・石川雅望編『十才子名月詩集』（天明五年刊）である。遊里・盛り場などの江戸各地を採り上げてそれぞれの地の仲秋の名月を狂詩に仕立てた作十首からなる小冊である。そのうち二首を掲げてみよう。(5)まずは橘《たちばなの》実副《みさえ》の「新宿月」。

月明新宿望無窮　月明新宿望みて窮まり無し
共照紅楼馬草中　共に照らす紅楼馬草の中
来往旅人居続客　来往の旅人　居続けの客
甲州小判遺花空　甲州小判花を遺りて空し

紅楼は漢語で、青楼に同じく、新宿の岡場所を指す。甲州街道の一駅めであった新宿を描くのに馬を出す滑稽は洒落本・川柳等の常套。花、つまり祝儀を甲州金とするのもその縁である。厩と隣り合った妓楼で散財する客という類型的な描き方によっておかしみを醸しながらも、岡場所の賑わいと厩舎の静けさ、月明かりの下を往来する旅人と流連する客を対比的に捉えて新宿の夜の一風景を想わせる作である。また宿屋飯盛こと石川雅望の作「深川月」。仲町は深川七場所のうちでも中心的な地域。

仲町芸者倚欄干　仲町の芸者欄干に倚り
献薄進杯為客弾　薄を献じ杯を進め客の為に弾く
別有雲間新子出　別に雲間新子の出る有て
丸顔名月検番看　丸顔の名月検番に看る

深川といえば芸者で、その点を中心に据えた作。新子とは深川の詞で新人の芸妓を指し、検番は芸者を差配する所。宴席に侍る深川芸者を描きつつ、若い丸顔の芸者を出してその顔を雲間の月に見立てる。「別に有り」と目を転ずるのも、正規の漢詩（例えば飯盛が本集の挿絵の賛にも引く盧照隣「長安古意」『唐詩選』巻二）めいたものものしさで微笑みを誘う。見立ての面白さと遊里の情緒を両立させた作といえ、薄を月に供え、酒を客に勧め、と具体的な描写で深川の芸者たちの姿を彷彿とさせる。これらの狂詩は、いずれも類型を前提とする点では狂歌と同じである。が、滑稽を技巧・趣向のかたちで別に求め、結果としてしばしば具体的な景の描写を捨象した狂歌に対して、狂詩では、当地の景を、類型も含めて「紅楼馬草中」「丸顔名月」のように俗語を交えた漢字の羅列で把握して詩の型に収めること自体が、滑稽味を生む。つまり、滑稽が景を捉えることと対立しないという狂詩の表現の特性が看取される。

これらは当地で展開される景の一齣を切り取った作であったが、風景と呼べる程度の広さを見渡す視点を確保し、ある地の特徴を描き出そうとする類の狂詩も取り上げよう。腹唐秋人こと中井董堂の狂詩集『本丁文酔』（天明六年跋刊）はその点を得意として、滑稽味と風景描写とに適度な均衡を保った狂詩を多く収める。例えば、「中洲納涼」を掲げれば、[6]

納涼一処築中洲　納涼一処中洲を築き
数万行灯照費油　数万の行灯照らして油を費やす
岸上若飴連食店　岸上飴の若く食店を連ね
川端如鮓並楼舟　川端鮓の如く楼舟を並ぶ
絃歌響地大橋聴　絃歌地に響て大橋に聴こえ
花火飛天三叉流　花火天を飛んで三叉に流る
声色長謳豊後節　声色　長謳《ながうた》　豊後節
夏秋毎晩更無休　夏秋毎晩更に休み無し

隅田川の河口近い三叉に築かれて、安永・天明年間に盛った中洲の納涼の風景。無数の行灯が煌々と照るさまを大きく捉え、水陸にそれぞれ屋台や涼み舟が並ぶ様に触れ、船から聞こえる音曲、高く上がっては流れ消える花火に目を移して空間的に中洲の景を把握したのち、芝居の声色を遣い、長唄や流行の富本・常磐津などの豊後系浄瑠璃を唄う芸者を呼ぶ遊びが日々休み無く続けられると時間的な把握で結ぶ。「飴のごとく」「鮓のごとく」の比喩も滑稽なだけではなく、それらを売る屋台のさまを連想させる。日常卑俗な事物をも採り上げて、空間的・時間的に盛り場の景を巧みに写し得た例といえよう。屋形船を「楼舟」、音曲の響きを「絃歌」と、漢詩文的表現をとる一方で、「行灯」「花火」「声色長謳豊後節」などの俗語を交える滑稽が、中洲の景色を描くという目的に適切に奉仕している。

もう一首秋人の作から掲げてみよう。題して「飛鳥山見花」。

見花飛鳥頭　花を見る飛鳥の頭《ほとり》
打幕自悠悠　幕を打て自ら悠悠
樹下提重啓　樹下提重《さげじゆう》を啓き
谷辺土器投　谷辺土器《かわらけ》を投る
通人連妓戯　通人妓を連て戯る
俠者払樽幽　俠《きやん》者樽を払て幽なり
酔臥芝原上　酔て臥す芝原の上
夢看蝶々遊　夢に蝶々の遊ぶを看る

江戸っ子に親しまれた桜の名所飛鳥山の花見のさま。花見幕をめぐらし、重箱をひらいて宴に興じ、今度はかわらけ投げ。これも飛鳥山でよく楽しまれた遊びである。その傍らを芸者を伴った通人が過ぎれば、勢いよく樽酒を飲み干して気も「幽か」な侠客もいる。そんな景色を眺めるうちにすっかり酔っぱらって芝生の上に倒れ臥すと、荘子よろしくすっかり夢の中。「提重」「土器」といった俗語を利かせ、対句を効果的に用いながら花見客のさまざまを調子よく点描してゆく一首である。

以上のように、江戸を題材とする狂詩も、狂歌の場合と同様に、それぞれの土地の類型的な描き方を踏襲して一首を構成している。しかし狂歌が、多くの場合、景を叙べる以前に技巧的な構成を必要としたのに対して、狂詩では、景色を構成する諸要素を俗語そのままに漢字で表記するだけでおかしみが生まれる。狂詩の方が、たとえ最短の五言絶句であっても三十一文字の狂歌よりも情報量が多いこともあって、狂詩の方が叙景に適した形式であったと言えるかもしれない。ただ、それだけで景を為し得るわけではない。深川に取材した南畝作『檀那山人芸舎集』（天明四年刊）の「深川の詞」を見てみよう。

土橋櫓下仲町通　土橋櫓下仲町の通り
大鳥居高永代東　大鳥居は高し　永代の東
侠客浴衣親和染　侠客《きゃん》の浴衣は親和染
女房櫛巻本多風　女房の櫛巻は本多風
予知一日山開処　予め知る一日山の開く処
正是二軒金落中　正に是二軒金の落る中
三十三間堂未建　三十三間堂は未だ建たず
儼然弓矢八幡宮　儼然たり弓矢八幡宮

土橋・櫓下は、前にも出た仲町同様、いずれも深川七場所と呼ばれた岡場所の名。「大鳥居」は永代橋の東の富岡八幡。勇み肌の深川の気風を、侠客と櫛巻に髪を結い上げたいなせな女に代表させる。「親和染」は当時流行の深川の書家三井親和の書体を染めたもの。「本多」とは男性の本多髷の影響を受けて女性でも遊女等に結われた髻を高く結い上げた島田髷というが、[7] ここでは同じく高く結い上げた櫛巻を本多風と呼ぶか。「山の開く」とは、三月の弘法大師の忌日に富岡八幡宮別当永代寺の庭園を公開した山開きを指し、その日に境内の二軒茶屋がとくに賑わったことを「金の落る」と言う。三十三間堂は明和の倒壊後、文化二年まで再建されなかったというから、この時期にはたしかに「未だ建たず」であったろう。[8] 厳然と立つという富岡八幡宮には、かつて京のそれに倣って通し矢が行われた縁で、八幡が軍神であることにちなんだ「弓矢八幡」の称を用いる。この一首は、深川の風俗・名物を採り上げてその特徴を点描はするが、それら個々の要素相互の関連がまちまちで、一つの景を結ばない。むしろ、概念としての深川的なものを網羅することに努めたといえよう。「土橋櫓下仲町の通り」のような言い回し、「浴衣」「親和染」「櫛巻」は、さきの「声色長謳豊後節」と同様、狂詩の俗語・事物の名称を漢字漢語の文字列にそのまま嵌め込むことをおかしがる手法による表現であるが、次々と深川の特徴的な風俗・事物のみを取り上げるために、間をつなぐ景色の描写を欠いて叙景の体を為さず、物尽くし風の羅列表現となっている。

それでも、少なくとも結果として、全体に狂詩の方が、狂歌よりも高い比率で、風景を捉えた表現を生んでいる。狂詩・狂歌といった滑稽を第一義とする表現形式にあっては、滑稽との均衡が保たれてはじめて風景が立ち現れる。滑稽の要素が景を描くこととは別の次元で要求され、景色の描写に奉仕しない言語遊戯のかたちをとることが多かった狂歌よりも、漢語を羅列するだけで、対句構成や句末の押韻の基本的ルールさえ守れば、形式を整え得る上に、それだけでおかしみを醸し出せる、すなわち漢語で景を捉えること自体が滑稽と結びつくことが可能であった狂詩の方が、叙景との親和性が高かったと言えようか。こうした狂詩の作品は、彼ら狂歌連中の江戸を描こうという動機を確認させると同時に、それが意外にも狂歌においては叙景の体を為すことがさほど多くないのは、狂歌の形式の要求する、とくにこの時期の天明狂歌が志向した表現のあり方と、叙景とが必ずしも両立しないものであったことを裏側から示唆するものといえよう。

では、狂文の場合はどうであろうか。ここでいう狂文は狂詩に類する漢文体のそれではなく、狂歌に対応する和文脈のものを指す。狂歌とは異なり、狂文は、情報量に制限がないだけに、叙景が容易なはずである。滑稽と景を描くことは、狂文においてどのような均衡を保っていたのであろうか。南畝の狂文集『四方のあか』（天明八年頃刊）巻下から百喜斎浅倉森角の今戸の隠居所を描く「百喜斎記」を取り上げてみよう。

すみだ川を前に、まつち山をしりへに、かさゝぎのわたせる橋にはあらぬ今戸といへるはしのほとり、うれしの森のよろこびがらすもゝのよろこびを告る庵あり。かのあつまぶりにうたふめる、のびあがらねばみえぬてふ何がしの鳥居もみわたされ、高瀬の高き、いかだの長き、舟やかたのちりを動せるは、みすぢの糸のゆりにして、ふすゐの牙のはやき小舟は、さんやわたりの里ちかきゆへなるべし。

隅田川畔の景色を、「鵲の渡せる橋に」など和歌的表現（『新古今集』冬、『小倉百人一首』大伴家持）を織り交ぜた和文めかした文体で、待乳山・今戸橋・嬉しの森（椎の木屋敷）など、地名によって概観的に描く。あずまぶりとは、続いて引く三囲稲荷の鳥居を歌う河東節「隅田川舟の内」（享保頃成）の「三囲の伸び上がらねば見えぬなり」を指そう。猪牙川面に高瀬舟、筏、梁塵を動かすような三味線の音を響かせる屋形船、吉原へ向かう猪牙舟を順に点じてゆく。猪牙を雅語めかして「臥猪の牙」の小舟といい、吉原を「山谷わたりの里」と婉曲に表現するように、眼前の景を意図的に雅やかに表現するのがこの文章のおかしさである。地名や固有名詞に頼る部分がやや多くはあるが、雅俗の表現技巧を適宜織り交ぜつつ、この後も「春は角ぐむ牛島のあしの若葉、波こゆる洲の上にはしとあしの赤きとりのつゐ居たる、すだのつゝみの川ぞひ柳やゝしげりゆく夏の日の長きながめに、薫風微涼を生じては……」と四季折々の隅田川周辺の陸上・水上の景を描き、狂文が、当世の江戸の種々相を写し出すのに適した形式であったことをよく示す例と言える。

ただし、狂文でも、狂詩と同様、情報量の多さが、そのまま叙景に結びつくとは限らない。次は、朱楽菅江の洒落本『大抵御覧』（安永八年刊）の中洲を描く一節である。正確に言えば狂文ではないが、濱田義一郎氏が言うように、遊里を舞台とせず、風俗流行を穿つ洒落本の文章には狂文と共通の様式があり[9]、ここでは同列に扱ってみたい[10]。

　四季庵の生簀、魚みちて躍り、すみやの乙女、袖を翻してまねく。きん〳〵たる衆中は河洲にあがり、ぶき〳〵せぬ麦飯は丸屋でしこむ。唐和の卓子《しっぽく》台は四ツ足の数に入らず、魚飯の台所は三まいにおろして料る。藤よしへ這入ば、松源で送る。あちらが四こくの讃岐屋なれば、こちらは武蔵川越屋。楽庵の座舗ふさがれば、福寿は門さして売切たり。今を日の出屋だん〳〵、福冨松は葉かへぬ常磐屋に夢に見てさへ三茄子や、丹波やかみ様いそがしく、常陸や大酒どや〳〵来る。その足もとはよろ万屋。

中洲に所狭しとならぶ料理茶屋の繁昌を挙げてゆくが、対句を構成しながら一軒一軒について短く断片的かつ修辞的な記述を行うのみで、それ以外の人や物の動きの多くを捨象するため、料理茶屋の繁昌記の態はなしても、中洲の景の再現には成り得ていない。このように当代の情報を満載することもまたこうした文章を草する大きな動機であったはずであり、それはそれでよい。ただ、こうした圧倒的に多い情報量が叙景に結びつかない狂文の存在が示すのは、景を描かないことは、狂歌の三十一文字という情報量の少なさだけに起因するのではなく、狂歌・狂文の江戸の描き方、その関心の所在に本質的に関わっているということではないか。つまり江戸の各地の風景は具体的・体系的に描かれる必要がなく、趣向上、描写が技巧と両立しがたい場合は技巧が優先され、また趣向の成立に都合のよい情報が選択的に盛り込まれた、とまとめられようか。情報量の多さでいうならば、次のような両国橋を詠んだ頭《つむりの》光の長歌も狂文に匹敵しようが、これも景の描写とは言い難い。

　鎗たへぬ　両国ばしを　いくめぐり　めぐりてみれば　ふじの根も　おもしろたへに　あは雪の　ふりに呼こむ
前だれは　たれとちぎらん　いくよ餅　いまやつくばの　山うりは　うそさへつきの　くまの膏　あぶら虫てふ
子もり子の　あまのみるめのかるわざは　鶴のゑひろひ　竹わたり　いく千代としを　ふるでくの　あやつり糸
の　よるべなき　かたは車を　みせものに……　　『徳和歌後万載集』巻十三

富士山、泡雪豆腐や幾世餅の売り子、筑波山、山師に類した熊伝三郎の熊の膏薬、油虫、つまりただ見の子守の小娘、もろもろの軽業、操り芝居、見世物等を、掛詞を多用しながら列挙する。その順や枠取りは描写を目的として編成されるのではなく、表現上の、つまり掛詞の展開に即したものである。逆に、字数から言えばむしろ少ない川柳にも、時に次のような、江戸各地の一瞬の景を捉えた句がある。

　ふる雪の白きをみせぬ日本橋　　『川柳評万句合』宝七8[11]
　むろ町を通れば不二は付いて来る　　『柳多留』九編[12]

類型を斜めから穿ってみせる川柳の特性からすれば、これらも写実ではなく類型の一表象というべきではあるが、技巧を凝らす狂歌に比べ、十七文字であっても修辞に凝らず散文的に事物を表現する川柳は狂歌よりもむしろ多くの江戸の人々の暮らしの一齣を切り取っている。つまり、風景や風俗を描写するか否かと情報量の多寡は次元の異なる問題である。

　以上のような、天明狂歌師たちが関わった狂詩・狂文による江戸の描き方と狂歌のそれとの比較から、天明狂歌が端的に言って江戸の景を描かないことが、天明狂歌の滑稽の性質、つまり、滑稽の表現を技巧や趣向の点に委ね、それを叙景に優先させる表現法、すなわちいわゆる「詞の狂」と深く関わっているという結論を導くことができよう[13]。

三　叙景的な方向へ

江戸の地に取材した天明狂歌の多くの作品に、実は叙景的要素があまりないことを論じてきたが、この状況に多少の変化をもたらしたのが、狂歌絵本であった。主として浮世絵派の絵師による絵本の画賛として狂歌が取り込まれはじめるのが天明後半期のことで、名所を描いた絵本、とくに江戸名所の絵本がその多くを占める。天明期の作品としては、北尾重政画・唐衣橘洲序『絵本吾妻《あずま》袂《からげ》（抉）』（天明六年刊）、喜多川歌麿画・朱楽菅江序『絵本江戸《えど》爵《すずめ》』（同年刊）、歌麿画・宿屋飯盛序『絵本詞の花』（同七年刊）、北尾政美画・万象亭編『絵本吾嬬鏡』（同年刊）が挙げられる[14]。このうち『絵本吾嬬鏡』が鶴屋喜右衛門版である以外、すべて蔦屋重三郎版であり、「書林から丸、乞て江都の名だゝる所くをかき写さしめ、時めく諸家の狂歌をこひうけ、桜木に寿し」（『絵本吾妻袂』序）、「重三郎がくもらぬ眼鏡のゐらみ」（『絵本詞の花』序）などというように、狂歌連中の活動の停滞の中で、版元蔦屋が主導して制作されたものであったという[15]。

狂歌壇の側から見れば、その外側の論理で生まれたそれらの江戸名所狂歌絵本ではあったが、結果として、それまでの狂歌の名所の詠み方に変化がもたらされることになる。つまり、それまでの各地のさまを描写しない、あるいは多少は描いても類型の範囲内であった詠みぶりが、狂歌が江戸名所図の画賛とされることによって変化し、絵に触発されて、景を描くこと、あるいは風俗を写すことに重点を置いた作が少しずつ作られ始める。

具体的に例を挙げよう。次は『絵本江戸爵』上巻の、柳橋の向こうに猪牙舟に乗ろうとする客の見える雨の景の賛。

「春雨」とするのは、全巻の構成で春の位置にあるためである[16]。

　春雨にこゝぞふるきの柳ばし猪牙にも苫をかけてわたさん　武士八十氏

柳橋が木製であったことから、春雨の降るに古木を掛けるが、技巧は少なく、図にあわせて雨の柳橋から出る猪牙のさまを捉えた一齣というべき一首である。また、川の中央に大きく屋根舟の遊興を描く図に、

　やね船の簾をあげて三味線の川浪ひゞく高調子かな　飲口波志留

技巧は、三味線の皮‐川波の掛詞のみ。簾を上げて三味線を弾く芸者を伴った船中の遊びのさまは絵に描かれたとおりで、絵に表されない音曲の響きと波の音を言葉で補う。所の名は示されないが、こうした船遊びが催されたのはおそらく隅田川であろう。手前右側に橋の欄干を配し、手前の岸の左手に松が這いかかる図で、川の対岸には直角に流入する堀とそれにかかる小さな橋、その右に屋敷という構図から、両国橋西岸の首尾の松付近から対岸の駒留橋・椎の木屋敷と呼ばれた平戸藩松浦侯邸を望むあたりを描いたと思しい一図である。

　このような、おそらく風景を描く各図の画賛となったことに起因する、やや説明的とも言える風景・風俗の詠み込み方は、右に例を挙げた『絵本江戸爵』以外の狂歌集にも多かれ少なかれ見える傾向で、さらに寛政・享和期に入って続々と刊行された江戸名所を主題とする狂歌絵本にも引き継がれてゆく。順を追って挙げれば、奇々羅金鶏編・喜多川歌麿画『絵本吾妻遊』『絵本駿河舞』（ともに寛政二年刊）、鹿都部真顔編・歌川豊国画『絵本纐纈染《くくりぞめ》』（寛政六年刊）、同編・画『絵本江《え》都《ど》の見《み》図《ず》』（同七年刊）、浅草庵編・北斎画『東都名所一覧』（寛政十二年刊）、十返舎一九編・画『夷曲東日記』（寛政十二年刊）、春江亭梅麿編・北斎画『みやこどり』（享和二年刊）、梓並門編・美辰画『江戸名所狂歌集』（外題、内題は「そこらうち」、同年刊）、便々館湖鯉鮒・大原炭方編・北斎画『画本狂歌山満多山《やままたやま》』（文化元年刊）、壺十楼成安編・北斎画『隅田川両岸一覧』（刊年不明、文化初年頃）などと、江戸名所狂歌絵本が続々と作られる。かつ詠風

も風俗詩的な方向をますます強める。たとえば、そのうち『絵本江都の見図』の作品を見てみよう[17]。

もみぢ葉に滝の白糸おりまぜし錦にしてはせまき道はば　万葉亭真名文

鉦の緒ののびし日あしを三囲や鳥居もこゆる松の夕影　大眼玉丸

一首めは、王子滝の川の紅葉の景を、二首めは社殿に下げられた鰐口の縄のように日脚が長くなり松樹の影も伸びる夕刻の三囲の景を詠む。一首めには、古来、錦に見立てられる紅葉も当地では幅が狭いというあげつらい、二首めには「のびし日あし」を鉦の緒によって形容するおかしみ、日脚を見―三囲の掛詞程度の技巧はあるが、いずれも滑稽みは薄く、図の示す景を描くことに重点がある。一首めは、紅葉を錦と見る型通りの発想に滝を白糸として絡めつつ、絵に描かれた川沿いの細道を説明的に配し、二首めは、描かれた三囲の風景に夕刻の設定を補って、西陽に照らされて鳥居を越えて社前に延びる松の木の影を印象的に描く。『隅田川両岸一覧』にも、例えば次のような作がある[18]。

水の面に糸の白魚あつまれば浪にかゞりをみつまたの川　金守門

紅葉ばのあかりをたてゝ夕ぐれは客をまつちの山の下茶屋　貢章庵穴丸

三叉の白魚漁のさまを描く図に添えられた一首めは、波にかかり―篝、見つ―三叉を掛けつつ、水に映る篝火に引き寄せられて水面に集まる白魚のさまを詠出し、二首めは、待つと掛けた待乳山の麓で夕刻になるとやって来る廓通いの客を、折しも色濃く染まった紅葉のように赤々と行灯を灯して待ち受ける山谷堀の船宿のさまを写すのであろう（船宿が引手茶屋を兼ね、総じて引手と呼ばれたことは『守貞謾稿』巻二十二に見える）。ここに至って技巧や趣向よりも風景、風俗を描くことに重点が移っていることが分かる。

　こうした風俗詩が喜ばれるのは、近世後期の江戸の詩歌に共通の傾向であった。俳諧では早く近世初期から江戸の地名を題としたり、江戸の街や風俗に取材したりした句が作られてきたようであるが[19]、正格の詩歌にあっても、漢詩では、古文辞格調派から性霊派へ詩壇の趨勢が移りゆくのにともなって遊里や各地の生活風俗を描く竹枝詩が流行し、また和歌でも江戸派が江戸の自然・街並みを歌材とし始めていた[20]。

　狂歌の流れでいえば、寛政期以後の大衆化のなかで、多くの作者にとって複雑な技巧を凝らすより、あるいは新たな発想のおかしみを追求するよりも、単純に風景・風俗を描くことの方が容易な道であったことであろう。また寛政中頃から作者層が地方に拡大してゆく中で、もはや江戸の各地の景は狂歌師連中の間で当然のように前提とされ、具体的に描くまでもないものでは、もはやない状況になりつつあったこともその理由の一端かも知れない。

　これ以後も、江戸名所は狂歌合の題に好適であったとみえて絵本に限らず盛行し、主題を江戸名所に限った狂歌集の主なものだけで、千首楼堅丸等判『狂歌江戸砂子集』（文化八年序刊）、六樹園・芍薬亭等判・魚屋北渓画『東都十二景狂歌集』（文政二年刊）、二世浅草庵守舎編・蹄斎北馬画『狂歌隅田川名所図会』（文政六年刊）、臥龍園編・北渓画『狂歌合両岸図会』（文政十年刊）、真顔等編・渓斎英泉画『俳諧歌大江都風景』（文政末頃刊）、朱楽館菅人編『狂歌東の栄』（弘化頃刊）、天明老人尽語楼内匠編・初代・二代歌川広重画『狂歌江戸名所図会』全十六編（嘉永〜安政頃刊）、雲井園梅信編『武総両岸図抄』（安政五年序刊）などが挙げられる。これらの歌風まで論ずることは、天明狂歌とその行方を探るという本節の目的を大きく逸脱するため、ここでは行わないが、最後に一首、『狂歌江戸砂子集』に収められた六樹園飯盛の作に触れ、江戸後期の狂歌の風俗詩的な好尚を確認したい。

　　隅田川わたしにそひてつばなうる子どもはめしてこえませといふ[21]

「つばなうりよく〳〵見れば女の子」（『柳多留』四編）、「かはないと通さぬといふつばなうり」（『同』七編）、「おれがのもかつてとつばなうりはなき」（『同』十八編）[22]等と川柳に詠まれた、稚い茅花売りの少女たちを、『万葉集』巻八の紀女郎の「春野爾抜流《はるののにぬける》茅花《つばな》曾《ぞ》御食《め》而《して》肥座《こえませ》」（寛永版本等通用の訓による）の言葉を借りて詠む。飯盛こと石川雅望は『雅言集覧』等を著した古典の学識を生かして江戸の当世風俗を擬古的な和文で詳細に綴る『都の手ぶり』（文化五年刊）を上梓していたが、これもまたそうした方向を狂歌でも追求した作といえよう。人の集まる隅田川の渡し場に茅花を売りに来る貧家の子どもに「めしてこえませ」などと言わせるのも微笑を誘うが、『和漢三才図会』（正徳二年序刊）によれば茅花には薬効があるといい、近世当時にあっても根拠のないことでもない。これもまた、あくまで『都の手ぶり』と同様の、雅言による風俗表現の試みであったろう。

結び

江戸の各地を多く題に取り、江戸賛美を最大の特色とした天明狂歌ではあるが、江戸の各地のさまを謳い上げることが彼ら天明狂歌師の主意ではなかった。江戸の街や種々の風物は、そこに暮らす彼らの日常的な感覚から狂歌の題材となりやすいものではあったが、それをそのまま風景として切り取ることに優先して、その名や特徴に関連する語彙によって三十一文字の言語遊戯の世界を構築してこそ、狂歌は、ちょうど彼らがその象徴とした万歳の歌のように、江戸の泰平を言祝ぐことができた。そのあり方は、俗語を交えた漢語の羅列で滑稽味を醸し出し、それが景をなすことと矛盾しない狂詩文とは大きく異なっている。作り手と主題を同じくする狂詩文との比較によって、狂歌師たちが狂歌という形式に盛り込もうとしていたものが何であったかが浮かび上がる。

そのように手を替え品を替え、言葉を尽して江戸を礼賛ながらも、具体的にその景を描くことをしなかった天明狂歌も、時代が下るにつれ、一種の風俗詩へと変貌した。江戸後期には、和歌も、用語・表現上の拘束も少なくなったとはいえまだまだ門外の人々には手の届きにくいものであり、漢詩も、あるいは狂詩であっても、初心者には難しいものであったろう。それに比べて、用語の制限もなく、平易な生活風俗詩となった狂歌はますます、誰にとっても試みやすいものとなった。こうした傾向もまた、寛政期以後の狂歌の大衆化を促し、それによってさらに加速度的にこうした詠風へと傾斜していったという推測もまた可能なのではなかろうか。

注

（1）『日本古典文学大系57　川柳狂歌集』（岩波書店、一九五八）濱田義一郎解説。
（2）久保田啓一「『めでたさ』の季節」（『語文研究』五十五号、一九八三）。
（3）日野龍夫氏はこの狂歌を「俗語の使用が冬の海岸の荒涼とした詩情を的確にとらえ」る、と評し、天明五年夏の自作の漢詩に類似の発想を指摘する（『大田南畝全集』三巻解説、岩波書店、一九八六）。「ばらばら松」は固有名詞。
（4）中村幸彦『戯作論』七章（『中村幸彦著述集』八巻、一九八二、初出一九六六）。
（5）二首とも原本からの影印（川口元氏蔵）を掲載した『太平詩文』三十六号（二〇〇七）による。
（6）二首ともに中村幸彦編『近世文学未刊叢書　狂詩狂文編』（養徳社、一九四九）による。
（7）金沢康隆『江戸結髪史』四章（新装改訂版、青蛙房、一九九八）。
（8）佐藤要人『江戸深川遊里志』（太平書屋、一九七九）。
（9）濱田義一郎「『狂文』覚え書」（『江戸文芸攷』岩波書店、一九八八、初出一九六八）。
（10）『洒落本大成』九巻（中央公論社、一九八〇）による。
（11）中西賢二編『川柳評万句合勝句刷』（川柳雑俳研究会、一九九三）による。
（12）『誹風柳多留九編』（社会思想社現代教養文庫、一九八七）八木敬一注による。
（13）「詞の狂」と対比される「心の狂」の狂歌でも、代表的な南畝の「生酔の礼者を見れば大道を横すぢかひに春はきにけり」（『狂歌才蔵集』巻一春上）のように、名所詠ではないが、ある風景を切り取る作もあるが、さほど多くはない。
（14）これらの本の歌麿・重政の絵については、鈴木重三氏による精緻な論考が備わる（「歌麿絵本の分析的考察」『絵本と浮世

絵』美術出版社、一九七九、初出一九六四）。
(15)鈴木俊幸「狂歌界の動向と蔦屋重三郎」（『蔦屋重三郎』Ⅴ章、若草書房、一九九八、初出一九九一）。
(16)鈴木重三編『近世日本風俗絵本集成』（臨川書店、一九七九）複製による。
(17)国立国会図書館蔵本・ギメ美術館蔵本による。
(18)永田生慈『北斎の狂歌絵本』（岩崎美術社、一九八八）影印による。
(19)加藤定彦「江戸の俳諧」（『国文学解釈と鑑賞』六十八巻十二号、二〇〇三）。所引作品の多くが同・外村展子編『関東俳諧叢書』江戸編①～③（青裳堂書店、一九九五～二〇〇三）等に翻刻・紹介される。
(20)揖斐高「竹枝の時代——江戸後期の風俗詩——」「江戸はどう詠まれたか——江戸派和歌の特色——」（『江戸詩歌論』二部三章・四部三章、汲古書院、一九九八、初出各一九八三・一九九六）。
(21)国立国会図書館蔵本による。粕谷宏紀『石川雅望研究』（角川書店、一九八五）所引。
(22)岡田甫編『誹風柳多留全集』（三省堂、一九七八）により、四編・七編については社会思想社現代教養文庫の各編注（八木敬一・西原亮、一九八五・八七）を参照した。

第四節　狂詩の役割――『十才子名月詩集』小考

寝惚先生こと大田南畝が、そのもっとも親しい狂歌の門人たちとともに編んだ狂詩集が『十才子名月詩集』である。この作品は、天明狂歌壇における狂詩創作をめぐる雰囲気を象徴的に伝えてくれる。本節では、この小品に即しながら、天明狂歌にとっての狂詩の意味や位置づけを考えたい。

一　江戸名所の狂詩集

天明五年の仲秋にあわせて刊行されたと思しいこの作品は、江戸各地の名所十ヶ所を選び、時を仲秋の名月の晩に定めて、それぞれの場での月見のさまを詠んだ七言絶句形式の狂詩十首からなる小さな詞華集である。これに南畝自身による序と七言律詩型の狂詩一首を添え、唐本風の瀟洒な小冊子に仕立てて書肆蔦屋重三郎によって刊行された。南畝に批点を仰ぎ、編者はその門下、伯楽連の俊秀、宿屋飯盛こと石川雅望。のちに和学者として『雅言集覧』その他の著述をなす人物だが、漢詩の作はわずかに南畝編の『東風詩草』（天明八年序、写）所収の一首が伝わるにとどまる。ただ中国の白話を解して寛政元年には明の馮夢竜編『醒世恒言』の抄訳を刊行するなど、漢学方面にも才を発揮した。校閲は、やはり南畝門下の本町連の実力者腹唐秋人が担当。すなわち、本町の大両替商播磨屋中井家の別家番頭の業のかたわら、山中天水門で性霊派の詩人であり、のちに流行の書家ともなった中井董堂が務める。秋人に個人の狂詩文集『本丁文酔』（天明六年刊）があることには、前節でも触れた。

南畝がその序文に記すように、彼に師事する四方連、またその傘下の本町・伯楽連の主だった面々、加えてもともと元木網門であったがこの頃南畝ら狂歌壇の中枢に近づきつつあった数奇屋連（第三章第三節参照）の主要な連中の計十名が入集する。飯盛・秋人の他、四方連系からは南畝の甥紀定丸こと吉見義方、頭光《つむりのひかる》、辺越方人《へごしのかたうど》、戯作者の唐来参和、また「春蟻」の号を用いて俳諧の方面でも活躍したことが知られる問屋酒船《とんやのさかふね》。酒船は南畝と銅脈先生との間を取り持ったとされ、銅脈編『二大家風雅』（寛政二年刊）に序を寄せた人物である。[1]一方の数奇屋連からは、のちに南畝の四方姓を継承する鹿都部真顔《しかつべのまがお》、また算木有政《さんぎのありまさ》・橘実副《たちばなのみさえ》兄弟。いずれもこの頃、南畝の周辺で活躍した狂歌師たちである。

二　狂詩文というかたち

南畝の序は、本作品の成立を語るのみならず、天明狂歌・狂詩文の和漢雅俗の要素の混淆のさま、その配分ぐあいをよく垣間見させてくれる。少し長い引用になるが、いくつかに区切りながら全文を読んでみたい。

昔余十三七時、已知阿月様年。三五夜中丸団子粉、二千里外聞三線音。或須磨明石之浦想光源氏之猪牙、或更科姨捨之山懸新蕎麦之鰹節。武蔵野之尾花刈之不尽、隅田川之中汲酌而無竭。

昔、余、十三、七つの時、已に阿月様の年を知る。三五夜中、団子の粉を丸め、二千里の外、三線の音を聞く。或ひは須磨・明石の浦に光源氏の猪牙を想ひ、或ひは更科・姨捨の山に新蕎麦の鰹節を懸く。武蔵野の尾花は之を刈れども尽きず、隅田川の中汲は酌めども竭くる無し。

冒頭は童謡「お月様いくつ、十三七つ」を取り入れ、「十三七つ」を自らの年齢とした諧謔。「三五夜中」「二千里外」と『和漢朗詠集』にも採られて名高い白居易の詩をふまえつつ、「三五」に音の似る団子、また「二」に続く「三」で三味線を出し、典拠が想わせる高雅な月見会を、三味線の音を背景に月見団子を丸める卑近な家庭風景へと転ずる。光源氏が、十五夜の名月を賞でた須磨の謫居から明石の入道の導きで明石に向かった小舟を猪牙舟のようなものだと想像しながら、歌枕「更科」の月の風流といえば名物の蕎麦だと鰹節を削って待つ。続いて「月の入るべき山もない広大な武蔵野に生い茂るさまが和歌に詠まれ、絵に描かれた薄に対句としてつがえるのは、同じ武蔵の名所隅田川でも銘酒「隅田諸白」の中汲みである。こうして、漢の典拠にも触れつつもおもに和の故実・表現をたたみかけながら、やがて出る「花のお江戸」の豊かさを謳いあげる、その言祝ぎとする。

若夫献台於権門貴戚之家、伝盃於翠帳紅閨之中。遠期一生歓会、近守二度約束。芸者有色転廊下闇、新造無客見役所月。有虚、有実、感慨係之、況独食枝豆。追素見椋鳥之跡、空掘里芋。老簑輪金杉之土乎。

若し夫れ、台を権門貴戚の家に献じ、盃を翠帳紅閨の中に伝ふれば、遠くは一生の歓会を期し、近くは二度の約束を守る。芸者色有りて廊下の闇に転び、新造客無くして役所の月を見る。虚有り、実有り、感慨之に係る、況んや独り枝豆を食ふをや。素見の椋鳥の跡を追ひ、空しく里芋を掘り、簑輪金杉の土に老いんや。

転じて遊所での月見。前の隅田諸白の盃を遊女屋に捧げ、馴染みの妓に対して、先々の身請けを壮語しながら、まずは目先の九月十三夜の仕舞いを約束する。傍らで艶な芸者が恋人と色事にいそしむ一方、客のつかない新造は張見世で月を眺める。独り月を見ながら枝豆を食べていると、嘘もあれば誠もあるこの世界こそ感慨深いということがいっそう身に沁みて感じられる。月見といえば里芋だが、冷やかしの田舎者たちの後について、のんきにここらあたりの畑で里芋を掘ってうかうかと年老いてゆくばかりでよいものかと問いかける。

余嘗数遊本町伯楽、共酌四方酒。今得数奇屋客、以言一盃茶。因択都下地名、分為連中狂詩。寿諸桜木、以賞桂花。嗚呼、大暦十才子、則耀看板於李唐長安、大通十才子、則発芳名於花御江戸云卒爾。

時天明五年歳次乙巳仲秋。　四方山人題〔巴扇印〕〔白文方印・四方〕

余、嘗て数々本町・伯楽に遊び、共に四方の酒を酌む。今、数奇屋の客を得て、以て一盃の茶を言ふ。因りて都下の地名を択び、分ちて連中をして狂詩を為さしむ。諸の桜木に寿して、以て桂花を賞す。嗚呼、大暦十才子は則ち看板を李唐長安に耀かし、大通十才子は則ち芳名を花の御江戸に発すと云ふこと爾り。

時に天明五年歳次乙巳仲秋。

ここからが作品の成立に触れる重要な部分となる。曰く、私は、昔よく本町連・伯楽連の仲間とその地元本町・馬喰町あたりでともに遊んで、四方連中の仲間同士、その名も「四方」の銘酒「滝水」を酌み交わした。今宵、数奇屋河岸の連中を客に迎えて、酒ならぬ「茶」をいうふざけた会を催す。江戸の地名を題として連中に狂詩を作らせ、板木に彫り、桂の木の生えるという月の美しさをめでる。唐代の「大暦十才子」がその名を長安に輝かせたように、我ら「大通十才子」はこの「花の御江戸」に盛名をとどろかし始めるのだ。こう宣言して締めくくる。版面上、わざわざ「花の御江戸」を擡頭にすることで、本書の主題の核となるこの都市に対して、まず味噌を上げてみせることにも抜かりはない。

このように和漢のさまざまな故事を、巧みに当代の江戸の繁華にことよせて綴ってゆく方法は、まさに狂文――和文体の――と変わらない。

天明狂歌は、少なくとも南畝の企ての限り(2)、たんなる和歌の「やつし」ではなかった。和漢に関わらず、既存の文学知識すべての上に立ち、それらをあえて（戯作の技法で言うなら「高慢」にも）相対化しみせて、当世の江戸に生きる自分たちの文脈に引き寄せて戯れることそのものを目的とする、大胆不敵な遊びであった。引用される古典が和漢に及ぶならば、そのやつしの形態もまた和漢に及ぶことは必定といえよう。

ことにこの序のほぼ全体に及ぶ対句の構成に注目しよう。和文・俳文などにおいても用いられてきたとは言え、対句という構成法が完全な形できまるのはやはり漢文を措いて他にはない。この序は、そうした詩文の形式の利点に目をつけて、その面白さを存分に堪能させる。「芸者有色転廊下閣　新造無客見役所月」というような角ばった形式に盛り込まれた遊所の一風景のおかしさ、「大暦十才子」に倣った「大通十才子」の命名とその存分な卑俗化の妙など、対句という漢詩文の形式性を巧みに生かしている。狂歌や和文体の狂文では、こうした狂詩文の対句のような、その形式を遵守してその内容との落差を際立たせるということによるおかしみの表現はなしがたいであろう。

また狂詩本文においても漢詩文の形式を生かした諧謔が見られる。次の腹唐秋人の「三叉月」は、安永初年に造成されて天明末年まで盛り場としてにぎわった隅田川河口、三叉の中洲新地の月夜の景を詠む。

中洲名月映川涼　中洲の名月　川に映じて涼し
酌酒共張茶屋娘　酒を酌み共に張る茶屋の娘
花火如河童尻玉　花火は河童の尻玉の如くして
網船料理断魚腸　網船の料理は魚の腸を断つ

注目したいのは結句の「断魚腸」。明らかに「断腸」を意識していよう。耐え難い悲しみをいうこの漢語を転用して、宴席に供すために魚を捌くことに宛てることの滑稽を狙った表現である。ほろ酔い加減で花火を河童の尻子玉になぞらえたくなるような明るく楽しい気分が、「断腸」の悲痛さとは裏腹なものであればこそ、いっそう際立つしくみとなっている。形式の遵守という点では、押韻し、平仄にも配慮していることも見逃せない[3]。韻字は涼・娘・腸で下平声七陽、平仄のきまりもほぼ守る（転句六字めの平声「尻」は仄声であるべきだが）。こうした堅い形式に従う中にも「茶屋娘」「河童」「尻玉」「網船料理」といった語を織り交ぜるという落差の演出は、訓読ではできない。詩文のかたちを保つことそれ自体がこの戯れを支えている。

茶屋娘の給仕や花火、網船という道具立てで中洲を詠むこの詩の、類型的かつ観念的なその地の把握は、狂歌と異なるものではない。しかし、「断腸」を「断魚腸」とする戯れなど、前に見た序文の対句形式を生かした諧謔と同様に、狂歌や和文体狂文ではできない表現を試みている。その意味で南畝ら狂歌師連中は、ここで狂詩文によって狂歌の表現を補完することを試みているという言い方も許されようか。

三　狂歌にはないもの

この作品の狂詩による狂歌の補完は、そうした形式上の問題にとどまらない。『十才子名月詩集』の作品は、江戸名所各地の月を詠じて、天明狂歌の明朗な歌風が届き得ない、叙景的な表現と、江戸の街が持つある種の詩情とさえ言い得るものをすくい取り、内容の点でも天明狂歌を補完するものとなっている。たとえば、大店の立ち続く江戸の目抜き通り、通町を詠じた「通町月」と題する算木有政の一首は、

道端名月映横縦　道端の名月　横縦に映じ
店下長歌小半醲　店下の長歌　小半醲《こなからざけ》
生酔予謡三井寺　生酔は予め謡ふ　三井寺

初更已響石町鐘　初更　已に響く石町の鐘

縦横に通りが走る通町では、店仕舞いをした各商家で、それぞれに音曲を楽しみつつ、酒を酌み交わす宴会が繰り広げられる。まだ宵の口だというのに、すっかり酔っぱらって、まさに仲秋の名月の夜の近江三井寺を舞台として鐘の響きを謡う「三井寺」を唸る者がいると、そこに石町の時の鐘が初更を告げて鳴り響く。軒下の宴会のにぎやかな風情と、鐘が鳴り響く屋外の静けさの対比があざやかな一首と言えよう。月の光とともに音に目をつけたところは夜の風情を生かしているといえる。まさに月見にふさわしい「三井寺」を謡っているところへ、寺の鐘ならぬ時の鐘が響くところをとらえた面白さも光る。この詩も起承結句末で韻を踏み（上平声二冬）、平仄も完全に整えている。

次に「山下の月」と題する紀定丸の一首を見てみよう。

独浮月夜更忘帰　独り月夜に浮かれて更に帰るを忘る
山下人通自昼稀　山下の人通り昼より稀なり
鶴吉無声亀屋閉　鶴吉声無くして　亀屋閉じ
只今唯有駕籠飛　只今　唯だ駕籠の飛ぶ有り

月に浮かれて夜の上野の山下をひとり行く。昼の賑わいとはうって変わった静けさで、曲芸の鶴吉もいなければ、山下の奈良茶飯屋の亀屋[4]も店を閉めている。その傍らを、早駕籠が、おそらく吉原めがけて、飛ばしてゆく。起句においては『和漢朗詠集』春興の項でよく知られる白居易の詩の一節「花の下、帰るを忘るは美景に因てなり」を花から月に転じながら、やはり昼の雑踏との対比で夜の静けさを描き出している。吉原へ向かうらしい駕籠が、そこにさりげない色気を添える。この詩も同じく起承結句末で押韻し（上平声五微）、平仄をほぼ整える（起句六字目の仄声「忘」は平声であるべきところであるが）。

これら二首は、夜の景に焦点を合わせた『十才子名月詩集』の趣向をもっとも巧みに生かし、天明狂歌が謳歌して見せた江戸の繁華を、いわば裏面から覗かせる。天明狂歌の明朗な風俗詠を漢詩文の形式に置き換えたというだけではなく、江戸の街をその殷賑からやや離れたところから照らし、そこに生きる人々の姿を点描する。そこにある種の詩情ともいえる情趣を汲み取って、狂歌がひたすらに明るくめでたく、正面から描き出したのとは異なる世界を作り出した。このささやかな『十才子名月詩集』に、天明狂歌師たちが、滑稽にとどまらない領域を開拓しようとした痕跡を見ることもできないだろうか。あるいは、それははじめからの意図ではなく、結果であったかも知れないが――。

結　び

彼らのこのような試みは、天明五年仲秋という、まさに狂歌壇の中枢においてその熱が冷めかかった時期のもので、⑸残念ながらこれ以上発展することはなかった。むしろ狂歌が大衆化によって一時の盛り上がりを失いつつあった頃であったからこそ、南畝らが趣の異なる戯れを求めて試みた遊びの成果であったのかも知れない。あるいはこれもまた、そうした情勢をにらんだ版元蔦屋の企図であったのかも知れない。

しかしそれでも、この南畝の門人たちによる『十才子名月詩集』という小さな作品集は、天明狂歌における和漢雅俗の融合の状況を狂詩の面からよく垣間見させてくれる。しかも、それだけではない。彼らの狂詩が、狂歌にはない世界を切り開いて、それに対して補完的な役割を担ったということ、そしてそういう狂詩の遊びをも含んだ天明狂歌というものが和漢双方にわたる知識の蓄積すべてを玩弄しようとする大胆な遊びであったことを示唆するかのようである。それが、南畝の周辺に限られたものであったとしても、狂歌史・狂詩史のいずれにおいても興味深い試みであったことは間違いない。

注

（1）青木正児「京都を中心として見たる狂詩」（『青木正児全集』二巻、春秋社、一九七〇、初出一九一八）、中野三敏「南畝の狂詩」（『大田南畝全集』一巻解説、岩波書店、一九八五）指摘。斎田作楽編『銅脈先生全集』上巻（太平書屋、二〇〇八）解説が酒船と銅脈との関わりをさらに詳しく論ずる。

（2）本書第三章の諸論考も含め、近年の研究が明らかにしてきたように、天明狂歌はさまざまな志向をもつ多様な個性の活動を包括するために一概に規定できないことは、念のため付記しておく。

（3）山岸徳平「捩り詩及び狂詩に関する覚書」（『山岸徳平著作集』I所収、有精堂出版、一九七二、初出一九三八）は、南畝らこの時代の狂詩作者たちが平仄にこだわらなかったこと、その点に配慮したのは半可山人の数例に留まることを論じている。半可山人の平仄については日野龍夫「江戸狂詩の世界」（平凡社東洋文庫『太平楽府（ほか）』一九九一）が論じる。

（4）『甲子夜話』巻七十七に天明七年の飢饉で物価が高騰した折にもこの「山下に亀屋と呼し奈良茶店」が廉価の一杯十二文で供し続け、客が殺到したことが記録される。『川柳評万句合勝句刷』明七松3の「山下でかつこふものはかめやなり」の一句もその安価の買い得ぶりを詠むものだろう（「恰好物」は値のわりによい物であること）。

（5）和田博通「天明初年の黄表紙と狂歌」（『山梨大学教育学部研究報告（人文・社会）』三十一号、一九八〇）、鈴木俊幸「狂歌界の動向と蔦屋重三郎」（『蔦屋重三郎』V章、若草書房、一九九八、初出一九九一）参照。

第五節　狂歌連の摺物制作

今日、摺物と総称される一枚刷の私家版の絵入刊行物は、浮世絵研究の一環として研究されてきた。作品の多くが欧米の機関や個人のもとにあるという事情もあり、日本国内ではその研究はようやく近年になって途についたばかりである。(1) 俳諧や狂歌等を愛好する人々が注文し、その詠作を掲載して制作したものでありながら、そうした注文者の側の事情はほとんど研究されてこず、ようやく近頃俳諧摺物の研究が盛んになりつつあるといった段階である。

江戸の狂歌連は、天明期以来、狂歌集を編集・刊行しながら、同時に一定数の摺物をも制作したが、現在所在が確認できる天明期の作品が多くないこともあって、狂歌史研究の上で、十分に活用されてきたとはいい難い。本節は、こうした状況を踏まえて、天明から文化初年頃までの天明狂歌における摺物の刊行状況の概要を把握し、その意義を考察することを目的とする。

狂歌摺物は、当初、大小暦と同様に、個人で制作・配布されるだけであったのが、狂歌人口が増大し、連と呼ばれる狂歌仲間が数多く結成される中で、狂歌選集より簡易な形式として、大小、規模はさまざまであれ、連ごとに注文・制作されることも多くなる。天明・寛政期には、大奉書全紙判、もしくはその半分に仲間連中の狂歌を刷り出す形式がさかんに行われたが、寛政末より、狂歌・挿絵の双方に共通する主題をもつ、数枚から数十枚の、連作あるいは揃物と呼び得る摺物の制作法が工夫される。文化・文政期にはその人気は絶頂を迎え、狂歌集の編集・発行と並ぶ狂歌連の大きな活動となる。本節では、この揃物摺物という形式の成立過程を中心として摺物の出版をめぐる一連の動向を把握するのと併せて、その背景として寛政・享和期における色刷挿絵入りの春興狂歌集の流行の消長など、この頃の狂歌連の出版活動の動向を追う。それは、版元による商業出版とは異なる位相にありつつも、職業化しつつあった狂歌判者による営利的な関心をともなった私家版の出版という営為のありようを考えることになろう[2]。

一　天明・寛政期の江戸狂歌壇の動向と摺物

天明狂歌のごく初期の段階の摺物の現存は確認できない。それでも天明元年頃刊の浜辺黒人編『初笑不琢玉』に始まり、天明三年刊『万載狂歌集』以後、堰を切ったように出された狂歌本に先行して、「摺物」が作られた事実を伝える記録が知られている。大田南畝の随筆『奴凧』（文化十五年成、写）の、「大根太木は狂歌歳旦摺物のはじめ也」という一節である。太木は安永八年頃に没しているので[3]、確実に安永期に摺物が作られていることになる。ただし、ここで言う摺物の実態はわからない。黒人の狂歌集第二作『狂歌栗の下風』（天明二年刊）は、毎月の狂歌摺物をまとめて本に仕立てたものというが[4]、『狂歌栗の下風』の現状からするに、この場合の摺物とは、現存する墨刷の本文のみで挿絵のない、いわゆる丁刷ないし返草摺物のようなものを言うのであり、今日、主として絵入りの一枚刷を指して、研究者の間で国際的に定着した感のある用語としての「摺物」が指すものとは必ずしも同じではない。太木の作った摺物がどのようなものであったかは、現物が現れない限りそのいずれとも分らない。

今日でいう「摺物」の淵源はむしろ、大小（いわゆる大小暦）にあるというのが通説である[5]。大小とは、年々変わる月の大小、つまり各月が三十日か、二十九日かを記した暦で、宝暦以後これを判じ絵にして配り物とすることが流行した。松浦史料博物館所蔵の大小暦の貼込帖は、年ごとにまとめられている点で成立の確かな資料として貴重で、うち天明四年分に三枚、天明五年分に三枚、それぞれ天明狂歌師の狂名を伴う狂歌摺物が収められる[6]。これらは今日残る天明狂歌の摺物として最も早い類に属す。平戸藩主松浦静山によるこうした整理のし方は、狂歌摺物が、当時、大小暦と同様におもに正月にあわせて制作・配布されたことを想像させるし、実際に、例えば喜多川歌麿の業平東下り図に狂歌を添えた朱楽菅江の小型の一枚は狂歌にこの天明四年の小の月を詠込んだもので、狂歌摺物のそのような出自を具現した作と言えよう。

小わらべの十一二なる供までもつれるは従四位在五中将　　朱楽漢江

こうした狂歌摺物は、大小暦と同様に新年に個人の景物として配布されるだけでなく[7]、まもなく連としての活動の成果を版行する媒体ともなる。年代が確定できる作例としては、歌麿画に四方連連中八名の狂歌を取合わせて大奉書全紙（約四十二×五十七糎）判に刷った一枚（シカゴ美術館蔵）があり、狂歌に詠み込まれた干支より天明五年の作と判明する[8]。これ以外に、四方連は天明期にもう二枚の摺物を出している。一枚は長谷部言人の収集した大小コレクション（神奈川県立歴史博物館寄託）に含まれ（これ自体は大小ではない）、十一首を収める、挿絵のないもの。天明七年の四方連歳旦『狂歌千里同風』と四首の狂歌の一致が見られることから、この時同時に出されたと考えられる[9]。もう一枚は、大妻女子大学の所蔵で、北尾重政画、小奉書全紙（約三十二×四十六糎）判に刷られ、絵・狂歌ともに仲秋の名月にちなんだものである。天明五年の正月から八月までの間に海老舟守から改名した後、天明七年二月までに没した辺越《へごし》方人《かたうど》が見えることから、天明五年もしくは六年八月の作と推定できる[10]。これ以外では、やはり松浦史料博物館が収蔵する元木網門下の人々による二枚も、木網の「木」の用字、朱楽菅江の「漢」の用字から、ほぼ天明期のものと推定してよいと思われる[11]。このように狂歌連がその企画として摺物を制作するようになったことによって、狂歌摺物は、個人の配り物としての性格を終始保った大小暦とは異なる性格をもつ、独立した分野を確立したといえるであろう。

大奉書全紙判、もしくはその半分の、比較的大型の摺物に多数の連中の狂歌を載せる形式は、江戸の狂歌壇では、狂歌人口がさらに増大した寛政後半期に大流行を見た(12)。寛政後期から文化初年までの狂歌摺物を集めた、フランス国立図書館のテオドール・デュレ旧蔵摺物帖は、収載する四百三十九点のうち、七・五％を占める三十三点がこうした大判の摺物で(13)、これらがそれぞれ中・小型の摺物の数倍から十倍程度の大きさを持ち、それらに数倍する、数十首の作を収めることを考えれば、該期におけるその流行ぶりも了解されようか。こうした江戸狂歌の大型摺物は天明から天保期にかけて少なくとも八十三点が確認でき、そのうち六十点余が文化初年までの刊行で、中には四十三首もの歌を載せる作もある(14)。数からいえば小さな冊子に優に匹敵する。

とはいえ、ここまでの段階で、狂歌連が摺物の形式を重視したとは考えがたい。寛政期には、後述のように各狂歌連が年々競って豪華な春興狂歌集を刊行したほか、主要行事の成果、重要な狂歌師の追善集などはほぼ本の形式で上梓されており、狂歌連の動きは本によっておおよそ辿ることができる。摺物は、本の補助的な位置づけにあって、各連の下部組織に当たる小集団や数人の仲間の、春興または何かの記念に作られるといった程度にとどまっていた。大型摺物も盛んに作られたのは寛政後半から文化初年の限られた時期にすぎず、摺物の制作が普及する過程における過渡的な型式であったようである。狂歌連は、狂歌人口が増加の一途をたどり、狂歌連が細分化する中で、その時代にふさわしい簡易な出版型式として、次節で見るような揃物という新たな発行方法を工夫することになる。

二　揃物摺物の成立

寛政末の揃物摺物の登場の結果、狂歌連の活動における摺物制作の重要性はさらに増す。浅野秀剛氏は、寛政十一年の北斎画「己未美人合之内」をそうした揃物摺物の嚆矢と見る。[15]この「己未美人合之内」は、今日まとまった伝存を聞かないが、久保田一洋氏の調査によっても知られるように、北斎画としては六図が把握できる。[16]久保田論文は、北斎の初期に限って今日知られる揃物摺物の全容の解明を試みたものであるが、文化六年までに三十二種の揃物を挙げるその成果だけを見ても、寛政末から各連が競って揃物摺物の制作を注文したこと、揃物摺物の制作と狂歌連との深いつながりが看取される。こうした揃物制作の潮流が、狂歌壇における摺物の大流行の根幹を成すことになる。[17]

揃物の型式は、後年、多少は俳諧摺物にも取入れられることもあったようであるが[18]、天明狂歌連の活動の中で工夫されたかたちであって、俳諧摺物や上方の狂歌摺物ではほとんど見られない。文化半ばには色紙判が定着し、以後さかんに作られる。その意味で、江戸狂歌の摺物制作を特徴づけるものといってよい。そうした揃物摺物の成立を考えることは、天明狂歌と摺物の関係、天明狂歌における摺物制作の特徴を考える上で欠かせない階梯といえよう。

さて、具体的に揃物摺物の原型とされる「己未美人合之内」によって揃物の形成過程を考えよう。うち三図を図1〜3に掲げる。いずれもフランス国立図書館所蔵摺物帖『華の城』所収。チューリッヒ・デザイン美術館グラフィッククコレクション（現在リートベルグ美術館寄託）のルーシーコレクションには、このうち図1・2と同じものが収蔵され、またもう一図、三方に屠蘇の盃を載せて運ぶ公家の女房の姿に雲竜亭、千代喜飛乗および万歳逢義《まんざいのおうぎ》の三首を載せるものがある。これと同じものはピーター・モース・コレクション[19]、およびボストン美術館にも蔵される。ほかに大英博物館には、常磐津の稽古本を詠む遊女の図に小川清志・忍摺芳の二首を添えたもの、またボストン美術館・チコチン美術館には、下膨れの顔に勝山髷のいわゆる元禄風の遊女図に福草亭・真砂庵（干則《ほしのり》）の二首を付したものがあることが知られている。[20]「宗理改北斎画」の落款のある六枚は、いずれも大奉書を縦三つ、横三つに切った、いわ

（フランス国立図書館所蔵摺物帖『華の城』所収　cliché Bibliothèque nationale de France）

図１　北斎画「己未美人合之内」物縫女

図２　北斎画「己未美人合之内」御殿女中

図３　北斎画「己未美人合之内」田舎娘

ゆる大奉書九つ切判、すなわち文化半ば以降に定着・一般化する色紙判の三分の二の大きさで、八つ切判・十二切判などと並んで、この時期の江戸狂歌摺物に多い大きさの一つである。「美人合」というように、いずれも画面の右三分の二ほどに女性を半身像で描く。こうした半身像は、美人の大首絵が中心的な画題の一つであった商業版の錦絵とは異なり、摺物ではあまり多くない。狂歌は、彼女たちを相手として想定した恋歌になっていて、その版下の筆耕が同じであろうことは、とくに図2を除いた五図のすべてに付された末尾の年記「未初春」の書体に顕著に窺える。狂歌は、すべて浅草市人率いる浅草連の狂歌師の作で、彼ら注文者と思しい人々と、その師にあたる浅草市人、あるいはその弟万歳逢義や浅草連の判者真砂庵干則らの狂歌が並べて掲載される点でも共通している。ただし「己未美人合之内」という標題は、これらのうち図1にのみ見える。浅野秀剛氏が指摘するように、標題がこれらのすべてにない点で揃物としては未成熟な形態で、これらが一連の作であることは、フランス国立図書館の摺物帖のように並べて貼られてでもいない限り、分かりにくいことは確かである。ただ、このように主題・構図・版型および版下の筆跡がすべて共通する点には、浅草庵の「美人合」の題の提示を受け、門人が美人とそれに関わる恋の狂歌を詠み、それにあわせて摺物制作を注文したというような流れが想像できようか。北斎の挿絵は、つねに左端の浅草庵や万歳逢義らよりも、注文・出資者と考えられる彼らの門人の狂歌を踏まえたものとなっている。たとえば、図1の一首めの狂歌は、浦の舟を海面を縫う縫い針に見立てて、衣・裁つ・袖・縫うと裁縫の縁語で綴る次のようなもの。これを踏まえて縫い物をする娘の姿が図に描かれる。

佐保姫の衣の浦に春たちてかすみの袖をぬふ沖の舟　　南枝春告

図2には、貴嶺扇を詠み込む次の菊八重丸の歌が刻され、これに基づいて扇を持つ御殿女中が描かれる。

春の日にかざせる花のきれい扇天地に匂ふはくの梅が香　　菊八重丸

図3は、三首のうち最初の狂歌にちなみ、田舎娘の図。

おもてには花の色香をもちながらぶつきらぼうな梅のきむすめ　　千代喜飛乗

これら六図の相互の版型・主題・構図・版下の筆跡といった共通点を考えれば、絵師こそ異なるものの、よく似た例を二点加えることができる。つまり九つ切判で、女性の半身像を描き、浅草連の狂歌師による恋の狂歌数首と、「未初春」という年記を、同じ筆跡で掲載する二点である。図4に掲げた一枚は、前年秋までに北斎から宗理の名を受継いだ、菱川宗理と通称される絵師が描くもので、ベレスコレクション旧蔵。[21]もう一枚は、「貞之」という、十返舎一九作の黄表紙の挿絵が知られる以外にはほとんど無名の絵師による作である。[22]このように同趣向の下に制作された摺物に、異なる絵師の挿絵が採られている点は、後述するような寛政期の色刷挿絵入狂歌本に複数の絵師が挿絵を寄せているのと共通する現象で、私家版であっても、版元・摺物工房が関与してともにその制作にあたって複数の絵師に仕事を割り振り、彫り・刷りの工程を組織したことを示唆するものと考えられようか[23]。また同時に、各連の指導者、この場合では浅草庵が、共通の主題を設定することによって、門人各々の摺物制作により積極的に介入するようになっていることが想像できよう。

図４　菱川宗理画　寛政十一年浅草連摺物（『秘蔵浮世絵大観・ベレスコレクション』講談社、1991、図版188より転載）

　このうち、図４の宗理描くベレス旧蔵の一枚に見える浅草庵の狂歌「千歳をあやかりもの、姫小松なりひらさんにけふぞ引る、」は、図1にも見える一首である。つまり浅草庵は同じ詠を複数の門人の摺物に与えたのであって、それぞれ異なる鑑賞者を想定したことになる。連内の交換のみを考えればあり得ない事態であるが、注文した門人が各自の知友への配り物にするならば、おのずと送り先は異なるので、その点では問題ないのであろう。つまり揃物として同じ主題・規格の下に作られた摺物も、注文者それぞれの春興の配り物となる点では単独の摺物と変わりなく、その面で浅草庵等宗匠格の人物の狂歌を添えることが好まれたのであろう。そこに加えて、連の中での趣向の競作（この場合では美人「合」）と、連としての一体感の演出という要素を持ち込んだのが、揃物であったといえるのではなかろうか。絵師が異なるのは、むしろ連内で競作したことに関わるとも考えられるかも知れない。

　この「己未美人合之内」発行の前年にあたる寛政十午年の浅草連の摺物と比べることで、こうした揃物の成立、判者が介入した点が具体的に浮かび上がる。たとえばフランス国立図書館所蔵摺物帖『華の城』から図5・6の二図を掲げる。このうち、図6と同じものが大英博物館にも収蔵される。これらは、翌年の「美人合」と同様、判型および右三分の二に「宗理画」落款（この年正月の宗理は北斎である）があること、各二、三首の狂歌が左端に並び、末尾は浅草庵、その後に「午はつ春」もしくは「午初春」の年記があるという形式が共通する。これらもすべて翌年の「美人合」と同じ版下なのは、共通する年記や浅草庵の文字に明らかであろう。このような同じ特徴を持つこの年の浅草連の摺物は、他にもプルヴェラー・コレクションに三点ある（馬方図・花を生ける美人図・王朝美人図）。これらが翌年の「己未美人合」の摺物と一見して異なる点は、「美人合」が美人という共通の主題を設定したのに対し、この寛政十午年の作の場合、狂歌にも挿絵にも共通の主題がないことである。その結果、揃物になり得ていない。こうした共通の主題がない、通常の狂歌師個々人の注文によると思われる摺物で判者の狂歌が併記される場合、企画・制作の主導権が注文者と狂歌判者のどちらにあったのかははっきりしない。注文者がその師にあたる判者から狂歌を貰い受けて摺物の制作を注文するか、判者が門人から注

図5　北斎画　寛政十年浅草連摺物

図6　北斎画　寛政十年浅草連摺物

（フランス国立図書館所蔵摺物帖『華の城』所収　cliché Bibliothèque nationale de France）

文を募って摺物を制作させるか、あるいはそのいずれの場合もあったかもしれない。元来が個人の大小暦に由来すること、判者格の人物の詠が必ずしもすべての摺物に載せられているわけでもないことから、判者を介することなく個々人単位で摺物工房ないし版元に注文された摺物も少なくはなかろう。それでもこの午年の浅草連の摺物の場合、版型・絵と狂歌の配置が同じであるだけでなく、同じ筆耕が版下を書いている点からも、制作工程を同じくすることが想像され、判者を介してまとめて注文していたと推定する方が妥当と考えられまいか。実際、狂歌判者が摺物制作を門人から請け負っているさまが窺われる資料がある。唐衣橘洲が門人木葉庵なる人物に宛てて差し出した寛政十二年の手紙は、まさに地方の門人の摺物の注文を請け負って代金を請求する趣旨で書かれたものであって、狂歌判者を介して摺物が制作されていたことが推察される資料である。(24)

「己未美人合」では、前年の午年に同じ連の内で、判型と、おそらく注文・制作過程を同じくして摺物をあつらえたことを生かして、そこから一歩進め、共通の主題を設定してそれを連中の揃物とすることで、判者が積極的に摺物制作に介入し始めているさまが見受けられる。彼らはその際、おそらくそれに見合った手数料も手にしていよう。こうした摺物の揃物化は、判者の職業化の時代にあって、大型摺物だけではなく、もともと個々の作者の個人的な営みであった小型摺物の制作をも連の活動に取り込もうとする判者のもくろみの現れと見ることもできないか。

摺物を揃物にするという発想は、この段階では浅草市人らの偶然の思いつきにすぎなかったかもしれないが、判者の職業化時代にあってこうした判者の一定の利をもたらす企画は広く受け入れられたようで、すぐに多くの連がこうした揃物摺物の企画を始める。(25)とくにこの浅草連は、終始、揃物制作を主導したようで、享和二年、同三年にはそれぞれ三十六枚ずつの大規模な揃物、「職人三十六番」を菱川宗理の挿絵で、「諸芸三十六の続」を宗理・北斎の合作で刊行する。続けて北斎の画によって、さらに大規模に東海道各駅を題材とした「春興五十三駄之内」を享和四（改元して文化元）年に作り、また翌文化二年には、題は不明ながら、後年、浅草連の歴史を三世浅草庵春村が伝聞と回想によって記した『壺すみれ』（天保八年成、写）において「百人一首摺物」と称される、歌仙絵の形態を模した狂歌師像賛の摺物（現存では九十三図が確認されている）を出している。(26) この『壺すみれ』が、通常の形態の本・摺物の発行はほとんど記録せず、この「百人一首」と「春興五十三駄之内」のみを特記したことからも、これら大規模な揃物の企画が浅草連中にとって一大行事であったことが想像されよう。

それら揃物摺物のうち、「職人三十六番」は、翌享和三年に『狂歌絵本職人鑑』という題で画帖装の本に仕立て直されて蔦屋重三郎から版行されている。挿絵はそのままに、それぞれの狂歌のみ新たに書家の版下をもとに彫り直したものである。(27) これは、版下書きの手間賃をかけているだけに配り本ではなく売り物として作られたのであろうが、ともかく、揃物摺物が、大規模なものになれば、狂歌集一冊と同じ内容を備えていたことを具体的に示す一例である。それでいて、摺物は、製本・編集の手間が少ない分、より簡易な形式であったのではなかろうか。摺物と本のかたちについては、やはり浅草連の正木桂長清が、私家版の配り本であったと思しい『太郎月』（享和二年頃刊）跋で触れている。(28) 曰く、

春ごとに、不二見のひとつらして、ひとひらのすりゐをものして春の興にせしを、ことし、よもの君たちまでそゝのかして玉詠をこひうけ、ひとつのとぢものとなしければ、花の木の匂ひそひて、ことにながめあくかたなかりき。

不二見連は浅草連の一部をなす連中。例年、この人々は一枚刷りの摺物を春興に作ってきたが、今年はさらに他の連の人々も誘って「とぢもの」つまり冊子に仕立てたという。ここで言及する摺物とは、「ひとひらのすりゐ」というように、おそらく一枚で完結した大奉書全紙判ないしその半裁といった大型の摺物であって、揃物のことではなかろ

う。たしかに頭光《つむりのひかる》以下二十九名の狂歌を載せ、長清が「としぐ〳〵のためしうしなはじと、不二見の人々の歌かいあつめて」云々と記す大奉書全紙判の摺物がボストン美術館蔵品に見出せる。(29)それでもなお、春興として同じ機能を果たすものとして、摺物が、より大がかりな冊子体の春興集の代替物として認識されていたことがわかる。

この時期の摺物の人気は、狂歌本のあり方にも多少影響したようである。寛政後半期には次に述べるように色刷挿絵入りの狂歌本の刊行が流行するが、その中には、先に触れた『狂歌絵本職人鑑』の他、朱楽連の狂歌集『みやこどり』（享和二年刊）のように、全丁に色刷挿絵があり、その余白に狂歌を配する、まるで摺物を貼り合わせたかのような帖装の狂歌本もある。寛政初め頃、喜多川歌麿画で朱楽連中が編集を担った狂歌絵本『潮干のつと』（寛政元年頃刊）や奇々羅金鶏編『百千鳥狂歌合』（寛政三年頃刊）で試みられたものの、それ以後、長らく行われなかった形式であった。画帖装に限らなければ、そうした色刷狂歌絵本としてさらに『東都名所一覧』（寛政十二年刊、浅草連）、『画本狂歌山満多山《やまたやま》』（文化元年刊、朱楽連）、『隅田川両岸一覧』（文化初年頃刊、浅草連）なども挙げられる。(30)こうした狂歌本が作られた背景には、同一画面に絵と狂歌とを配してそれらが相互にかかわりあう摺物の形式が人気を博したのと同様の好尚を見出し得ないだろうか。

三　寛政・享和期の狂歌連中の出版活動

この頃の狂歌壇で摘物を核に摺物の人気が高まったのは以上の通りであるが、その理由を探るべく、同時代の狂歌壇の出版動向、とくに絵入出版物の傾向を見てみたい。

まず、摺物との関係で注目したいのが、狂歌画賛入錦絵の存在である。錦絵であるから、つまり定義からしても、一応は商業版である。中にはとくに狂歌師自身の肖像と考えられる作もある。ティモシー・クラーク氏が紹介した狂歌師の似顔の北尾政演《まさのぶ》画の細判は天明期に遡る例であり、(31)歌麿も、売名家として知られる奇々羅金鶏らの狂歌師の肖像を少なからず描いている。(32)歌川豊広にも曾我兄弟を演じる狂歌師等八人を一枚ずつに描く小判の揃物がある。(33)これらには有名狂歌師ばかりでなく、無名の人物も含まれる。版元印も備え、紙・色の点でも、商業版の形式は取るが、著名な狂歌師のものを除けば、通常の販路を想定して作られたとは考えがたく、むしろ摺物と同様、おもに配り物として制作されたと考える方が理解しやすいものが多い。

これら狂歌師像賛錦絵に数倍して、美人画や役者絵の余白に狂歌の賛を加えた錦絵が版行されたことも併せて考えるべきであろう。個別には例示しないが、喜多川歌麿をはじめとして、勝川春潮・栄松斎長喜、また初代歌川豊国らのそうした作例が少なからず知られている。なかでも多いのが歌麿で、たとえば代表作をほぼ網羅したとされる千葉市美術館・大英博物館共催「喜多川歌麿展」（一九九六年）に出品された四百十八点の錦絵のうち、一割を超える四十五点がこうした狂歌画賛入りの作例である。(34)これらも名の知れない狂歌師の作であることがほとんどで、一定の入銀によってその名と狂歌とを載せたものと想像される。これらも、商業版として作られ売られたものながら、狂歌師の入銀によって制作費（あるいは、その一部）が賄われたと思われる点で摺物に近い性格を持っている。

しかしこうした狂歌画賛入錦絵の作例が多く認められるのは寛政・享和期までのようである。歌麿はとくにはやく寛政七、八年を境にこうした作をあまり描かなくなる。(35)この手の作の多くを手がけた初代蔦屋重三郎の死（寛政九年）も一つの大きな転機であったはずであるが、別に要因として考えられるとすれば、寛政八年八月の、錦絵に遊女以外の女性の名前を記すことを禁じた町触が挙げられよう。(36)さらに文化元年五月の町触では和歌・名所・力士・役者・遊女の名以外の記載が禁じられるに至る。(37)これらの法令と、狂歌画賛入錦絵の急激な減少がどの程度関わるのかについて具体的に証明することは難しいが、ともかくこの文化初年前後から、狂歌連中は、資金と関心をおもに摺物の制作にふり向けるようになっていったようである。

もう一つのこの時期の狂歌出版物の特徴的な動向に、先にもやや触れた、色刷りの絵入狂歌本の流行がある。多くが私家版であること、また使用された上質な厚手の紙や繊細な挿絵の刷りや色合いなどから「摺物的」などと形容される挿絵など[38]、出版事情からしても、図様やその刷りの質からしても、摺物によく似た出版物である。摺物とこれら私家版の狂歌本は、正月、またなんらかの記念的な出来事に際して制作された点でも共通する。また、蔦屋重三郎などの版元名が刊記に見え、商業版らしき作のうちでも、その採算を度外視したとしか思えない豪華刷りから、一般売りを想定しない注文制作であると考えられている本が多いのもこの時期の特徴である[39]。

そうした絵入狂歌本の出版と摺物制作との関係を考えるために、そうした私家版の狂歌集と摺物の多くを占める春興に絞って論じたい。本節の末尾に、寛政・享和期の春興狂歌集を狂歌連ごとに一覧にしたものを付した[40]。この一覧から分かるのは、全部で四十四点に及ぶ春興集のうち、実に八割近い三十五点が挿絵入り、その大半三十三点が色刷りであることである。酒月米人は、享和二年版『狂歌東来集』自序に、天明期の春興について「麁抹にして画図のいろどりたるなく、今世の春帖にことなり」と、寛政・享和期の春興の華美なことと対比してその作の特色を端的に述べている。天明狂歌の通俗化、質の低下は天明半ば以来のことであったが、とくに春興詠は、春の景物や新年に関わる語を並べる千篇一律の作に陥りがちであった。その状況下で、春興集を出す価値のある出版物とすべく、つまり多くの狂歌連中にとって入銀し甲斐のあるものとするために、美しい挿絵は是非とも必要であったろう。四方連の判者花江戸住編の春興集の一つ『狂歌江戸春』（享和元年刊）は、珍しく素っ気なく文字のみであったが、その点に関して江戸住はわざわざ次のように述べる。

　嘉例の一冊、めにふれて興になるとの絵もなけれど、さすがにざれたる硯の海、墨と雪とのけじめを論ぜず、諸国の歌をともし火の、かんてら門兵衛ぶつかけ饂飩のびぬ計りを賞翫あれ。[41]

鳴門・硯の海・墨と雪、さらにかんぺらならぬ、かんてら門兵衛に饂飩と「助六」の縁語で構成するが、要するに諸国の狂歌作者から出詠を募った玉石混淆の狂歌集ながら、目の保養となる挿絵がないことに断りを入れているのである。当時、それほどまでに春興集に挿絵があるのが当然とされたことを逆に物語る跋文といえる。

　ところが、文化初年には狂歌集出版の傾向が変化し、春興集それ自体の数が大きく減少し、とくにこうした色刷挿絵入りの比較的豪華な春興集が出されなくなる。もちろん例外はある。酒月米人は文化二年にも富士山を主題にした色刷挿絵入春興狂歌集を制作しており[42]、また便々館湖鯉鮒の春興『便々館春興帖』（文化七年刊）・『春の歌』（刊年未詳）はともに色刷りの口絵を持つ[43]。それら以外は、挿絵はあっても墨刷りがほとんどである。朱楽連は文化四年に薄墨入挿絵の春興を出しており[44]、文化七年には四方連が山陽堂編で、柳々居辰斎・歌川豊広による墨刷挿絵入りの『春興四方戯歌名尽』を作っている。文化初年に狂歌界に復帰した六樹園宿屋飯盛が率いた五側は『春興帖』の題で文化七年正月に評判記型の狂歌集を出す（その翌年版は『狂歌評判記』と題する）。五側の春興集は飯盛門人の狂蝶子文麿に引き継がれ、文化十二年『春興帖』、翌十三年『春の歌』、十四年『はじめの春の狂歌集』と継続し（ともに口絵一葉程度の色刷り挿絵がある）、文政期につながってゆく。同門の鯛亭も文化十四年に『春興帖』を出す。文化も末年になると再び一葉程度の色刷りの挿絵が復活し、文政期の豪華刷り狂歌本の流行再来への兆しを見せる。

　他にも多少はあるにせよ、寛政・享和期に各連が毎年競い合うかのように、美麗な春興狂歌集を出していたのに比べると、文化期には明らかに状況が変化している。狂歌連は、摺物の他、狂歌合の返草摺物の挿絵を通じて絵師らとの交渉を保っていたが（本章第二節参照）、豪華な春興狂歌集を出すという、寛政・享和期に定着しかけた慣行は、文化期にはもはや廃れたも同然となった。

こと私家版の春興に限らず、商業版も含め、色刷挿絵の入った狂歌本自体が文化期にはあまり刊行されていないようである。文化元年の『画本狂歌山満多山《やまたやま》』（前述）と浅草連中の狂歌が入った初代歌川豊国画『俳優相貌鏡《やくしやあわせかがみ》』（山田屋三四郎版）を最後として、今日伝存しないものの存在を想定したとしても、その数はごく限られたものであったと推測される。[45] この傾向を象徴するのが、文化二年の浅草連による北斎画『百囀《ももさえずり》』（西村与八版）である。寛政十一年に同連が同じく北斎画で出した『東遊』（蔦屋重三郎版）と同型式の江戸名所に取材する墨刷挿絵の狂歌集の企画であったが、同連は『東遊』の後、翌寛政十二年、類似の企画『東都名所一覧』を北斎の色刷挿絵で蔦屋から出していた。蔦屋はさらに享和二年に『東遊』の挿絵と序跋の部分のみをとって色刷りにし、『画本東都遊』を版行する。つまりこの時期までは彩色刷絵本の需要が見込まれていた。ところが、文化に入って、西村与八は同じ趣向の『百囀』を墨刷りで上梓したのである。

この例には版元の方針の違いなど別の要因も考えられるが、この間に彩色刷りの取り締まりの強化がなされていたこととも無関係ではないのではなかろうか。すなわち、先述の文化元年五月の町触で、この時同時に「粉色致し候絵本草紙等」を「不埒」として「絵本草紙等は墨計にて致板行、粉色を加へ候儀無用に候」とされている。[46] 実際これによって、二点の絵本の色板が絶版に処せられたことが報告されており、[47] 色刷絵本が行われなくなったのは、狂歌本に限らず、出版界全体の動向であったようである。北斎の摺物的な繊細な色遣いの美人画に、藤堂梅花による潮来節の漢訳を配して享和二年春に蔦屋から刊行された『潮来絶句集』が、梅花自身の回想によれば「于時彩色摺り停止の春」（『老婆心話』巻二、天保五年成）[48] のために絶版にされたというのもこれとの関わりであろうし、現存する『隅田川両岸一覧』（北斎画、文化初年頃刊、色刷、朱楽連）の初版と思われる版のいずれにも刊年の手がかりが見いだせないことも、このためかも知れない。こうした出版への取り締まりは、贅沢の抑制を意図して私家版も視野に入れて発せられたようで、実際寛政十一年、十二年には、素人あつらえの大小暦類さえも版下に予定の彩色を施した上で改めを受けるように触れが出されている(49)。

私家版として文化元年の秋に出された秋長堂編『狂歌巨月抄《こげつしょう》』の試みは、こうした状況への苦肉の策として見ると面白い。本書は画帖装で、挿絵も本文もすべて墨刷りにするが、古典の写本や嵯峨本などの色替わり料紙を模して地紙に色を施している。たしかに多色刷りではなく、売り物ではない本としては十分に質素という判断で刊行されたのではないか。制約の下で、入集者の美麗な本への好尚を満たす方法を模索した結果として見ることができよう。

こうした法令が私家版を含む狂歌本と摺物にどれほど影響したのか、はっきりとは分からないが、町触れの文言から見る限り、本と摺物では、同じく制限の対象ではあっても、具体的に粉色を禁止されている「絵本草紙」の形態を持つ本よりも、そうした具体的な制約の示されない一枚刷、すなわち摺物の方が面倒の少ないもののようである。実際に影響が記録されている、あるいは観察できるのも、本の例が多い。その点で、彩色刷出版物への需要が、もっとも制約の少ない私家版の一枚刷である摺物のかたちで実現されることが多くなったという推測も可能であろう。

以上、寛政・享和期に顕著であった、商業版の狂歌画賛入錦絵と、春興狂歌集、とくに摺物に匹敵する美麗さを誇った彩色刷絵入狂歌本の流行が、文化の初年を境にいずれも下火になったことを述べ、その理由の一端として想定できる外的な出版上の制約の影響について考察した。その推測の当否はともかくとしても、この時期の狂歌壇において彩色刷挿絵入りの本の出版が停滞を見せる一方で、代わって摺物の制作が盛んになったことは事実である。

結び

以上のような経過を経て、摺物は、たんなる個人の配り物から、狂歌集に代わり得る、連中の出版物へと役割を拡大していった。その過程で、一時は、比較的多くの狂歌を載せることができる大奉書全紙判やその半分の大きさの摺物が多く作られたが、寛政末年に揃物の形式が考案され、徐々にそれが主流となっていった。その点は、上方を中心に人気を博した四条派の絵師による俳諧や狂歌の摺物では、終始、大きな判型が主流であったのと対照的である。揃物摺物は、何々尽くし、というように総数を決めない場合も少なくなく、また名数を冠して数が決まっていても、とくに大規模になれば必ずしもその総数を満たすように作らなくてもよいのであって、その点では本に比べて、柔軟な出版方式である。この頃の江戸の狂歌集の巻末には「追加」として締め切りに遅れて到着した分を掲載する例も少なくないことから（これらは俳諧摺物において特別待遇を指すような特殊な意味はもたない）、こうした融通の利く出版方式が歓迎されたであろうことは容易に想像できよう。企画する判者は、遅れて申し込みがあっても、余白の多い図にもう一首加えるように調整するなり、新しい図を新たに加えるなりして対応できる。職業化した判者にはこうした柔軟な入銀への対応が必要であったろう。このような揃物摺物の特性と江戸の狂歌連の出版動向が、近世後期における摺物人気を支える理由の一端であったはずである。

揃物は、これ以後も、狂歌壇における摺物の流行の中核をなす形式として盛んに制作される。文化五年以後定着していった色紙判を除いても、前述のように久保田一洋氏によれば、北斎の揃物は三十二種を数え、杉本隆一氏の柳々居辰斎の摺物に関する研究は十一種を指摘し、また田中達也氏の窪俊満についての論文は七種を挙げている(50)。これらはすべて狂歌摺物である。浅野秀剛氏は色紙判摺物を数え上げ、文化五年から天保六年まで二百六十種もの揃物が出されていることを論じる。[51]これらもほとんどが狂歌連による注文制作と見られる。これらのうち多くは数点ないし十数点から成る小規模の揃物であるが、なかには二十点を超える揃物も含まれている。例えば、四方側が文化六巳年に辰斎の画によって出した「歌仙合」、またその十二年後の文政四年に出した北斎画の「元禄歌仙貝合」はともに三十六枚揃いで、同連がその翌年に出した「馬尽」も三十枚揃いの大規模なものとして知られている。[52]これら色紙判摺物が全盛を迎える文政期には再び彩色刷絵入狂歌本が盛んに刊行されるなど、文化期とはまた異なった動向が見られ、その検討は今後の課題としたいが、このような大規模な揃物が刊行されたという事実そのものが、全国規模の広がりを見せた文化・文政期の狂歌界における出版の一形式としての摺物の役割の重要性を物語るものといえるだろう。

【参考資料】　寛政・享和期の春興狂歌集一覧

筆者の調査が及んだ、および文献上所在が確認できる、この時期の江戸狂歌の撰集で、春興の体裁をとるものを大まかに連ごとにまとめ、年代順に並べ、刊年、題名、編者、挿絵の有無／画工／色刷・墨刷の別を順に記した。参考のため、伝本が少ない、あるいは日本古典籍総合目録データベースなどで伝本の所在がわかりにくい本については所蔵者名を注記した。

四方連（寛政六年までは数寄屋連、第三章第二節参照）

寛政三年、あらたま集（新玉集）、鹿都部真顔編、挿絵なし、慶應義塾図書館・京都大学文学部穎原文庫

寛政五年、四方の巴流、鹿都部真顔編、山東京伝・三代目瀬川菊之丞・五代目市川団十郎画／色刷（淡彩）、京都大学文学部穎原文庫[53]・聖心女子大学図書館

寛政七年、四方の巴流、鹿都部真顔編、山東京伝・鍬形蕙斎等画／色刷

寛政七年、歳旦狂歌江戸紫、花江戸住編、北斎・蕙斎・歌麿等画／色刷カ（退色カ）、東京羊羹・国立台湾大学図書館

寛政七年、春日廿四興、清涼亭菅伎編、探龍画／色刷（淡彩）、天理大学図書館・聖心女子大学図書館・スウェーデン王立図書館[54]

寛政七年カ、春興言葉花桜田、森羅亭編カ、墨刷挿絵／画工不明、東京大学総合図書館

寛政八年、四方の巴流、鹿都部真顔編、鳥文斎栄之・蕙斎・北斎画／色刷、チェスター・ビーティ図書館・ボストン美術館・中央大学図書館

寛政八年カ、日のはじめ、鹿都部真顔編、桃寿斎画／色刷、東京都立中央図書館加賀文庫（二点）

寛政八年、帰化種《しきなみぐさ》、清涼亭菅岐編、北斎画／色刷、シカゴ美術館[55]・大英図書館・ギメ美術館

寛政八年カ、春興帖、森羅亭編、北斎・京伝画／色刷、ソウル大学校図書館[56]

寛政九年、よものはる、鹿都部真顔編、京伝・有耳亭常恒画／色刷、東京国立博物館・日本浮世絵博物館・聖心女子大学図書館・ボストン美術館

寛政十年、春興帖、森羅亭編、北尾重政・北斎・芝蘭斎画／色刷、大英図書館・津和野葛飾北斎美術館・西尾市岩瀬文庫

寛政十二年、春興帖、森羅亭編、初代歌川豊国・菱川宗理画／色刷、東京大学教養学部国漢教室

享和元年、狂歌江戸春、花江戸住編、挿絵なし、慶應義塾図書館

伯楽連

寛政四年、伯楽春帖（狂歌桑の弓と改題）、頭光編、堤等琳・窪俊満画／色刷（淡彩）

寛政五年、癸丑春帖、頭光編、等琳・俊満・鈴木隣松画／色刷（淡彩）、大英博物館・ソウル大学校図書館・市古夏生氏[57]

寛政六年、春の色、頭光編、等琳・隣松・俊満・重政画／色刷、大英博物館・京都大学図書館・千葉市美術館

寛政六年、四方のはる、松山青樹編、俊満画／色刷、大英博物館

寛政七年、春の色（後、絵本歌与美鳥と改題）、頭光編、等琳・隣松・俊満・尚峰画／色刷、大英博物館・チェスター・ビーティ図書館・東洋文庫・フランス国立図書館等

寛政七年、春の湖、柳亭淳直編、三渓画／色刷、東京大学国文学研究室・九州大学文学部富田文庫

寛政八年、百さへづり、頭光編、等琳・大岡雲峰・俊満・尚峰画／色刷、大英博物館・チェスター・ビーティ図書館・京都大学図書館・国文学研究資料館等

寛政九年、伯楽集、窪俊満編、等琳・易祇・俊満・雲峰画／色刷、G・プルヴェラーコレクション・太田記念美術館

浅草連

寛政九年、柳の糸、浅草庵市人編、等琳・隣松・栄之・重政・北斎画／色刷

寛政十年、男踏歌、浅草庵市人編、歌麿・等琳・易祇・栄之・重政・北斎画／色刷

寛政十年、狂歌初若菜、樵歌亭笛成編、北斎画／色刷、大英博物館・墨田区ピーターモースコレクション(58)

寛政十一年、逸題狂歌集、浅草庵市人編、菱川宗理画／色刷、フランス国立図書館東洋写本室

享和二年頃、太郎月、末広庵長清編、菱川宗理画／色刷、大英博物館

享和三年、はるの不尽、末広庵長清編、北斎画／色刷、フランス国立図書館東洋写本室・シカゴ美術館・フリーア美術館

朱楽連

寛政元年、狂歌松の言葉、朱楽菅江編、挿絵なし、天理大学図書館

寛政七年、みどりの色（墨書題による仮題）、朱楽菅江編、菅江画および無款挿絵／色刷、大阪府立中之島図書館(59)

寛政八年、旧則歌仙、鳴滝音人編、蕙斎画／色刷、東京芸術大学図書館脇本文庫・フランス国立図書館版画室

寛政十年、春興帖、朱楽菅江編、挿絵なし、東京都立中央図書館

寛政十年、深山鴬、山家広住編、北斎・重政画／色刷、大英博物館

寛政十一年、春興帖、朱楽菅江編、挿絵なし、東京都立中央図書館

寛政十二年、春帖、淮南堂行澄編、北斎画／墨刷（薄墨入）、東北大学図書館狩野文庫(60)

享和二年、春の戯歌、節松嫁々・便々館湖鯉鮒編、北斎・礫川亭栄里画／色刷、大英博物館・葛飾北斎美術館

元木網門下

寛政六年頃カ、逸題狂歌集、挿絵なし、大妻女子大学図書館

寛政十二年、逸題狂歌集、挿絵なし、東京都立中央図書館

千秋連（三陀羅法師一門）

寛政九年、さんだらかすみ、三陀羅法師編、重政・北斎・一亭画／色刷、大英博物館等

寛政十年、さんだらかすみ、三陀羅法師編、重政・北斎・雪旦画／色刷、墨田区ピーターモースコレクション

菅原連（芍薬亭一門）

寛政八年、春の曙、潜亭裏成（芍薬亭）編、歌麿・北斎画／色刷、東洋文庫[61]・北斎館

寛政九年、春のみやび、潜亭裏成（芍薬亭）編、北斎画／色刷、太田記念美術館・墨田区ピーターモースコレクション

注

（1）　欧米の研究者は早くから摺物に着目してきた。本節は、そうした研究状況や資料の所在等についてジョン・T・カーペンター氏（ロンドン大学SOAS）にご指導を賜り、ティモシー・クラーク氏（大英博物館）のご厚意で、大英博物館収蔵品の調査、所蔵図書・目録類の利用をお許し頂き、種々の御教示をいただいたことによるところが大きい。

日本国内では、大小暦に関する先駆的かつ総合的研究であった長谷部言人『大小暦』（宝雲舎、一九四三）を除けば、作品の個別的研究や特定のコレクションの展示がごくわずかにあったのみで、全貌把握の試みは一九九七年の千葉市美術館「江戸の摺物」展が最初であった（同展図録付載参考文献参照）。俳諧摺物に関しては、近年、文学の側からも関心が寄せられており、『江戸文学』二十五号（二〇〇二）および『文学』（隔月刊）六巻二号（二〇〇五）では雲英末雄氏の監修で俳諧一枚刷特集が組まれ、研究の進捗を窺わせる。狂歌、とくに江戸狂歌については、背景となる狂歌連の活動やその内容にまで踏み込んで言及した論文として、鈴木重三氏が国際摺物協会の発会シンポジウムの講演（一九七七）をまとめた「江戸狂歌摺物の解釈と鑑賞」（『絵本と浮世絵』美術出版社、一九五九）の先駆的な研究があるのみである。

（2）　狂歌摺物の営利的な性格については、下記の拙稿でも論じた。'Surimono to Publicize Poetic Authority: Yomo no Magao and His Pupils', (ed.) John T.Carpenter, *Reading Surimono: The Interplay of Text and Image in Japanese Prints*, Leiden: Brill/Hotei Publising, 2008

（3）井上隆明『平秩東作の戯作的歳月』（角川書店、一九九三）同年項。

（4）石川了「浜辺黒人による江戸狂歌の出版」（『大妻女子大学文学部三十周年記念論集』、一九九八）。

（5）大小暦と（それ以外の）摺物の関係については早くにマティ・フォラー氏が論じた。Matthi Forrer, *Egoyomi and Surimono.* Uithoorn, the Netherlands: J.C. Gieben, 1979, pp.19-20.

（6）東京国立博物館の『大小類聚』も同様に大小を年ごとにあつめた資料であるが、天明狂歌関係のものは少なく天明四年分に問屋酒船による作（歌はなし）が一点、天明五年分に一点あるにとどまる。

（7）狂歌師が大小暦も作り続けることは、長谷部『大小暦』（注1）参照。

（8）シカゴ美術館蔵。James T. Kenny, 'A Brief History of the Edo Kyoka Movement', (ed.) Theodore Bowie, *Art of the Surimono.* Indiana University Art Museum, 1979, p.30が紹介した。図版は、浅野秀剛・ティモシー・クラーク編『喜多川歌麿』展図録（一九九六、千葉市美術館・大英博物館共催）などにも掲載される（出品番号35）。

（9）神奈川県立歴史博物館寄託長谷部コレクション蔵。拙稿「南畝の弟――島崎金次郎のこと」（『日本古典文学会会報』百三十六号、二〇〇四）で紹介した。

（10）太田記念美術館『蜀山人大田南畝』展図録（二〇〇八）出品番号47。南畝旧蔵。

（11）もう一点天明期の作の可能性のある作がある。国立国会図書館所蔵『天明絵暦』の中の木網・智恵内子ら十四名の詠を収める春興の摺物。この貼交帖がほぼ天明四年の作を収めるものであることから、同年刊の可能性は否定しきれない。ただ木網・智恵内子および板屋常恒・沢辺横行以外の狂名はすべて寛政六年刊『新古今狂歌集』でしか確認できないこと、木網が「杢」の表記を用いているのはこの摺物以外では天明期に確認できないことから今は寛政期の作と考えておきたい。第三章第一節で詳述。

（12）近藤映子氏が、絵入狂歌本の刊行に刺激されて寛政期に大型の摺物が流行したことに言及（近藤「パリ国立図書館蔵未発表摺物アルバムについて」『浮世絵芸術』八十一号、一九八〇）。田中達也氏も同様にこの様式が寛政・享和期に流行したことを論じる（田中「窪俊満の研究（二）」『浮世絵芸術』百八号、一九九三）。

（13）浅野秀剛「デュレ旧蔵摺物帖の概要とその意義」（『秘蔵浮世絵大観八・パリ国立図書館』講談社、一九八九）・同「摺物概観」『江戸の摺物』展図録（前掲注1）。

（14）若干の遺漏もあるが、拙稿「江戸狂歌の大型摺物一覧（未定稿）」（『法政大学キャリアデザイン学部紀要』五号、二〇〇八）において主要な情報を一覧にした。
（15）浅野秀剛「デュレ旧蔵摺物帖の概要とその意義」（前掲注13）。
（16）久保田一洋「葛飾北斎と江戸狂歌連の研究」（鹿島美術財団『美術研究』十二号、一九九五）。
（17）この点については下記の論文が早くに着目した。H. Willem Goslings, 'Poetry clubs and the Publication of Surimono in Series,' (ed.) G. Chris Uhlenbeck, *The Poetic Image*, Leiden: Hotei Publishing, 1987, pp.6-16.
（18）畔李こと八戸藩主南部信房の俳諧摺物揃物「三ひらの内」（窪俊満画）二種六図（前掲注1『江戸の摺物』展図録）は、その華やかさが俳諧摺物としては異例といい（二又淳「南部畔李の俳諧一枚摺」八戸市博物館『八戸の俳諧』展図録、二〇〇三）、揃物の発想も同時に狂歌から取り入れられたと思わせる。この点については浅野秀剛氏のご助言を賜った。
（19）東武美術館他『大北斎』展図録（一九九三）一六四頁に図版掲載（摺物十七）。
（20）*Surimono Prints*, Tikotin Museum of Art, 1989, pl.14. なお、これら六図および後出の関連図版はすべて本節のもとになった拙稿 'Publishing Activities of Poetry Groups in Edo: Early Illustrated Kyoka Anthologies and Surimono Series,' (ed.) John T. Carpenter, *Hokusai and His Age*, Leiden: Hotei Publishing, 2005 に掲載した。
（21）『秘蔵浮世絵大観　ベレスコレクション』（講談社、一九九一）図版一八八、内藤正人解説。同コレクションは二〇〇二年のサザビーズによるパリでの売り立てを最後に散逸し、現在所在不明。
（22）ジョーン・B・マービスおよびジョン・T・カーペンター編『文化文政期の珠玉の摺物』展図録（太田記念美術館、二〇〇〇）、図版一〇五、カーペンター氏解説。貞之の黄表紙挿絵については『黄表紙総覧』後編（青裳堂書店、一九八九）参照。その名からして鳥文斎栄之門人か。
（23）ロジャー・キーズ氏がはやくに摺物工房の印に着目し、摺物制作におけるその介在を論じている。Roger Keyes, *Surimono: Privately Published Japanese Prints in the Spencer Museum of Art*, Tokyo and New York: Kodansha International, 1984, 13. 矢羽勝幸「寛政期の俳諧一枚摺」（『江戸文学』二十五号、二〇〇二）が俳諧摺物に見えるその版元・摺師の印を集成する。
（24）太田記念美術館『蜀山人大田南畝』展図録（二〇〇八）出品番号54。判読・年代推定に塩村耕・湯浅淑子両氏の御教示を頂いた。

（25）久保田一洋「葛飾北斎と江戸狂歌連の研究」（前掲注16）参照。
（26）伊藤めぐみ「摺物『春興五十三駄之内』と北斎前期の狂歌絵本との関連について」（『北斎研究』十七号、一九九四）所論。
（27）ロジャー・キーズ氏指摘。Roger Keyes, *The Art of Surimono*, London: Sotheby's Publications, 1985, pp.452-453.
（28）刊年の推定は入集者の狂名の変化による。享和三年にはじめて浅草庵が多くの門人に許した「浅」字のつく号の使用（『壺すみれ』による）が見られないこと、干則が、享和二年三月に引き継いだとされる「桑楊庵」号（同じく『壺すみれ』）を使用していることの二点の条件を満たす正月はない。リチャード・レイン『伝記画集北斎』（河出書房新社、一九九五、原題は *Hokusai: Life and Work*, London: Barrie& Jenkins/New York: Dutton, 1989）六章は享和三年の作としたが、この年に編者長清が別の春興を刊行している（末尾参考資料参照）ことから、むしろここでは享和二年としたい。
（29）拙稿「江戸狂歌の大型摺物一覧（未定稿）」（注14）10番。
（30）寛政末から享和の摺物的な繊細な色遣いとは趣を異にするが、全丁色刷挿絵の狂歌本としては、数寄屋連の狂歌を画賛にした、歌川豊国画『絵本纐纈染』（寛政六年刊、和泉屋市兵衛版）などもある。
（31）ティモシー・クラーク「北尾政演画の狂歌師細判似顔絵」（『江戸文学』十九号、一九九八）。および同 'Some Portraits of *Kyoka* Poets by Kitao Masanobu', *Orientations*, Jan/Feb 2004.
（32）浅野・クラーク編『喜多川歌麿』展図録（前掲注8）図版三八～四〇。
（33）小判八枚。筆者が確認しているのは大英博物館蔵品のみ。上村与兵衛の版元印がある。浅野秀剛氏によれば、この型の印は享和期にのみ見いだせるという。
（34）浅野・クラーク編『喜多川歌麿』展図録（前掲注8）。
（35）浅野・クラーク編『喜多川歌麿』展図録（前掲注8）が掲げる最後の狂歌画賛入錦絵の作例は図版二四四～二四九、二五一。これ以後も、狂歌画賛入りの作例は若干は見出せるが、例外として処理できる数の範囲である。
（36）鈴木重三「資料にたどる歌麿の画業と生涯」（『絵本と浮世絵』美術出版社、一九七九、初出一九七三）。
（37）湯浅淑子「寛政の出版法令」（たばこと塩の博物館『寛政の出版界と山東京伝』展図録、一九九五）。
（38）ジャック・ヒリアー氏は北斎の『はるの不尽』の挿絵と摺物との親近性を論じ（Jack Hiller, *The Art of the Japanese Book*, London: Sotheby's publication, 1987, vol.1, p.499）、浅野秀剛氏もこうした私家版の狂歌集を「摺物的性格の強い」ものと

言う（浅野「寛政八年春刊　絵入狂歌本『春の曙』」『浮世絵芸術』百三十九号、二〇〇一）。

(39) 鈴木俊幸『蔦屋重三郎』Ⅴ・Ⅵ章（若草書房、一九九八、初出一九九一・九二）。

(40) 寛政期の狂歌本については下記の先行研究がある。Matthi Forrer, 'Poetry Albums of the Kansei Period', in *Essays on Japanese Art Presented to Jack Hiller*, London: Robert G. Sawers Publishing, 1982, Jack Hiller, *The Art of the Japanese Book* (ibid), pp.432-448, 489-510. 浅野秀剛「寛政期合筆絵入狂歌本の成立」（『秘蔵浮世絵大観　大英博物館3』講談社、一九八八）。

(41) 慶應義塾図書館蔵本による。

(42) 逸題。ベルリン東洋美術館蔵。

(43) ともに大妻女子大学図書館蔵。

(44) 大妻女子大学図書館・大英図書館蔵本ともに原題不明。

(45) 筆者の把握の範囲では、本文に挙げた春興以外に鹿都部真顔編『をばな集』（文化二年刊、茶梅亭文庫蔵）、酒月米人編『月の都』（文化四年刊、俊満・等洲画、慶應義塾図書館蔵）、同編『四方山』（文化六年刊、等洲画、大英博物館・茶梅亭文庫蔵）、地形堂方丸編『狂歌花の園』（文化四年刊、地形堂画、大妻女子大学図書館・国文学研究資料館蔵）が見出せる程度か。また刊年・原題不明ながら大英博物館に、狂歌師富士行近の耳順を記念した狂歌集があり、挿絵を描く北斎の画狂人の落款・南畝の蜀山人の署名から享和末年から文化初年頃の刊行かと推定される。

(46) 湯浅淑子「寛政期の出版法令」（前掲注37）。

(47)『播州舞子浜』と『福鼠尻尾太棹』。中野三敏「和本入門」七（『彷書月刊』十七巻七号、二〇〇〇）、佐藤悟『役者相貌鏡』解題（たばこと塩の博物館『日本をみつけた。――江戸時代の文華』展図録、二〇〇二）、鈴木淳「『光琳画譜』考」（『浮世絵芸術』百四十五号、二〇〇三）参照。

(48) 揖斐高他「老婆心話（翻刻）その二」（『成蹊人文研究』七号、一九九九）。

(49) 湯浅淑子「寛政期の出版法令」（前掲注37）。前述の唐衣橘洲書簡（木葉庵宛）はこのときの摺物の刊行状況を知らせるものである。

(50) 杉本隆一「辰斎の摺物――作品と目録」（『北斎研究』二十四号、一九九八）、および田中達也「窪俊満の研究（二）」（前掲

注12）。

（51）浅野秀剛「色紙判摺物の制作状況と葛飾派」（『第三回国際北斎会議会議録』小布施町、一九九八）。

（52）「元禄歌仙貝合」「馬尽」については次の論文参照。Matthi Forrer & Roger Keyes, 'Very Like a Whale? — Hokusai's Illustrations for the Genroku Poem Shells', *A Sheaf of Japanese Papers*, The Hague: Society of Japanese Arts and Crafts, 1979. 浅野秀剛「摺物『元禄歌仙貝合』と『馬尽』をめぐって」（『浮世絵を読む四　北斎』朝日新聞社、一九九八）。

（53）『江戸狂歌本選集』四巻（東京堂出版、一九九九）に翻刻・解題（小林勇・塩村耕・小林ふみ子）。

（54）下記の目録による。*Catalogue of the Nordenskiold collection of Japanese books in the Royal Library*,（ed.）J.S. Edgren Stockholm: Norstedts Tryckeri, 1980, no.354.

（55）安田剛蔵『画狂北斎』（有光書房、一九七一）に影印。

（56）鳥井フミ子編『ソウル大学校近世芸文集』五巻（勉誠出版、二〇〇〇）に影印。

（57）鳥居フミ子編『ソウル大学校近世芸文集』二巻（勉誠出版、一九九八）に影印。市古夏生氏による翻刻が備わる（神保五彌編『江戸文学研究』新典社、一九九三）。

（58）ピーター・モース・コレクションについては、太田記念美術館『初公開ピーターモースコレクション　葛飾北斎展』展図録（一九八八）等による。

（59）拙稿「寛政七年朱楽連歳旦『みとりの色』――北斎伝の一資料――」（『浮世絵芸術』百三十四号、二〇〇〇）紹介・翻刻。

（60）拙稿「寛政十二年北斎画朱楽連『春帖』」『浮世絵芸術』百三十八号、二〇〇一）紹介。

（61）浅野秀剛「寛政八年春刊　絵入狂歌本『春の曙』」（前掲注38）紹介・翻刻。

第六節　天明狂歌前史の一齣——明和の『肖歌』——

本節は、天明狂歌の爆発的流行前夜に刊行された江戸狂歌の一作品を論じ、それとの比較によって、天明狂歌の特質をあぶり出そうという試みである。その素材とするのは『肖歌《やつしうた》』。唐衣橘洲が内山賀邸塾の仲間等をあつめて自宅で狂歌会を開いたのが明和六年、その前年に江戸で上梓された狂歌集である。戦前に若干の紹介がありながら、これまでほとんど顧みられることのなかったこの作品を考えることによって[1]、江戸狂歌史にあらたな一面を付け加えるとともに、やがて花開く天明狂歌の新しさがどこにあったのかを探ってみたい。

一　『肖歌』

この作品は、刊本で小本一冊、わずか全二十丁の小品である。刊本として唯一の伝本と思しいのが聖心女子大学図書館に収蔵される武島羽衣の蔵書印のある一冊。他に、京都大学文学部図書室潁原文庫に、若干の誤写はあるものの本書をほぼ忠実に透き写しにした写本があるが、昭和十四年の菅竹浦による奥書のある近代写本である。題簽は、聖心本も後補の墨書題簽に「狂歌集」とあるのみ、京大本も「逸題狂歌集」とあるばかりで、巻首・巻尾等にも題らしきものはない。跋文中に「古へを肖心をもつて肖《やつし》歌と名付、一巻の書となせしを」云々とあるところから、ひとまず『肖歌』と呼ぶこととする。いずれにも刊記はないが、序文に「明和五子歳夏」の年記があること、また後述のように明和四、五年頃の風俗・流行を描くことから、その頃の刊行と考えられる。すなわち、天明狂歌の大流行に先立つ点で重要な時期の作品ということになる。

序文末尾には「山辺馬鹿人」の署名があり、跋文中にも「馬鹿人自ら」云々とあることから、これが作者の筆名と思しいが、それ以上に作者の正体を示す記述はない。『世説新語茶』（安永五、六年頃刊）等安永期の洒落本作者で、最近、南畝とは別の人物であることがほぼ論証された「山手馬鹿人」と酷似した筆名ではあるが、その論文で藤井史果氏が提示した山手馬鹿人の手跡[2]と本書の版下に類似は認められず、関連は見出し得ない。

内容は、四季および恋・雑・「短歌」の部立てに分けられる。それぞれの内訳は、春十九首、夏十四首、秋八首、冬十首、恋十首、雑十首の計七十一首、および「短歌」の部の長歌が一首[3]。これに『古今和歌集』仮名序をもじった序、及び跋文が付くという、勅撰集に準じた標準的な構成をとる。

注目したいのは、本書の随所に見られる当代の江戸の風俗・流行に対する強い関心である。春であれば「万歳」「宝引」「大黒舞」「初芝居」、夏には「両国すゞみ」「屋形舟」などといったぐあいに、もろもろの年中行事や祭、遊び、また道行く芸能者の姿といった江戸の暮らしの楽しみを謳いあげる。例えば、

　　花見にまかり諸人の遊興を見て
　声色におどりさみせんなまゑひをよそにてらして詩歌連誹
　　屋形舟
　花のゑんうたふ吉野のさみせんにつゞみ太鼓の川一もあり

一首めは、酔っぱらいを傍らにさまざまな遊びを尽くす花見のさま。二首めは、隅田川に浮かべられた名高い屋形船

「吉野丸」「川一丸」の上で繰り広げられる賑々しい宴のさまである。かたや三味線に合わせてめりやす「花の宴」を唄えば、あちらでは鼓や太鼓の音が響く。また、冬の部の「浅草市」では、次のように雑踏をたくみに描く。

押合てひとつごつちやにわかざりき行もかへるもかうもかわぬも

さらに恋の部は「廓かよひ」に「地色」、「夜這」に「男色」、はては淫薬を詠む「寄長命丸恋」まで多彩である。それもさることながら、雑の部はとりわけ、出版の時と考えられる明和五年夏時点の最新の流行や話題を取り上げる点で面白い。例えば明和二年に鈴木春信らが考案し、新しい江戸名物として人々に迎えられた多色刷木版画「東錦絵」もその一つであるが、まさにそれは、同五年に谷中の笠森稲荷の水茶屋娘お仙を描いて大評判を呼んだところであった。(4) もちろんそのお仙のことも、また同じ年に中村座の舞台のせりふでそのお仙と並び称されたという、采女が原の若紫のことも詠んでいる。(5) 明和五年四月五日の新吉原の火災を当て込んだ「吉原焼れば」という一首もある。また宝暦末から明和頃に巷間で見られたといい、明和四年には嵐音八に舞台で演じられたという勧化僧「そそそ」の「弁天坊主」も取り込む。(6) 当て込みという点では、春の部の「初芝居」の一首「八百屋お七にそがの打まぜ」も注目される。たしかに初春狂言における曾我物と八百屋お七のない交ぜはさほど珍しくもないが、明和四年には市村座で「曾我《そが》和《やわらぎ》」が、翌五年には中村座で「筆始曾我章《ふではじめそがのたまずさ》」が、それぞれ八百屋お七物とのない交ぜで続けて出されていることと無関係ではなかろう。

そのように考えるとこの『肖歌』は、この時代のよい風俗資料となる。例えば「新地軽業」と題する次の一首は、重い水風呂桶を軽々と持ち上げて剣や紙の上を渡るさまをいきいきと描く。

水風呂を片手にさしもかるわざのはもの丶はしご紙のかけはし

見世物興行が行われる「新地」といえば中洲が思い起こされるが、中洲の造成は、本書刊行の五年後の安永元年のことである。となると、この「新地」は深川新地であろうか。岡場所として栄えた深川も、八幡の境内や洲崎弁天を除いて、こうした見世物が興行されたことは知られておらず、風俗史の資料としても面白い。

本書が刊行された明和五年といえば、前年には、蘐園派の詩文集のかたちをもじって江戸の風俗・流行を謳いあげた若き日の南畝の狂詩集『寝惚先生文集初編』が刊行されて評判を呼び、以来、やはり南畝による『小説土平伝《どへいがでん》』（明和六年刊）、また『娯息斎詩文集』（明和七年刊）など当世風俗を穿つ狂詩文集が続々と世に出されてゆく頃である。むろん作者や版元の正体を知る手がかりもない本書と、それらとの直接的な影響関係を辿ることはまずできない。また本書は、勅撰集に倣うとはいえ、部立と序文に反映するのみで、『寝惚先生文集』の蘐園派詩文集の形式模倣の精巧さとは較べるべくもない。それでもしかし、同じ時期に、勅撰集という既存の権威ある書物の形式になぞらえて、都市の風俗を詠む狂歌集が出されたことそのものが、同時代的な現象として興味深い。

このように当代の江戸の楽しみを活写した本書の性格をよく表す、末尾の長歌の一節を見てみよう。題して「題しらず」。「呉竹の　よゝのはやりも……いかにして　いまの浮世に　のばへまし」と世の流行を詠むことを宣言して始まる一首である。

……たゞいまの世に　ありきてふ　うてんつこそは　うれしけれ　髪は本田に　銀ぎせる　みじかひ羽おり
島の帯　気をごくてんに　春がすみ　かすみを分て　まつさきの　きのへ子や成　でんがくも　やけのゝきゞ
す　つまごひの　いなりの富の　あて事も　なひておとすは　けいせいの　うそとしりつゝ　大文日　仕廻は
かねに　せめらるゝ　酔が身を喰　青楼の　つけ時過て　かやり火の　くゆれどかひも　なつ河の　すゞしき
まゝに　のり出す　舟のおもかぢ　おもいれに　太鼓芸者の　うはつきも　つい深川へ　はまる身を　おやば
からしと　おもへども　かんにんならぬ　ならうちは　うちはらんこく　おや〳〵も　きもをでんぐり　かへ

しつゝ　大いざこざを　まぜ付ず　ぐいのみ酒に　ずいゝきの　足もしどろに……

「うてんつ」は馬鹿者、放蕩者の意の江戸語。そのいでたちは、本田髷に銀煙管、短丈の羽織の下に縞の帯を締めて、宝暦末から明和頃の流行の服装・小物で揃える。「ごくてん」はおそらく「極点」で、気分もとびきりで遊びに繰り出すというのである。吉原通いの口実に使われた隅田川畔、橋場の真崎稲荷、およびその境内にあって名高い田楽茶屋甲子屋に触れ、その行く先の吉原では、手管と知りつつ遊女に泣き落とされて、大紋日（おそらく上巳の節句であろう）の仕舞いに苦しむ。夏になれば芸者衆を伴った船遊びの上、さらに深川で放蕩を重ね、親はあきれ果てて家は大騒ぎとなる。「ぐいのみ」「ずいゝき」といった当時流行の勢いのよい通言を織り交ぜることも忘れない。この長歌は非常に長く二丁強を占め、ここで春から夏へと推移した季節は、このあと月見・菊見に顔見世、節季の支払いなどと秋から冬へと移りゆく。全体で右の掲出箇所の約二倍の長さをもち、全二十丁の狂歌集にしてはかなり長い一首と言える。末尾もまた、流行語を取り入れて「大のきまりは　金の事　是でやぼなら　しやう事もなし」と締めくくる。[7]この「是でやぼなら」云々は二代目坂東又八（のち二代目坂東三八）の台詞に由来するようで、[8]明和六年正月の役者評判記『役者千贔屓位指《ちびきのいし》』の又八の項にこれをもじって「是でかぶならしやうことがない」、同五月の評判記『役者太夫位《まつのくらい》』同じく又八項に「是でやぼなら扨」云々とされるように、[9]この頃評判の言い回しであったらしい。

技巧の面を見てみよう。気をごくてんに張る‐春霞、田楽も焼け‐焼野の雉子、当て事もない‐泣いて落とす、蚊遣火の燻る‐悔ゆる、甲斐も無‐夏河といった掛詞を配し、また「春霞　かすみを分て」、「舟のおもかじ　思入れに」、「堪忍ならぬ　奈良団扇」などといった音の繰り返しで、調子を整える。のちの天明狂歌の巧みな縁語構成と複雑な技巧には及ばないものの、韻文としてそれなりに技巧を凝らしている。

この「短歌」一首が端的に示すように、この『肖歌』は、人の好奇心を刺激するさまざまな当世の事象を、流行の言い回しを多々交えつつ描き出した狂歌集である。周知のように江戸の都市文化が成熟しつつあるなかで、前述のような狂詩文や、遊里の情景のみならず巷の風俗を描く『両国栞』（明和八年刊）のような作品を生んだ洒落本など、流行や風俗を描く文芸が、小本を中心に数多く出来したのが宝暦・明和期の江戸である。[10]この作品も同じく小本の体裁で、一見版下の素朴さから素人出版であるかにも思われるが、無刊記ながら跋末に「肖歌と名付、一巻の書となせしを、書林の何がし聞つけて所望するといへど深隠してあたふる事なかりしを、奪取してかけだすを、やるまいぞ〳〵」と狂言ばりに記すのを信じれば、一応、版元主導の商業出版ということになろう。流行・風俗への強い関心に加え、ふざけた筆名、無刊記の小本といった体裁から見ても、洒落本・狂詩文などと通底する感覚による出版と考えられようか。本作は、その期の江戸文芸の特徴が、狂歌の分野で、天明狂歌に先んじて先鋭に表れた例といえよう。

二　それまでの江戸狂歌と『肖歌』

このように、明和・安永期の洒落本や狂詩文などに広く見られる当世風俗の描出という特徴を備える『肖歌』は、狂歌史の中においてみれば、それまでの狂歌に較べて特異な作品と言える。

狂歌という文芸の本質は、一つに和歌的な雅の発想や表現の型を意図的に外すところにあると言えようが、その逸脱は日常的な生活臭さの漂う卑俗さとでも言うべきものによって表現されるのが普通であった。そうした卑俗さは和歌の枠組みに収まらないものであればよく、さほど積極的に流行を追う必要もなければ、あえて都市の享楽を主題としなければならないわけでもなかった。実際、生白堂行風編『古今夷曲集』（寛文六年刊）・『後撰夷曲集』（寛文十二年刊）、あるいは未得『吾吟我集』（慶安二年序刊）や『卜養狂歌集』（延宝末年刊）など近世初期の貞門俳諧師らによる狂歌集以来の代表的な作品につけば、それまで狂歌が表現してきた下世話な発想・内容といったものの主流が、当世風俗・流行とは異なる位相にある、生活臭や人間くさ さのようないわば普遍的な卑俗さであったことが分かる。『銀葉夷歌集』（延宝七年刊）に延宝頃の当代風の斬新な風俗詠からなるいくつかの百首狂歌が収められるといった指摘はあるものの、そうした傾向は油煙斎貞柳以下の上方の狂歌に至るまで、全体として大きくは変わらなかったようである。(11)

とりわけ未得や卜養の後、天明狂歌の勃興まで、ごく少数の狂歌集が散発的に出版されたにすぎない江戸狂歌史において、『肖歌』の存在は異彩を放っている。服部南郭が序を寄せた藤本由己の『春駒狂歌集』（正徳三年刊）は、技巧の点においてこそ、天明狂歌、ことに南畝の詠風との類似を見出せる上に、廓言葉で構成した一首など注目すべき詠を含む作品だが（第二章第一節参照）、同時代的な流行・風俗への関心が高いとは言えない。開帳や「鑓踊」「碁盤人形」といったものを詠む作も見えるが、百首を超える全体の中のほんの数首にすぎない。その他、雪中庵吏登の序を冠する江戸版の狂歌集『狂歌夷中烏帽子《いなかえぼし》』（寛保元年刊）や、得牛なる俳諧師が古人の詠と自作を取りあわせて編んだ、やはり江戸版、鱗形屋版の『狂歌画讃集』（明和四年刊）、京都版ではあるが、江戸の人、釈大我の『夢庵戯歌集』（明和五年刊）、同じく京都版ながら江戸の人という無為道人なる人物の『狂歌落穂集』（安永四年刊）といった作品、さらには金沢の人という元好なる人物の詠を江戸の人と自ら記す沢士荀という人物が序を付して刊行した『元好狂歌集』（明和五年刊）(12)まで探索の範囲を広げても、同時代の風俗・流行にとりたてて着目した作品は見出せない。

一方、明和・安永期の江戸において当世風俗へ眼差しを向ける作品が出始める。この『肖歌』の他、『江戸狂歌本選集』第一巻（東京堂出版、一九九八）にも収められる二作、すなわち柳下泉末竜なる人物の詠を集めて俳諧師玄武坊の序を冠した『柳の雫』（明和七年刊）、また幕臣狂歌人で天明狂歌師たちに先達として慕われた白鯉館卯雲の『今日歌集』（安永五年刊）。いずれも『肖歌』よりも二年ないし八年下る作品で、こうした作品と較べても、それらよりさらに数年早く上梓された『肖歌』の先駆性がひとまず確認される。

この二作と『肖歌』の詠風を比較してみたい。まず『柳の雫』には、『肖歌』同様、江戸の四季の遊びに取材する詠も少なくない中、さらに種々の流行歌や、笠森お仙および彼女と並び称された銀杏娘こと柳屋お藤、また市川海老蔵こと宝暦八年に没した二代目団十郎といった、当時評判の人物を詠んだ作も見える。『今日歌集』にも、わずかながら、例えば次のような一首がある。俗謡騒唄の「わしが思ひは仙台河岸に立てし矢来の数よりも」云々（三馬『潮来府志』参照）を下敷きに、深川の仙台河岸にて開かれた尚歯会に集う老人を仙人になぞらえて詠むものである。

仙人ぞ仙台河岸のより合は立てし矢来の数よりも年

このように『肖歌』とこれら二作品とには、風俗・流行への関心という点で共通性がある。先に触れた狂詩文や洒落本のように、都市文化が成熟しつつあった明和・安永期の江戸の流行や風俗をさまざまなかたちで描こうとしていた俗文芸界の動向を反映し、狂歌もまた、天明狂歌の流行以前から、同様の傾向を示していたことが確認できよう。

しかしこれらの二作品と較べても、『肖歌』の風俗・流行への関心の度合いは著しい。試みに『肖歌』と『柳の雫』の春の部の題を比べてみたい（『今日歌集』は四季の部立の形式を取らないのでこうした比較はできない）。まず『肖歌』は、「貴賤迎春」「春駒をよめる」「大黒舞にかわりてよめる」「小女のいとなまめきて羽ねをつくを見て」「万歳」「松かざり」「年玉の扇箱を見て」「手まり歌を聞て」「道中双六」「宝引」「ぞうに」「初芝居」「梅屋敷へまかりて」「彼岸」「十軒店」「汐干」「花見にまかり諸人の遊興を見て」「春日」

これに対して、『柳の雫』は、

「年のうちに春たちける頃梅のはなを詠ける」「丹州公のおやしきにて」「らくあんにて酒ゑんしけるに花のさかりなれば……」「友だちに催されてねぎしにまかりけるに……」「森下氏の根岸の別荘に子供交りまかりて……」

「駅路海棠」「上巳」「出替」「やごとなき御方より桃の木を預かりけるが……」「鶯」「ちりすてぢやん〳〵といふうたのはやりければ」「与市とへる人とのがけにいでさけのみて……」「雉子」「濃州竹がはな桃扇といへる隠者のもとにいたりしに……」「其後おもひよらずかの庵に立寄しに……」「硝子に酒を入からあさりを添て送るとて」「垣の卯の花のさきければ」

以上の一覧から分かるように、『肖歌』は、四季の部でさえも圧倒的に人事の詠が多い。しかも春駒や大黒舞、万歳といった街行く芸能者に対する関心を強く示し、初芝居に取材するなど、都市生活の歓楽を描き出している。これに対して『柳の雫』は、流行歌への言及など風俗詠を含むとはいっても、それ以上に季節の花や鳥といった四季の景物を多く対象とした。

右の春の部の題・題詞一覧から諒解されることがもう一点ある。『肖歌』においては端的に名詞を題にした題詠歌が多いのに対して、『柳の雫』では、その場の状況を説明する長い詞書が付され、その文脈に即して作られた、つまり即興と思しい歌が多いことである。その点について言えば、『今日歌集』も『柳の雫』同様で、歌に詠み込まれる状況を描写した長い詞書が多くの詠に付されている。さかのぼって見れば、『春駒狂歌集』にせよ、『狂歌夷中烏帽子』にせよ、古い江戸狂歌の撰集においては、そういった日常の一場面を詠み込むことを詞書で明示する歌の割合が高い。

場の状況を詠み込んでその場に笑いを巻き起こす即興詠と、特定の主題について狂歌を詠むこと自体を目的として詠まれる題詠は、ともに古くより行われた狂歌の形態である。即興詠は、その場固有の文脈に縛られた、いわば一回的な作品である上、その場で即座に詠まれることが尊ばれる分、蕪雑に流れやすいという文学としての難点もあるが[13]、状況を詠み込んで成功すれば効果的にその場に笑いを巻き起こし得る点で、素朴で本来的な狂歌のあり方とも考えられよう。古くは、一休の狂歌話が、また近世初期の狂歌では卜養がよく知られ、先に触れた白鯉館卯雲もその流れに連なる。また大田南畝もそうした一面をもち、後年それが誇張されて蜀山人狂歌話として伝説化したことで名高い。(14)その点から見れば、天明狂歌以前の江戸狂歌の多くが朴直な即興詠であったことも、当然とも言える。

そこで翻って『肖歌』を見れば、逆にそうした即興的な作品が少なく、四季の風物や行事その他の名称をそのままに題とする、題詠が多いことが注目される。前に掲げた「春の部」を見ただけでもそのことは了解されよう。いきおい各題は短くなり、前に掲げた春の一首の題「小女のいとなまめきて羽ねをつくを見て」が全体を通じて最長といった程度である。さらに夏の部から題の例を挙げてみれば「団（うちわ、小林注）うり」「水売」「雷」「不二祭」「両国すゞみ」「花火」「屋形舟」「山王祭り」などといった具合に、景物や行事その他の名を端的に題として、それぞれその事象について詠じている。言わば『肖歌』の収める狂歌は、全編を通じて、みなそれぞれそうした事柄自体を狂歌に詠むこと、成熟し始めた江戸の都市風俗のもろもろを三十一文字で描き出すことそのものを目的として題に掲げ、それを詠出した。それは、その場に笑いをもたらすことをまず狙って作られた即興の狂歌とは、大きく性質を異にする。

以上のように『肖歌』は、天明狂歌に先立って江戸という都市の暮らしのさまざまな遊楽を描き出すことを意識的に目指して作られた、江戸狂歌史上、ごく早期の（あるいははじめての）狂歌集であったと考えることができる。その性質において『肖歌』は、それまでの江戸狂歌の流れの中にあって、きわめて特異な作品であったといえよう。

三　『肖歌』と天明狂歌

このようにそれまでの江戸狂歌に対しては異質というべき『肖歌』であるが、同じ頃、内山賀邸塾内で芽生えつつあり、約十五年後に爆発的な大流行を迎える天明狂歌とは共通する部分も多い。両者を比較することによって、『肖歌』の天明狂歌に対する先駆性を確認すると同時に、『肖歌』にはない天明狂歌の固有性を考えてみたい。

これまで論じてきたように都市風俗に取材する点、また題詠が多い点（天明狂歌では、「会」の場において参加者が題を共有して歌が作られることや予め提示された題に対して歌が募られることが常態であったために、総体として題詠の割合が高い）等、両者の共通点は少なくない。そのうちここではとりわけ、天明狂歌の特徴とされる泰平賛美の姿勢、江戸の「めでたさ」を謳歌する態度が、(15)『肖歌』においてすでに見出せる点に注目したい。とくに次の一首にはそうした本書の性格が顕著に窺える。題は「玄猪」。十月の初の亥の日に、江戸城で行われる祝儀にあわせ、その大手門前で大きな篝火が数多く焚かれた日である。

いちやつかぬ御代に大手の大かゞりげに公儀《おゝやけ》の道ぞあかるき

その篝火の明るさに、「いちゃつき」、つまり揉め事もなく平和に世を治める幕政の公明正大さを見る一首である。また、前にその詞書に触れた「手まり歌を聞て」の一首も、

手まり歌つく〴〵きけばたのしやなとん〳〵〳〵と太平の代は

と、少女たちの手鞠歌や手鞠をつく音を太平の象徴と聞きなす。あるいは「山王まつり」と題する一首は、行列する山車の趣向を次々と捉えて次のように詠ずる。

ほうし武者朝鮮人に四天王かんこのだしもこけむしにけり

「諫鼓の山車」は、山王祭の一番山車として大伝馬町が出したもので、中国風の鼓に鶏が留まるさまを象る。下の句はそれが恒例のものとなって古びがついていることを言うと同時に、その意匠の典拠である「諫鼓苔深うして鳥驚かず」（『和漢朗詠集』下・帝王・小野国風）という、古来の天下太平の比喩をふまえている。すなわち、正しい政治が行われた古代中国において、朝廷の門外に備えられた諫鼓を打つ者もなく、その上に苔がむし、鳥がとまった、という

故事であるが、これを用いて盛大な山王祭とそれを護る当代の幕府の治世を賞賛するのである。
幕政讃歌以外にも、江戸の都市風俗を賛美する歌も挙げておこう。一首めは「両国すゞみ」、二首めは「顔見世」。

名にしあふ両国ばしの夕涼てんとたまらぬ景色なりけり

顔見せの賑ひ尽す栄へ町げにも富貴や町といふべき

一首めは流行語の「てんとたまらぬ」を用いて両国での納涼の楽しみを率直に謳いあげ、歌舞伎に取材した二首めは、中村座のあった堺町を「栄え」（江戸訛りでは同音「サケエ」となろう）、その向かいの市村座の所在地葺屋町を「富貴や」と詠んで、大賑わいの顔見世興行を言祝ぐ。つまり天明狂歌の最大の特徴とされる江戸賛美の要素までも、この『肖歌』という作品はすでに色濃く持ち合わせていたのである。ならば、天明狂歌の達成というべきものは、この『肖歌』に備わっていない要素に見出されるべきではなかろうか。

まず挙げるべきは、言うまでもなく技巧の洗練であろう。『肖歌』収載作品の技巧は、すでに見たようにいわば素朴な掛詞や類似音の反復といった程度にとどまるもので、天明狂歌の作品の縁語や掛詞、擬似的な枕詞などの種々の修辞を駆使した複雑な構成とは径庭がある。こころみに、『肖歌』の作と天明狂歌のよく似た主題をもつ歌とを較べてみよう。

小女のいとなまめきて羽ねをつくを見て　　　　『肖歌』

はごいたを持手もたゆく見ゆる哉落くる羽ねの隙しなければ

小むすめのはねつくを見て　　　　四方赤良

はごの子のひとごにふたご見わたせばよめ御にいつかならん娘子　　　　『万載狂歌集』（天明三年刊）巻一春上(16)

落ちてくる羽根をせわしなく突く少女たちの華奢な手つきをそのまま描くのみの『肖歌』に対して、『万載狂歌集』

の赤良の一首は、羽根突き唄を取り入れて一、二、三、四、五と数字を織り込みつつ、「こ」「ご」の音の繰り返しで音の調子もよく整える。

初松魚
ほとゝぎす唱ぬ先より声たてゝ先うり出す初松魚かな　『肖歌』

ほとゝぎす鰹の優劣を人のとひ侍し時　唐衣橘洲
いづれまけいづれかつほと郭公ともにはつねの高うきこゆる　『万載狂歌集』巻三夏

初夏、鰹ならぬ鰹売りの声がほととぎすの鳴くよりも前に聞こえて夏の到来を告げるさまを詠む『肖歌』の一首に対して、橘洲の詠は、鰹に「勝つ」を掛けながら、そのそれぞれの初値と初音がいずれ劣らず「高」いとまとめる。鰹を鰹売りの声に転じて声の先後で比較する『肖歌』よりも、同音の初音と初値の高さを較べる橘洲の一首の方が一枚上手であることは間違いない。では『肖歌』の中でも比較的技巧的な作を取り上げ、赤良や橘洲といった手練れの歌だけではなく、習熟度の低い一般の狂歌師の詠とも較べてみよう。

寄芸者恋
いたづらに思ひみだるゝさみせんの糸もやさしき色にひかれて　『肖歌』

芸子忍恋　墨染小紋
さみせんの音色もそれとしら糸のそまぬ芸子を恋しのび駒　『万載狂歌集』巻十一恋上

寄三線恋　四方赤良
色糸のねをに結ぶのかみこまをかけてもうきは何のばちかは　『徳和歌後万載集』（天明五年刊）巻九恋下

『肖歌』の一首は、三味線の糸を「思い乱る」の縁語として、その糸に強調の意味の「いと」を掛けて、そのように艶やかな芸者の色香に惹かれる悩ましさを詠ずる。これに対して、墨染小紋の歌は、三味線の白糸に、男の想いを「知ら」ずの意を掛け、惚れるの意の「染む」を色・糸の縁語として、「恋し」の「し」に三味線の「忍び駒」の語を掛けて、凛として靡く気配のない芸者に対する秘めた恋心を詠じている。また赤良の一首は、三味線の音色の意の「色糸」をはじめ、「根緒」「上駒」「撥」と三味線の縁語を配しながら、「上駒」に掛けた「結ぶの神」に誓って、撥ならぬ「罰」が当たってもよいという決死の恋の心を詠んでいる。『肖歌』の一首も、これまで挙げてきた作品に較べればそれでも技巧的といえる詠ではあるが、やはり天明狂歌の二首はさらに幾重にも掛詞や縁語をたたみかける。このような比較からすれば、天明狂歌の達成の一つが、技巧の上での洗練にあることは明らかになる。こうした検討を待たずとも直感される点でもあろうが、『肖歌』と対置することによって、そうした特質をはっきりと指摘できる。

さらにもう一点、強調しておきたい点がある。『肖歌』が、世を斜に眺めてもろもろの「穴」をうがって見せることである。一首めは「宝引」、二首めは「十軒店」。

宝引の糸にひかれてよる人の鼻の下こそ長く見えけれ

それ〳〵の求によりて紙びなもたゞ銭程の光なりけり

一首めは、愚かの意の比喩「鼻の下が長い」を用いて、欲をかいて宝引きに群がる人々の鼻の下が、宝引きの糸よりも長く見える、と笑う。二首めは、買い手に応じて種類も値段もまちまちな人形の並ぶ日本橋十軒店の雛市で売られる廉価な紙雛が、その値段なりに安っぽいことをあげつらう。「うがち」とは言っても、談義本や洒落本のような人情の恥部を暴くような性質のものというよりも、世の人情や現実の表れる一瞬を端的に切り出す、川柳にも似て、現実を突き放して斜から観察することによっておもしろがる類のものと言おうか。次は「彼岸」と「恵美講」。

世をすてしばゞ様たちもひがんぞといへば団子の世話は有けり

手を打て百万両に買ふ鯛はうそをつきたい下心かも

前の一首は、欲心を捨てて出家した尼たちも、彼岸の日には極楽往生を願いこぞって彼岸団子を作って供える裏腹さをあてこする。冬の部に収められる二首めは、十月二十日に、商家で縁起を担いで恵比寿神への供物に百万両などと法外な値段を付して取引の真似事をする恵比寿講の行事を詠む。その度を超した値段を「嘘」と見なして、鯛に掛けて商人らの嘘をつきたい下心の現れとうがつ。左は「万歳」。

身の上のあすをもしらでとくわかに五万歳とぞうたひけるかな

「徳若に御万歳」という三河万歳の唱歌のめでたさをよそに、それを唄う者たちも明日をも知れぬ身に変わりないことを皮肉る。以上のように『肖歌』は、斜に構えて世の「穴」をつついてみせる。風刺や世相批判などという強い主張というよりも、視点をずらすことでおかしみを見出そうとする気ままな放言であることは川柳に近く、またその意味では談義本や洒落本・黄表紙などとも通底するところもある、戯作的「うがち」である。

これに対して天明狂歌師らは、三河万歳の太夫・才蔵に自らを擬らえて江戸の泰平に大いに味噌をあげた。その自慢ぶりは世をちゃかした戯作的趣向であるが、その裏側は覗かせない。[17]「うがち」は戯作の主要な技法の一つであったが、世のめでたさを謳歌して見せた天明狂歌に限っては、そうした毒はほとんどないのである。

『肖歌』のような軽い「うがち」の発想は、もちろん長い狂歌史の中において珍しくない。『根無草後編』（明和六年刊）巻一に引かれてよく知られている、伝一休詠の「門松は冥土の旅の一里塚めでたくもありめでたくもなし」はその典型である。しかし天明狂歌は、こういった作風を潔しとしなかった。『万載狂歌集』は近世初期狂歌をはじめとする古い時代の狂歌を多々収めるが、それらにもこういった発想の詠はほぼ含まれていない。例外は、池田正式の『堀川狂歌集』（寛文十一年刊）より採られた次の古今伝授の裏面をつく歌のみと言ってよかろうか。

百首歌の中に呼子鳥　　　　　　　　　　　　布留田造

あちこちの手次もいらぬ伝授をば銭のさせたる呼子鳥かな　　　　『万載狂歌集』巻二春下

これ以外には、収めはしても、世に対する客観的なうがちというより、そうした眼差しを自らに向けて笑いをとる次のような狂歌である。

百首歌の中に初冬　　　　　　　　　　　　雄長老

いつはりのある世なりけり神無月貧乏神は身をもはなれぬ　　　　『万載狂歌集』巻六冬

当代の天明狂歌については推して知るべく、ここに挙げるまでもない。南畝が『江戸花海老』（天明二年刊）に「日本大きに狂歌はやり、別て東都に上手多く、かりにも落書などといふ様な鄙劣な歌をよむ事なき、正風体の狂歌連中」と嘯いたように、彼らは「めでたい」この世の中のあら探しはしないのである。

天明狂歌の大流行に先立つこと十五年、橘洲らが内山賀邸門下の仲間を集めてようやく狂歌を作り始めたのとほぼ時を同じくして刊行された『肖歌』と較べてみることによって、あらためて天明狂歌師たちの徹底して楽天的な詠風がその特色として浮かび上がってくる。同時代の風俗や流行に飽くことのない好奇心を示し泰平の世の中を賛美して、それを詠ずる態度までも、両者は共通してもっていた。しかし『肖歌』が川柳にも似て、それらに対して斜に構えてその「穴」をうがったのに対して、天明狂歌はそうした要素に目をつむり、めでたいこの世を楽しみ、褒め称え続けた。緊密な技巧による独特の昂揚した詠風に加え、この一貫して前向きな姿勢こそが、狂歌史上における天明狂歌の達成の核にあるといえるのではなかろうか。天明狂歌の誕生前夜に世に出された『肖歌』は、小品ながらも、明和の風俗を伝える貴重な資料であると同時に、こうしたことをあらためて考えさせてくれる点でも貴重な作品なのである。

注

（1）菅竹浦「狂歌本雑考」（『書物展望』九巻二号、一九三九）で紹介され、同「狂歌界の三名筆（一）」（同九巻三号、同）においてほぼ南畝の若書きと見なす。玉林晴朗『蜀山人の研究』（畝傍書房、一九四四）九章十「山手馬鹿人と朱楽菅江」の末尾に本書への言及があり、本書の著者山辺馬鹿人の手跡を南畝のものと見なして山手馬鹿人と同一とみて南畝作とする説を否定している。

（2）藤井史果「大田南畝・山手馬鹿人同一人説の再検討　――『蝶夫婦』と南畝の洒落本を中心に――」（『近世文芸』八十七号、二〇〇八）。

（3）よく知られているように『古今和歌集』巻十九「雑体」の部に「短歌」として長歌を挙げることよりその後混同され、近世の狂歌集でも『後撰夷曲集』（寛文十二年刊）などで「短歌」として長歌を掲げることが行われた。

（4）明和五年に出された笠森お仙の図の評判によって、春信の錦絵の人気が一部の裕福な享受者層から広く大衆へと拡大したことは、千葉市美術館『鈴木春信』展図録（二〇〇二）田辺昌子執筆「お仙人気」項が指摘する。

（5）『半日閑話』巻十二（『大田南畝全集』本による）笠森お仙項に明和五年五月中村座における中島三甫蔵のせりふが引かれ、「采女が原に若紫、笠森いなりに水茶やお千」とある。采女が原は小芝居や見世物が出された盛り場の一つで、そこに出ていた者か。『評判娘名寄草』（明和六年写）など、当時の娘評判記類には見出せない。

（6）弁天坊主そそについては、花咲一男『絵本江戸の乞食芸人』（太平書屋、二〇〇五）、清水正男「『そそ』の趣向と経文」（『文学研究』九十三号、二〇〇五）に詳しい。

（7）ともに『寝惚先生文集』にも取り入れられた流行語で、同書風来山人序に「如此為野夫未如之何也已矣（これでやぼならしよことがなひ）」、「太平楽」詩に「太平楽大之窮（たいへいらくだいのきまり）」と用いられる。

（8）『新刻役者網目』（明和八年刊）巻四「坂東三八　二代」項に「今三八は始坂東金太郎とて宝暦五亥の冬より市村座へ子役にて出、宝暦十二冬より師匠の元の名又八と改、段々立身にて去暮より三八と改名す。此人これでやぼならしやうことがなひといふ事にて落を取」とあるように（『日本庶民文化史料集成』六巻、三一書房、一九七三所収翻刻による）、二代目坂東三八（明和五年当時は二代坂東又八）の有名な台詞であったらしい。ただし明和六年七月の役者評判記『役者角力勝負附』

又八項に「これでやぼならの一くせ、師匠ゆづりできました」とあるので、初代坂東三八以来の言い回しか。
(9) ともに『歌舞伎評判記集成』二期九巻（岩波書店、一九九〇）による。
(10) この背景として、中野三敏「文運東漸の一側面」（『戯作研究』中央公論社、一九八一、初出一九六三）が、宝暦・明和期の小本の世界が、法令規制の厳しい当時としては珍しく自由なものであったことを指摘している。本作もその例に漏れず、小本。またこの宝暦から天明にいたる時期の、韻文・散文双方にわたる江戸の文学の特質の一側面を、日野龍夫「才能の斉放」（『日野龍夫著作集』三巻、二〇〇五、初出一九八六）は、「江戸の繁華との狎れ合い」という言葉で掬いとっている。
(11) 以上、『狂歌大観』全三巻（明治書院、一九八三～一九八五）、および真鍋広済編『未刊近世上方狂歌集成』（清文堂出版、一九六九）、西島孜哉他編『近世上方狂歌叢書』一～二十九巻（和泉書院、一九八四～二〇〇二）を対象とする所見。『銀葉夷歌集』所収作についての指摘は高橋喜一・塩村耕「狂歌略史」『新日本古典文学大系61　七十一番狂歌合　新撰狂歌集　古今夷曲集』（岩波書店、一九九三、当該箇所は高橋喜一執筆）。
(12) 中野三敏氏の御教示による。
(13) そうした卜養のいわばやや蕪雑な詠風に対して、唐衣橘洲や朱楽菅江が批判的であり、元木網も冷淡であったことについて第二章第一節で論じる。
(14) 肥田晧三「蜀山人伝説を追う」一～十八（『大田南畝全集』月報、岩波書店、一九八五～八九）に詳しく跡付けられている。
(15) 天明狂歌の「めでたさ」・江戸の都市文化の謳歌については、久保田啓一「『めでたさ』の季節」（『語文研究』五十五号、一九八三）が詳しく論じている。
(16) 以下に挙げる赤良・橘洲らの狂歌については、宇田敏彦校注『万載狂歌集』上下（社会思想社、一九九〇）、濱田義一郎校注『徳和歌後万載集』（日本古典文学大系『川柳狂歌集』岩波書店、一九五八）、水野稔校注の日本古典文学全集『黄表紙・川柳・狂歌』（小学館、一九七一）の諸注を参照した。
(17) 天明狂歌のちゃかしとうがちについては、下記の拙稿で論じた。「ちゃかし――『茶』の安永・天明文学」（『江戸文学』三十四号、二〇〇六）。

（付）『肖歌』翻刻

【書誌】

○底　本　聖心女子大学図書館蔵本。函架番号九一一・一九五－Y一八K。

○体　裁　刊本。小本一冊。

○表　紙　紺色無地。十五・七×十一・一糎。

○題　簽　左肩に後補の墨書題簽で「狂歌集　完」（無枠）。

○内　題　序題・巻首題・尾題等なし。跋文中に「馬鹿人自ら筆を取て古へを肖心をもつて肖歌《やつし》と名付、一巻の書となせしを」。

○序末に　「明和五子歳夏の夜灯火の下にして蚊にくわれながら記す
山辺馬鹿人」

○柱　刻　なし。

○丁　付　柱に序より末尾まで通しで「一」（～廿）。

○匡　郭　なし。字高十一・九糎。

○構　成　序二丁、本文十七丁、跋一丁。

○刊　記　なし。

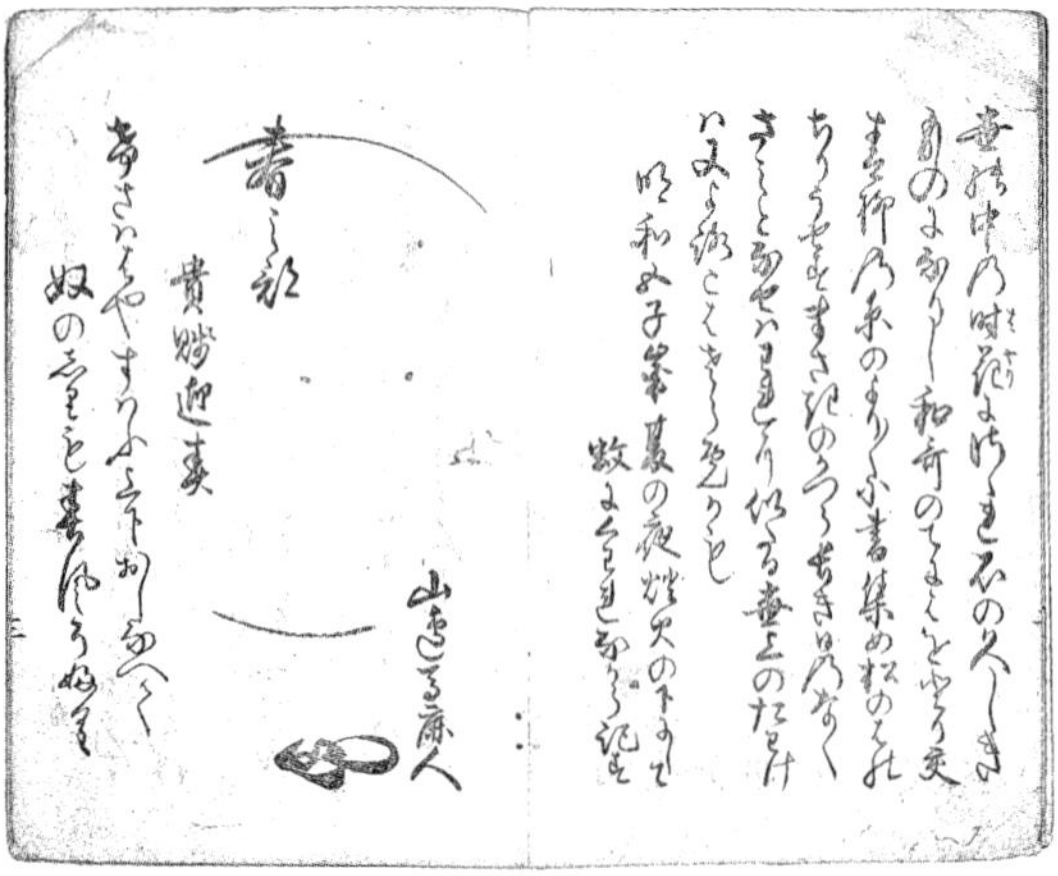

『肖歌』（聖心女子大学図書館蔵）

○蔵書印　現所蔵者の「聖心女子大学図書館蔵書印」の他、「武嶋」（白文方印、二・一×二・一糎）の印、「羽衣文庫」の購求印（明治三十二年九月十五日）がある。

【凡例】

・漢字は通行の字体に統一した。
・仮名には意味によって私に濁点・半濁点を施した（底本には一切ない）。「ハ」「ミ」「ニ」は平仮名と見なし、合字および「𪜈」は開いた。
・振り仮名はすべて底本のままとした。
・反復記号は底本の通りとした。
・序跋については句読点を私に補った。
・丁移りの位置に、慣例に従って、丁付を漢数字で、その表裏をそれぞれオ・ウとして、（　）に入れて示した（本書では実丁数と丁付は一致する）。
・明らかな誤りと思われる箇所には、その右に（　）に入れて意味の上で適当な文字を示した。

◇本　文

序

やつしうたは、人の心をばかにして万づのはねをぞとりにける。世の中にある人こと〴〵くしやれるものなれば、心に思ふ事を、見るもの聞物につけて、はやり出せる也。うぐひすの三光をきけばいきとし生るものいづれかしやれをいわざりける。力をもいれずしてすもふ取をもころりとさせ（一オ）、目の見えぬ座とうにもつふじ、やぼてんをすいにし、かたきしんござの心をもなぐさむるは是なり。このうた、もの事のさらになりし時よりぞ出来にけり。今の世の人々、春の花のあした、秋の月の夜ごとにのらをこきて、あるは花見に華がさをしやんときた芸子にまどひ、あるは月を見るとて堺町の段梯《はしご》をたどれる（一ウ）心々のたしみ《（ママ）》、中にも秋のゆふべ、品川にこがるゝいさり火をとつちり眼に紅葉かとあやまち、春のあした吉原の桜を酔まぎれに雲かとのみなん覚えける。女郎かひは野郎買の上にたゝん事かたく、やらう買は女郎かひの上にたゝん事かたくして、まけずおとらぬ。せんせひくらへ金をつかふ事は浜の真砂の数よりも多く、あすか川の瀬とかはる（二オ）世の中の時花《はやり》に、さゞれ石の久しきものになりし和歌のてにはをとり交、青柳の糸のより〳〵に書集め、松のはのちりうせず、まさきのかづら長き日のなぐさみとなせば、われに似たる世上のたわけは又よろこばざらめかも。

明和五子歳夏の夜、灯火の下にして蚊にくわれながら記す（二ウ）山辺馬鹿人（花押）

春之部

貴賤迎春

けさははやすはふ上下おしなべて奴のしりも春風ぞふく（三オ）

春駒をよめる

いさましき春のはじめのはる駒なんどゆめに見てさへよひとこそきけ

三吉がはいしいどうとのり込でまづはねをとる春の若駒

大黒舞にかわりてよめる

わがもちし袋の内を見るならばよも福神と人はいはじな（三ウ）
　小女のいとなまめきて羽ねをつくを見て
はごいたを持手もたゆく見ゆる哉落くる羽ねの隙しなければ
　万歳
身の上のあすをもしらでとくわかに五万歳とぞうたひけるかな
　松かざり（四オ）
元よりも根のなき事と思へども立ねばならぬ門の松竹
　年玉の扇箱を見て
扇箱紫紙のにせ皮やまづへつらひの初なるらん
　手まり歌を聞て
手まり歌つく〳〵きけばたのしやなとん〳〵〳〵と太平の代は（四ウ）
　道中双六
くる春は新板かはり双ろくの道中よりもせわしかりけり
　宝引
宝引の糸にひかれてよる人の鼻の下こそ長く見えけれ
　ぞうに
旧冬のあくたもくたにけさはまた（五オ）ぞうにの餅ものどへ通らず
　初芝居

名に高きやぐら太鼓の音にきく八百屋お七にそがの打まぜ

　梅屋敷へまかりて

咲そめて臥龍の名さへ香ばしき梅の一木は外になひぞや

　彼岸

世をすてしばゝ様たちもひがんぞといへば団子の世話は有けり

　十軒店

それ〴〵の求によりて紙びなもたゞ銭程の光なりけり

　汗干《汐》

品川の干片せばしと立人にあさり蛤さぞやめいわく（六オ）

　花見にまかり諸人の遊興を見て

声色《こわ》におどりさみせんなまゑひをよそにてらして詩歌連誹

　春日

春の日はぢゝいばゝあもうかれたつ霞をわけて野がけ遊興（六ウ）

夏之部

　更衣

ひとへものたゞ一てんにぬぎかへてびんほうものゝ世となりにけり

　仏の産湯

有ときく産湯のむかしことはりや仏ももとはすてし世なれば

初松魚《かつを》（七オ）

ほとゝぎす唱ぬ先より声たてゝ先うり出す初松魚かな

餝兜

はんじやうをかざりて人に見せ先のかぶと人形やりや長なた

幟《のぼり》

かみのぼり音すさまじく吹風に空は五色の雲を起して（七ウ）

五日の節句

かしわもちゝまき重箱はせちがふ町もやしきもけふのにぎはひ

団うり

しぶうちわさらさうちわのさら〳〵と文の紅書《へにかき》役者もん付

水売

なまぬるきうりてなければいつとても（八オ）ひやこく見ゆるになひ水かな

雷

ぬき所まだあるべきにかみなりのへそをぬくとはちつともの好

不二祭

参詣の群集の足にふみたつるほこりの雲に麦藁《わら》の龍

両国すゞみ（八ウ）

名にしあふ両国ばしの夕涼てんとたまらぬ景色なりけり

花火

流星に天をこがせはこなたにも又らんちうの浪をやくあり

屋形舟

花のゑんうたふ吉野のさみせんにつゞみ太鞁の川一もあり（九オ）

山王まつり

ほうし武者朝鮮人に四天王かんこのだしもこけむしにけり

秋之部

七夕祭

一年に一度きまりの七夕もゆだんはならぬ今の世の中（九ウ）

盂蘭盆

世渡りは蓮のうてなもうりものゝうりや苧がらで目をつきにけり

灯籠見物

家〳〵のそのものずきをわけ里に金の光りを見する灯籠

月見

更る夜もしらずうかれて見る月は（十オ）あすのひるねの種となるらん

酔中見月

さかずきの廻るにつけて時もはや九ツ程に月の見ゆらん

九日の節句

けふといへば下戸も上戸もおしなべて酔をすゝむる菊のさかずき

十三夜（十ウ）

明らけき日の本にのみもてはやすこんな月見が唐にあらうか

渋谷の菊見

尋ぬれば江戸のいなかの片ほとり渋谷の菊の花の盛りを

冬之部

玄猪（十一オ）

いちやつかぬ御代に大手の大かゞりげに公儀《おゝやけ》の道ぞあかるき

御影講《めいかう》

日連の妙法連花経よりぞ御寺も見せをかざり物かな

恵美講

手を打て百万両に買ふ鯛はうそをつきたい下心かも（十一ウ）

顔見せ

顔見せの賑ひ尽す栄へ町げにも富貴や町といふべき

雪

雪やこんあられやこんこ御寺なる茶の木もそれとわかぬ計に

煤払

すゝはきのはらいの廻しほねおりは（十二オ）先真黒な顔にしられて

浅草市

押合てひとつごつちやにわかざりき行もかへるもかうもかわぬも

鬼打豆

うつまめをこわがりにける鬼ならば来りてもまた何か恐れん

やく払（十二ウ）

わざはひをさらりと払ふ西のうみ十二文にはやすいものかな

除夜

光陰はずいゝきなれや一とせをたゞぐひのみにくらしける哉

恋之部

廓かよひ（十三オ）

よな〳〵の人め忍ぶの袖頭巾上は気も今はほんになつかし

地色

しつぶかの深きまことに首たけはまるもむりか岩木ならねば

まくら絵を見て

いたづらに心うごかすまくら絵のまくら一ツの床ぞさびしき（十三ウ）
　寄八百屋お七恋
我恋はお七吉三をたぐひにて抱てねいものうまひせんさく
　寄芸者恋
いたづらに思ひみだるゝさみせんの糸もやさしき色にひかれて
　男色
女郎ずき堺町とてへだてなよ（十四オ）又此道もよし町ぞかし
　夜這
星だにもその名はそらに有ものをましてや人のくるしかるらん
　寄深川恋
思ひ入心も今は深川の深きなさけに名や流すらん
　寄猪牙恋（十四ウ）
こがれゆくいのきば舟のかひ有てゆかしき人に逢ぞうれしき
　寄長命丸恋
なにしあふ長き命の長きよにながく契らん事ぞ嬉しき
雑之部
　さんやかご（十五オ）

いきづへをつきもあへぬにしてこいのすいなかけ声聞もおかしき

　通りもの

悪よりも善にかよふの心もて通りものとは名づけ初けむ

　飛だん子

ひやうばんははや江戸中に飛だんご口にまかせてうそをつきうり（十五ウ）

　弁天坊主

弁天もたゞではいかずそそそれで仕出した人の御利生

　東錦絵

色々の工夫も尽し春信の筆の命毛あらんかぎりは

　新地軽業

水風呂を片手にさしもかるわざの（十六オ）はもの、はしご紙のかけはし

　采女原若紫

今ははや若紫の色さめてゆかりの人の見るもはづかし

　吉原焼ければ

よし原もやけ原とこそ成にけり火の出るやうな金やとりけん

　今川橋花ござ（十六ウ）

見せ開く花の御江戸に花ござを今ぞ盛りとおり出しけり

　かさもりいなりおきつ娘

所がらおきつといへるはやりものこくうに人をばかすとぞきく

短歌

題しらず（十七オ）

呉竹の　よゝのはやりも　久かたの　久しきものに　なりしをば　いかほのぬまの　いかにして　いまの浮世に　のばへまし　是を思へば　しんござの　沢山あるも　ことはりや　たゞいまの世に　ありきてふ　うてんつこそは　うれしけれ　髪は本田に　銀ぎせる　みじかひ羽おり　島の帯　気をごくてんに　春がすみ　かすみを分て　まつさきの　きのへ子や成　でんがくも　やけのゝきゞす　つまごひの　いなりの富の　あて事も　なひておとすは（十七ウ）けいせひの　うそとしりつゝ　大《ヲヽ》文日　仕廻はかねに　せめらるゝ　酔が身を喰　青楼の　つけ時過て　かやり火のくゆれどかひも　なつ河の　すゞしきまゝに　のり出す　舟のおもかぢ　おもいれに　太鞁芸者の　うはつきも　つい深川へ　はまる身を　おやばからしと　おもへども　かんにんならぬ　ならうちは　うちはらんこく　おや〳〵もきもをでんぐり　かへしつゝ　大いざこざも　まぜ付ず　ぐいのみ酒に　ずいゝきの　足もしどろに（十八オ）ふみ月は　とうろけん物　さんばしを　ぴよん〳〵飛に　土手八丁　ふら〳〵ものと　出かければ　きやくまつよひのすがゝきや　上づり声の　河東ぶし　地まはり客も　入みだれ　みだれがちなる　糸すゝき　荻萩菊を　台の物　大のいた事　いたづらに　月見のさわぎ　はや過て　後の月見と　菊月の　菊の盛りは　色々の　花に名を付　しやれのめす　そのもの好も　さま〳〵に　かはる役者の　顔見せは　ねらいこんだる（十八ウ）ふきや町　あたりはづれの　さかい町　軒をつらねし　茶や〳〵の　かざりものこそ　にぎはしき　やらうの遊び　けん酒の　とうらいさんな　三十日　折つめ見れば　無手にては　いかぬさん用　気ざになり　そりやこそしゝも　ういてこず　のつけにそ

りの　年の暮　はらいの玉は　有やすまい　すこぶるはねも　おたんす町　ほんに目の出る　目出たいと　仕廻はしれし　御事の　すいのこつてう　やぼとなり　やぼの親玉　すいと成　大のきまりは（十九オ）金の事　是でやぼなら　しやう事もなし（十九ウ）

抑大和哥は、千早ぶる神代よりはやり出しが、文字の数も定まらざりしを、すさのをの尊よりぞ、みそし一もじははやりける。又枕言ばの類、皆いにしへはやり出せる言ばにして、狂哥連誹のたぐひかはる〳〵起り、今の世に至りて其はやり事多くなりて、浜の真砂のよみ尽すべくもなかりき。（廿オ）中にも当世のしやれ言ばを書集め、馬鹿人白ら筆を取て古へを肖心をもつて肖《やつし》哥と名付、一巻の書となせしを、書林の何がし聞つけて所望するといへども深隠してあたふる事なかりしに、奪取てかけ出すを、やるまいぞ〳〵。（廿ウ）

第二章　大田南畝の狂歌と狂文

第一節　南畝と江戸狂歌の先人

それ狂歌には師もなく伝もなく、流儀もなくへちまもなし。瓢箪から駒がいさめば、花かつみを菖蒲にかへ、吸ものゝもみぢをかざして、しはすの闇の鉄砲汁、恋の煮こゞり雑物のしち草にいたるまで、いづれか人のこと葉ならざる。されどきのふけふのいままいりなど、たはれたる名のみをひねくり、すりものゝのぼかしの青くさき分際にては、此趣をしることかたかるべし。もし狂歌をよまんとならば、三史五経をさいのめにきり、源氏、万葉、いせすり鉢、世々の撰集の間引菜、ざく〳〵汁のしる人ぞしる、狂歌堂の真顔にとふべし。其趣をしるにいたらば、暁月坊、雄長老、貞徳、未得の迹をふまず、古今、後撰夷曲の風をわすれて、はじめてともに狂歌をいふべきのみ。いたづらに月をさす指をもて、ゐにかける女の尻をつむことなかれ。これを万載不易の体といふべきかも。

南畝の「狂歌三体伝授跋」と題する狂文の一節である。第三章第二節で論じるように、南畝は、鹿都部真顔《しかつべのまがお》に狂歌判者の地位を譲るにあたって「狂歌三体伝授」一巻を授けたとされ、真顔が編んだ南畝の狂文集『四方の留粕《とめかす》』（文政二年刊）に収録されたこの一文は、おそらくこの巻物の跋文であったと考えられる。

この文章は天明狂歌の特質を言い表したものとしてしばしば引用されてきた。はやくに濱田義一郎氏が、南畝のこの発言を「従来の狂歌とは別箇の文学だとするのだ」(1)、「前人に追随せず、時代に即した狂歌であるべきだとの意」(2)と解して天明狂歌全体の性質を言い表したものとして以来、異が唱えられたことはない。天明狂歌と前代の狂歌との関係としては、江戸貞門の俳人であった未得が、江戸狂歌の先達として、浜辺黒人によって顕彰されたことが石川了氏によって指摘されたのみである(3)。

しかし、これが狂歌の大衆化に伴う質の低下が嘆かれて久しい寛政七年の文章であること、そして他でもない「狂歌三体伝授」にもかかわらず、南畝が「狂歌には師もなく伝もなく、流儀もなくへちまもなし」などと嘯《うそぶ》いていることに注意を払う必要があるのではないか。たしかに「暁月坊、雄長老、貞徳、未得の迹をふまず、古今、後撰夷曲の風をわすれて」とはいうものの、そこには厳しい条件がある。「三史五経を賽の目に切り、源氏、万葉、いせすり鉢、世々の撰集の間引菜」と多くの知識を前提とし、「昨日今日のいま参り」「戯れたる名のみをひねくり、摺物のぼかしの青くさき分際」、つまり和漢の教養という前提を持たない新参のにわか狂歌師には、そもそもこうした自在さを認めていない。そしてその境地に達したならば、古人の轍を踏むことなく、何者にもとらわれずに狂歌を詠ぜよというのは、むしろこの頃数寄屋連の鹿都部真顔と伯楽連の頭光《つむりのひかる》が競って、「四方」姓や「巴人亭」号、また扇巴の印章など、天明狂歌の開祖「四方赤良」の象徴を継承するのに血道を上げていたこと（第三章第三節参照）への諫めをさえ含意していたのではないか。だからこそ、南畝は、その競争の果ての「狂歌三体伝授」跋において、まずこのことを強調したのではなかったか。南畝の甥、紀定丸《きのさだまる》編『狂月坊』（寛政元年刊）編者自序にも「もとより狂歌は口伝もなく師匠も弟子もへちまの水」と、「狂歌三体伝授跋」冒頭と類似の表現があるところを見ると、こうした言は、あるいは早くからの南畝の口癖であったのかも知れない。定丸にせよ、真顔にせよ、若い世代の狂歌師によって書き留められたことが象徴するように、この言葉は、南畝ら前人に囚われがちな彼らを諭した言葉であったのではないか。

そのことと、狂歌師四方赤良、というより大田南畝という人が前代の狂歌にどのように対したかということは、おのずと別の問題である。南畝は狂歌においても戯作においても、また随筆でも、さまざまな局面で昔の狂歌に関心を示している。何より、『万載狂歌集』（天明三年刊）が多くの古い時代の狂歌を交えて編まれたことは、南畝の前代の狂歌への浅からぬ関心と造詣とを示すものであろう。南畝が多くの書物を猟渉し、過去のいろいろな事物やその記録に愛着を示したことは周知のとおりであり、狂歌といえども、その例外ではない。狂歌に清新なおかしみを求めたことはいうまでもないが、そのかたわらで狂歌の伝統をたずねることを怠ってはいない。過去との断絶をあまりに強調することは、こうした南畝像とかけ離れることになりはしないだろうか。

本節ではこうした南畝による、天明狂歌に先行する古い時代の狂歌に関する記述を整理し、他の天明狂歌師と比較しながら、その狂歌史観を検討する。さらに南畝自身の狂歌の詠風との関わりについても考察してみたい。

一　南畝の狂歌史観

まず、天明期における、南畝の狂歌史観に関わる発言を見てみよう。『江戸花海老』（天明二年刊）には、次のような記述がある。

かゝる時に生れあはゞ、暁月房も禁酒をし、雄長老も寺をひらき、長頭丸もあたまをそり付、卜養も髭をすて、行風が古今、後撰にものせ尽べからず。さふいふ江戸の腹合とは、もう詩でもなく歌でもなく、誹諧などは西の海へ、さらりと流行したあとで、川柳点とも出られまい。

藤原定家の孫で、近世には狂歌の祖として『酒百首』の作者とされた暁月坊冷泉為守、細川幽斎の甥にあたり、中院通勝判『雄長老詠百首』を遺した建仁寺の高僧永甫英雄、俳諧のみならず、狂歌もさかんに行った長頭丸こと貞徳以下、卜養、行風らの貞門の人士を一刀両断に切って捨てる。たしかに、一見、天明狂歌の優越を誇らかに宣言するかのようである。しかし、これに続けて「もう詩でもなく歌でもなく」と言いながら、かたや年々の『南畝集』（写）に見られるように南畝は詩を作り続けたし、南畝、唐衣橘洲らの師内山賀邸は歌人として知られ、天明二年三月には朱楽菅江を伴って京の堂上歌人日野資枝へ入門している（『一話一言』巻五）。川柳点に関していえば、菅江は、安永末より近隣、牛込御納戸町の蓬莱連撰『川傍柳《かわぞいやなぎ》』に出句し、天明三年の五篇に至るまで毎篇、序を草している。南畝自身も前年、三篇に序を寄せたばかりであった(4)。このようにこの一節は、天明狂歌の流行ぶりを強調するために必要以上にそれ以外を貶めた、いわば太平楽と捉えるべき発言である。つまり右の言葉は、江戸自慢の狂歌師として味噌を上げるおかしみを喜ぶものであって、額面通りの理解は期待されていない。むしろ、ここでは暁月坊や雄長老、貞徳や卜養をあえて引き合いに出すほどに、狂歌史を意識していることに注目すべきではなかろうか。

これに先立って南畝は、安永九年末、浜辺黒人撰『初笑不琢玉《はつわらいみがかぬたま》』（天明元年頃刊）に序を寄せ、そこでも次のように狂歌の歴史に触れている。

たはれ歌は……たま〳〵未得が吾吟、行風が夷曲など、火吹竹のよゝにつたへ、有明たどんきえのこりたる心地ぞすめる。ことし……(5)

また、同じく浜辺黒人撰『狂歌猿の腰掛』の天明三年八月付南畝序には、

七賢竹藪ニ入テ豹脚《ヤブカ》ヲ忘レ、一休杉帘《スギバヤシ》ヲ見テ極楽ニ臥トキハ、則狂之又狂、狂歌之始メナリ。暁月之余光、雄長老之頭ヲ照シ、未得之吾吟、貞徳翁之尻ヲ結。言葉ハ花之御江戸ニ盛ニ、風情ハ月之武蔵野ニ遍シ。若葉二葉彼ニ萌芽シ、万載才蔵此ニ鼓舞ス(6)。

竹林の七賢の対句として引き合いに出す一休は別格として、前掲『江戸花海老』とこの二文の共通点は、伝説的な狂歌の祖であった暁月坊と、雄長老、また貞徳、未得、卜養、生白堂行風ら貞門へ言及すること、油煙斎貞柳以後の上方狂

歌に触れずに、天明狂歌を貞門の直後に位置付ける点である。天明五年初春付『徳和歌後万載集』南畝自序も、

いはゆる古今後撰夷曲の集のみにあらず、堀川百首になずらへてよみつらねたるためし、をかしといひ馬鹿といひ、その名おほくきこゆれど、この頃のようにはやりて、髭くひそらすともがらまで、たはれたる名をつきはべることはなほまれなり。

と天明狂歌の大流行の引き合いに出すのは、やはり行風編『古今夷曲集』（寛文六年刊）、『後撰夷曲集』（同十二年刊）、および「堀川百首」云々、すなわち貞門の池田正式《まさのり》が、堀川百首題の狂歌集六種と自詠の堀川百首題狂歌合をまとめた『堀川狂歌集』（寛文十一年刊）である。つまり、この序でも『初笑不琢玉』序と同じく、貞門の狂歌のみがその比較の対象である。なお、南畝には、『狂言鶯蛙集』天明四年十二月付の漢文跋において狂歌の淵源を連歌の栗本衆に求めた後、「浪華に貞柳・木端有り。江戸に未得・卜養有り」（原漢文）という例もあるが、これは菅江の仮名序に対する真名序、つまり翻訳であるから、南畝自身の狂歌史観の表現とは見なせない。

このように、貞門を中心に近世初期狂歌を尊重する一方で、油煙斎貞柳以下多くの狂歌師を輩出した上方狂歌を軽視した評価が顕著に窺えるのが、寛政七年版『四方の巴流』所載「狂歌堂に判者をゆづること葉」（『四方の留粕』下にも収める）の狂歌史記述である。

あるは百酒の味をなめしさるものゝ子（暁月坊）には定家卿の力のほどを見せたまひ、あるは三井のふかきをくめる雄長老の百詠には也足軒（中院通勝）の判のことばをそへ給ひき。其外、長頭丸（貞徳）を頭として、郡山の自歌合（正式）をむすべる八百首の歌（『堀川狂歌集』）、入安が大坂の雲井はるかに、未得が吾吟の山田歌にもその世のふりは思いやらるゝよ。かの平井氏の子（卜養）などはかれをさへや〳〵、かけまくもかしこき何がしの院の第八のみや（良純法親王）ときこへしはあやしくたはれたるかたに御心をよせさせたまふとぞ。この時にあ

たりて難波の行風といへるもの、古今・後撰のふたつの集をえらびてかの宮にさゝげしかば、院の御所にめでさせ玉ひて、はじめて夷曲とも、夷歌ともよぶべしといへるみことのりをさへ下し給ふぞかたじけなき。しかるに新撰狂歌集には落書をかきまじへ、銀葉夷歌の頃よりぞこがねのひゞきもうつろひたるに、言因（油煙斎貞柳）とかやいひししれもの、いかなるゆえんの侍しや、雲のうへまですみのぼる烟の名をたてしより、その流をくみ、そのひぢりこをあぐるともがら、京わらんべ（九如館鈍永）の興歌などいへるあられもなき名をつくりて、はて〲は何の玉とかいへる光なきことの葉もいできにけり（一本亭芙蓉花）。[7]（作品、人名の傍線・囲み、丸括弧内注は小林）。

この文章は末尾に「三体口伝別巻にしるす」と言うので、本節で冒頭に掲げた「狂歌三体伝授跋」と時を同じくして書かれたものと見られる。暁月坊、雄長老に次いで貞門に敬意を示す一方、貞柳以下の上方狂歌に向けられた非難は、これまでに見た他の記述を考え合わせれば、文字通り受け取ってよいであろう。つづいて「鳥がなくあづまぶりは」と、天明狂歌を称えてこの狂歌史の流れの中に位置付ける。「狂歌三体伝授跋」は、このように狂歌史を論評した文とともに真顔に与えたのであり、これをふまえ、自らのものとした上で「はじめてともに狂歌をいふべき」だと言うのである。

二　先行する狂歌の知識とその利用

こうした南畝の狂歌史観を、天明三年正月刊の南畝編『万載狂歌集』の狂歌師別入集歌数と照らし合わせてみたい。布留《ふるの》田造《たづくり》・平群《へぐりの》実柿《さねがき》の二人の名に仮託して狂歌合を行い、『堀川狂歌集』に収めた前述の池田正式が古人で最も多く採られ、合せて三十二首に達する。[8] 次いで多いのが『春駒狂歌集』（正徳三年刊）の藤本由己十四首、そして『吾吟我集』の未得十一首。続いて、正式と同じく『堀川狂歌集』によったとされる、如竹八首、雄長老四首、貞徳四首、猶影四首、道増二首がある。暁月坊・卜養は各々二首、また荒木田守武が三首採られ、貞柳もまた四首入集している。当代の狂歌師でも、菅江は三十首、木網は二十八首、智恵内子や浜辺黒人は各九首ずつの入集であり、これに比べると正式、由己、未得の数字は決して小さくない。上方狂歌でも、貞柳の師豊蔵坊信海も一首、後述するように栗柯亭木端門からも採録している。つまり、『万載狂歌集』では、さきに見たような暁月坊・雄長老と貞門に偏った狂歌史の記述に比べて、より広範に先人の詠を輯めている。狂歌史における位置づけと、実際の作品の評価は異なるのか。

随筆類からは、南畝が広く情報を集めていた様子が窺える。寛政初年までに執筆・編集されたと推定できる随筆類や叢書だけを挙げても、安永から天明初めの編集かと思われる叢書『麓の塵』巻四には信海の狂歌を収める。安永末年頃の『一話一言』（写）巻四では烏丸光広の「職人歌仙」、道歌調の「北条時頼百首」などを写し、天明期の成立と推定される『俗耳鼓吹』（写）には、貞柳と紀海音の兄弟関係を平秩東作より聞き知った旨を書き留め、天明六年頃の成立かと思われる『一話一言』巻六には、『本朝語園』（宝永三年刊）より暁月坊に関する記事を抄出し、天明七、八年頃の同書巻九には多田南嶺編『絵本東わらべ』（延享三年刊）より、西鶴らの俳諧と併せて、守武らの狂歌を書き出している。寛政二年頃までに成立したとされる江戸の地誌『武江披砂』正編には『銀葉夷歌集』から信海・貞柳ら多数の狂歌を書き抜いた。南畝の旺盛な知識欲は、あらゆる狂歌に関する記述を例外としなかったようである。これは晩年まで変わることのない傾向である。

そうした知識は、自ら狂歌狂文などを作る場合にも生かされている。烏亭焉馬作『太平楽記文』（天明四年刊）序に、南畝は暁月坊を引き合いに出して、

此頃はやる狂歌師の、とつと昔のお師匠さん、暁月房が酒百首に、酔てのち太刀抜く人は酒の入太平楽をまふか

とぞ見る、といふ句があるが、太刀をぬくだけまだ野夫だよ。(9)

などと味噌を上げたり、次の大門喜和成追善『いたみ諸白』（天明四年刊）序で、雄長老の狂歌を例に、「上つ方」は冷淡だと言ってみたりする。

おほぢうばひうばひおほぢことぐく死なずにいてはと此道の先達雄長老の詠給ひしごとく、上つかたは情なし。(10)

これらは修辞にすぎない範囲であるが、次の南畝・菅江・橘洲合評『俳優風《わざおぎぶり》』（天明五年八月跋、刊）の例は、南畝周辺における古人の狂詠の浸透度を物語って興味深い。芝居の役柄を割り振られた各狂歌師が詠を競い、それらを評判記の形式で評した本作品で、蓮生法師役を与えられた南畝の門人宿屋飯盛こと石川雅望が「花道を行れん生のいかなれば西のさじきにうしろみせけん」と詠む。これに対して次のような評判が行われる。

頭取永代夷曲総本寺生白堂行風の撰まれし集釈教の中、蓮生法師の歌に曰、

極らくに剛のものとやさたすらん西にむかひてうしろみせねば

と云々。此歌をもとゝして狂言綺語にあやなされたる、まことに諸人のひいきする所、此道の大剛のものといふべし。

この狂歌は、実際に『古今夷曲集』巻十釈教に初句を「浄土にも」として伝えられる作である。雅望はこの蓮生の作とされる古歌を踏まえて狂歌を詠み、また評する側もそれを解して高く評価している。なまじ引用に誤りがあるだけに、版本から引き写したのではなく、大方の字句を諳んじていたことが窺われよう。同様の例で、南畝判「天明狂歌合」（天明五年）において、(11)甥の紀定丸が「寄新米祝」の題で、

新米をくひ過したる活計に腹のふくるゝ御代ぞめでたき

と詠んだのに対して、南畝が「三井の雄長老の歌に、活計に腹のふくるゝ世にあへば天下たいへをこくど万民といへ

るも思ひ出られて侍り」と第三・四句の表現と発想の源を指摘する。この「こくど万民」の狂歌は『万載狂歌集』巻十にも自ら収めたように未得の作であって、雄長老というのは思い違いなのであるが、天明狂歌にあっても、このように古い狂歌を踏まえて作られた作があることは、古い狂歌を歯牙にも掛けないなどと嘯いた南畝らの太平楽を鵜呑みにしないためにも、明記しておいてよい。

以上のように、上方と江戸とを問わず、さまざまなそれまでの狂歌を書き留めては消化した南畝であるが、他の天明狂歌師のそれと比較して特異なのは半井卜養への関心の高さである。卜養の事跡を古老瀬名貞雄に問うなどして追い（『一話一言』七十巻本系巻六十六）[12]、文化八年夏の書簡では卜養の伝に関する写本の入手を書肆青山堂に報じている。卜養に対する関心なのか、代々幕府の典薬頭を務める半井家への興味なのかはわからないが、『一話一言』巻三十六や『半日閑話』巻六、巻十二（写）に半井家の伝系に関する記事を抄出した。同じく『一話一言』巻四で京の菓子司桔梗屋の菓子名を並べた項目に卜養の歌を書き入れ、文化十一年成『六々集』「鷹の記」（写、文化十五年刊『万紫千紅』に収録）にも卜養の回文歌を引いている。文化初年の跋のある蕙斎画『職人尽絵詞』詞書の「米搗」のところで、未得の狂歌を『洞房語園』が誤って卜養の作と伝えることを訂正したりもしている。また、南畝の甥紀定丸こと吉見義方は自著『吉見随筆』（写）[13]に卜養の記事を多く抄出したが、これも南畝の興味の影響したところかも知れない。俳諧でも狂歌でも今日にあってもとりたてて評価が高いとは言い難い卜養に対して、南畝はめずらしいほどの関心を持っている。

一方、天明狂歌の他の狂歌師に目を転ずると、彼らは卜養に決して高い評価を与えてはいない。元木網は天明三年三月に上梓した狂歌作法書『狂歌はまのきさご』で、未得の二十一首を例歌として掲げるが、卜養には一言も触れない。唐衣橘洲は、『狂歌弄花集』序（寛政九年付）において若年時を回想し、「貞柳、卜養が風を庶幾せず。たゞに暁月の高古なる、幽斎の温雅なる、未得が俊逸、白玉翁の清爽なるすがたをしたひ」といい[14]、また『狂歌初心抄』（寛政二年刊）では「近き頃半井卜養など頗る小手の利きたるにまかせ、席上にて人々の需を塞ぐとてあらぬ事を多く詠める」と即興を得手とした卜養をあからさまに難じる[15]。朱楽菅江も、早いもので天明七年の奥書を持つ『狂歌大体』[16]（写）で「近来鯛屋貞柳油煙斎半井卜養などいへるやから時々流行の詞をもて蒙昧の耳目を驚かせり。あらぬ風情をもとめて歌のさまにかゝはらず、かる口などいふたぐひにて座客におもねり、わらひをもとむ」と、これも手厳しい。同じ江戸貞門俳諧の未得は、江戸狂歌の祖として前述のような浜辺黒人による顕彰があっただけではなく、右のように木網、橘洲らにも慕われたが、これとは対照的に卜養への天明狂歌壇の評価は、全体に辛い。

このような周囲の評価からすれば、『万載狂歌集』における卜養の二首という数は順当といえようし、「半井氏の子などはかれをさへや〳〵」という先述の「狂歌堂に判者をゆづること葉」での微妙な言い方は卜養のこのような芳しくない評判をうけたものと分かる。それを承知の上で、しかしなぜここで「かれをさへや」と卜養を養護するのか。卜養へのやや特別な関心は何に由来するのか。南畝は『江戸花海老』で、前掲の箇所以外に、もう一度卜養に触れている。居所別に狂歌師名を列挙するくだりで、「築地の海地に卜養がやしきの跡の卜川」という部分である。結局のところ、江戸を愛した南畝にとってこの地理的な由縁から卜養に対する親しみが生じたのではないか。天明二年刊黄表紙評判記『岡目八目』では、市場通笑作『長生虎之巻』に対する評の中で「卜養が狂歌」を引用する。

むだ口根本はふもとのつるや生つらん米まんぢうは玉子也けりと、卜養が狂歌もこの事歟。

しかし、これは卜養の狂歌ではないようである。戸田茂睡『紫の一本』巻上で、茂睡自身といわれる遺佚が第三句めを「生みぬらん」として詠むもので、地誌『江戸砂子』（享保十七年刊）巻二も遺佚の作として引く著名な一首である。南畝は同じ狂歌に『玉川砂利』（文化六年成、写）鶴見の項でやはり卜養の狂歌として触れる。南畝のこの狂歌に関する知識は、『紫の一本』『江戸砂子』などの地誌から当地の名物とともに人口に膾炙した結果として得られたものであろう。言いかえれば、古い江戸名物に関わるものゆえに、江戸への愛着を喚起する詠であったからこそ、南畝の記憶に留められたのであろう。うがって憶測するならば、この江戸の地縁から、古い江戸の狂歌師卜養の作と混同されたのかも知れない。橘洲や菅江、木網にとっては、江戸の地縁は即興による蕪雑な詠風という卜養の欠点を凌ぐに至らなかったが、南畝の場合は「江戸」のゆかりがそれを補って余りあったというべきか（卜養の即興詠が、南畝自身の詠風と通じあうところがあったこともあろうが）。南畝旧蔵本『近世奇跡考』（山東京伝著、文化元年刊）巻一の書き込みは、

　むさしなる浅草海苔は名のみなりお心ざしの深川のもの。豊蔵坊信海狂歌のよし。

と、まず江戸名物を詠む詠を記し、作者の名はそれに付随して伝えるのみであった。『古今夷曲集』巻九雑下に信海の詠として掲載される一首であるが、やはりここでも土地・名物によって狂歌が記憶されているのである。

三　江戸ゆかりの狂歌

狂歌に、狂詩に、詩文に、あらゆるジャンルに発揮され、『武江披砂』（写、正編寛政二年頃成）という地誌まで著した南畝の江戸への愛着はいまさら贅言を要しないが（その一端は本章第四節で論じる）、こと狂歌に限ってさらにそうした例を見てみよう。『万載狂歌集』の入集者に、栗山なる人物がいる。栗柯亭木端門人であった幕府の医官野呂元丈で、江戸の人。『万載狂歌集』には、栗柯亭木端及びその一門から六名、江戸浄瑠璃作者紀上太郎こと三井嘉栗を含めると七名が入集している。木端自身が一首、拙堂法師こと如雲舎紫笛は二首、栗梢二首、栗柴一首、漁産一首、嘉栗一首という状況の中、栗山は五首が採られ、栗派としては群を抜いている。嘉栗の吟は、浄瑠璃を共作した平秩東

作の出家に際してのもの。紫笛の二首は、ともに明和六年刊の家集『狂歌まことの道』に見える。[17]これ以外、栗山の作を除く計五首は、すべて木端編『油煙斎貞柳翁狂歌訓』（明和三年刊）に例歌として見え、ここから採られたものと推定される。しかし、栗山の入集歌はいずれも『狂歌訓』に見えない。五首のうち、三首までがやはり木端門下の撰集『狂歌かゞみ山』（宝暦八年刊）に見えるが、残り二首の出典は未詳。他の栗派の狂歌師については『かゞみ山』の利用の跡は見られないため、あるいは他の書に拠ったものか。いずれにせよ、栗山は他の栗派の狂歌師とは別の扱いであった。それは、栗山が江戸の人であったからではないか。栗山は、宝暦七年に未得『吾吟我集』を江戸で再版し、緑竹園主人の名で序を記した人物というが、[18]南畝もまたこうした事情を知っていたのであろうか。

別の例を挙げよう。天明四年の四方連の歳旦は黄表紙型で計五種が出されたが、そのうち本町連、伯楽連を中心とする『大木の生限《はえぎわ》』に、

ホンニこのたいことといへば、寛保じぶんの左右叟が田舎ゐぼしといふ狂歌集に、おのがどんからといふだいこの歌はよくよみやした。[19]

『狂歌夷中烏帽子』は、寛保元年刊の江戸版狂歌集で、雪中庵吏登が跋を寄せる。ここでいう狂歌は、巻下巻頭の「古大鼓おのがどんからた、かれてはりかへすべきやうもなければ」という一首であろう。[20]四方連の歳旦であっても、こうした画中にちりばめられた言葉が南畝自身の手になるとは限らないが、このような何気ない記述には、南畝周辺における前代の江戸の狂歌集へ関心が窺えよう。江戸貞門以来途絶えがちで、散発的なものにすぎなかった江戸狂歌の系譜をかろうじて辿ろうとするかのような――。

こうした関心は、寛政年間、南畝が狂歌壇から離れていた時期にも変わらなかった。『一話一言』巻二十一は寛政九年の記事を含み、そのころの成立と思われるが、この巻に『狂歌旅枕』（天和二年刊）よりいくつかの文章を抄出す

る。菱川師宣画の江戸版狂歌集で、上京の道中を、狂歌を交えて記す作である。抄出にあたって、南畝はまず江戸を出立する場面、「まづ浅草寺にまうではいし」て隅田川で乗船する場面を写している。寛政期においても、この基本的な関心が薄らいでいなかったことを示す例といえよう。

四　藤本由己『春駒狂歌集』

しかし、前代の江戸狂歌を南畝の視点から振り返るならば、もっとも注目すべきなのは藤本由己であろう。由己は、前述のようにその著『春駒狂歌集』より、『万載狂歌集』に十四首が採られている。南畝は『万載狂歌集』編集に当たって、『堀川狂歌集』を除いて最多の、作者別でも池田正式に次ぐ十四首をこの書から採録した。しかも、もとの狂歌集の収録歌数に対する『万載狂歌集』入集歌の割合では、正式『堀川百首狂歌合』の、平群実柿百首中十九首、布留田造百首中十三首（平均十六％）に比べて、由己『春駒狂歌集』の百二十五首中十四首（十一・二％）はそう大きな差はなく、むしろ三位の未得『吾吟我集』が六百五十八首中十一首（一・八％）に過ぎないことを考えると、『堀川百首狂歌合』と『春駒狂歌集』がいかに南畝の好みに叶っていたかが分かる。

『春駒狂歌集』は、南畝の旧蔵本が台湾大学に蔵されていたという。[21]その存在を報告した植谷元氏によれば、上下巻に各々南畝の識語が記され、上巻には、安永七年付で、荻生徂徠の「題藤理庵巻」詩を書き込んでいたという。この詩は『徂徠集』巻五に見えるものである。下巻には、数年前に上巻のみを得、今また天明元年九月二十六日に友人より下巻を贈られた旨を記して「以為奇而贈之神物一合不亦説乎」（以為へらく奇にして之を贈る。神物の一合亦説《よろこば》しからずや）と、手元に上下巻が揃った僥倖を喜んでいる。すなわち、南畝がこの『春駒狂歌集』と出会ったのは、狂歌がしだいに盛んになりつつある安永後期から天明初年にかけてのことであった。先に述べた『徂徠集』巻五の詩から、徂徠との交渉が知られる由己であるが、『春駒狂歌集』にはまた服部南郭の序がある。由己は、一時、南郭と同じく柳沢家に医官として仕えたのである。この蘐園の二大人と関わりは南畝の興味を引いたらしく、後年、随筆『南畝莠言』（文化十四年刊）巻上に、この南郭の序と徂徠の詩を収めている。蘐園末流に連なる南畝が、とくにこの『春駒狂歌集』に関心を抱いたのは、作者由己とその狂歌の問題というよりも、まずこれら南郭や徂徠の序や詩が契機であったことは充分に考えられる。加えて、宇都宮遯庵の門人であった由己はこうした戯れにおいても漢文体をよくして『春駒狂歌集』は狂詩や狂体の和漢連句を含んでおり、この点に南畝との嗜好の一致を見てよいだろう。また、本書の南畝旧蔵本を紹介した植谷論文は、南郭の序にいわれる由己の雅俗観と南畝のそれとの類似を指摘している。さらに言えば、駒込に藩邸のあった柳沢家に仕えた由己の狂歌には江戸の地名が多く詠み込まれ、『春駒狂歌集』が江戸版である点でも、南畝の好みに叶っている。

さらに、より具体的に作品に即した部分、つまり由己の詠風そのものにも南畝との共通点が見出せる。南畝が『万載狂歌集』に『春駒狂歌集』から採った十四首のうちで目立つのは、次のような調子の良さを同音の繰り返しに負う、一群の狂歌である。

梅

春雨はお先へふれさやり梅を折りてもちやり匂ひかぎ鑓　『万載狂歌集』巻一春上

土筆

こまぐ\とかきわけゆけば春の野に夏毛の筆のつくぐ\しみゆ
鑓おどり画きたる団扇に　『万載狂歌集』巻一春上

あつさゆへつかれつかる、鑓おどりさつと夕立ふりやれおふりやれ　『万載狂歌集』巻三夏

同音の繰り返しが小気味よい。『万載狂歌集』所収作以外にも由己には次のような作もある。

螢を吉野紙に包て奉るとて

日はくるゝ人にとらるゝつゝまるゝ又はなたるゝ螢みだるゝ　『春駒狂歌集』

このような詠法は南畝にもしばしば見られる。

歳暮

借銭をもちについたる年の尾や庭にこねとり門にかけとり　『狂歌若葉集』巻下

菖蒲

目出たさはかぎりもながき町つづきふく〴〵しくもふくあやめ草　『めでた百首夷歌』

汐干

かりがねをかへしもあへずさくらがり汐干がりとてかりつくしけり　『徳和歌後万載集』巻一春

また、由己には数え歌風の狂歌も多い。そのうちで、『万載狂歌集』に採られたのは、

十三夜月

月はひとつ影はふたつにみつ亭主客は七ツで十三夜かな　『万載狂歌集』巻五秋下

謡曲「松風」の「月は一つ、影は二つ、満つ汐の」や童謡「お月様いくつ十三、七つ[22]」を下敷きに、足し算で仕立てた詠。由己にはこの他にも、たとえば次のような吟がある。

花にけふうそはすがゞき鶯は二あがりになく三味の駒ごみ　『春駒狂歌集』

これもまた、南畝の得意とするところである。

小むすめのはねつくを見て
はごの子のひとごにふたご見わたせばよめ御にいつかならん娘子　『万載狂歌集』巻一春上

みつまたの四季庵にて郭公をきゝて
ほとゝぎすなくやひとふたみつまたときくたびごとにめづらしき庵　『徳和歌後万載集』巻二夏

これらのような特徴的な技巧が共通する例だけではなく、由己と南畝の狂歌は、全体として言葉の調子のよさや速さがよく似ている。『春駒狂歌集』には、それ以前の貞門狂歌、同時代では上方の貞柳一派の狂歌にはない、言葉が掛詞によって次々と展開してゆく速さのようなものがある。そういった由己の狂歌の、可能な限りの掛詞や縁語を詰め込もうとする機知的な性格、言いかえれば秀句によって一首を仕立てる傾向が、南畝の作風と類似している。たとえば『春駒狂歌集』の作品の内、『万載狂歌集』に撰ばれた作品では、

寄煎茶不逢恋
しのぶれど色には出ばなせんじ茶のあはでたつ名や釜の口おし　『万載狂歌集』巻十二恋下

水戸より塩からを竹の筒にいれて給りければ
塩からを一筒われにくれ竹のよゝのねざゝの肴にやせん　『万載狂歌集』巻十四雑上

一首め、色に出－出花、茶の泡で立つ－逢はで立つ名、釜の口－口惜し。二首め、我にくれ－呉竹、夜々－節々、根笹－寝酒。また、『万載狂歌集』には採られなかった作品にも次のような作があり、この傾向は『春駒狂歌集』全体の特色として指摘できる。

やす川の冬という題にて狂歌を望まれて
もる山のした葉もたゝぬ程呑て寒さもなみの心安川　『春駒狂歌集』

下葉－舌歯も立たぬ、寒さも無み－波、心安－安川。一首のうちに掛詞・縁語の占める割合が高く、次の語へ次の語へと末尾まで一気に、速く言葉が流れてゆく。これと、次のような南畝の作は、掛詞の巧みさや言葉の速さがよく似ている。

寄鰻鱺恋

あなうなぎいづくの山のいもとせをさかれてのちに身をこがすとは　『万載狂歌集』巻十二恋下

相撲

秋の野の錦のまはしすまひ草所せきわき小むすびの露　『万載狂歌集』巻四秋上

南畝の代表詠として名高い一首めは、あな憂－鰻、山の芋－妹と背を裂かれ－（鰻の）背を割かれ、と綴り、身を焦がすという両者の共通点を以て結ぶ。二首め、多くの花の咲く秋の野を、相撲草の語の縁から、錦のまわしに見立て、所狭き－関脇、小結－結ぶ露と掛けるもの。畳み掛けるように掛詞・縁語を重ねてゆくこれらの歌は、南畝の狂歌作品において一つの典型をなす。

このような詠風は、決して狂歌として一般的ではない。上方狂歌界で奉じられた油煙斎貞柳の教えを標榜する木端撰『油煙斎貞柳翁狂歌訓』によれば、柳門では嫌われたらしい。

たゞ一応に心得詞の縁を多くむさぼりよせ、風体のあしざまになり、詠吟するに吟じくるしき様の事の弁へなくて秀句いひかけ口あひを無理わざにいひつゞり、よのつねの人のきゝて扨も巧者のよみくちや、それにもかなひ是にもかなひしなどいふを喜び入、ほかにくた〴〵しき歌あり。其柳門に好まざる風なる歌をわざとよまば、

としたつ日

ほうぐわん日とて心よしつねよりもべんけい勝れ静なときはじや

是等判官義経、弁慶、静、常磐を無理によみいれて詞のだうぎれを厭はず。[23]

「縁の詞」は基本としながら「詞つゞき無理わざならず自然とより来れる様にしたて」るよう戒める。また天明狂歌でも、橘洲は『狂歌初心抄』（寛政二年刊）に次のように述べる。

歌は五尺のあやめに水をそゝぎたらんやうに奇麗にすら〳〵とよむべきよし、古来申はべり。わきて狂歌はいかにたくみにても、一度うちきゝて覚られぬはあしゝとしるべし。

前栽に翁草こそ立葵はやせとつぱいひゆりたんぽ、

斯のごとく手をつめたるやうにゆるみなきはあしゝ。惣体あまり道具をたて入んとすれば、斯のごとくなるもの也。

もちろんこれらの例に比べれば、南畝や由己の狂歌は、たとえ手が込んではいても、はるかに流麗である。その点は差し引いても、なおこれらの記述からは、由己や南畝の、三十一文字に可能なかぎり言葉を詰め込んでゆく機知的な詠風が、必ずしも狂歌として一般的ではなかったと言えよう。

由己は、南畝と相似て、卓抜な言語感覚を有した。とりたてて雑体に取り組んだわけではないようだが、『春駒狂歌集』には一首だけ折句歌がある。南畝はそれを、『万載狂歌集』巻十五雑歌下に、長歌（「短歌」）、旋頭歌など「雑体」歌の項を立て、折句歌の項に自製と二首並べて収録した。これもまた、得意とする言語的技巧が相似た例である。両者の詠風に相通じるところがあり、そのことが、前述のような江戸の地への愛着や蘐園の先師との関わりとともに、南畝にとって『春駒狂歌集』の魅力を増したこと、それが『万載狂歌集』に十四首もの由己の詠が収録される結果をもたらしたことは事実であろうと思う。

さらに次のような点は、詠風の類似という以上に、両者の直接的な影響関係を想像させるものではなかろうか。

『万載狂歌集』に収められた吉原詞を用いた南畝の次の吟はよく知られている。

女郎花

をみなへし口もさが野にたつた今僧正さんが落ちなさんした　『万載狂歌集』巻四秋上

『古今和歌集』仮名序・巻四「名にめでゝ」の遍照の歌を踏まえ、遊女を廓言葉で暗示する。実は『春駒狂歌集』にも廓言葉を用いた詠があり、『万載狂歌集』にも採用されている。

けいせいあさま山をゐがきてこれに狂歌せよと人のこひ侍りければ

夜目遠目けぶりの中にみえさんすむかしはふかま今あさま山　『万載狂歌集』巻十一恋上

諺「夜目遠目笠の内」を巧みに用いつつ、噴煙を上げ続ける浅間山をかすめ、客との仲の深間・浅間の語を対比する。このような詠法の類似だけでは、影響関係までは想定しにくいかも知れない。しかし、南畝は、『万載狂歌集』の刊行直後の天明三年、六月に噴火した浅間山を遊女に見立てて次のような狂歌を詠んでいる。

天明三ツのとし信濃なる浅間山焼し時

浅間さんなぜそのやうにやけなんすいわふ〳〵がつもり〳〵て　『巴人集拾遺』（写）

浅間山を遊女に見立てる発想には、元禄歌舞伎『けいせい浅間嶽』以来、種々改作されて上演され、直近には安永八年の富本節「其俤浅間嶽」の流行を見た「浅間もの」の影響があろう。しかし、手法・主題までも共通する点には、前掲の由己の詠の影響が充分に考えられるのではないか。少なくともこの時点で南畝は由己の詠を知っていた。たしかに、『万載狂歌集』には他に次のような狂歌も見える。作者早鞆《はやともの》若布刈《めかり》は塙保己一。

おいらんにそういひんすよすぎんすよ酔なんしたらたゞおきんせん　『万載狂歌集』巻十一

これもまた、廓言葉を趣向とする点では同工である。しかし、吉原の言葉そのままに、「題しらず」として禿の口調を写すことに主眼のある保己一の詠に比べ、由己と南畝の狂歌では廓言葉を趣向の一部としつつも、加えて題意の表現に取り込んでいる。その意味で、由己・南畝の詠は、保己一の作よりもう一つ手が込んでいる。南畝は、この趣向を以後も時折用いる。仲の町茶屋の前で飛ぶ燕を見る遊女を描いた勝川春章の肉筆画（天明頃）に賛して、

かへりてはくるわの燕いく春か身のをいらんもいざりしんせむ(24)

また天明七年歳旦『狂歌千里同風』に掲げた自詠「年のはじめのうた」八首のうちの一首でも、

青楼のことば

おいらんに棹姫さんのおつせんすおめでたうおすけさの初春

この巧みな手法を、直接に南畝が由己から学んだかどうかは、結局のところ立証はできまい。しかし、少なくとも五十年以上前に由己が用いた、新しいとは言えない技巧であることを南畝は天明三年以前に見て知っているはずであって、その上で、こうして好んで繰り返し用いているのである。南畝が『春駒狂歌集』に出会った安永後半から天明初年頃は、狂文では風来山人の影響に加え、『鶉衣』に也有の風を学んで、折しも南畝にとって文体の形成期であった。(25)

結　び

南畝は、以上のように天明狂歌を至上とする江戸自慢でうぬぼれの天明狂歌師「四方赤良」を演出するかたわらで、江戸の地にまつわる古い狂歌に愛着を示し、未得、卜養以来の江戸狂歌の先人を敬愛した。中でも徂徠や南郭と交渉のあった藤本由己の詠風に、南畝は自らの好みに叶うものを見出したようである。そこで触発されてなにがしかを吸収することがあったとするのも、あながち無理な想像ではなかろう。

注

（1）『日本古典文学大系57　川柳狂歌集』濱田義一郎解説（岩波書店、一九五八）。
（2）濱田義一郎「狂歌」（『岩波講座日本文学史』九巻近世、岩波書店、一九五九）。
（3）石川了「狂歌の流行」（『講座日本の伝承文学　韻文文学〈歌〉の世界』三弥井書店、一九九五）。
（4）濱田義一郎「川柳」（前掲注2）、菅江と川柳との関係については、宮田正信編『秘稿最破礼』（太平書屋、一九九二）解説に詳しい。
（5）刊本所在不明。慶應義塾図書館所蔵写本による。刊年は石川了「浜辺黒人による江戸狂歌の出版」（『大妻女子大学文学部三十周年記念論集』一九九八）による。
（6）原漢文。七賢入竹薮忘豹脚、一休見杉㡀臥極楽則狂之又狂、狂歌之始。暁月之余光照雄長老之頭、未得之吾吟結貞徳翁之尻。言葉盛於花之御江戸、風情遍於月之武蔵野。若葉二葉萌芽於、万載才蔵鼓舞於此（原文の返点にしたがって訓読した）。
（7）天明二年に東下した芙蓉花が、宝珠の絵に「みがいたらみがいただけはひかるなりせうね玉でも何の玉でも」と記した絵馬を、浅草寺に奉納した（『俗耳鼓吹』等）。
（8）宇田敏彦注『万載狂歌集』上下（社会思想社現代教養文庫、一九九〇）。
（9）『洒落本大成』十二巻（中央公論社、一九八一）。
（10）渡辺守邦翻刻（『天明文学』東京堂出版、一九七九）による。
（11）『みなおもしろ』一巻六・八号（一九一六）紹介。『大田南畝全集』十八巻収載。伝本未詳。
（12）『大田南畝全集』十六巻補遺参考編3。同巻揖斐高氏の解説によれば、『一話一言』原撰五十六巻にはないが、その成立後、最晩年の南畝が追加した可能性のある巻。卜養の事蹟の項は、天明五年から寛政二年までの南畝への答書が『瀬田問答』としてまとめられ、寛政八年に没した瀬名貞雄からの聞き書を含む。また前後に安永末に没した松本熊長こと大根太木や、やはり安永頃から南畝と交渉があり、天明七年に没した蓼太等の談を収めることからも、この部分の記述自体の成立は天明・寛政期まで遡る可能性もある。
（13）宮内庁書陵部蔵本。

（14）石川了「『狂歌弄花集』（翻刻・上）」（『大妻女子大学紀要―文系―』二十八号、一九九六）による。
（15）小林勇「翻刻『狂歌初心抄』」（神戸親和女子大学『研究論叢』三十号、一九九六）による。
（16）石川了氏蔵本。石川「朱楽菅江――多彩な戯作者」（『解釈と鑑賞』六十五巻五号、二〇〇〇）参照。これ以外にも寛政十年までさまざまな奥書をもつものが残る。天保十年に梓行された版本は、寛政十年の奥書をもつ本による。
（17）宇田前掲書（注8）指摘。
（18）日本名著全集『狂歌狂文集』林若樹解題（一九二九）がこの説を推測のかたちで提示し、『日本古典文学大辞典』二巻「吾吟我集」項（森川昭執筆、岩波書店、一九八四）では、緑竹園主人は野呂元丈であると断じられている。
（19）濱田義一郎「狂歌歳旦黄表紙五種」（『大妻女子大学文学部紀要』三号、一九七一）。
（20）柿衛文庫マイクロフィルムによる。
（21）植谷元「『春駒狂歌集』とその著者」（『近世文学　作家と作品』中央公論社、一九七三）。識語も同氏の報告による。松原孝俊編「台湾大学総図書館所蔵日本典籍目録」（科学研究費成果報告書『台湾大学所蔵日本古典籍調査』二〇〇三）には記載が無く、筆者もその存在を確認できなかった。虫損に遭って処分されたか。
（22）行智『童謡集』（文政三年頃成、『続日本歌謡集成』三巻、東京堂出版、一九六一）に子守歌「お月さまいくつ十三、七つ」が見え、はやく慶安四年刊良徳撰『俳諧崑山集』にこれを用いた句が見える旨が注記される。金関丈夫『お月さまいくつ』（法政大学出版局、一九八〇）はこの唄の成立が近世初期まで遡る可能性を示唆する。
（23）西島孜哉「翻刻『狂歌訓』」（『武庫川国文』十九号、一九八一）による。
（24）東京国立博物館所蔵。同館『肉筆浮世絵』図録（一九九三）大久保純一解説は、天明中期、あるいはやや遡る時期の作とする。池澤一郎氏御教示。
（25）濱田義一郎「『狂文』覚え書」（『江戸文芸攷』岩波書店、一九八八、初出一九六八）。

第二節　政変下の南畝と狂歌

本節では、南畝が作ったと思しい狂歌の一枚刷から天明末年の南畝と狂歌をめぐる状況を考えてみたい。

一　「わらはばわらへ」

小鳥どもわらはゞわらへ大かたのうき世の事はきかぬみゝづく　巴人亭

これは南畝が天明八年正月に、上図のような大小に仕立てて知友に配ったと思しい一首である。大小とはいわゆる絵暦で、さまざまな趣向を凝らしてその年の大小月を判じ物などにして、私家版で板行したもの。東京国立博物館所蔵『大小類聚』天明八年分に、この南畝の大小の写しが遺されている。この『大小類聚』は大小を愛好した同時代人による貼込帖。明和二年から享和三年分まで二十冊にわたって膨大な数の大小を年ごとに収め、はやく長谷部言人『大小暦』（宝雲舎、一九四三）において一部が紹介されて名高い。この『大小類聚』二十冊中には、上の南畝の大小のような、墨

図　天明八年大田南畝大小の写（東京国立博物館蔵『大小類聚』所収）Image: TNM Image Archives Source: http://TnmArchives.jp/

書による作も少なからず含まれる。それらには平戸の松浦史料博物館や神奈川県立歴史博物館寄託長谷部コレクションなど他の機関の蔵品によって原本の存在を確認できるものも多く、収集者もしくは所蔵者が何らかのかたちで目にした大小を、挿絵もろとも正確に筆写したものと考えられる。右の南畝の作もそうした写しの一つであろう。

紅葉の枝に留まった木菟の腹部にこの年の大の月を示す「正三五八十十二」の文字を入れ、そのまわりを小鳥が飛ぶ。木菟に頭巾を被せるなどして囮に仕立て小鳥を捕らえる狩猟法「木菟引」の図である。絵に落款の記入はなく、原図の絵師も不明。囮にされた木菟が小鳥に笑われる姿は、絵画においては近世初期にすでに描かれ、文学でもたびたび素材とされてきたこと、またその小鳥狩りがおもに秋に行われたことが明らかにされている。[1] 本章第一節で論じたように『万載狂歌集』（天明三年刊）編集時に南畝も参照した未得『吾吟我集』（慶安二年序刊）巻七にも「みゝづくでおほくとりぬる小鳥こそわらふ所へ福きたるなれ」の一首がある。木菟が留まる紅葉の図柄は、大小を配布するのが春であることを考えると不自然だが、その猟の季節に合わせた表現であろう。

小鳥たちに嘲笑われても、耳に入らぬとばかりに恬然として意に介さない木菟を詠じるこの一首の技巧はといえば、「小鳥」「大かた」と大小の文字を配しつつ「聞かぬ耳」に「木菟」を掛けるのみ。南畝の詠にしては素朴といえる。それだけに何やら思わせぶりでもある。さらに申年の大小に、干支の猿ではなく鳥の主題を選んだことも、特段の趣向を感じさせる。

さらにこの「笑へ」という命令形は、その言の主を詠者自身に重ね合わせる。誰に向けて「わらはばわらへ」と言っているのか、どのような状況でこれを詠んだのか、読む者の想像をかき立てる――天明八年春という政変の季節に、なぜあえて狂歌の形式を選んでこのような言を吐き、大小の配り物に仕立てたのか。

この一首は、天明八年正月頃の刊と推定される南畝の狂文集『四方のあか』の巻上末尾にも収められる。[2] 題して

「木兎引賛」。「賛」は、画に限らず、人物・文章などを賞賛する漢文の文体（明・徐師曾『文体明弁』）であるから、黙って小鳥をおびき寄せる「木菟」を褒めた文であることがまず題に窺えよう。あるいは右の大小の「画」の賛という意味でもあろうか。この「木菟引賛」では、一首の前に次の小引が備わる。

　衆鳥来てこれをわらふ。其智には及べし。木兎ゐながらこれをひく。その愚には及べからず。

「其智には及べし」「その愚には及べからず」は、中野三敏氏が指摘するように、[3]『論語』公冶長篇の「子の曰く、甯武子、邦道あるときはすなわち知なり、邦道なきときはすなわち愚なり。その知には及ぶべし。その愚には及ぶべからず」（荻生徂徠『論語辯書』訓による）を踏まえる。国に正道が行われている時には智者である甯武子が、正道が失われるや愚者を装う、そのことには及びもつかないという孔子の言葉を用いて、木菟を嘲笑する小鳥たちの浅智恵と、そこで黙って笑われている甯武子ならぬ木菟の深い思慮を対比する。

この狂文集『四方のあか』は、まさに天明末年の政変の時にあって、表向きには南畝の作であることを明示せず、門人宿屋飯盛こと石川雅望の序を冠し、飯盛の狂歌を末尾に配して、本屋仲間にも「飯盛著」として届け出て刊行したものであった（『割印帳』）。この作品のそうした作為について、つとに濱田義一郎氏が、『狂歌才蔵集』（天明七年頃刊）の編集の乱れの問題と併せてこの時期の政治状況と関連づけて詳細に分析している。[4]そういった出版の経緯の中で、重要にして目立ちすぎない上巻巻末という位置にそれとなく南畝の意を仄めかすかのように最終的に加えられたのが、この「木菟引賛」ではなかったか。「大」「小」の文字をあえて漢字で表記したこの一首は、いかにも大小のために作られたと考えるのが自然である。天明八年正月頃の刊と推定される『四方のあか』の編集は、その天明八年の大小を作ったのとほぼ同じ時期に行われたであろう。天明五年以降の文章を集め『四方のあか』編集に用いられた南畝自筆狂文集『かたつぶり』には、この「木菟引賛」は収められていない。[5]上巻にはほぼ天明初年までの、下巻にそれ以後の文章を収める『四方のあか』にあって、その刊行直前に書かれたと思しいこの小文が上巻末にあることは、明らかな作為である。

二　「嗤わ」れた南畝

「わらはゞわらへ」を南畝その人のつぶやきとして受け取るのには、それに対応する状況がある。この天明末年という時期、南畝をめぐってさまざまな噂が流れたことは、松平定信のためにその側近水野為長が当時の巷説を集めた『よしの冊子』に明らかである。濱田義一郎氏がかつて指摘したように(6)、この書は天明末から寛政初年の政変の時にあって、南畝について次のような噂があったことを書きとどめている(7)。

一、四方赤良など狂歌連にて所々にて会抔いたし、又奉納物或は芝居抔の幕などをも狂歌連にて遣し候に付ては、四方先生故格別人の用ひも強く候処、御時節故左様の事も相止申候間、赤良抔は腹をたて申候よし。（天明七年十一月条）

一、大田直次郎ネボケ此度御書キ物御用被仰付候処、制詞之節病気にいたし罷出不申由。就右御徒頭致立腹御徒帰番させ候よし沙汰仕候。（天明八年六月条）

一、寝惚は狂歌いたし候に付、先達て頭より被叱候処、此節もぢりはやり申候間、又々もぢりの点仕候由。（寛政元年四月条）

このうち三番めの「もぢりの点仕候」は、少なくともそのような資料はなく、誤伝であろうことは濱田氏が論じる。二番目について濱田氏は、天明八年五月五日の「五日命有つて書を都堂に写すことを主どる。因りて賦す」詩（『南畝集』七・1455）の一節「学成り難し」「空しく天禄の校書生に慚づ」との関連を示唆している。「主どる」としている以上、この「任に堪えるだけの学問のないのを恥じるのみだ」（濱田氏稿所引揖斐高氏示教）というのは、実際に任にあたっての謙遜の辞であろう。高橋章則氏もかの詩の典拠として漢の劉向の故事を引用しながら校書に携る己の力不足を恥じる詩として読んでいる(8)。その後にあった登用の話を断ったということも考えられなくもないが、後述のような寛政期の二度にわたる人材登用試験の忠実な受験を考えると、誤伝の可能性が高いのではないか。一番めの「赤良抔は腹をたて申候」も、後述のような南畝の幕臣としての一貫して謹直な姿勢を考えればおそらく事実に反し、そのように噂されること自体、むしろ本人にとって迷惑なことであったのではなかろうか。

しかし問題は、事実の如何にかかわらず、天明期の俗文芸界の寵児であった彼をめぐってさまざまに取り沙汰されていたということである。寛政三年には例の「世の中に蚊ほどうるさき」の歌とともに南畝が罷免されたという風聞があったことが、白河藩家老服部半蔵の日記『世々之姿』の記述に拠って、近時明らかにされた(9)。問題の天明末年から数年下ることとはいえ、南畝の動静が事実の如何にかかわらず人の口端に上り続けていたことの確かな記録といえよう。「小鳥ども」の正体は具体的には見えないが、こういったあること無いことを喋々する世の人々に向けて発せられた言葉が、「わらはばわらへ」であったのではないだろうか。その思いを南畝が狂歌にして知友に配ったことは、こうして噂をし、自らを嘲笑の的にする世間にかかずらうことなく己を貫く姿勢を示すと同時に、狂歌そのものには罪悪感、ましてや嫌悪感などは抱いていないことを表明したものではなかったか。新しい趣向の払底した狂歌界のあり方には飽きが来ていても、それは必ずしも南畝にとって、溢れ出る言葉や懐いを載せる器の一つとしての狂歌の有効性が失われたということを意味してはいなかったのではないか。まさに政変の渦中にあたる天明八年二月、南畝は山木氏なる人の早稲田にあった庭で遊宴に加わり、その景を詩と狂歌各十二首に作っている（『南畝集』七・1420〜1431・

『賜蘆拾葉』七、後者も『大田南畝全集』所収）。狂歌とともに著された文章に「君」とされる山木氏、またその臣でこの時に会集したとされる尾越氏・中根氏も狂歌壇とはおそらく係わりのない人々であり、この時の南畝が後述のように狂歌壇は離れても、狂歌そのものは詠んでいたという事実が知られる。

三　天明末の南畝をめぐって

ここで、この天明末年から寛政初年にかけての南畝をめぐる状況とそれにかんするこれまでの研究の概略を簡単に振り返っておこう。時の権力者田沼意次派の勘定奉行の下で勘定組頭に出世し、天明末年には買上米一件をめぐって死罪に処せられることになる土山宗次郎孝之は、天明盛時、狂歌界の面々と親しく交遊していた。彼ともっとも親しく、その蝦夷工作にまで関与した平秩東作は別格としても、南畝も盟友朱楽菅江も土山と酒宴をともにし、土山自身「軽少ならん」という狂名を得て天明二年頃より狂歌の遊びをともにしている。天明六年八月に田沼意次が老中から退任を余儀なくされ、その後も二度にわたる追罰を受けて権力の座から追放される中、こうした事情をめぐって南畝について誣告中傷した者があったという推論を提示し、南畝が天明七年正月頃狂歌界と絶縁したと論じたのが濱田義一郎氏であった[10]。たしかに南畝が三十年余の後にこの時を振り返って、この年七月に「何がしの太守新政にて文武の路おこりしかば此輩と交をたちて家にこもり居りき」などと書き残していることはよく知られている（天明七年歳旦狂歌集『狂歌千里同風』自筆識語[11]）。この時の南畝の自粛を「転向」と呼ぶ向きもあったが、中野三敏氏が南畝の行動の背景には新味を失った狂歌・戯作界への倦怠という内的要因もあることを指摘した[12]。高橋章則氏は前掲（注8）論文において、自らを「吏隠」と規定し、官吏ながら隠者の境地で韜晦して俗文芸にも泥んできた南畝の心に揺さぶりをかけたのがこの時の改革であったことを論じている。さらに近年、久保田啓一氏が、南畝の随筆類に見られる松平定信への関心に注目して、南畝は新政を歓迎し、「家にこもり居」たのも学問による立身の可能性に奮い立って学問に励んだにすぎないとの説を提示している。(13) 曰く、土山との私的な関係が公的な処罰を招くおそれはないはずで、三十余年後の識語を重く考えなくてよい、濱田氏が論拠とした天明七年元日の詩の一節「世を閲して細かに知る人事の険　閑に投じて却て主恩の深きに感ず」（『南畝集』七・1338）も、激しい政争に対して閑職にある己の安穏さを詠むもので、「人事の険」に南畝その人への厳しい目を読みとるのは難しい、とする。

たしかに、改革政治への期待は南畝の詩にも窺える。前掲高橋（注8）論文も触れたように、定信が老中首座に就いて間もない天明七年の七夕、南畝が八種の詩体を詠み分けた中の「七言古」詩（『南畝集』七・1360）は、「天上明月古今無く　人間世事浮沈有り」と万古変わらぬ明月に対して人の世の激しい変化への感慨を述べた後、「聞道く黄金もて駿骨を求め　世儒をして多く汩没せしめずと」と詠む。杜甫の五言律詩「贈陳二補闕」詩の句「世儒多くは汩没す」は『杜律註解』巻二に「自ら奮ふこと能はざる者多く」（元禄六年和刻本による）とされるから、南畝はこれをふまえて時の政権が優れた学者を求め、儒者らもまたそれに応えて奮い立っていることを言うのである。その上でこれを「宿霧を披いて青天を観るが若く　浮雲を払つて明月に対するに似たり」と賞賛する（ただし「無限の秋風短髪を吹く」と、老いて髪も薄くなった我が身を振り返った時の感慨で結ぶ詩ではあるが）。また八戊申年の「元日」詩（『南畝集』七・1397）は、「堯暦纔に開いて甲子に逢ひ」と、この権力の推移の年の春をあえて革政の「甲子」年、そして中国古代の聖王「堯」の「聖代」のはじまりに喩える。両詩とも後年自ら『杏園詩集続編』（文政四年刊）に収めた作である。

ただ、南畝が定信という人の学殖と才能に畏敬の念を抱いていたのは事実としても、かつての天明俗文壇の盟主として派手に振る舞ってきた自らが、しかも政変期の流言蜚語の渦中にあって、その人から正当な評価を受けることを確信できるであろうか。

たしかにその学識が認められる機会はあったらしい。寛政の学問吟味に先立って、はじめに掲げた大小の制作と相前後した天明七年九月、南畝が定信ら老中以下幕閣の面前に召し出され、儒学講釈吟味の一環として『孝経』を講じていることが明らかにされた[14]。この時南畝は、学問にいっそう勉励し、天明六年正月に焼失した後この頃に着工・再建中であった聖堂の完成の暁に改めて召喚されるのを待つよう命ぜられている。吟味を受けたこと自体、晴れがましい経験だったであろう。この同じ月の詩に「歩兵還た禄有り　笑ふなかれ儒と為らざるを」（『南畝集』七・1378）と詠み、儒官となり得なかった自らを慰めた[15]。

しかし一方で天明七年五、六月の江戸の打ち毀し一件が契機となって実現した松平定信政権は、物価高を将来した悪政に対する民衆の鬱憤を逸らすために、田沼自身に二度の追罰を加えた上、田沼派や民政担当者らを次々と更迭していた[16]。人々の憤懣の矛先を向けるのに都合のよい人物と目されれば処罰の対象にもされかねないという状況にあって、南畝自身、それまで人の耳目を集める豪奢な遊びに身をゆだねてきたのも事実である。実際に前の『よしの冊子』が示すように、彼をめぐるよからぬ風聞が為政者の耳にまで届いていた。さらに狂歌の会の華美のあまり役人に召し捕られた人が出たという噂まであったという。幕府の抱医師か御坊主衆かと推定される喜田有順なる人物の随筆『親子草』（寛政九年成）巻二「十二狂歌流行の事」には、次のような記事が見える[17]。

其比何者が申候哉、狂歌の会あまり花美にて興行の席へ取方罷越、被召捕候と風説いたし候付、黒人我等方へ罷越申聞候は、如斯風聞いたし候が、御聞及は無之候哉と申聞候。いかにも其比は花美の事と相聞候。

「黒人」は芝連の狂歌師浜辺黒人。狂歌会の奢侈を理由に誰かが召し捕られたという話を聞いて、事情に通じていそうな著者に真偽を問い合わせたのであろう。黒人は寛政二年五月十八日に没したというから（四世絵馬屋額輔『狂歌墓所一覧』『狂歌人物誌』・林旧竹『墓碣余誌』所引麻布光林寺墓誌）、寛政初年以前の風説と考えられる。この噂はおそらく真実ではなかったであろうが、当時、狂歌の連中の集まりは世に「花美の事と相聞」えてはいたのである。たとえ南畝が自ら潔白を信じていても、落ち着いて学問に励める状況ではあるまい。しかも『よしの冊子』の端々に明らかなように、この頃、「狂歌」と「落首」は同一視されることも多かった。己は悪いことはしていないとばかりに平静を保とうとしながらも、動揺を禁じ得ないその心中を知己に対してそっと明かしたのが「小鳥どもわらはばわらへ」の大小ではなかったか。

そんな状況下で南畝がそれ以上の誤解を招かぬように行いを慎んだことは事実であろう。池澤一郎氏は、南畝が天明七年末に「久しく濁酒を停めて憂へ散じ難し　浮名を避けんが為に賦未だ伝へず」（『南畝集』七・1492）、すなわち九月の父の死以来喪に服して酒を断つとともに、政変の衝撃に自戒して詠作を公にしていないと詠じた、彼の心情を描き出している。[18] さらに寛政元年早春、自宅に親しい門人らを集めて南畝が次の詩（『南畝集』八・1503「早春草堂集示諸子」）を示したことは注目に値しよう。

屏居一自避虚名　屏居して一たび虚名を避けしより
閑散愈深吏隠情　閑散として愈々深し吏隠の情
幸値陽春布徳沢　幸ひにして陽春の徳沢を布くに値ひ
聊傾濁酒為逢迎　聊か濁酒を傾けて逢迎を為す
夢余彩筆慙才尽　夢余の彩筆才の尽くるを慙じ
天上黄河見水清　天上の黄河水の清きを見る
寄語少年同学者　語を寄す少年同学の者

好将文武答昇平　好し文武を将て昇平に答へん

まず首聯。「屏居」は、世間から退いて隠居する意。「虚名」は空虚な名声。やはり池澤氏の同じ論文がこの箇所に言及するように、前の「浮名」云々の詩と同じく、狂歌狂詩の名手という無用の名高さを厭うて家に籠もり、その閑かな暮らしに、官吏ながらも隠者としての感慨を深めると言う。[19]続いて頷聯の「陽春徳沢を布く」は『文選』巻二十七楽府下に収められる漢代の古楽府「長歌行」の一節で、春の恵みを言う表現。屠蘇で初春を寿ぐことを言う。頸聯五句めの「夢余彩筆」「才尽」は『蒙求』の「江淹夢筆」による表現で、南畝がたびたび用いていることも池澤前掲（注18）論文所論。梁の江淹は夢に五色の筆を授かって文才を発揮したが、晩年また夢でその筆を返したところ以後その才が尽きたという逸話である。つまり南畝は自らを江淹に喩えて詩才が無くなったと謙遜する。第六句「黄河見水清」は、黄河が常に濁っているので千年に一度澄むのを吉兆とすることをふまえる。南畝自身、「千年にたつた一度の黄河よりめでたくふだんすみ田川哉」（天明三年刊『めでた百首夷歌』）と狂歌に作ったことがあった。「天上」の語を付して、上天を見上げてその瑞兆を知るくらいの意であろうか。あるいは「上つ方」と政界の上層を匂わせるか。いずれにせよこの二句で、已に才はないが世は吉い時を迎えていることを言うのであろう。尾聯二句は、会集した若い門人らへの呼びかけ。「文武」によってこの泰平の世に応えようというのだから、この詩は明らかに改革の時にあたって前向きな意欲を示した一首と言える。そしてまた、首聯における狂歌・戯作の「浮名」「虚名」を厭う心と家に籠もること、尾聯のような「文武」によって新政に呼応しようとする志とが、この時、南畝の中で一つのものであったことをよく示している。

二十年の後、南畝は自ら「遠桜山人伝」（文化六年成『玉川余波』所収）に、生涯を振り返って「中年歌酒に放浪し、日々狂生酒人と遊ぶ。時に更張に遭ひて退きて旧業を修む」（原漢文）と記した。「更張」は改めて緊縮すること、「旧業」はこの前の箇所で述べる若年時の読書や作詩作文を指すから、まさにこの政変下にあって狂歌の遊興から身を退いたことと、改革政治に期待して再び学問に励んだこととの直接の因果関係を証する言葉である。

こうして南畝はついに狂歌を断つ。この時期に南畝は手許にあった狂歌本類を門人らに譲与したらしい。酒月米人が後年「我師蜀山翁…ひたすらに戯れたるかたを廃し我ともがらにものたまひけるとき、おのれ深川に吾友軒をしめつれば石田未得が独吟の原本いとまれなるを我家の吾吟我集わが友の吾友軒へ進上し候とかいつけてたびたりしは、はたとせ余りのむかしにして」と記している（文化十一年刊『狂歌水鶩集』）。文化十一年の二十余年前といえば寛政前半期にあたる。収集した狂歌の書を譲るという行為があったという事実は、南畝の中に狂歌そのものとの関係にも区切りをつけようという意識までもがついにこの頃には生じていたことを示すものであろうか。寛政元年春に淀磨子こと幕臣川澄源五郎が耳順を迎えたことを記念して作られた書画帳に橘洲ほか狂歌の記帳も多い中、南畝はあえて逍遥院の和歌を揮毫した（加藤定彦氏蔵写本）。同じ年に没した狂歌仲間平秩東作の追善集『悼東作翁夷曲歌』にもあえて詩を寄せている。

四　政変と狂歌と

天明八年の春、四十路を迎えた南畝は「人に答ふ」と題して次のような詩を詠んでいた（『南畝集』七・1437）。

曾将白雪混巴人　曾て白雪を将て巴人に混ず
詩酒風流四十春　詩酒風流　四十の春
莫問一官何拓落　問ふことなかれ一官何ぞ拓落たると

生来未掃相門塵　生来未だ掃はず相門の塵

「白雪」「巴人」はそれぞれ高尚な詩と卑俗な歌。池澤氏はこの語彙を南畝が独自の意味づけを施して頻用したことを論じている[20]。この詩の起句・承句について氏の曰く「優れた詩才をば狂歌等の戯作の仲間に立ち交じって費消してしまったという悔恨の言だろう」。「曾」という一字にはたしかにその行為を過去のものとする認識が看て取れる。さらに踏み込んで、そうした日々をなぜ送ったのかと問う人に答えるという状況をあえて構えて詠じたこと、また後二句の意とを併せて考えれば、そこに言い訳のような含意を汲み取ってよかろうか。すなわち狂歌の仲間に泥んで堕落した日々を送ってきたのは仕方のないことなのだ、一度たりとも権門に交わって才を活かす途を得たことなどないのだから、と。それは時を同じくした「わらはばわらへ」にも似た居直りではなかったか。と同時に、「詩酒風流四十春」という滑らかな句の響きが、楽しかった時代を懐かしむ心をかすかに滲ませている。

南畝に即して考えれば、天明期から「ほたる火も弓もふくろにおさまりて文をみぎりの御代ぞめでたき」（天明三年刊『めでた百首夷歌』螢）などと学問を重んじる「右文」の泰平の世を賛美し、「かりにも落書などといふ様な鄙劣な歌をよむ事なき正風体の狂歌連中」（天明二年刊『江戸花海老』）と明言して、当代の治世を全面的に肯定してその逸楽を謳いあげてきた。政治状況の変化の中でそれまでの「吏隠」という自己規定に揺さぶりをかけられ[21]立身の可能性に奮い立った南畝の心の基底にあり続けた、政権の交替にも揺らがぬ幕政への絶大な信頼に思いを致すことで[22]、この天明末年の南畝の動静がよく分かるのではないだろうか。少なくとも「わらはばわらへ」という狂歌と、「文武を将て昇平に答へん」との双方を矛盾させない理解としては、このあたりが妥当ではなかろうか。

天明から寛政への政策の大きな転換を前提として考えるあまり、我々は南畝をいずれに与したのかという単純な二分法的発想で捉えようとしすぎてきたのではないか。狂歌によって世の泰平を朗らかに言祝ぐ気軽な遊び心と、学問を重んじる新たな政治に期待して学問に励む真摯な志との間に、南畝自身としてそれほどの矛盾はなかったのではないか。

ただおそらくは世間もそのようには見なしてくれず、「小鳥ども」の嗤うに任せざるを得なかった。大衆化した狂歌壇に距離をおくだけでなく、狂歌そのものともしばらくは訣別を余儀なくされる。この天明末年頃の狂歌にまつわる苦い想い出こそが、十年ののち、南畝に息定吉宛の書簡において「我も是故に流汚名候」（文化元年十一月六日付）と記させたのであろう。「小鳥ども笑はば笑へ」は、その時の南畝の狂歌をめぐる微妙な思いの陰翳を映し出した一首であったと言えよう。[23]

注

（1）中野真麻理「文学研究と絵画資料――梅に宿る木菟――」科学研究費補助金基盤研究（S）『二〇〇二年度研究成果報告書　国際コラボレーションによる日本文学研究資料情報の組織化と発信』、木菟引の実態については藤岡摩里子『浮世絵のなかの江戸玩具　消えたみみずく、だるまが笑う』（社会評論社、二〇〇八）一章にさらに詳しい。

（2）他に『巴人集』『巴人集拾遺』（ともに写）に収められるが、後年の記述と交じり制作時期を特定する手がかりはない。

（3）『新日本古典文学大系84』（岩波書店、一九九三）中野三敏注。

（4）濱田義一郎「『四方のあか』と『狂歌才蔵集』と」（『江戸文芸攷』岩波書店、一九八八、初出一九六三）。

（5）青裳堂後藤憲二氏蔵。太田記念美術館『蜀山人大田南畝』展図録（二〇〇八）出品番号48。

（6）濱田義一郎「江戸文学雑記帳（二）」（前掲『江戸文芸攷』、初出一九八二）。

（7）引用は『随筆百花苑』八・九巻（中央公論社、一九八〇・八一）所収翻刻による。

（8）高橋章則「鴬谷吏隠大田南畝」（『日本思想史　その普遍と特殊』ぺりかん社、一九九七）。

（9）高澤憲治『松平定信政権と寛政改革』（『松平定信政権と寛政改革』二部四章、清文堂出版、二〇〇八）によれば、寛政三年四月二十六日に白川藩家老服部半蔵が日記『世々之姿』（天理図書館蔵）に南畝が罷免されたとの風聞とともに「世の中に蚊ほどうるさき物はなし文武々と夜るも寝られず」の狂歌を書き留めているという。高澤著の刊は長澤和彦氏御示教。

（10）濱田義一郎『大田南畝』（吉川弘文館、一九六三）五―二「筆禍説について」。

（11）東京大学国文学研究室本見返しには南畝自筆で「これは天明七年丁未のとしの歳旦狂歌集なり。ことしの秋文月の頃、何がしの太守新政にて文武の道おこりしかば、此輩と交をたちて家にこもり居りき。文政三のとし弥生十四日　七十二翁〔蜀〕〔山〕（白文連印）」とある。国立国会図書館本にも、翌文政四年四月十四日付で同旨の南畝自筆識語がある。

（12）中野三敏「南畝における「転向」とは何か」（『国文学』昭和五十七年六月号）。

（13）久保田啓一「大田南畝の天明七年――文武奨励と狂歌界離脱をめぐって」（『文学』隔月刊八巻三号、二〇〇七）。

（14）高橋「鶯谷吏隠大田南畝」（前掲注8）、長澤和彦「大田南畝と松平定信」（『近世文芸研究と評論』七十四号、二〇〇八）指摘。

（15）高橋「鶯谷吏隠大田南畝」（前掲注8）は、南畝のこの詩について、儒学講釈吟味に対する幕府の儒者選任という期待が裏切られたことの表現と推測する。

（16）山田忠雄「田沼意次の失脚と天明末年の政治状況」（『史学』四十三巻一・二号、一九七二）、竹内誠「寛政改革」（『岩波講座日本歴史』十二近世四、一九七六）。田沼一件が及ぼした幕府人事への影響については、高沢憲治「田沼意次に対する追罰」（前掲注9『松平定信政権と寛政改革』一部三章、初出二〇〇〇）に詳しい。

（17）新版『新燕石十種』一巻（中央公論社、一九八〇）による。著者については同解題参照。

（18）池澤一郎「大田南畝の漢詩と『蒙求』」（『江戸文人論』二部三章、汲古書院、二〇〇〇、初出一九九三）。

（19）この「吏隠」の語が、隠逸志向を抱きながらも仕官し続けざるを得なかった南畝の愛用の語彙であったことは、前掲高橋（注8）論文の他、池澤一郎「大田南畝における「吏隠」の意義」（前掲『江戸文人論』一部一章、初出一九九七）。

（20）池澤一郎「蘐園漢詩における陽春白雪詠の展開」（前掲『江戸文人論』二部六章）。

（21）高橋「鶯谷吏隠者大田南畝」（前掲注8）がその揺らぎを詳細に跡づける。

（22）ただし寛政以後の南畝がまま風刺や時世批判の詩を遺していることは『大田南畝全集』四巻（岩波書店、一九八七）日野龍夫解説が論じている。

（23）ただし、南畝をめぐる困難な状況がいつ生じたのかについてはいまだ検討の余地がある。濱田氏所説の天明七年正月という時期は、その後の政治の行方を左右した米価の騰貴に起因する打ちこわし事件以前であり、田沼の老中辞任後とは言え、まだ田沼派と定信派のかけ引きが続き政治的な決着は見ていない。『狂歌才蔵集』における、あきらかに不正への関与が疑われかねない蝦夷に関する記述の削除と、南畝自身の動向はまずは別に考える事柄とすれば、南畝の自粛が天明七年正月までに方向付けられたとする濱田氏の論拠は十分とは言えないように思われる（この年正月の詩も別の読みの可能性もあろうし、この年二月没の辺越方人に対する南畝の弔辞において、自らに向けられた中傷に対して方人が「侮を禦ぎて容れず」と記したことも前掲久保田注13論文の言うようにたしかに時期も不明）。天明七年八月には虫聴きの狂歌会に出（翌年刊『画本虫撰』）、同九月の序をもつ鎌倉近人快気祝『〔麦生子〕』に狂文序を寄せ、翌春の数寄屋連春興『すきや風呂』にも一首を与えている。本稿では詩に明らかに現れてくる天明七年秋以降のこととしか示し得ない。また現存は不明ながら寛政元年の南畝の月並狂歌会の題摺を所持したという黒川春村の言もある（『壺すみれ』天保八年自序）。これらの点についてはさらに検討の必要があろう。

第三節　寛政期の南畝と狂歌

前節で論じたように南畝は天明末年を以て狂歌壇から遠ざかったが、その狂歌再開の契機は享和初年の大坂銅座への赴任であったという認識が一般的であろう。それは後の世に広く知られた南畝晩年の「蜀山人」という号が銅の異称「蜀山」に由来すること、実際、大坂での蕪坊こと佐伯重甫らとの狂歌の応酬が知られていることなどに起因しよう(1)。一方で、その間、寛政期にも狂歌界との接点は見出せる。本節では、この時期の大田南畝の狂歌との関わりを検討し、それによって南畝にとっての狂歌の意味に論及したい。

狂歌の再開を考えるには、南畝が狂歌から遠ざかった理由を辿らねばならない。それには政治動向という外的要因もあるが、半ばは通俗化によって新味のなくなった狂歌への愛想づかしという内的要因もあるとした中野三敏氏の見解が指針となる(2)。そこから出発するならば、この断絶以後の南畝の狂歌との関わり、狂詠の再開を理解する鍵は、南畝を狂歌から遠ざけたそれら外的・内的要因の双方が、どのように解消されたのかを見極めることにある。

一　寛政期の南畝の狂歌活動

まず、天明末年から享和初年頃までの南畝の狂歌との関わり方の特徴をまとめてみたい。寛政初年までの出版物

（天明八年刊『狂歌すきや風呂』『画本虫撰』・寛政元年刊『潮干のつと』等）に見える狂歌は、実際の制作時期の問題が残るため今は措き、寛政半ば以降、私的な場では細々と狂歌を詠んだ気配も見える点に注目したい。寛政十年正月に自らの五十の賀を祝した「五十初度賀戯文」（『四方の留粕』文政二年刊）で「御馴染の御方、詩歌連俳狂詩狂歌とも皆御断也」とは言うが、ここで狂詩狂歌のみならず詩歌も謝絶するとははったりか冗談としか考えられず、実際にこの一文に自ら「竹の葉の肴に松のはしたてむ鶴の吸もの亀のなべ焼」と狂歌を添える。他にも、寛政十二年に竹橋で幕府文書調べに従事して「五月雨の日も竹橋の反古しらべけふもふるちやうあすもふるちやう」と詠んだのは有名な逸話（『巴人集拾遺』）。いずれもその時点では写本でのみ記録された作である。また門人酒月米人《さかづきのこめんど》編『狂歌東来集』二編（寛政十二年刊）には、杏花園老人の名で次の二首を載せる。杏花園は天明末より用いられた南畝の号の一つ。

やり羽子のやりはなしにも過してきつく〳〵と思へば年の数まり

老ぬればしどろもどろに行年のくるゝはをしく春はまたるゝ

おそらく前年末の作であろう。述懐的で、天明往時のような勢いはないが、一首めは「やり」の音を重ねつつ、遣羽子・鞠の正月遊び、「やりはなし」等の俗語を交える点で狂歌には違いなく、二首めも、行く年を惜しみ来る春を待つという意識の矛盾をつく発想に微妙なおかしみがあり、やはり狂歌と見なしたい作である。また享和元年二月の大坂への道中記『改元紀行』（文化十四年成）付録の詩歌も狂歌を含む。

大森の酒にいたく酔て輿の中にねぶりつゝ、かな川のほとりにて目さめぬ。夷曲あり。たれ人にや。

二三合酒のみ過し六合のわたしもしらずいつかこえにき

掛川の城下にてそばむぎくふとて、れいのざれごとよめるものあり。

湯豆腐の葛布ならでさら〳〵と一ぱい汁をかけ川のそば

このあたり葛布うるもの多ければなるべし。

『改元紀行』では、例えば保土ヶ谷宿の狂歌軸のように道中で目にした狂歌は紀行文中に繰り込んであり、付録所収作はすべて自作と考えられる。そこで「誰人にや」などとあえてとぼけて見せるのも微笑ましいが、ここにはいまだ堂々と狂歌を作ることを避ける意識が働いていることも見逃せない。それはこの旅を行った享和元年だけのことではなく、その時の礎稿に手を加え終わった文化十四年になっても、十数年前に狂歌を作ったことを曖昧にしておきたい、少なくとも表向きにはその意志を示したいと南畝が判断したということである（それでも書き残すのだが）。そうした常識的な感覚とは裏腹に、六合の数字に触発されて、二、三合、過しの四、何時の五つと数字と戯れてしまう、あるいは二首めでも、葛布から晒す、さらさらの連想で、葛とあわせる湯豆腐ではなく掛け蕎麦を、多摩川の手づくりではないが、「さらさらと」、と次々と言葉が繰り出される、南畝の狂歌の作り方を窺わせる例ともなっている。

南畝が寛政半ば以降、私的な場では狂歌を作っていたとの推測を許す確実な根拠は以上であるが、狂歌を避けて和歌や和文・狂文としたり、または大田覃と本名で署名してまじめさを示したりと、何らかの策を講じつつ狂歌の場に加わった例もいくつか指摘できる。とくに刊本にはそうした傾向が顕著である。和歌に代えた例としては伊勢商人田中如倫の還暦祝『寿詞《よごと》石腸児《せきちょうじ》』（寛政八年刊）があり、狂歌の部巻軸ながら和歌を載せる。[3] 盟友朱楽菅江の辞世に唱和した、菅江一周忌追善『こずゐのゆき』（寛政十一年刊）所載の次の一首も、同様に和歌に代えた例である。

　しら雪のふることとのみぞしのばるゝともに見し花ともに見し月　　覃

先述『狂歌東来集』の三編（享和元年刊）にも和歌を詠んだ例が見える。「年内立春」の題で、これにも覃の名を付している。

　ふる年の雪もかすみて足引の山のこしより春やたつらん

これに続く「これはあしなへておはしけるに、春とともにたち給ふとてよみ給ふとてよみたまふる和歌となん」という米人の注記が示すように、和歌の体裁ながら裏の意を利かせる点で、狂歌に類する面を持つ詠である。また、あきらかに狂歌ながら、本名の覃で記名して一応の神妙さを示すのが、五代目市川団十郎の一世一代記念『今日歌白猿一首抄』（寛政十一年刊）の一首。団十郎の屋号・通称の成田屋七左衛門を詠み込んで、[4]

思へども山から川のむかふ島とりになりたや七左衛門どの

南畝の住む山の手牛込から団十郎の隠棲した大川の向こう、向島は遠い、と嘆く歌である。また刊本の狂歌集、たとえば真顔が継いだ四方連の寛政七年版『四方の巴流』では四方山人名で記した狂文「狂歌堂に判者をゆづる言葉」に狂詩を添え、また第三章第三節に掲出するようにこの頃真顔が「四方」の継承を記念して制作した摺物にも「四方山人」の名で狂詩を与えている。伯楽連の『春の色』寛政六・七年版では、巴人亭号でそれぞれ石川丈山の詩の書、四言古詩風の一首を寄せ、狂歌は出していない。頭光の入集、大江丸の年齢記載から寛政八年頃の刊と推定される、分露という上野国角淵の人の米寿賀狂歌集（逸題）には漢詩を寄せている。[5]

また狂歌摺物に小文を寄せた例もある。次頁の図1に示した、フランス国立図書館所蔵の摺物帖に収められる、窪俊満の萩の萩の画に加え、「よみ人しらず」、荷造早文、先大屋裏住の詠が各一首、末尾に杏花園の署名で南畝の一文を刻して檀紙に摺った小品である。[6] 制作年は未詳ながら寛政末頃と考えられる。南畝の文に曰く、「雨風はしたなく降つゞきて名におふ月もいかゞならんと思ひがけず雲はれ霧おさまりて玉の兎もひとしほにはねたり」。狂歌摺物にこのような小文が入ること自体が珍しく、あえて狂歌を避けたと考えられる。筆跡が南畝流であることも注目されよう。南畝自身が板下を与えたか、あるいは南畝流の手跡をよくした俊満の手か。裏住は狂歌壇古参の馴染み、早文は瀬戸物町の飛脚屋島屋の一番番頭。南畝の大坂滞在時に書簡を届け、享和三年の日記『細推物理』にも頻出する人物

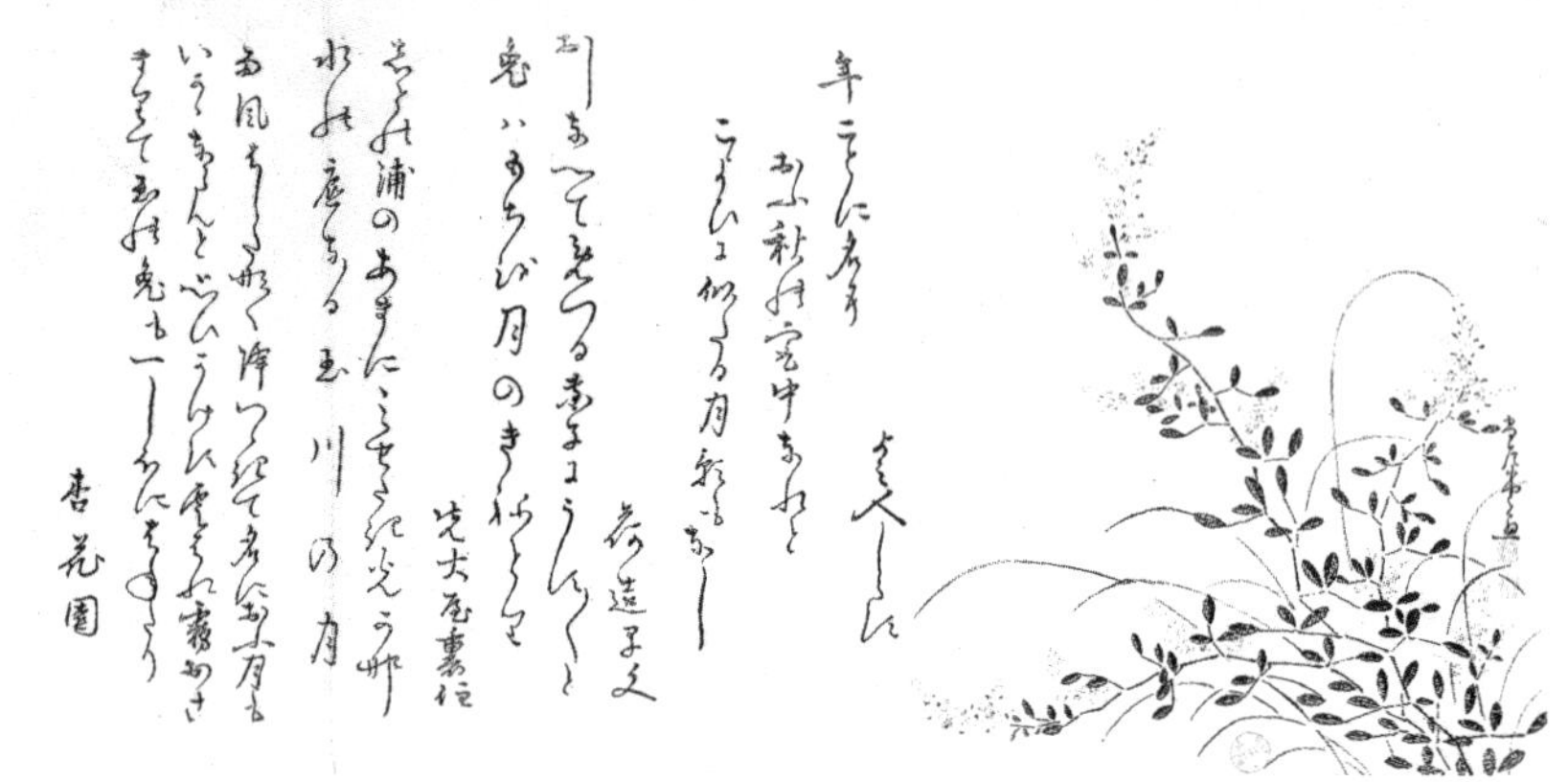

図１　窪俊満画「よみ人しらず」十五夜摺物（フランス国立図書館所蔵摺物帖『華の城』所収）
cliché Bibliothèque nationale de France

で、文化二年三月刊のその追善狂歌集（同摺物帖所収、逸題）から、寛延三年生、南畝より一歳の年少とわかる。島屋本店の主人であった俳人大江丸が、この早文と烏亭焉馬、大文字屋市兵衛すなわち加保茶元成らが居並ぶ座敷風景を「通の通なるよりあひ」と評している（『あがたの三月よつき』寛政十二年成、写）。一字上に上げて記される「よみ人しらず」の人物は不明ながら、やはり『あがたの三月よつき』によって関宿侯久世広誉《ひろやす》と知られる橘花実と推測される[8]。下総関宿藩の第五代藩主で、天明五年に家督を継ぎ、文化十四年に致仕するから、このときはまさに現役の大名家当主である。『狂歌東来集』初編・三編・四編（寛政十一〜享和二年刊）に入るほか、やはり寛政末年の刊と推測される真顔編『つきよみ男』でも巻頭に据えられた大名狂歌師の先駆けの一人。所掲の摺物と同じく、珍しく檀紙で摺物を作ることを好み、正月以外にも、十五夜・十三夜の名月を契機としていくつかの作例が知られる[9]。南畝をよく引き立てた人のようで、支配勘定に任ぜられた南畝の寛政八年末から九年にかけての記録『会計私記』には年始の挨拶廻りに行っているさまが窺え、また大坂滞在中の享和元年には中元に祝儀金三分を賜った旨を聞き礼状を差し出したことを弟島崎金次郎に書き送っている（八月十二日付、『大田南畝全集』書簡番号15）。翌年正月にも久世侯より「例之通目録来候」と聞いて金次郎に礼状を依頼している（同35）からやはり金品を下賜されていたようで、これら書簡に表れない、南畝が江戸にいた時期にも同じような配慮を賜っていたことと想像されよう。後の例になるが、南畝自身、この君に摺物に言葉を乞われたことも書き残している。『紅梅集』（写）文化十四年項の末尾に、

関宿の君の春のすりもの丶奥にことば書そへよとこふに、又鈍々亭和樽の社中白木屋何がしのすりものに歌をこふ。二つともに尚左堂俊満のたくみなり。

橘のはなの先より遠責の面しろ木やの鈍〳〵の音

ふたつともにいなみて狂名をばかゝず。

「橘花実」を詠み込んだ歌である。図1の摺物でその名を隠して「よみ人しらず」とした理由は定かではないが、同様の判型・壇紙刷りで花実の作と考えられる「よみ人しらず」の摺物がハーバード大学サックラー美術館にも収蔵される。[10]

以上のような例について言えば、狂歌一首を捻ることに何らの苦もない南畝であるから、いずれもあえて狂歌の掲載、また赤良の狂名の使用を避けたことは間違いなく、警戒して慎重になっているさまが察せられる。

これらの狂歌集への関与の前提として、狂歌人との日常的な交渉を続けていたことも確認しておく。前述の南畝の家計記録『会計私記』の年礼先一覧には、甥の紀定丸の他、馬蘭亭山道高彦・鹿都部真顔・銭屋金埒の名が挙げられ、寛政十一年に和文の会を始めた際の顔ぶれにも狂歌人が多い。[11]その意味で、前節でも触れた、天明末年の南畝と狂歌界との絶縁を言うときに必ず引かれるその証言「此輩と交をたちて家にこもり居りき」（『狂歌千里同風』南畝識語）は、建前として割引いて考える、もしくは寛政半ばまでに時期を狭めて考える必要があろう。狂歌界に続々と参入する大衆とは一線を画した南畝ではあったが、こうした早くからの狂歌の知音とは交わりを保っていた。

図２　寛政五年版『四方の巴流』
（聖心女子大学図書館蔵）

二　匿名の狂歌

寛政期の南畝の作と確定できる狂歌、またその狂歌壇とのつながりは以上に述べた程度の範囲で、必ずしも多いとは言えないが、加えて「よみ人しらず」といった匿名扱いながら、筆跡などの点から南畝の作と思しい作例がいくつか指摘できる。

まず、図２に示す、はやくに延広真治氏が指摘した寛政五年版『四方の巴流』の「野中清水」名による狂歌がある。編者真顔より後の総巻軸という重要な位置に南畝流の筆跡で記される[12]。野中の清水の名には、「本の心をしる人ぞくむ」（『古今集』巻十七）の意を託していよう。時代は下るが、類似の例に、白猿の念仏百首に隣り合う無名の二首を南畝流で記す、文化四年刊の五代目団十郎追善『数珠の親玉』があり、濱田義一郎氏がその筆跡から南畝の作と推測している[13]。これらは、その特徴的な筆跡と配置から、明らかに南畝を連想させることを意図して制作されたと思われ、それが南畝の意向を無視できないであろう門人・知友の所業であることを考えると、南畝以外の人物は想定しがたい。

また前にも触れた『狂歌東来集』（初編寛政十一年刊～四編享和二年刊）にも、匿名扱いながら南畝作と思しい狂歌が見出せる。まず初編巻頭「年のはじめにくさ〴〵の歌よませ玉ふける」の詞書がある「よみ人しらず」の一首で、編者吾友軒米人、山道高彦、四方真顔が続く。また二編の巻頭には「年ごとの人日、清暉楼につど」った際の歌があり、

「友がきも七くさばかり」というように紀定丸・銭屋金埒・山道高彦・「うし」・酔竹園（橘洲）・吾友軒米人・四方歌垣の七首が収められる。この顔ぶれの中で編者米人が「うし」と呼ぶのは南畝以外に考えがたい。こうした記述と併せれば、南畝甥の紀定丸の筆録に見えるという次の話（永井荷風『葷斎漫筆』[14]）にも一定の信憑性が感じられよう。時は正月七日、『東来集』所収歌の制作状況とも一致する。

四方赤良、天明の末戯歌ふつにやめて勧学の事に傾きたまひしを、山道高彦久しき門下なれば、一とせに一日はひそかに取り出でたまへとて、飯盛・真顔などむつまじきばかりを集へ、戯歌よみける時、人日なりければ、

七夕にあらぬ七草爪にさへ年に一度のおんたはれ歌

前項で、南畝が私的には狂歌を詠じていたであろうと推測したが、少なくとも年に一度は密かに狂歌会に出ていたという具体的な実態が想定できそうではないか。この記述をふまえて、先の『狂歌東来集』初編巻頭の「よみ人しらず」に戻れば、時期・顔ぶれも共通し、巻頭という位置も鑑みて、これも南畝の可能性が高い。実際、同書には南畝を「よみ人しらず」で掲載した例がある。三編の「私ならで浪花のかたへ出立せ玉ふける日、とゞまるわかれの歌とてきこえたる」という詞書のある一首で、この記述自体、大坂銅座出役という公用のため、ちょうどこの年二月に江戸を発った南畝を思わせるだけでなく、若干の字句を違えた歌が南畝のこの時の紀行文『改元紀行』附録に見える。和歌ではあるが、南畝の作を「よみ人しらず」とした例である。

以上のように寛政期を中心に、「よみ人しらず」等、匿名ながらも、筆跡や状況など何らかのかたちで南畝の作であることを仄めかす狂歌が少なからずある。それらはすべて南畝周辺の人物の手で制作されたものであり、意図的に南畝の作であることをおぼめかしたと言えようし、それぞれにそこに南畝の存在を必要としたのであろう。そしてさらに、それを容認した南畝の姿が背後にほの見えないであろうか。

寛政期の南畝が、このように狂歌を作ることをはばかりながらも、完全に絶つことをせず、寛政半ばから再び少しずつひそかに詠んでいた、そのわけを追求すべきであろう。

三　南畝と狂歌

それには、天明末に狂歌を絶った理由のうち、内的なもの、つまり通俗化への嫌気、中野三敏氏の言葉を借りれば「新しみ」の期待のなくなった狂歌への愛想づかし、という、その内実を検討する必要がある。ただし中野氏の所説は戯作類も含めた論述であるが、ここでは話を狂歌に限定しよう。

天明狂歌師たちが、戯作者等とともに楽しんだ「新しさ」とは、毎年、毎回、次から次へと案出した会の趣向であったろう。天明二、三年から五年にかけて、彼らは「団扇合」や「宝合」、狂歌角力などを次々と催し、また歳旦黄表紙や双六等、種々の形式の狂歌集を案出して目新しい趣向を追求してきた。狂歌も、そうした会ごとにさまざまな日新しい題で詠まれた。しかし、天明六年頃よりそうした趣向を凝らした催しが減り、例えば南畝の四方連歳旦にしても、『狂歌新玉集』（天明六年刊）、『狂歌千里同風』（同七年刊）のようにこれといった演出のない普通の春興詠が並ぶ狂歌集が出されたすぎない。狂歌の大流行がもたらした有象無象の大衆の参入によって、当初から天明狂歌を主導してきた人々が倦怠を感じ始めたさまが天明五年前後より観察されてきたが[15]、同時に演出・工夫も種が尽きたといった様相を呈している。

しかし、南畝自身に即してみれば、天明の頃でもそうした新奇な催しの場で作られた狂歌はむしろそれほど多くない。堀川題に見えるような古典的な題によって新たな詠み方を工夫したり、あるいはその場その場で異なった状況を即興的に詠み込んだりしていて、かならずしも会・催しにおける趣向の枯渇が、狂歌の新しみの払底を意味しない。その点からは、天明末年に狂歌という形式自体に飽きていたとは考えにくい。天明五年には自ら主催した月々の狂歌会を『下里巴人巻』（写）にまとめたり、松葉屋三保崎との恋路を、つまり天明五年冬の出会いから六年七月の落籍を経て、賤と名を改めた彼女の病臥の日々を二十五首の狂歌に詠んで「三保の松」と題して『遊戯三昧』（写）に収めたりしている。池澤一郎氏が詳しく読み解いたように、三保崎との交情はまた『南畝集』の漢詩の数々にも綴られており、南畝が一つの出来事を表現形式の違いに応じて詠み分けた好例となっている⑯。たしかに、現在所在が確認できる資料からすれば、天明五、六年の段階で南畝の狂詠は、量としては減少したと考えられることは事実である。それはあるいは仲間内の催しが減少したことによるものかもしれない。しかし、依然としてこの時点でも、和歌を嗜むことをあまりしなかった南畝にとって、狂歌は、漢詩と並ぶもっとも手慣れた表現方法の一つとして有効性を失っていなかったのであろう。先述の『改元紀行』附録や、文化六年の玉川巡視の際の詠作を集めた『玉川余波』は、道々作った漢詩・和歌・狂歌・狂詩その他種々の形式の詩歌を収めている。個々の作品は場面ごと、内容ごと、あるいは時々の発想によって形式を使い分けたと想像され、そこで狂歌は、漢詩と同様、南畝にとって欠かせない表現の道具の一つとして機能している。文化元年の長崎滞在時に馬蘭亭山道高彦に宛てた書簡で⑰、同行した蘭奢亭薫と道中の徒然を「日々、夷曲雑談」で慰めたこと、また大坂の芝居に出演中の三代目瀬川菊之丞にひそかに狂歌を贈ったことを書き送り、さらに南畝が高彦に運営を依頼していた南畝主催の毎月十九日の「会」の様子やその狂歌の出来などを繰り返し尋ねている事実には、南畝の狂歌そのものへの関心が文化初年の段階で衰えていなかったことが窺えよう。それも、菊之丞に贈った狂歌に添えて「他見は知己計」と記すように、この時にもまだ人目を憚りながら、である。

和歌との関係の点からも狂歌の意義を考えたい。前に触れた文化元年十一月六日付の息定吉宛書簡でも「旅行などは和歌よろしく候」と言うように、『改元紀行』附録や後年の『玉川余波』（前述）にはともに多くの和歌が収られている。とくに後者では、巻頭に自ら記すところに従えば、和歌が六十九首と際だって多く、狂歌の六十二首をしのぐ。それらの作を見ると、和歌であっても地名や眼前の事物の名称に触発されたと思われる歌が多いことに気づく。つまり当地の景や風物のさまを叙述するのではなく、その名称から発想して関連する故事・表現などによって構成する歌が多い。『玉川余波』からいくつかを例示しよう。

初午の日、羽田漁師町稲荷社奉納のうた

いのる事何かいなりの山のさち海の幸をも守らしめ給へ

この一首は、何か否－稲荷といった掛詞が狂歌かとも思わせるが、続いて「又ざれうた」として二首を書き付けているので、本歌の意識のようである。「何か否」む（つまり何でも叶えてくれる、の意）と掛けて稲荷を出したのち、稲荷山から山の幸、漁村の縁で海の幸を出す。また大田氏の先祖の出たという恋ヶ窪（鯉が窪とも）に行けば、次のように直截に、古来、武蔵野の本意とされる空間的広さと先祖の時間的遠さを「はるけし」で結びつけて詠む。

むさしの丶末もはるけき遠つおやのみかげを恋る窪にこそいれ

百草村松連寺では武蔵野から草を出して地名・寺名を詠み込み、

むさしの丶百草の末をわけゆけば松につらなる寺もこそあれ

という調子で名称やその本意にちなんだ構成に専念し、悪く言えばいずれも観念的でしかない。土地や名所の名を詠み込むのは、和歌でもしばしばあることだが、その占める割合が南畝の数少ない和歌の作の中に極端に多い。「あらたにいとなみたてし家の前に辛夷の花さかりなるをみて」というその場の状況を詠み込んでも、

さく花のおりにこそあへむろほぎにしでこぶしともみゆる一本

「むろほぎ」は記紀類にみえる語で、「室寿」「室祝」と書いて新築祝いの宴を指す。「しでこぶし」は「幣辛夷」。やや小さい辛夷の一種で、室寿に供える幣に見立てる。しかし辛夷の花を見て幣を連想したというより「幣辛夷」の表記を介した発想と見る方が自然であろう。所与の条件や事物の名を詠み込むこれらの歌の手法は、歌語で構成した平易な詠みぶりの体裁に反して、狂歌の延長上にあると言えまいか。かの『古今集』巻九の伝人麿歌の明石の浦の世界を面影にしつつも、眼前の景を思わせる次のような叙景歌はむしろ例外的である[18]。

　大江戸に入りくる舟のほの〴〵と霞をもるゝ春の海づら

この玉川踏査の時に見た小金井の桜に感じて、以後、南畝が遠桜山人を名のるようになったことはよく知られているが、その桜の感動を表すのにも、次のようにわざわざ武蔵野と草を詠み込んでしまうのは、所柄と和歌の世界における古来の本意とを尊重するなどという次元を通り越して、主題に関連する語句・表現で一首を構成する南畝の歌の作り方を象徴している。

　むさし野の末野の草をわけゆきてはてなき花をけふ見つるかな

『改元紀行』でも、江戸を離れる感慨は織り込まれるが、基本的には同じ詠み方であった。たとえば伊勢で日本武尊の白鳥陵と伝えられる土地を過ぎる際、「しら鳥の陵ありときくに、輿をはやめてゆけばかひなし」という事態が起こって詠んだ歌は、

　みさゝぎはいづこととへばしら鳥の目わたるよりもはやく過にき

知らずと白鳥を掛け、速いことの喩え「目の渡る鳥」を結びつけるが、歌の内容は詞書の経験を伝えるにすぎない。

　このように言葉から発想する南畝の歌の作り方からすれば、それが、和歌ならばいわゆる「物の名」の歌でもっともよく生かされることは予想がつく。事実、南畝はいくつか物の名の歌を残していて、『をみなへし』（写）には「た

けしまゆり」を物の名で和歌と狂歌に詠み分けた、文化頃の作と推定できる歌が収められる。南畝が屋代弘賢や塙保己一等と「まつはしのうへのきぬ」という長い物の名の和歌の出来を競い合った逸話も紹介された[19]。要するに、南畝は和歌であっても技巧的・表現的な面に強い関心を示したのであって、その志向からすれば、限られた言葉を用いて新たな内容や発想を追求する和歌よりも、制約なく俗語・漢語も交えてありとあらゆる言葉と戯れられる狂歌に適性があることは歴然としている。

南畝は、よく知られるように「狂歌におかしみなきは、冷索麺にからしなく、刺鯖に蓼なきがごとし」（『あやめ草』、文化七年頃）と嘯いた。もちろん、その「おかしみ」は技巧・言語遊戯だけを指すのではなく、いわゆる「心の狂」も含んでいた。代表的な例を挙げれば、『狂歌才蔵集』（天明七年頃刊）巻一春上に、

生酔の礼者を見れば大道を横すぢかひに春はきにけり

こうした発想のおかしみを純粋に楽しもうとする意識はもちろんある（とくに会集の場、人との贈答ではその向きへ傾こう）。その点は押さえた上で、この問題は南畝の狂歌全般にわたって別に論ずべき問題でもあるので、今はひとまず、彼の、狂歌も和歌も総じて歌というものに対する関心が表現・技巧の面にとくに強いことを示し、南畝にとっての狂歌の面白さ・意義もその部分にあったのではないかという見通しを示すにとどめたい。この寛政期以後、南畝がときおり和歌を試みつつも、ついぞ彼にとって和歌が狂歌に代わり得るものとならなかった理由は、ここにあったのではなかろうか。

結　び

以上のように、寛政半ば以降の南畝は、狂詠を制止する外的・内的要因を巧みに避け、自らもひそかに狂歌を詠み、狂歌仲間とのつながりを保ってきた。南畝の時局へのはばかりの意識が、狂歌を詠むにあたって、「よみ人しらず」などと、時に変名を記させたようでもあり、あるいは狂歌集にも別の形式で参加するなどして表向きの責任を逃れさせたのであろう。また、甥の定丸はじめ、橘洲や高彦・米人・真顔・裏住等古くからの知己、また「通の通なる」とされた東海堂早文のようなごく親しい狂歌仲間に交友を限ったことは、通俗化した狂歌界と距離を保った結果と言えようか。関宿侯久世広誉のような貴人が南畝の狂歌に関心を示したことは、南畝にとっていくばくかでも狂歌の意義を見直す契機となったであろうか。

寛政期の南畝は、狂歌らしい狂歌を詠むことも少なくなり、その詠作の調子も天明のおかしみにあふれた高らかな調子とは異なるものとなったのは事実である。それだけ南畝が制約を感じていたということでもあろう。ただ、そうして世を憚り、言い訳を用意しながらも、しかしついに狂歌を詠むこと、そして狂歌を通じた知友とのつながりは絶ち得なかったようである。交友の上で求められての詠作も少なくなかろうし、前に論じた『改元紀行』のように自ら諧謔が口をついて出た類もあったろう。通俗化した狂歌壇には一定の距離を置きつつ、政治情勢への遠慮の要らない知己のみの環境があれば、狂歌の友と交わり、また自らひそかに狂歌を詠むことがあったのが実態のようである。

文化期に入ると、元来詩人を志し、その良識的な価値観からは狂歌の盛名を恥ずべきことと考えた南畝も観念して、狂歌が表看板となること認めた風でもある。[20] 左に掲げる狂文「吉書初」（『四方の留粕』巻上、文政二年刊）は、幼い頃漢学者や詩人を目指した自己のその後を振り返った文章である。[21]

いつしか白髪三千丈、かくのごとき親父となりぬ。狂歌ばかりはいひたての一芸にして、王侯の懸物をよごし、遠国波濤の飛脚を労し、犬うつ童はも扇を出し、猫ひく芸者も裏皮をねがふ。わざをぎ人の羽織に染め、うかれ

めのはれぎぬにも、そこはかとなくかいやりすてぬれば、吉書はじめともいふなるべし。（傍線は小林）

狂歌を自らの唯一の「一芸」と認める傍線部の口吻は、世間のそうした見方に対するある種の諦念を感じさせる。この前の部分に語られる幼少時の純粋さはすっかり擦れ、本来の漢学を志す立場から見れば何ほどの価値もない狂歌をもてはやす世に迎合して、揮毫を求める人々に応える自らを、南畝は突き放して見つめる。しかしそれをこうして狂文で記すのは、そうした世間の見方を甘んじて受けるところがあったからではないか。

抄書に詩作に、地道な努力を怠らなかった秀才南畝が、一方で狂歌と享楽に浮かれた天明を経験し、その悪ふざけ故の汚名も被って、狂歌による盛名のむなしさを十分に知った後に、こうした境地に至ったのも、狂歌を詠むことを抑制しなければならなかった寛政期を経てこそではないか。南畝が、周囲の自身への期待をみつめ、自らの狂歌の言語表現への適性を肯定する契機はこの時期にあったのではなかったか。

本章は、俗文芸に偏った南畝の研究と評価を、自ら本領とした漢詩文から見直そうという近年の動向を、俗の方向に揺り戻そうとするものではない。言語との戯れという次元において、古文辞派の漢詩文の作詩作文と狂歌とが連続することを指摘した日野龍夫氏をはじめとするこれまでの南畝研究の成果をふまえ、狂歌もまた、言葉の可能性を飽くことなく探求した南畝にとって欠かせない表現の手段の一つであったことを確認し、寛政期を、狂歌の空白期ではなく、南畝自身が制約の中でその意味を見つめ直し、再認識した時期と位置づける試みである。

注

（1）濱田義一郎『大田南畝』（吉川弘文館、一九六三）第六。南畝の大坂滞在については飯倉洋一「大田南畝の在坂生活」（高田衛編『秋成とその時代』勉成社、一九九四）に詳しい。

（2）中野三敏「南畝における「転向」とは何か」（『国文学』昭和五十七年六月号）。
（3）渡辺好久児「『寿詞石腸児』と田中如倫」（明治大学文学部『文芸研究』九十号、二〇〇三）。
（4）国立国会図書館蔵本による。
（5）東京都立中央図書館加賀文庫蔵本は見返しに描かれた盃の文字によって『寿』の書名で整理される。ほかにフランス国立図書館所蔵デュレ旧蔵摺物帖にも全丁の貼付がある。
（6）デュレ旧蔵摺物帖『華の城』（所蔵番号od.173）第二十五面。『秘蔵浮世絵大観八・パリ国立図書館』（講談社、一九八九）に図版掲載。
（7）摺物帖は同時代に張り込まれたもので、これを含む第一冊は寛政二～享和元年の作を収め、大半が寛政九～十二年の作と知られている（注6『秘蔵浮世絵大観』における浅野秀剛解説）。俊満の「俊」「満」の白文連印は寛政末年頃の使用という（田中達也「窪俊満の研究（二）」『浮世絵芸術』百八号、一九九三）。
（8）本稿初出時には南畝自身かと推測したが、後述の理由によって関宿侯橘花実と見て、ここで前説を撤回したい。なお『あがたの三月よつき』は『古典俳文学大系』の翻刻の他、自筆本（早稲田大学図書館HPで公開）を参照した。
（9）「橘花実」の摺物は、ベルリン東洋美術館に、文化六年仲秋（無款）、文化七年正月（俊満工房印）、文化十一年十三夜（俊満工房印）の三点、ハーバード大学サックラー美術館に文化十年仲秋（俊満工房印）、名月（八月九月のいずれか不詳、年記なし）の計五点が収蔵されることを確認し得た。いずれも縦十五～六糎、横三十二～三糎前後（小高檀紙三等分か）。
（10）やはり檀紙に、俊満画（菊に寿の盃）、顔ぶれも南畝以外同じく、東海堂（荷造）早文・萩屋翁（大屋裏住）と「よみ人しらず」の三首を載せる十三夜の摺物。本節の旧稿（『近世文芸』八十号）および Polster & Marks, *Surimono : prints by elbow*, Washington: Lovejoy Press, 1980 に図版掲載。
（11）石川了「大田南畝と山道高彦」（『大田南畝全集』十六巻月報、一九八八）参照。
（12）延広真治「戯作者と狂歌」（『鑑賞日本古典文学34　洒落本　黄表紙　滑稽本』角川書店、一九七八）指摘。「野中清水」は寛政末～文化頃の浅草連・千秋連系の狂歌集にまま見える名でもあるが、この人物は総じて得点も低く、扱いがまったく異なるので別人であろう。
（13）濱田義一郎「江戸文人の歳月二」（『大妻国文』十八号、一九八七）。

（14）新版『荷風全集』十五巻（岩波書店、一九九三）による。濱田義一郎『大田南畝』（前掲注1）所引。

（15）和田博通「天明初年の黄表紙と狂歌」（『山梨大学教育学部研究報告（人文・社会）』三十一号、一九八〇）・鈴木俊幸「狂歌界の動向と蔦屋重三郎」（『蔦屋重三郎』V章、若草書房、一九九八、初出一九九一）。

（16）池澤一郎「東山の妓――大田南畝と中国六朝文学」（『江戸文人論』二部四章、汲古書院、二〇〇〇、初出一九九〇）。

（17）石川了「大妻女子大学所蔵大田南畝書簡」（『大妻国文』十九号、一九八八）、同前掲（注11）論文参照。

（18）和歌における「大江戸」の例は寛政・享和期の加藤千蔭の長歌が早く、文政期以後普通に用いられるという。南畝が和歌の意識でこの語を用いたのは比較的早い例か。揖斐高「江戸はどう詠まれたか」（『江戸詩歌論』四部三章、汲古書院、一九九八）参照。

（19）久保田啓一「大田南畝と江戸歌壇」（『近世冷泉派歌壇の研究』翰林書房、二〇〇三、初出一九八七）。屋代弘賢の書留『己未抄』（無窮会神習文庫、写）所収。己未は寛政十一年だが、南畝は文化七年三月の書簡でこの歌を「よみ申候」としており、時期未考。

（20）池澤一郎「大田南畝の自嘲」（前掲注16『江戸文人論』一部三章、初出一九九八）。

（21）『半日閑話』巻十八・『巴人集拾遺』にもほぼ同文が収められる（異同あり）。前者末尾に「年もはやすでに日本の国の数」云々の一首があることから六十八歳となった文化十三年頃の作か。

第四節　詩文と戯作――「七観」をめぐって

はじめに

『大田南畝全集』各巻を眺めれば、江戸という都市が、大田南畝にとって、多岐にわたるその作品を横断する一つの大きな主題であったことにまず気づく。南畝が故郷としての江戸への愛着を作品の随所に示したことは、池澤一郎氏が論じている。[1] 本章第一節では、狂歌においても、先行作品に対する南畝の関心が、その作者の江戸との関わりによって大きく左右されたことを論じた。

そうした南畝の関心の所在と、服部南郭から見て孫弟子にあたる古文辞派の詩人という彼の文学的出自が交差する位置にあるのが、本節で取り上げる漢文作品「七観」である。写本で伝わるこの作品には奥書もなく、成立時期は分らないが、参考となるのが書肆須原屋伊八の広告である。[2]『徳和歌後万載集』（天明五年刊）やこれと同体裁の『万載狂歌集』（天明三年刊）後印本などに付載される「蔵版標目」二丁で、「狂歌拾遺」等未刊に終わったと思われる作品も多く載せるものである。その中で次のように「七観」が宣伝される。

七観　南畝先生著　東都七ヶ所　繁華の地を文章に作りたる也　全

この広告の存在から、おそらくこの広告が出された天明末から寛政頃には少なくとも本作の構想はあったと考えられよう。南畝が狂歌の四方先生として名を馳せ、天明狂歌が最高に盛り上がった直後のことである。「四方赤良大人撰」の『万載狂歌集』『徳和歌後万載集』と同じ半丁に、かたや「南畝先生著」として宣伝されたことは、この「七観」という作品が当初から正規の漢詩文として企図されたことを窺わせる。

一　「七観」と『文選』

まず「七観」の概要を示そう。東都の「逆旅主人」つまり宿屋の主人と、病弱を口実に江戸見物を固辞する上方からの旅人「西土客」が登場する。宿屋の主人は、江戸の七つの勝景を次々と紹介し、誉め称える。日本橋新場の魚市、呉服店、大芝居、吉原、両国の舟遊び、大名屋敷と大名行列の七景である。はじめ、それらの華麗さにも享楽にも心を動かされなかった旅人が壮麗な武家の威容を説かれて感嘆し、江戸を賞賛するに至る。

この作品については、興膳宏氏による次の指摘がある。(3)

「七観」と題されるかなり長い韻文は……『文選』巻三十四に収められる漢の枚乗の「七発」の完全なパロディなのである。「七発」は楚の太子と呉の客という二人の架空の人物の問答から構成されており、病中の太子を見舞った客があれこれ手を代え品を代えて気晴らしを試みる。一つの話題が完結するごとに、太子が「僕病みて能わざるなり」、病気でそんなことはとてもだめだねと謝絶し、それをきっかけに話題が転換して、すべて七種の話が物語られる。「七観」がその構想を模していることは、日本橋や新場の魚市、呉服屋の店、芝居見物と一つ一つの話題が収束するたびに、「西土」の客が「僕や懦夫、敢えて辞す」という決まり文句で謝絶するところからも、おのずと明らかである。

「パロディ」の語に引用・引喩までを含めた今日的な含意の広さを想定するならともかく、一般的にこの言葉が想起させる滑稽のもくろみがこの作品にあるかどうかは措くとして、その原拠を枚乗の「七発」に求める指摘は大枠で首肯できる。ただ、「七発」以降、その定型に則って「七」という文体が成立したことを考えれば、「七観」はまず、この「七」体による作品として把握されよう。「七」はおもに漢代から六朝にかけて作られ、四六駢麗体により、賦の先駆けとなったとされる文体で、『文選』が巻三十四・三十五に三作を収めるのをはじめとして、『文苑英華』巻三百五十二も三作を収載、また『芸文類聚』『太平御覧』等の類書が散逸しかかった諸作品を集めている。しかし唐代以後は作例が稀になり、明の古文辞派、後七才子の一人である王世貞が、まさに擬古的に「七扣」（『弇州山人四部稿』巻百十三）を作ったことが知られる、特異に古風な文体であることにも注意すべきであろう。(4) 筆者の探索の範囲では、日本にあっては林鵞峰に「七武」（『鵞峰先生林学士全集』巻四十六、元禄二年刊）、林読耕斎に「七述」（『読耕林先生文集』巻十五、寛文九年序刊）、林梅洞に「七遊」（『梅洞林先生文集』巻六、寛文八年刊）が、それぞれあるなど、初期林家の文集において多少の作例が知られるのみで、南畝の連なる古文辞派の詩人の文集には見出せないようである。ことに読耕斎がその「七述」に次のような小序を付して「七」体を説明したことは、この文体の珍しさを窺わせるのに十分である。

七は文の一体なり。昔、枚乗七発を作り、傅毅七激を作り、張衡七弁を作り……余、学習の暇に、七述を作りて数子の塵を躡《ふ》みて云ふ。(5)

梁の劉勰の文体論『文心雕龍』巻三上「雑文」項が「七発」を取り上げて、「七竅」（聖人の心にあるとされた七つの孔）の発するところであると述べ、「嗜欲に発す。始めは邪に、末は正。以て膏梁の子を戒むる所なり」(6)と言うように、この文体における問答には、一方の人物によって、他方の貴人（「膏粱の子」）に勧められるさまざまな「邪」、つまり奢侈や悦楽が拒絶され、最後に持ち出される「正」、すなわち思想的な意味での正道が肯定され、賞賛されるという定型がある。宋の洪邁著『容斎随筆』巻七「七発」の項に「其の後、之に継ぐ者……新意無く、傅元又之を集め、以て七林を為すも、人をして未だ篇を終えざるに、往往にして諸れを几格に棄てしむ[7]」というように、後続作はほぼこの定型を襲う。興膳氏が論拠とした、病弱だという謝絶の口実もしばしば用いられた型の一部である。南畝の「七観」では、前述のように「逆旅主人」と「西土客」がこの問答を担い、後者が、前者の勧める七つの景のうち、享楽へと誘うはじめの五項は受け容れず、武家の威容を説く最後二項で感嘆し、江戸の偉大さを認めるかたちで、「七」体特有の説得の過程とその価値観を踏襲する。

しかし南畝の「七観」が踏まえるのは、おそらくこの「七」体だけではない。中村幸彦氏が「七観」を「江戸の賦」と評したこともあった[8]ように、都市風景の記述、旅人との問答という点では、長安と洛陽の優劣を「西都賓」と「東都主人」が論ずる後漢の班固「両都賦」（『文選』巻一）、またこれに倣う同じく後漢の張衡「二京賦」（『同』巻二・三）の設定を借りる。「西都賦」「東都賦」、「西京賦」「東京賦」という東西の都を謳歌する前後二篇の連作「両都賦」「二京賦」は、物質的な豪華さを誇る西の長安を描く前篇に続いて、質実にして精神的な豊かさに満ちた東の洛陽の素晴らしさ説く後篇を配し、後者の優位をもって結論づける点で同工である。「七観」は、七景のうち、前五項の愉楽を、長安を模した華麗さで描き出し、後二項の大名家のさまを、洛陽さながらの剛健さに仕立てる。こうして東西の都の対照的な性格をともに盛りこみ、江戸をそれら二つの側面を一つに併せもつ都市として造型する。一方で、当代の日本の東と西、つまり江戸と上方と、それぞれの人に問答を担わせ、その結論として、光武帝の威光の下に質実にして栄え、西都の繁栄を凌ぐ彼の地の東都洛陽に、将軍の膝元で武威を誇る当代日本の東都江戸を重ねることによって、これを称揚する。「七観」の記す、神祖家康による徳川の治世の始まりは、次のように「東都賦」に描かれる、王莽の悪政を退けて後漢を立てた聖皇光武帝の時に擬えられ、いわば、家康は光武帝に見立てられて江戸は洛陽となる。

　聖皇……赫然として憤を発して、応ずること雲の興るの如し。霆の如くに昆陽を撃て、憑《さかり》に怒て雷の如くに震ふ。遂に大河を超ゑ、北嶽に跨《あつどこ》ぶ。号を高邑に立て、都を河洛に建つ。……唐統を系いで、漢緒を接ぐ。

「東都賦」(9)

　神祖、赫怒して三河に起り、駿遠風靡し、八州率和す。青野に一戦し、前徒戈を倒まにす。遂に浪華を屠り、天下謳歌す。……東のかた荏土を顧み、都を建てて営築す。唐堯の采椽を慕ひ、文王の園囿を大にす。

「七観」(10)

「両都賦」「二京賦」との関係は、「七観」の全編にわたって用いられた語彙や表現においていっそう明らかで、相当数の語彙が、これらをはじめ、魏・呉・蜀の三国の都を描く左思「三都賦」等も含めた『文選』所収の都市の賦に由来する。たとえば日本橋の魚市の場の魚尽くしの方法とその魚の名の多くは、上林苑の昆明池に棲息する魚類を列挙する「西京賦」や呉国の山沢の富を描く「呉都賦」の記述と共通する。具体的に例示すれば、大店が櫛比する表通りの呉服店のさま「閭閻八百、万商淵を為す。屋を比べ、甍を連ね、陌に填ち、阡に溢る」は、「西都賦」の「閭閻且千」「城に填ち、郭に溢る」や、「蜀都賦」の「屋を比べ、甍を連ね」「市鄽の会する所、万商の淵なり」に基づく表現である。またその大店に並ぶ「平安の光繪、寧楽の晒布、結城の紬、郡内の絹素、博多の縞」云々の記述は、「魏都賦」の各地の産物の列挙「邯鄲の躧歩、趙の鳴瑟、真定の黎、故安の栗」云々のような方法との類似が指摘できるといった具合である。

　特記したいのは、芝居・見世物といった、漢詩文では扱われることの少ない対象が、この『文選』の都市の賦の語彙によって、「七観」では一挙に表現される点である。『南畝集』を繙くと、宋詩風の受容によって詩材に広がりを見せる中年以降の作では芝居・見世物に取材した詩もまま見られるが、(12) それ以前では、芝居関連の詩は天明五年の「戯れに戯子正旦路考の図に題す」（『全集』番号1257、以下同）程度と思しく、見世物でも天明八年「矮人行」（1404）程度にしか見出せない。その一方で、南畝は詩においても江戸の街を題材とすることを好んだが、そこでは、「七観」には描かれた芝居や見世物といった都市の猥雑な側面は捨象された。江戸の名勝を選んで同座の人々と分韻した詩の数々、また「名都篇」（67、明和九年）、「東武吟」（197、安永二年）、「東都元日」「江城春望」（1138・1139、天明三年）等と江戸そのものを主題とする詩において、江戸の街は、自然の美、武家の権威と抽象化された家並みの広がり、行き交う「公子」と「美人」の姿などによって理想化される。江戸の四方を詠う「東都春望」という天明八年の連作（1413〜1416）を典型として例にとれば、「城東」には三叉に向かって南流する隅田川を背景に、華やかな音曲の音色とともに「靚粧袨服」で装う芸娼妓の行き交う「満目閭閻八百八」を描き、「城南」では品川の湾岸から臨む「千門万戸」の家々、青海原に浮かぶ商賈の船影「賈客帆檣」、また「王侯第宅」や伸びゆく「駅路」を点綴するというように、江戸は抽象的に美しく描かれる。鶴岡芦水画「隅田川両岸一覧」（天明元年刊）を詠む「両岸一覧図を観る」（1102）にしても、虹や靄など風光の美を賛美し、画に見えない「神女」は登場させても、絵の中心をなす両国橋橋上の雑踏に触れることはない。その点では、若い南畝が親炙した、南郭門の耆山上人による七言古詩「東武行」（天明六年序『青山樵唱集』初編、同八年刊）、同じく「東都篇」「江都闤闠博大なるを詠ず」（同二編、寛政三年刊）等は、古文辞派の流れにあっても江戸の繁華の描写として下町のさまを具体的に捉える点で珍しいが、それでも魚や野菜等を売る商人どまりであった。

それに対して、「七観」に芝居や見世物等、卑俗な題材を織り込むことを許したのは、次に掲げる「西京賦」の「平楽之館」における諸芸の天覧の場の存在であろう。

迴望の広き場に臨んで、角觝の妙技を程《あらは》す。烏獲、鼎を扛《あ》げ、都盧、橦《はたほこ》に尋《のぼ》り……複陸重閣、石を転《まろば》して雷を為す。霹靂激として響を増す。磅礴と天威に象れり。巨なる獣の百尋なる、是を蔓延となす。……奇幻儵忽と、貌を易へ形を分つ。……乃ち戯車を建て、脩栴《たかきはた》を樹つ。侲僮材を程《あらは》し、上下翩翻たり。（傍線は小林による、以下同[13]）

「角觝」すなわち相撲、「烏獲」「都盧」と呼ばれる異民族による力技・曲芸、二階建ての舞台装置と石による効果音、珍獣の見世物、旗竿を建てた車上での子どもの軽業。これらを描く傍線部の語が、次のように「七観」の大芝居の場面を構成する。

将に迴望の広場に遊ばんとして俳優の妙伎を観る。奇幻目を驚かしめ、新楽耳を悦ばしむ。鼓を撃ち、幕を撤す。翕如として其れ始まる。侲僮材を逞《あらは》して優人前に並ぶ。……石を転して雷を為し、水を激して雨を成す。……是に於て都人士女、選蠕観望、重閣に盤姍勃窣し、堵墻に蹂躙駘藉す[14]。

同様に、隅田川の船遊びの場面で描かれる両国の見世物や曲芸は「珍禽奇獣の玩、觳抵、都盧、舞木弄丸の伎」となる。この場面では屋形船の吉野丸や高雄丸を「島のごとくに峙《た》つ」「飛雲・蓋海」という呉国の船（「呉都賦」）と比べ、また同伴した芸者が三味線を爪弾きながら詠うさまを「蜀都賦」の詞を借りて「漢女、節を撃す」と喩える。逐一の語彙に典拠を求める古文辞派の作詩法を、『文選』の都市の賦を基に忠実に実行するかたちをとることで[15]、詩に比べて素材を格段に広げたのである。

以上のように、この作品は、「七」という特殊な文体を駆使し、『文選』の都市の賦の語彙を用いて、古代中国の長安の豪華さと洛陽の精神的な豊かさを併せもつ都市として江戸を華麗に描き出すことで、上方に対する優位を説くことを企図した作品と、まずは考えられる。徳川政権を、「東都賦」「東京賦」で称揚された後漢王朝の武威に重ね、その質実剛健さを称揚する姿勢は、たとえ田沼時代にあっても、南畝自身の本意を疑うまでもなく幕臣として当然のことで、儒学的な価値観のもつある種の普遍性を巧みに用いたまでと言えようか。

ただ、華美や享楽は結果として否定したものの、その表面的な意図がそのまま南畝の思うところであったと解釈すべきではないのではないか。結論としては贅沢を否定する賦も、筆を尽くして物質的な豊かさや享楽を描出することで、それに耽溺することを勧め、むしろ瀰漫の風を助長しかねないとする批判が、漢の揚雄にある。前に引用した『文心雕龍』も引く著名な言「靡麗の賦、百を勧めて一を諷《いさ》む」で、これを喩えて鄭や衛の国の猥りがわしい曲を聴かせたのちに雅馴なる音楽を演奏するようなものだという。これはもともと『漢書』巻五十七司馬相如伝末尾の揚雄による賛に見える主張で、類似の批判は『揚子法言』吾子篇においても展開される。その批判の矛先はそのまま南畝にもあてはまる。多くの言葉を費やして、市場や商家の品物の豊富さと賑わい、芝居・遊里、そして舟遊びと、江戸における数々の愉悦を謳い上げる南畝の姿勢は、「百を勧める」という揚雄の批判を回避・克服しようとはしていない。武威の称揚という建て前と、華美享楽への惑溺、そのいずれに真意があるのか、あるいは意図的に両義的な態度をとるのかは、結局のところ顕わされることなく、解釈は読む側にゆだねられる。

その『揚子法言』吾子篇は、続いて賦の文学を否定して「童子は彫虫篆刻す。俄にして壮夫は為さざるなり」[16]と述べ、賦を美辞麗句の弄びとして戒める。この一節、とくに「彫虫」の語は、賦に限らず文章表現一般に彫琢を凝らすことに対する批判の表現として知られる。南畝にも天明元年には右の「彫虫」の語を用いた詩作があること、しばしば論じられる和漢の文体の書き分けの例「宛丘伝」（寛政十一年跋）にも、南畝が王莽の引き立てを甘受した揚雄を指して「莽が大夫のしれものすら、雕虫刻ますらおのするところにあらずといへり」と述べたことが指摘されている。[17]この「宛丘伝」跋文でも、南畝は自らの文体書き分けの試みをよそに「吾家の児輩」に対して「いましめてかくのごとき戯れをなす事なかれ」という建て前を述べるが、「七観」もまた、揚雄の批判する「彫虫」であることを承知の上で作られたことはほぼ間違いない。つまり、東都の盛んな武威を歌い上げたこの作品も、古代めいた麗々しい言葉を連ねたその駢麗文体によって、作品自体が批判の対象となり得ることも認識のうちにあるはずである。そう考えれば、さきに幕臣らしいとした武家の賛美という主題の真意すら疑わしく見える。そしてこのような価値観の二重三重の転倒、その多義性と曖昧さこそが南畝のもくろみであったかとさえ思わせる。

南畝の筆が、市場や見世物、大芝居など、詩文には稀な猥雑な素材に及び、『文選』の賦を模した麗々しさで「七」という古風な文体形式に則って記す、その落差の大きさ、右に論じた図ったような曖昧さは、たしかにこの作品の遊戯性を十分に物語る。それでもこの遊びは、言語を操ること自体の面白さを喜ぶものであり、基本的には古文辞派の作詩法の延長上にある。狂詩文ではない。同じ大名行列を描いても、狂詩集『寝惚先生文集』（明和四年刊）では、「殿様御馬槍持は屁」（「太平楽」）、あるいは「先供通り過て槍持出づ、奴の尻は檀那の頭よりも高し」（「大名行列を観る」）と、俗語を交えたり、あえて発想を卑俗化したりするのに対し、「七観」では「武夫前駆し、歩騎後に羅《つら》なる」「意気揚揚として大道を凌越す」とすることを鑑みても、本作は表現の点で狂詩とは一線を画する。

二　戯作と狂詩文と

とはいえ、結論から言えば、「七観」は戯作や狂詩文と深い関わりを持つ作品だと考えられる。なぜ、「七」という特殊な文体形式を用いて、『文選』の都市の賦に擬えた都市記述という一風変わった試みを南畝が行ったのか、その理由と背景を考えてみたい。

まず確認すべきは、漢詩文における都市記述の先例である。しかし、『文選』を奉じ、『唐詩選』の都市の繁華の情を愛した古文辞派といえど、荻生徂徠や服部南郭らにも、また南畝が直接に学んだ松崎観海、耆山上人、宮瀬竜門等の先達にも、その文集に就く限りでは、「七」はおろか、賦によって都市を記述した例はほとんど見いだせず、それにやや近い、しかしむしろ詠史的要素の強いものとして、わずかに太宰春台「鎌倉賦」（『春台先生紫芝園前稿』巻三、宝暦二年刊）を挙げ得るのみである。賦の作例は、「七」体と同様、近世初期林家の文集に若干が見えるが、(18) これらも都市を題材とするのは一般的ではなかったようで、南畝の「七観」の制作動機を漢詩文の伝統の中に求めることは難しい。ただし、南畝のこの試みと相前後して（おそらくやや後の）寛政六年には、江戸で山龍湾なる人物が大阪・京・江戸をやはり『文選』ばりに描出した『三都賦』を刊行しているので（中野三敏氏御教示）、出典といい、素材といい、下地はあったと言えようか。

しかしむしろそれよりも、賦の駢儷文に近い、対句と事物の羅列を多用した都市風俗の記述は、戯作や狂詩文では珍しくないことが注目されよう。こうした表現に絞って南畝のそれらとの関わりを振り返ろう。

『寝惚先生文集』に続く、南畝の狂詩文第二作『小説土平伝』（明和六年刊）は、当時江戸で評判を呼んだ二人の人物、異装の飴売り奥州土平と、谷中笠森稲荷の水茶屋娘お仙とを取り合わせた作品である。この作品には、源内の删定を経たことを記す天明元年の南畝自身の識語をもつ一本があるといい、(19) 鈴木春信が挿絵を担当していることも源内の影を感じさせる。錦絵の創始で知られる春信は源内と同じ神田白壁町の住人で、その錦絵の工夫に源内が関与したとされることは周知の通り。土平とお仙が出会って言葉を交わし、賦の応酬をするという大筋はあるものの、物語性は希薄で、土平・お仙という巷の人気者を狂言回しとしたことが象徴するように、大半は当時の江戸の流行と風俗を写し出すことに筆を費やす。ここでは、いわゆる平賀ぶりとの類似を確認するために、狂詩文特有の漢字の文字列の醸すおかしみを捨てても書き下しで一部を引用したい。土平が飴を売りながら江戸の街を闊歩する場面である。

五歩に一楼あり、市脯《にうり》酒樽の池を湛へ、十歩に一店あり、餅糕《もちぐわし》甑桶《せいろう》の山を積む。天楽の遠《ほのか》に聴こゆるは格子《でがうし》の歌三絃なり。雷霆の乍ち驚くは道傍の大八車《だいはちぐるま》なり。銀杏の本田髻《あたま》は外套《はをり》を巻いて肩を比べ、金縷《きんいり》の路考帯《むすび》は長袖《ふりそで》と共に臀《しり》を振る。木理染《もくめ》は春の水の流るゝが如く、青紙蓋《あをがさ》は夏木立を写す。蹴瓢紅裏《けかへすもみうら》未だ秋ならざるに何れの楓ぞ。下襲《したぎ》の白衣《しろむく》冬ならざるに何れの雪ぞ。高祖巾《おかうそづきん》は鼻を掩ふて過ぎ、与作巾《づきん》は髻《はけ》に鉤つて以て行く。小菊を巻いて階梯《はしご》を懸け、煙袋《たばこいれ》を提げて銀装《かなもの》を耀かす。一枚画廃れて東錦画興り、目利安行《めりやすはや》つて義太夫微なり。妓《をどりこ》、楽師伴《したがたつれ》て筵席《ざしき》を趣《かせ》ぎ、俠《きやん》、太平《てゑへい》を謳《ならべ》て酒家に入《しけこ》む。挿花の古流は会日の符《ふだ》を分《まは》し、投壺の家法は楊弓の矢に擬ふ。

飛団子の景勝名代名代と呼び、早染草の招牌《かんばん》は本家本家と称す。[20]

南畝の筆は、江戸の街の描写から、『寝惚先生文集』同様の風俗のうがちへと移り、実景を離れて江戸の街を象徴化する。目に映るもの、耳に飛び込む音から、対句となる事象を選び取って、流行・風俗を連ねてゆく方法は、源内の手が加わっているというだけに「髪結床には紋を彩《いろどり》、茶店には薬鑵をかゝやかす」「灯籠草《ほゝづき》店は珊瑚樹をならべ、玉《とう》蜀黍《もろこし》は鮫をかざる」、あるいは「若殿の供はびいどろの金魚をたづさへ、奥方の附くは今織のきせる筒をさげ」（すべて『根南志具佐』巻四）というような、かの平賀ぶりの風俗描写を想起させることは間違いない。

右で触れた『根南志具佐』両国の場面の解説にあたって、中村幸彦氏が京都の四条河原の涼みを叙述する支考の俳文「涼賦」（『本朝文鑑』、享保三年刊）に言及したように[21]、その場面の描写は、大胆に俗語や奇抜な比喩を取り入れつつも、賦の文体に立脚する。俳諧化を図るためにその形式に和文的な修辞を取り入れた俳文の賦、たとえばその「涼賦」や南畝自身が梓行に関与した也有の『鶉衣』初編（天明三年刊）に収められる「隅田川涼賦」などに比べ、むしろ平賀ぶりは、俗語を多用する語彙的な側面を除けば漢文訓読体により近い[22]。この平賀ぶりに漢詩文、とりわけ賦の文体を透視して、いわばそれを狂詩文化したのが『小説土平伝』であったといえようか。賦の文体に対する南畝の関心は、この作品の締めくくりで、お仙と土平に、それぞれ「円団《だんご》の賦」「飴の賦」を、しかも本来の賦の四六駢麗文に擬えて謳わせるところにも顕れる。南畝の賦の文体による風俗描写への関心は、漢詩文の流れよりも、このような狂詩文の経験の中に端を発したものではなかったろうか。南畝が、戯作や狂文で、風景や場面の描写に、こうした漢文訓読調の対句をくりかえし採用しているのは左の通り。

御座敷の上客は墨絵の雲のごとく、御勝手の膳部は彩色の絵具皿に似たり。みなひとはけの霞をくみ、硯蓋に焼筆をたつ。隣松が画がける松魚は、左慈が鱸よりあたらしく、蠟車が役者の似づらには、壺屋が壺も底ぬけなるべし。蘭雨のおとり持、御舎弟のおとり込み、銚子のかはりははかまをぬぐにいとまなく、盃のまはりは銭ごまもはだしなるべし。

安永八年付「春の遊びの記」（『四方の留粕』下、文政二年刊）

されば天地は湯屋でみたより大ｷく、万国の新地の広き事、なまずの背中に載つくしがたく、要石に根継といふべし。朝鮮にこうけいしあれば、おらんだに福輪とうあり。いんでんに巾着あれば、むすこべやの本田あたま、大人国はまな板を下駄とし、小人島はひで楊枝を杖とす。

黄表紙評判記『岡目八目』（天明二年刊）発端

南畝に限らない。朱楽菅江の洒落本『大抵御覧』（安永八年刊）も中洲を描いて、

四季庵の生簀魚みちて躍り、すみやの乙女袖を翻してまねく。きん〳〵たる衆中は河洲にあがり、ぶき〳〵せぬ麦飯は丸屋でしこむ。唐和の卓子台《しっぽくだい》四ツ足の数に入らず、魚飯の台所は三まいにおろして料る。(23)

また腹唐秋人こと中井董堂に比定されている島田金谷作の洒落本『彙軌本紀』（天明四年刊）も、次のように日本橋の魚市や両国の風景を記すように、対句を多用する賦に準じた文体は風景・風俗の表現に多くの作者が用いた方法であり、南畝はこれらさまざまな作品に親しんでいたはずである。

初松魚価百貫にして遠近に飛、鮟鱇は珠玉に換て東西に走る。鯛は諸侯に奉じ、鮪は下賤《げす》の食《くい》もの。買上る河豚《てっぽう》、販食屋《にうり》の鄽《みせ》。……さんげ〳〵の挑灯は両国橋より長く、納太刀は梁《うつばり》よりも大なり。なんまいだん仏の大音には仏も耳を塞ぎ、六根清浄の騒撃には不動も逆上すべく……(24)

この『彙軌本紀』は、魚市や両国の景以外にも、芝居・吉原を取り上げる江戸自慢など、「七観」との共通項が多い点で注目されるが、とくに芝居の場面に登場する観客の一人「浪華の客」に対して江戸自慢が始まることは看過できない。腹を立てたこの人物の「汝、出る儘の東都自慢を上る。我問ことあり。当世流行するものは何〳〵ぞ。」という問いから、流行の風俗、狂歌師、俳諧師、草紙や浄瑠璃の作者、画工、料理屋に関する問答が交わされる。その結果、「恐るべきは東都の盛んなること、他邦の及ぶ所に非ず」と、この大坂者に江戸自慢を認めさせるという筋である。そもそも江戸名所の記述が他国の人に対する紹介のかたちをとるのは、「他国の人の便りともならんかし」(『江戸鹿子』序、貞享四年刊)、「あまざかる鄙人の故きを温ねて新しきを知らむため」(『江戸砂子』序、享保十七年刊)など、地誌の定型であり、南畝自身、「江戸見物」(『寝惚先生文集』上)と題して「在郷」の人の江戸巡りの先を並べ立てる狂詩を作ったこともある。さらに、談義本においてはしばしば上方の視点を借りて江戸を描いていたことが指摘されている。(25)『彙軌本紀』の「浪華の客」を相手にした江戸自慢もこの延長上にあろう。たしかに江戸自慢は、対抗意識をかき立てる上方人を相手にすることで最大に発揮されることが容易に想像されるように、烏亭焉馬が天明八年の第二回「咄の会」で披講したと推定される『太平楽巻物』中巻も、上方者を登場させ、これを相手に徹底的に江戸自慢の「太平楽」を並べ立てる。(26)賦の文体だけではなく、上方人に対する江戸自慢という「七観」の構想にも、こうした戯作の刺激を想定できないか。南畝が『彙紀本紀』に序を寄せたのは、「七観」の成立に先立つ天明四年であった。

このような上方人を相手にした江戸自慢の問答という戯作のもっていた形式と、『文選』の「両都賦」「二京賦」の東西の都自慢、そして武威を誇る東の優位という枠組みとの一致は見易い。源内以来の狂文、それを承けた自らの作品を含む狂詩文や戯作における江戸の都市記述が、賦の文体に類似することを見出していればこそ、南畝が『文選』の都市の賦に擬えて江戸を描く漢詩文に赴いたのも自然な道理であろう。ここには、戯作や狂詩文に触発されて正規の漢詩文が創作されるという、通常とは逆の道筋が見出せるのではなかろうか。

三　詩文と戯作の往来――表現上の試みとして

同様の例を他に求めれば、安永六年記「高田に遊ぶ檄」も狂文との関係が想定できよう。師友に宛てた書等、一見、まめやかな漢文が並ぶ『蜀山文稿』に収められる短い文章で、無常な世にあって期を逸することなく、ともに高田に遊べ、と「同志」を誘う奇妙な勢いのある一文である。「檄」とは、畳みかけるように短文を重ねることで有事の際に人を扇動するための文体で、これも一般的とはいえまい。この安永年間、『南畝集』には、友人とともにしばしば高田に赴いて詩酒を楽むさまが見え、次のような「檄を飛ばし」「斎盟を主《つかさ》どる」という激しさは、その日常的な内容との間に落差を感じさせる。

若し夫れ情を写す者は詩、景を写す者は画、憂いを解く者は酒。此の三者、一を闕くべからず。檄を同志に飛ばして、更に斎盟を主どる。来る者は猶ほ追ふべし。時なる哉、失すべからず。(27)

しかし、これもまた速さと激しさの点で平賀ぶりの影響が指摘される(28)安永三年記「から誓文」(『四方のあか』上、天明八年頃刊)の、盃を挙げて大酒を呼びかける「来たれ我が同盟の通人、汝の耳をかつぽじり、汝の舌をつん出し、つゝしんでわが御託をきけ」という威勢を漢詩文化したものと考えれば、この妙な勢いのよさも理解できる。というより、漢文で平賀ぶりを再現したのが「高田に遊ぶ檄」であり、狂文で模倣を図ったのが「から誓文」であったと言うべきか。『春秋公羊伝』隠公二年の条「来者拒む勿れ、去者追ふ勿れ」をもじって「来る者は猶ほ追ふべし」という一節も、狂文の筆勢を漢文上で実現するという遊戯的な試みに似つかわしい。これも人を鼓舞する「檄」の文体の特性を生かした作文であり、文体の選択がこの遊戯の眼目である。

『蜀山文稿』には、もう一つ、「柳を移すの記」という遊戯的な作がある。友人に柳樹を贈ったことを記す一文で、『南畝集』所収の256詩より安永二年の作と知られるが、ここで南畝は潮来節の一節「柳よ〳〵すぐなる柳いやな風にもなびかんせ」（『両国栞』、明和八年序刊）を漢訳して織り込んでいる。また同じ年の『南畝集』には、越後の民謡を訳した詩の連作（215〜226）もあるが、こうした俗謡の漢訳は、一方で狂詩のかたちをとって『寝惚先生文集』上にめりやす「花の宴」の漢訳を収めている。[29]「七観」にせよ、「高田に遊ぶ檄」や俗謡の漢訳にせよ、これらの詩文を俗文芸から隔てるものは、発想や内容ではなく、ひとえに表現でしかない。狂歌と漢詩に共通する発想があり、しかも狂歌が漢詩に先行する例もある。[30]俗事に材を求めて漢詩文を作る行為自体は、いわゆる「俗中の雅」の発見という一般論に回収され得よう。しかし、それと内容や発想を同じくした作品が、狂歌文や、狂詩文・戯作などの俗文芸に平行して存在すること、内容と発想におけるそれらの作品との連続を考えたとき、そうした一連の創作行為はたんなる戯れとしては切り捨てがたい。遊びというならいずれもが遊びであろう。そこには、雅俗の別を価値の高下から切り離して雅文学と俗文芸を等距離に置き、その境界を往来する南畝の創作態度が浮かび上がる。雅俗の最後の隔てとなったその表現においてすら、文体が漢詩文と俗文芸とを媒介したことは、南畝がいかに雅俗という観念を相対化し、柔軟に捉えていたかを物語る。ここにおいて「うたふ所は何ぞ、下里巴人の曲なり。もしそれ陽春の白雪糕も、また小児のたはぶれなり。いづれをか高しといづれをかひくしとせん」（「巴人亭記」『四方のあか』下）という言が、戯作的な味噌、故意の大言壮語に止まらない真実味を帯びてくる。[31] つまり、表現形式の枠組みとしての雅俗の峻別とは別の次元で、表現として両者を同じ地平で捉え、創作する態度が見えないだろうか。[32]

このような雅俗の往来の過程を通じて、南畝が文体や文章表現に対する意識を発達させたことも見逃せない。濱田義一郎氏が論じたように、[33] 南畝は、まず平賀ぶりに、そして安永初年の出会いを自ら序に記した也有の『鶉衣』に学んで、狂文の文体を形成した。これら先行する文体の摂取は、南畝が早くから文章表現に意識的なまなざしを向けたことを示している。平賀ぶりの根幹をなす賦の文体を基にした、狂詩文、狂文、そして漢詩文へ、という「七観」に至るまでの過程は、南畝がそうした形式の垣根を超えて文章表現を模索した軌跡と見ることができる。同じ天明頃、南畝は、月見の心を狂文体と俳文体で書き分けて「月見のことば」「おなじく（月見のことば、小林注）誹諧文風俗文選の体にならふ」（『四方のあか』下）を作る試みを行ってもいる。これらは、戯れあるいは韜晦の具としての戯作、真摯な営為としての漢詩文という通念を超えた、意欲的な言語表現への挑戦といえまいか。寛政末年に『孝義録』の編纂のために文体を模索した試みとしてよく知られる、先述の「宛丘伝」の和漢雅俗の文体の書き分けなど、文体や形式に対する自覚的な取り組みはこの延長上にある。『小説土平伝』のような若年時のごくささやかな戯れの中に、「七観」を経て、のちの文体や表現の意識化へとつながる萌芽があったことになる。

結び

以上のように「七観」は、いわば、狂詩文や戯作に想を得て、古文辞派の作詩法による表現力の限界に挑戦する試みであった。こうした作品の検討を通じて、古文辞派詩人としての作詩と狂詩・狂文、そしておそらく狂歌までもが、南畝にとって、等しく言葉を操る面白さを享受する営みであったこと[34]があらためて確認できるとともに、漢詩文、狂詩文、狂歌文という隔てを超えたところで、南畝が文章表現を捉え、種々の試みを行いながら、表現に対する意識を発達させていったさまを窺い知ることができる。

注

（1）池澤一郎「故郷としての江戸――南畝と江戸――」（『国文学解釈と鑑賞』六十八巻十二号、二〇〇三）。

（2）玉林晴朗『蜀山人の研究』（畝傍書房、一九四四）は、この広告から天明四年頃の「七観」の刊行を想定。中村幸彦（『天明文学』東京堂出版、一九七九）・日野龍夫（『大田南畝全集』六巻、一九八八）両氏の解題は、刊行の事実の有無は未詳としながら、ほぼこれを踏襲する。『徳和歌後万載集』では初印と同じ須原屋伊八等四名版に、『万載狂歌集』では『徳和歌後万載集』と同じ書肆四名で、刊記上部に「徳和歌後万載集　出来」（須原屋伊八等三名の初印本では「近刻」）と広告する後印本に、いずれもこの須原屋伊八の広告二丁を付載する本がある（日本名著全集『狂歌狂文集』所収『徳和歌後万載集』に同広告影印収載、同刊行会、一九二九）。同広告中に「琴台先生著」の「佩文斎韻府両韻便覧」が見える。『佩文韻府両韻便覧』は文化三年に大窪詩仏の著として刊行されるが、その版元須原屋孫七の跋に、当初、六如の仕事で、その西帰の際に「琴台老人」に託されたが、両人が没した後、改めて詩仏が取り組んだという（揖斐高「大窪詩仏年譜」『江戸詩歌論』汲古書院、一九九八）。六如の西帰が天明二年、享和元年没であるから、この琴台は寛政十二年没の佐々木琴台か。であればこの企画が琴台の許にあり、かつ『徳和歌後万載集』刊行以降の天明五年から寛政末年までの広告となる。安永頃の刊行物を中心とする書目であることから推して、天明五年からさほど隔たらない時期のものか。

（3）興膳宏『文選』（鑑賞中国の古典12、角川書店、一九八八）解説。杉下元明氏御教示。

（4）宋柳宗元「晋問」以来わずかで、名称に「七」を冠さない作もある（明呉訥『文章弁体』・徐師曾『文体明弁』等）。元の袁桷に同名「七観」（『清容居士集』、『淵鑑類函』『文章弁体』等収録）があり、南畝自身、『杏園間筆』巻一（享和二年成、写）に小浜侯所蔵『藻衡家古今六集帖』賦部が趙子昂の楷書によって収めることを記録するが、自作「七観」との関わりは見出せない。王世貞「七扣」については大木康氏御垂教。

（5）国立国会図書館顥軒文庫蔵本による。原漢文。七者文之一体也。昔枚乗作七発、傅毅作七激、張衡作七弁…余学習之暇作七述、以躡数子之塵云。

（6）享保十六年和刻本（『和刻本漢籍随筆集』16、汲古書院、一九七七）による。原漢文。発乎嗜欲、始邪末正、所以戒膏粱之子。

（7）刊年不明の和刻本（『和刻本漢籍随筆集』3、汲古書院、一九七四）による。原漢文。其後継之者…無新意、傅元又集之、以為七林、使人未終篇、往往棄諸几格。

（8）中村幸彦「型の文章」（『中村幸彦著述集』二巻、一九八二）。

（9）原漢文。聖皇…赫然発憤、応若雲興。霆撃昆陽、憑怒震雷。遂超大河、跨北嶽。立号高邑、建都河洛。…系唐統、接漢緒。以下、原則的に文選の訓読は版を重ねた寛文二年版和刻本『六臣註文選』により、元禄十一年版『評苑文選傍訓大全』で補い（ともに東京大学総合図書館蔵本による）、中島千秋『文選（賦編）』上・中（新釈漢文大系79、明治書院、一九七七）を参照した。

（10）原文は以下の通り。神祖赫怒、起於三河、駿遠風靡、八州率和、一戦青野、前徒倒戈、遂屠浪華、天下謳歌…東顧荏土、建都営築、慕唐堯之采椽、大文王園囿。

（11）寛政初年以降における南畝の詩風の変化については、日野龍夫解説（『大田南畝全集』四巻、一九八七）、池澤一郎「寛政二年庚戌の『南畝集』について」（『江戸文人論』二部一章、汲古書院　一九九九、初出一九九一）参照。

（12）『大田南畝全集』番号によって挙げれば、芝居では、3227（文化五年）や3569・3718（同九年）、3800・3801（同十年）、3905（同十一年）、4040（同十二年）、見世物では3790（同十年）、3893・3896（同十一年）がある。

（13）原漢文。臨迥望之広場、程角觝之妙技。烏獲扛鼎、都盧尋橦…複陸重閣、転石為雷。霹靂激而増響。象磅礚乎天威。巨獣百尋、是為蔓延。…奇幻儵忽、易貌形分。…乃建戯車、樹脩栴。侲僮程材、上下翩翻。

（14）将遊迥望之広場、観俳優之妙伎、奇幻驚目、新楽悦耳、撃鼓撤幕。翕如其始、侲僮逞材、優人並前。…石転為雷、激水成雨。…於是都人士女、選蠕観望、闍盤姍勃窣於重、蹂躙駘藉於堵墻。

（15）蘐園派の『文選』重視は、池澤一郎「江戸文人における『文選』受容――服部南郭から大田南畝へ」（前掲注11『江戸文人論』二部二章、初出一九九一）参照。

(16)『和刻本諸子大成』三輯（汲古書院、一九七五）影印の万治二年和刻本による。原漢文。童子彫虫篆刻俄而曰壮夫不為。
(17) 高橋章則「蘐園古文辞学と揚雄――熊阪台州と大田南畝を端緒として――」（『文芸研究』百四十一号、一九九六）。蘐園の常で、南畝も揚雄を隠士として理想化したという。「宛丘伝」については、久保田啓一「大田南畝の文体意識」（『梅光女学院大学公開講座論集27集　文体とは何か』（一九九〇）、揖斐高「和文体の模索――和漢と雅俗の間で――」（前掲注2『江戸詩歌論』四部四章、初出一九九六）に詳しく、またこれに漢文体もあったことが池澤一郎「大田南畝と中国小説」（『近世文芸研究と評論』七十四号、二〇〇八）によって指摘された。
(18) 大曾根章介「四六駢儷文の行方」（『文学語学』七十号、一九七四）は、近世において、藤原惺窩・林羅山以下、駢儷文が否定され、わずかに林梅洞のみが愛好したこと、古文辞派でも駢儷文否定の姿勢は変わらないことを論ずる。
(19)『新百家説林　蜀山人全集』二巻（吉川弘文館、一九〇七）。
(20) 原漢文。五歩一楼、市脯湛酒樽之池、十歩一店、餅糕積甑桶之山。天楽遠聴格子歌三絃也。雷霆乍驚道傍大八車也。銀杏本田髻巻外套比肩、金縷路考帯共長袖振臀。木理染如春水流、青紙蓋写夏木立。蹴瓢紅裏未秋何楓。下襲白衣不冬何雪。高祖巾掩鼻過、与作巾鉤髻以行。巻小菊懸階梯、提煙袋耀銀装。一枚画廃而東錦画興、目利安行而義太夫微。妓伴楽師趣筵席、侠謳太平入酒家。挿花古流分会日之符、投壺家法擬楊弓之矢。飛団子景勝呼名代名代、早染草招牌称本家本家。
(21)『日本古典文学大系55　風来山人集』（岩波書店、一九六一）解説。
(22) 本田康雄「初期洒落本・滑稽本の本質を求めて――平賀源内と共に――（一）」（東京大学教養学部『人文科学科紀要』九輯・国文学漢文学、一九五六）は、対句を重ねて景物を捉える『根南志具左』巻四の両国の描写の骨格と初期洒落本の狂漢文の酷似を論ずる。
(23)『洒落本大成』九巻（中央公論社、一九八〇）。
(24)『洒落本大成』十二巻（中央公論社、一九八一）。
(25) 飯倉洋一「談義本の描く江戸」（『国文学解釈と鑑賞』六十八巻十二号、二〇〇三）。
(26) 刊本『太平楽記文』は上巻相当部分のみを収録し、中・下巻は焉馬自筆本にのみ見える（延広真治「『太平楽巻物』」『落語はいかにして形成されたか』平凡社、一九八六）。
(27) 原漢文。若夫写情者詩、写景者画、解憂者酒。此三者、不可闕一。飛檄同志、更主斎盟。来者猶可追。時哉、不可失。

(28) 濱田義一郎「『狂文』覚え書」（『江戸文芸攷』岩波書店、一九八八、初出一九六八）。

(29) 揖斐高「竹枝の時代――江戸後期の風俗詩」（前掲注2『江戸詩歌論』二部三章、初出一九八三）、鹿倉秀典「歌謡詞章と狂歌」（平成十二年度日本近世文学会春季大会発表）は俗謡漢訳の風潮に触れる。

(30) 日野龍夫氏が洲崎を詠む狂歌と同想の漢詩を指摘（『大田南畝全集』三巻解題、一九八六）、池澤一郎氏は南畝が漢詩文に学んだ発想を狂歌・漢詩の双方で用いたこと、それらが同根であることを論じる（「大田南畝の自嘲」「漢詩と狂詩――大田南畝における雅俗意識――」前掲注11『江戸文人論』一部三・四章、初出各一九九八・一九九九等）。

(31) 池澤一郎「蘐園漢詩における『陽春白雪』詠の展開」（前掲注11『江戸文人論』二部六章、初出一九九四）は、これ以外にも南畝作品における「下里巴人」の積極的な意味付けとそれによる雅俗の修辞上の混淆を論ずる。

(32) 揖斐高氏指摘の、詩人としての自己の立場を批判的に捉え、自派さえも相対化する視点と関わろう（「寝惚先生の誕生」、前掲注2『江戸詩歌論』五部一章、初出一九八七）。

(33) 濱田義一郎「『狂文』覚え書」（前掲注28）。

(34) この点は日野龍夫氏が強調する（『大田南畝全集』三巻解題、前掲注30）。

第三章　狂歌師たちと連の動向

第一節　落栗庵元木網の天明狂歌

元木網は、大田南畝らとともに当初より天明狂歌を主導し、多くの門人を抱えて活躍した。本節では、この木網の視点から天明狂歌の展開を見直すことによって、天明狂歌を多元的に捉え直すことを試みる。これまで、石川了氏によって、唐衣橘洲の視点に立った天明狂歌の見直しが図られ、南畝の観点に立った従来の研究では見過されてきた、多くの新たな事実が明らかにされた[1]。その顰みに倣い、木網の立場からあらためて検討することによって、南畝、橘洲、また朱楽菅江のそれとも異なった天明狂歌のあり方を考えてみたい。

一　天明狂歌との出会いまで

天明狂歌参画以前の木網に関して知られることは多くない[2]。武蔵国比企郡杉山村（現嵐山町杉山）の人、称は喜三郎。生家金子家には菩提寺慶徳寺の過去帳より作成された先祖の命日を記す板碑と系図があり、それによれば木網こと喜三郎は、明和八年に没した又兵衛の長男として生まれた。江戸へ出た木網に代わって、弟喜四郎（文政六年没）が金子家の家督を継ぎ、現在まで代々存続している。

木網の妻智恵内子も狂歌師として著名だが、夫妻の菩提寺、深川の大音山正覚寺過去帳の宝暦十三年六月朔日項には「光岩智泉童女　京バシ大野屋喜三郎娘」と見え、江戸で大野屋を名のった木網に夭逝した娘がいたこと、また宝暦末年にはすでに京橋に住んでいたことがわかる。その母が智恵内子ならば、二人の結婚は遅くともこの年までは遡れることになろう。次節で詳述する智恵内子については、その生まれ等に関する確実な資料は知られていない。

木網の天明狂歌への参入の経緯は、橘洲・南畝が、それぞれに天明狂歌の濫觴を述べた文に記している。[3] いずれもよく引用されるが、ここではより詳しい南畝の『奴凧』（写、文化十年識）を引こう。

大根太木、きり金を請とりに、市令の腰掛にありて、かたへに湖月抄よむえせものありしを、尋ぬれば、大野屋喜三郎といへるものにて、京橋北紺屋町の湯屋なり。是もとの木あみ子也。此妻もまた狂歌をたしなみて智恵の内子といへり。それより四方赤良を尋ね来り、太木、もくあみともないて橘洲をとひし也。

木網は、こうして大根太木と相知る機会を得、四方赤良こと南畝を介して橘洲宅での狂歌の集いに参加した。これが知られる通り明和六年のこと。太木とは以後親しく往来したようで、橘洲が「雁奴が一周忌追福、嵩松亭にて」（天明三年刊『狂歌若葉集』下、詞書）と記すように、安永八年頃に没した太木、俳名雁奴の一周忌を、嵩松こと木網は自宅で執り行っている。[4] 明和七年正月には、天明狂歌最初の本格的催しであった「明和十五番狂歌合」に木網はやはり「嵩松」の名で加わったが、二人の判者のうち、内山賀邸の点で六名中五位、もう一人の萩原宗固の点でも六位に終わる。しかしこの後、橘洲と同じく、木網も自宅でたびたび狂歌会を開いたらしい。橘洲が、後年『狂歌弄花集』（文化十四年刊）序（寛政九年付）に「予がもと、あるは木あみが庵につどひて、狂詠やうやくおこらんとす」は、この仲間の中にしめる木網の世話役的な役割を窺わせる記述といえよう。[5]

二　天明狂歌大流行前夜

安永八年八月、木網は、南畝主催の高田馬場五夜連続観月会に「楽士斎」として参加（『月露草』、写）(6)。翌九年、網《あみの》破損針兼《はそんはりかね》と名のっていた木網は、版元三河屋半兵衛として天明狂歌初の出版を企てた浜辺黒人に「此道に先達せる四方の赤良・小島橘洲・あみのはそん針兼」（『狂歌栗の下風』）と、早くも南畝・橘洲と並ぶ「先達」とされるに至る(7)。

天明元年四月十四日、木網は出家する(8)。南畝が「嵩松子かしらおろして土器町のほとりにすめるよしをきゝて」（『をみなへし』）というように、このとき京橋北紺屋町から芝西久保、俗称土器《かわらけ》町に転居し、ここで盛んに狂歌会を開く(9)。南畝は、天明二年春の日記『三春行楽記』正月十四日と二十四日の条に、木網の「土碗坊」への各々三十余人の参会を書きとどめ、同年十一月付「冬日逍遙亭詠夷歌序」（『四方のあか』上）では、「月次の会」として腹唐秋人の会とともに、木網の落栗庵の会を挙げる。翌年十一月刊『落栗庵狂歌月並摺』の真顔序「たはれうたの友がきをさへ、栗の花さく三とせの程に斯つどへ給へぬる」によって、この木網の月並会は、天明初年頃に始められたことが分かる(10)。後年、『新古今狂歌集』（寛政六年刊）木網自序に「みゝず書にしつゝ、たはぶれしは、過にし天明のはじめの年葉月の頃」と述べたのがこの会を指すのであれば、八月の開始となろう。

木網は続いて、橘洲を中心とする『狂歌若葉集』編集に参画する。石川了氏は、橘洲の序や、同じく編集に協力した東作の江戸滞在時期などから、これを天明元年九月から翌二年四月頃のこととし、この時点で個人連のなかった橘洲の単独編集は不可能で、各勢力に通じた東作・木網に協力を求めたと推論する(11)。この論旨に即していえば、木網の参画は、その門人勢力の大きさが背景にある。

天明二年三月二十日には、三囲稲荷で「詠指頭画狂歌」「三囲社頭奉納狂歌」「団扇合」の三種の狂歌会が開かれた（『栗花集』、写）。浜田義一郎氏は、この会を橘洲の門人組織化の動きと見なしたが、石川氏はそれまでの橘洲の動向からこれに疑問を呈している。(12) ここでは、参加者に木網の門人が多いことに着目したい。とくに「団扇合」は、本章第三節で詳しく論じるように、参加者や出品状況から考えて木網一門の主催の可能性が高い。文化十一年跋の山陽堂の一枚摺(13)所載「諸連会合並年暦」は天明五年五月の「杢網向島団扇合」を記すが、後述のようにすでに狂歌壇を離れていた木網が五年にこうした催しを行ったとは、この記述だけでは信じがたい。この天明二年の会の開催年月を誤ったものとすれば、少なくとも後年には木網の会として記憶されていたことになろう。

三　狂歌の大流行の中で

こうして天明狂歌が熱狂的な流行を見た天明三年を迎える。三月、木網は天明狂歌初の作法書『狂歌はまのきさご』を上梓。石川了氏の指摘のように、初心者を含む数多くの門人を指導したことと関わる出版であろう。(14) 後、寛政末年に自ら増補改訂再版するこの作法書は、彼の歌学・文法への関心の萌芽とも見なし得る。この著述において、木網が、天明狂歌ではなく、近世初期の狂歌に範を求めたことはもっと注目されてよい。すでに正月に『万載狂歌集』『狂歌若葉集』が世に出され、その蓄積は例歌に事欠く状況ではない。二十一首を採られた未得が群を抜いて多く、次いで貞徳・入安の各五首だが、こうしたところに後につながる木網の尚古的な傾向を見るべきであろう。

この年七月跋刊の、吉原細見に擬えた狂歌師人名録『狂歌師細見』は、門人の数寄屋連中がその編集に関与したようで、(15) 落栗庵の動向に関して多くの情報を与えてくれる。見返しに示される落栗庵月次会の兼題一覧は、「けいせい行秋」「両替屋露」「掛取乃恋」など卑俗な素材をも取りあげて一定の滑稽は目指すものの、当世的・江戸自慢的な色彩は薄く、近世初期狂歌への志向を示した『狂歌はまのきさご』以来、その姿勢は一貫していることを窺わせる。翌年春刊の『春興抄』（後述）に示した兼題でも、閏正月も含め十三ヶ月各六題のうち、江戸らしさを前面に出すのは「角田川生酔」「山王祭」等の四題で、全題の一割にも満たない。

門人数寄屋連中はこの『狂歌師細見』で「西のくぼもすごい」と木網を持ち上げ、菅江・木網による南畝と橘洲の「訳合」の仲裁の手際を称えるが、翌春の四方連の春興『大木の生限』では「狂歌師さいけんのさくしやじやあんめいし、いつそうぬぼれだよ」と冷やかされてもいる。ただそれでも、よく知られた同書の「江戸中はんぶんは、にしのくぼの門人だヨ」の言がまんざら嘘でもないといった状況は（「江戸中」を「狂歌師の」と考えればだが）、同書の「落栗屋」三軒の九割近い八十四名が実在の狂歌師に比定できることに確かに窺える。[16] 同書見返しで各会を簡単に説明する中で「飯料三十一文字、めしを喰ねばいらず」とされるように、会料もとらなかった落栗庵会は、温順な題による題詠の方式で広く門戸を開き、その門下は狂歌界の一大勢力となった。天明三年六月開催「狂歌なよごしの祓」でも、主催者の春町が企画をまず菅江・赤良と木網に持ちかけたといい、当日の布置を示した図でも、彼らを他の狂歌師より一段高く掲げたように、[17] はっきりと南畝・菅江と並ぶ斯界の指導者として認識されるようになっていた。

こうした木網の存在感は、狂歌壇の動向を当てこむ作品中に象徴的に描かれる。天明三年四月に開催された宝合で真顔が披露した「戯作者の観音略縁起」（『狂文宝合記』）は浅草観音縁起のもじりで、観音ならぬ菅江が木網の肩に掛かって出現、木網上人は狂歌の本堂の開山となって「智恵の内陣」に菅江の像を納め、「木網、赤良、菅江を判者権現と崇め奉」ることになる。天明四年正月の黄表紙の内、恋川春町画作『万載集著《まんざいしゆうちよ》微来歴《びらいれき》』『吉原大通会《だいつうえ》』には、いずれも法体の木網が登場し、とくに前者においては、作品中の狂歌会として木網の前年正月の会が描かれる。[18] 万象亭作『万象亭戯《げ》作濫觴《さくのはじまり》』では、木網は、万象亭に風来山人の恩を説き諭す「親分」とされ、またこの年の四方連の黄表紙型歳旦五種は、智恵内子が入集した『金平子供遊』の「もくあみさまは狂歌の名人で」をはじめ、すべてが何らかの形で木網に触れている。(19) 南畝が、同じ年の黄表紙『返々《かえすがえす》目出《めで》鯛《たい》春参《はるまいり》』でも、狂歌に触れて「元木網、智恵内子が数寄屋橋へ行つていゝのをよんだといふこつた」といい、天明二年冬に団十郎親子に捧げた狂歌狂文集『江戸花海老』でも「落栗庵とすつぽん体程の相違」と戯れたり、「もとの木あみ此道に執心ふかく、ちゑのないしこれをたすけて」と夫妻を別格で筆頭に挙げたりしていたことを考えあわせると、南畝らにとって、木網は何らかの意味で尊重すべき存在であったことが窺える。

そのような木網の最初の撰集が天明三年十一月刊『落栗庵狂歌月並摺』であった。一人一首に限ったこの撰集には、十八丁と小冊ながら二百一名が入集。その人数は六十八名の『狂歌若葉集』をはるかに超え、故人を含んで二百三十二人の『万載狂歌集』に匹敵する。題に謳うように落栗庵の月並会の成果で、巻頭に「兼題探題狂歌」として題詠風の狂歌が並ぶ。前掲の真顔の序の通り、三年間でこの人数が落栗庵に参集したとはたいへんな盛況といえ、南畝・菅江ら山の手の重鎮やその門人まで幅広く網羅する。翌四年の閏正月には山の手の武士連中を中心とする菅江門人らの狂歌会に招かれるに至るのも（『閏月歳旦』）、ここまでにこうした連を超えた人望を培っていたことの結果といえよう。

天明四年正月には『春興抄』（内題「狂歌立春抄」）を上梓している。『落栗庵狂歌月並摺』には入集していた狂歌壇の年寄格の南畝・菅江をはじめとする他連の有力狂歌師がこの書にはあまり見えず、より内輪の撰集と性格づけられる。薄様に刷られているのは木網の好みなのか、前年の『狂歌はまのきさご』の初版と同じ。特記すべきは、ここに此君斎芙山・紀たらんど等、芝連から多数が入集していることである。木網が芝住まいであったためであろうが、前年に万象亭が木網門の人脈を生かして編んだ『絵本見立《みたて》仮《かい》譬尽《づくし》』下巻を芝連中が占めたことにも通う現象である。

芝連は、黒人を除けば、天明狂歌壇との関係が薄いとされるが[20]、落栗庵が彼らを天明狂歌壇に結び付ける役割を担ったことは認められてよい。

四　木網の年齢をめぐって

このように木網は、南畝や菅江以上に多数の門人を擁し、狂歌壇で独自の位置を占めた。文化八年八十八歳没、南畝や橘洲等より二十ほど年長とされてきた木網だが[21]、狂歌壇での彼らに劣らない活躍にふさわしく、木網を南畝等と同世代とする当時の資料が存在する。小山田与清『擁書楼日記』一、文化十二年八月二十五日条が、その享年を「齢六十八」と伝えるのである[22]。この条にともに会集したことを記された木網の外孫で同じ村田春海門の岸本由豆流、木網の門人北静廬らから聞いたものであろう。これと一致するのが、木網が更科姨捨の月見がてらに善光寺参りに行こうとしばらく滞在していた三芳野を出立した折の摺物で、「齢はも、とせのなかばになり、かしらはやう〳〵霜に似たり」（大妻女子大学所蔵貼交帖『ふでのやどり』所収）と自ら記している。梓行の年次は正確にはわからないが、門人桜戸茂見の改名[23]、寛政六年までには大坂へ帰郷した早々返状の入集[24]、「杢網」の表記[25]から、寛政初年から五年までに制作されたものと考えられる。この摺物で、木網が「国〳〵を行脚す」と記し、「世をも捨て友をもすて、ひとり旅」云々と詠んでいるのも、後述のような寛政三年の遊行上人への入門前後の木網の状況を思わせる。与清の言を信じて文化八年六十八歳没とすると、知命を迎えるのは寛政五年のこととなって、この推定に合う[26]。従来の説によって八十八歳没とすれば、五十歳は安永二年となり、「百歳の半ば」に幅をもたせて考えるとしても無理がある。

天明期の木網の牽引力に若さを想定して、六十八歳没、延享元年生と考えれば、南畝より五歳上、橘洲より一歳、

図　『古今狂歌袋』元木網肖像
（たばこと塩の博物館蔵本）

菅江より四歳下。多くの門人連中を率いて活動した彼らがほぼ同世代となり、それ以上の年齢の狂歌師との線引きが可能になる。天明狂歌師でも、享保十一年生で南畝より二十三歳、菅江より十二歳年長の平秩東作は門人連中を率いることはなく、享保二年生の浜辺黒人も、芝連の首領というより書肆三河屋半兵衛として入花を募って狂歌集を版行したという方が正確のようである。[27] 木網が八十八歳没であったとすると、この東作や黒人と同世代となる。妻智恵内子も生年未詳で『名人忌辰録』による他はないが、延享二年生とされ、木網との年齢差は二十一歳、ないし一歳。木網を六十八歳没とすれば夫妻の年齢がさほど離れず、より自然ではある。そう考えると、各人の年齢や実際の風貌が反映された似顔表現とされる『古今狂歌袋』（天明六年頃刊）における北尾政演《まさのぶ》こと山東京伝による右図のような若々しい肖像とも、[28] 後述する寛政期の盛んな地方行脚とも、整合性が高い。

ただし、これに反する資料もある。落款の上に、六十八を越えて「七十一翁」「八十八翁」と記す短冊で、ともに『新古今狂歌集』巻十七の一首とほぼ同じ詠を記す。[29] 落款の表記は二枚とも「木阿弥」だが、天明初期の若干の例以後、木阿とも名のった寛政末まで用いていない表記ではあり、八十八歳没から数えて七十一歳が寛政五年ならば、この短冊の存在にやや不審は残る。また、後年の木網追善『もとのしづく』には、「梓弓やそぢに近き人ながら」云々という詠が見え、両説のいずれともつかない年齢に戸惑う（しかし八十路に近い、というのは八十未満のことであって、超えてからは普通は用いない表現ではないか）。大江丸や加茂季鷹など、晩年になって数歳、時に十数歳多めに記したことが知られている人物もおり、[30]晩年、年齢を実際よりも高く称した可能性も考えられようか。いずれにせよ互いに矛盾する資料が併存することは事実である。木網を南畝等より二十歳余の年長とする通説には、再検討の余地があろう。

四　諸国遊行の日々

天明四年七月刊『いたみ諸白』を最後に、木網は、江戸の狂歌壇を離れがちとなり、とくに門人の中でももっとも有力な集団であった数寄屋連中と行動をともにしなくなる。それぞれに連を率いて天明末年以後も狂歌活動を続けた菅江や橘洲に対して、南畝が天明七年を境に狂歌壇を退いたのは周知の事実だが、木網が身を引いたのはそれにやや先立つ。天明五年正月に南畝・菅江とともに清長画『絵本物見岡』に一首を載せて以後確認できる木網の狂歌壇との交渉は、芝甘交編『人《ひと》遠《を》茶掛物《ちゃがけもの》』（天明六年正月刊）、天明六年朱楽連歳旦『天明睦月』、宿屋飯盛編『古今狂歌袋』（同七年頃刊、前掲）、寛政元年刊『悼東作翁夷曲歌』への入集を数える程度にすぎない。活動の足跡としては、他に天明五年の大小を集めた貼込帖に二枚の摺物が残るが、[31]一つは門人鹿扇法師の春興に木網夫妻が菅江とともに一首ずつ詠を寄せたもの、もう一枚も和気有風ほか門人と思しい人々六名の春興に加わってやはり一首を載せたもので、ともに詠を寄せた菅江を除けば、狂歌壇との積極的な係わりを示すものではない。辛うじて入集した、その菅江一門の春興『天明睦月』の狂歌ですら、「このうた、ふみのはしにかいつけてこしぬ」とされるものであった。[32]著名な狂歌師五十人を集めた飯盛編の最初の肖像入狂歌集『吾《あ》妻曲《づまぶり》狂歌文庫』（天明六年正月刊）にさえ漏れている。酒月米人が、狂歌師連中が「くさ〴〵のわざわひにかゝれる」例に「杢あみが不義」を挙げ（『観難誌』[33]）、木網自らも書簡で「江戸もおもしろきこともなく、さびしく候」と吐露したあたりには、[34]江戸で好ましくない境遇にあったことが想われよう。傍らでは、門人であった真顔らが南畝や菅江に近づき、狂歌壇の中心となってゆく（本章第三節）。

この間、寛政三年五月、木網は遊行上人の門に入る。『遊行・在京日鑑』寛政三年五月二十二日条に「岸本能登、阿号御名号并御血脈相願、厳阿と御授与、御報附金百疋上ル。同人舅モトノモクアミ《元杢網》と云江戸中名高杷音《ママ》師也。阿弥号并御香剃御血脈相願、珠阿弥陀仏宝山と御附与被下、袈裟衣御免為御報附料金弐百疋、御番方前弐拾疋上ル」と記される。[35]岸本能登とは由豆流の父、すなわち木網の娘の夫である。[36]この厳阿の号は後述のように木網周辺の狂歌集に散見する。この時、木網と遊行上人の間に歌の贈答があったようで、同書は以下のように伝える。

右両人今夕御相伴被仰付、尊体より珠阿弥え、「ねがひ得し御法の道にけふ入てさぞな心もすみ染の袖」と御口号被仰ければ、御返しとて「ねがひ得てけふは心もすみ染の袖も涙も身にぞあまれる」と申上候也。

南畝の門人文宝亭の随筆『筆まかせ』（寛政末〜文化中頃成）巻二もこの時の両者の歌を伝えている。[37]この時の珠阿弥の号は、前述の田中氏紹介の書簡によって、その後の使用を確認できる。同氏が寛政四年と推定した木網の第二の書簡には「世をいとふとて袂をすみに染しより、旅のそらにのみ日をおくり」と記す。前述のように木網は天明元年に剃髪したが、天明前半期にはさかんに狂歌壇で活動しており、この書簡のくだりが指すのは田中氏の推測のようにこの時の出家であろう。「不義」に遭って狂歌壇と疎遠になり、旅がちな年月を送ったのか。あるいは時宗の徒となって放浪し、狂歌壇との接触が減ったことが「不義」を招いたのか。

田中論文紹介の書簡は、京都や川越との往来を述べるが、例の『ふでのやどり』の摺物もこうした旅の日々に触れる。先述のように寛政頃と推定できる一枚で、

過にしきさらぎの中の六日に家をいで、仏につかへ、身は浮雲に似て国〳〵を行脚す。されどみよし野ゝ友どち

のふかき心にひかれ、行ては帰り、かへりてはゆき……

また、『ふでのやどり』に収められる別の摺物は、信濃との往来を窺わせる。[38]

よしみつ寺にまうで、のかへさ、千とせふる松代のさとにしばらくとゞめられ……春は花のころかならずこんよしを契りて、わかれの袂をしぼり侍るになん。

江戸に住みわずらい、各地を旅した木網は、三芳野、つまり川越に庵を構えたが、その時期は定かではない。早いものでは寛政四、五年の書簡に「川越にをり候こと」「去夏三よし野ゝさとにて」（田中論文、第二・四の書簡）と記し、同六年刊『新古今狂歌集』にも「三芳野花子」ら川越の門人が少なくない。前述の『ふでのやどり』所収摺物には「みよし野ゝ友どちのふかき心にひかれ、行ては帰りかへりてはゆき」とあることから考えれば、この頃江戸と川越、また諸国の間を行き来していたのであろうか。門人桜戸茂見こと中島孝昌の地誌『三芳野名勝図会』（写、享和元年成）下は、次のように木網の仮寓笹の庵に触れ、享和元年には木網が江戸に戻っていたとする。

近来狂歌師元杢網、小ヶ谷村より観瑞庵を引て、爰に暫く閑居せり。後江戸に帰る。[39]

これと前後して、川越門人の一人拾栗庵鳴門高濤の撰んだ狂歌集『初雁集』（写）二冊のうち、上冊奥書には享和二年正月から四月にかけて木網が校合を行ったことが記される。[40]実際、上巻には木網の添削と思しい朱書がかなりこまやかに書き込まれていて、川越の門人たちへの丁寧な指導のさまを窺わせるが、同時に時期を勘案するとやはりこの頃にも江戸と川越を往来する日々を続けていたのであろう。木網の生地杉山に伝わるという、彼が川越の発句会に現れたという伝説もこうした間の逸話なのかも知れない。[41]

狂歌壇を離れたとはいえ、木網は寛政期にもいくつかの狂歌集等をまとめた。寛政六年六月序の『新古今狂歌集』全二十巻は、所見本のいずれも刊記を欠くが、割印帳にも同年に記載され、この年の刊とされる。[42]木網を「たらちをなるおきな」と呼ぶ女婿（つまり由豆流の父）栗本厳阿の跋によれば、堂伴白主・和気有風・板屋常恒が編集に協力したという。大妻女子大学蔵『〔落栗庵春興集〕』（仮題、無刊記）は、集中、荒木田土持の狂歌が「とらの春」を詠み込むことから、[43]寛政六甲寅年の歳旦と思しい。序者は板屋常恒。東京都立中央図書館加賀文庫蔵『〔狂歌集〕』（仮題、寛政十三年正月序）は、後半部を欠くため不明な点が多いが、序はかの川越の門人桜戸茂見が草し、見返しに川越の所付と文化十一年の年記が墨書され、当地での伝来を思わせることから、川越の連中の歳旦かと思しい。また『うまのはなむけ』は、門人最上稲船の長門帰郷にあたって上梓した狂歌集で、「杢網」の表記や板屋常恒の無心亭号の使用等によって寛政半ば以降の刊と思われるが、詳しい年次は分からない。[44]立湧模様を型押しにした黒い表紙に抹茶色の金砂子を散らした題簽を中央に配し結び綴じにした瀟洒な小本一冊で、木網描く松の絵が一葉、色刷りで入ることも心憎い。その他、門人板屋常恒の筆で王朝風の貴公子の垣間見の場面を描く絵巻物の意匠に狂歌をあしらった摺物一枚も同五年頃の刊と推定できる。[45]これらに共通するのは、若干を除く入集者が天明期とは大きく入れ替わっていることである。天明期に門人の中核を占め、この時期に狂歌壇の一大勢力となっていた数寄屋連中がほとんど見えず、大部な『新古今狂歌集』にあってさえも真顔・金埒は各一首が入集するにとどまることは、第三節で詳述する。

この間、木網の側でも、詠を寄せた江戸狂歌壇の撰集は、寛政五年冬刊、真顔編『四方の巴流』と、寛政十年に没した菅江一周忌追善『こずゑのゆき』程度。同八年刊『金撰狂歌集』、同十一年序『狂歌杓子栗』（文化五年刊）にも入集はするが、これらは旧詠をも含む詞華集で、この時点での交友を示すものとはいえない。

五　文法の研究へ

天明狂歌壇を離れた木網が向かった先は、一つが以上のように旅であり、もう一つは歌学・文法の研究であった。『狂歌はまのきさご』以来の関心をおしすすめ、寛政十年には『言葉のもとすゑ』を出版する。宣長の『詞の玉緒』を「てにをはのかぎりをつくしたる」ものとして初心者に解説する著作で、後に『詞のやちぐさ』と改題、珠阿弥の名で文法書として刊行されることになる。注目すべきは、すでに『新古今狂歌集』序文に示していた狂歌＝俳諧歌説をさらに展開した点であろう。序文に続き以下の記述を置く。

狂歌といへるものは、実情の不得已にせまりて、詞の雅俗をえらぶにいとまあらざるよりおこれるものならし。いにしへ、釈門の仏意を述るの言葉、おほく此体あり。されば心をもと丶して、ことばにか丶はらざればなるべし。末の世にいたりてはおかしきことをもと丶して、言葉の俗なるをむねとす。其おこるゆえんをわする丶に似たり。しかれども、是又時風のしからしむるところ、里花歌謡の自然を見るにたよりなきにしもあらず。(46)

つまり、狂歌とは本来、表現の雅俗を問わない心情の表現であった、と。一見、木網自身の見解を自らの言葉で示すかに見えるが、江戸版の和歌集『渚の松』（寛延元年刊）巻十八雑歌八狂歌の巻頭におかれた説を、字句に多少の変更を加えつつ、ほぼ丸取りしたものである。「里花歌謡」は語義不明だが、『渚の松』には「里巷歌謡」とあり、写し誤りもしくは誤刻と考えられる。この後、伝後水尾院歌の引用にあたって初めて『渚の松』の書名が出されるが、ここではそのことに触れていない。しかし、『渚の松』と木網の間には、狂歌の捉え方に径庭がある。『渚の松』は誹諧歌と狂歌を区別して、それぞれ巻十七・十八に配するが、木網は『新古今狂歌集』に『渚の松』の誹諧歌・狂歌を何らの差別なく採録した。『言葉のもとすゑ』において木網は、その根拠を、俊成に仮託された『和歌肝要』の「俳諧といふは狂歌也」に求め、「狂歌は俳偕歌なり。そが中にくさ〴〵の体あり。雅なるあり、俗なるあり」と、狂歌を俳諧歌の類として和歌の体系の中に位置付ける。さらに勅撰集より俳諧歌を挙げつつ、「かくおもふことを三十一文字につゞりて心をやることは、和歌も狂歌もおなじことなり」と結論する。このような木網の狂歌観は、本書でも第二章第一節で触れたように、滑稽を第一とする南畝のそれとは自ずと異なる。すなわち木網にとって狂歌とは、表現の雅俗を問わず、自らを表現するための具にほかならない。木網の次のような情緒的な詠はこれを裏付ける。

　母におくれけるおさなきものを見侍りて　　　　『万載狂歌集』巻九哀傷

と、の目はなきあかせどもはゝきゞのきゆるあはゝもしらぬうなゐ子

遊行の御寺に小僧のありけるをいづくのむまれにやととひはべれば、われは捨子にて親もしらずとなんこたへけるを哀におぼへて　　　　『新古今狂歌集』巻十七雑中

たらちねもしらぬすて子のはらがけにむねのふさがるはなしをぞ聞

この点は、菅江の「狂歌じやとてわらふ時あればなく時もあるべし。たゞよのつねの歌のすがたによりてたゞ言葉にて平懐をのぶるなり」（『狂歌大体』写）という見解と軌を一にする。写本で伝わるこの菅江の『狂歌大体』は、早いものでは天明七年の奥書をもつ本が知られ、木網に先行して、歌論書に基づいて狂歌＝俳諧歌説を唱えたおそらく唯一の狂歌論である。俳諧歌説に関する部分を引けば、(47)

狂歌則俳諧なり。八雲御抄にも俳諧滑稽狂言など同義の文字九品あげ給へり。狂言の言、字は詞なり。歌とも詠ともかよふべければ、狂言則狂歌なり、狂歌則俳諧なり。

『八雲御抄』に依拠した説のように見えるが、『八雲御抄』に狂歌の語はなく、「言」と「歌」とを同義と見なす菅江の解釈にすぎない。一方、木網の引いた『和歌肝要』は、今日では仮託とされるが、版本（元禄十五年刊『和歌古語深秘抄』所収）でも俊成作の事実は疑われておらず、当時にあって根拠として挙げるのは、一応妥当といえる。つまり当時としては狂歌＝俳諧歌説を一歩進めたことになろう。真顔も後に狂歌論『斧の響』『たはれうたよむおほむね』

（ともに写、成立未詳）において俳諧歌説を論ずるにあたって、この木網の論を踏襲して『和歌肝要』を第一の論拠としている。

このように、狂歌を俳諧歌と見なして和歌の伝統の中におけば、その規範は古い狂歌、とくに古えの歌人の狂歌となるのは必定ともいえよう。木網はさらに次のように記す。

狂歌の狂は、古き狂歌をおほく見て、其中におもしろき体とおもふ歌の意になるゝにあることなり。

右は『言葉のもとすゑ』の記述だが、「古き狂歌」として具体的には『鎌倉職人尽狂歌合』等写本四部と『七十壱番職人尽狂歌合』等版本二部を挙げる。天明の『狂歌はまのきさご』においても古い時代の狂歌を尊ぶ姿勢は見られたが、その「古き狂歌」とは生白堂行風編『古今夷曲集』・石田未得著『吾吟我集』等、近世前期の作品であった。それがここではより遡って近世のごく初期までの、狂歌が和歌と実質的に不可分であった頃の作品に関心を寄せるさまが窺える。寛政十二年の改訂増補版『狂歌はまのきさご』では、さらに『古今和歌六帖』『新撰六帖題和歌』『夫木和歌抄』等、中古・中世の和歌に範を仰ぐに至っている。

こうした和歌志向は、前述の田中論文紹介の書簡にも表れていた。寛政三、四年の書簡で狂歌を詠むには勅撰集の俳諧歌を参看すべきだとし、狂歌の和歌への従属を前提とする。しかし、木網自身はなぜ和歌を試みることなく狂歌に徹したのか。

とても和歌はおほくよみ来りしすゐなれば、とてもあたらしきことはよめぬから、狂歌をしてたのしむのにて候。和歌は言葉をふるく心をあたらしくよみ候がよく候。とても狂歌にてもあたらしきことは出来ぬものに候。しかしながらなんでもかまはず言葉がつかはれるゆへ、和歌よりはあたらしきことは折々出来可申候。（木網の手紙・第三）

長い歴史と歌語の制約のある和歌に比べ、措辞が自由な狂歌ならば新しい表現が可能だという。謙遜の体はとりつつも、和歌は詠めないというより、新味が出せないから詠まないと言うのである。この新味を探求する姿勢の厳しさゆえに、東下した伴蒿蹊を「みな〳〵したひ申候」（同・第四）と述べ、正規の歌文で「あたらしきこと」をよく表す人への憧憬を示す[48]。一方でこの文章には、狂歌ならば新たな領域を開拓し得たという自信が看取できよう。これらの言葉には、歌人ならざる狂歌師木網の、劣等感と自負とが相半ばする複雑な心情が読み取れる。

　このような木網の和歌への憧憬の文脈において先の『渚の松』の引用を考えたい。『渚の松』は戸田茂睡編『鳥の迹』（元禄十五年刊）などの系譜を引く、江戸の地下派の歌人を中心とする撰集というが、その中でも珍しく狂歌の部を立てる。それによって狂歌を和歌の体系の中に位置づけ、木網が引用したように必ずしも滑稽を旨としない自由な心情表現として定義する。それは、木網にとって、和歌を絶対とする価値観の中で、狂歌師である自らをも肯定する道を開くものではなかったか。木網の『新古今狂歌集』には、契沖の三首、下河辺長流の一首や[49]、『渚の松』の序者松宮観山の詠など、『渚の松』の狂歌・俳諧歌と共通する歌が十一首[50]、さらに木網自身には、本節末尾に掲げる『渚の松』の一首をふまえた狂詠もある。『新古今狂歌集』には、貞徳の作を古人としては最も多く五首収めるが、この貞徳や契沖、長流そして『渚の松』という路線には、狂歌をよくした歌人への憧れが窺える。これは、自序に「和歌の浦なみに名をかくるひと〴〵汀の芦のおりふしによみ出給ふ狂歌こそ猶おかしけれ」と述べたところでもある。南畝や橘洲・菅江の師であった内山賀邸は堂上歌人烏丸光胤や日野資枝に師事し、とくに天明二年の資枝への入門の時には菅江らを伴った（『一話一言』巻五）。それに比して、堂上家から遠い町人の木網にとって、地下派の『渚の松』は手の届きやすいものでもあったのであろう。

　先にも触れた川越門人の狂歌集草稿『初雁集』の添削において木網は、和歌で多く用いられる疑問の係助詞「や」

と俳諧に多い切字の「や」の峻別を説いて「発句等にはいかやうにもいふべし。狂歌はやつぱり三十一文字なれば」と記し、俳諧と狂歌とに厳然たる区別の意識を持っていた。享和二年のことである。それが、言葉への関心の深化からついには狂歌を離れ、文化元年に『俳諧饒舌録』を刊行、和歌と俳諧を例に助辞の用法や結びの形について論ずる。孫の岸本由豆流によれば、没するまでの十年余は「ひとにものをしへきこゆるわざもものうしとて、さらにひきこもらひゐ」（『もとのしづく』序）たといい、寛政末頃より門人から遠ざかって没頭した著作であるようである。「木阿」名義の発句をたびたび例示し、その句作が知られるが、この名は編集の際、村田了阿に発句を求めた書簡でも用いたものである。(51)

木網にはさらに、没後、由豆流の手で文政四年に上梓された『掌中助字格』がある。由豆流の跋によれば、前半に木網が「あづさ弓」と名付けたその著作「てにをはの図」を配し、続けて由豆流が宣長・木網の説をふまえて種々の格をまとめたものだという。「珠阿弥」こと木網の序に、次のように言う。

此の二転三転は本居宣長が考にてひも鏡にくはし。しかれどもそが中にこそのかゝりを過去のしにて結べる格をいださず、しかとむすべるのみをいだせれど、是は意異なれば例あるにまかせて引直しつ。(52)

宣長の説に敬意は表しつつ、初めてその域を脱して独自性を示すに至った。跋は、木網にはさらに宣長への異論をまとめた『玉瑕』なる書があり、やはり由豆流が補綴した旨を述べる。右に掲げた宣長説に対する木網の異議は、今日呼ぶところの係り結びの法則からすれば疑問である。が、木網が晩年、自分なりの説を示すに至ったことをのみ記しておきたい。

六　木網の末期

文化四年六月二十日に妻智恵内子が没した、ほぼ四年後、文化八年六月二十八日に木網は没する。法名、心性院琢誉珠阿弥陀仏宝山。その葬儀は盛大であったようで、墓所正覚寺の過去帳には「僧六人出」と記された。辞世の狂歌は故郷杉山の墓石に刻されている。

あな涼し浮世のあかをぬぎすてて西へ行く身はもとのもくあみ

追善狂歌集『もとのしづく』は、門人北静廬と外孫岸本由豆流によって編まれた。由豆流の求めによって書かれたという南畝の序には「翁を見ざることひさし」といい[53]、木網は長らく南畝との交渉を断っていたらしい。それはまた狂歌壇との疎遠も意味しよう。同じ序に「浅草のやどりに終とりし」といい、南畝の哀傷歌の注記「つゐに浅草の寺のほとりにて身まかりし也」(『千紫万紅』文化十四年刊)と併せ、木網が浅草で没したことがわかる。南畝を筆頭に、飯盛、俊満、市人ら主だった狂歌人らが詠を寄せた中、門人であった真顔ら数寄屋連中は見えない(本章第三節参照)。木網の当初からの門人のうち、晩年まで木網に従った人々はごく限られ、ここには編者の針金こと静廬と板屋常恒程度にしか見出せない。次の昌平庵秋人の詠は、そのあたりの事情に触れる言のように読めないだろうか。

心なき人もとはなんざれ歌の栗と名によぶうしの忌日を　(傍点は小林)

栗本の「無心」の狂歌連中、親しかった人はもとより、来ないであろう、心ない人にも訪れてほしい、と。代わりに多いのが遊行の結果というべき地方の門人である。その所付は、北関東・信越、東北を中心に二十三、川越の門人は二十二名に上る。その内、木網の人柄を偲ばせる六葉園狂瓢なる人の一首を掲げたい。

世話ずきな名を鳥部の、夕煙やくにたちたる人の身のはて

結び

天明狂歌壇の主導者として南畝・菅江等と並び称された木網であったが、木網は天明狂歌の揺籃であったとされる内山賀邸の門下にはなかった。そこで多かれ少なかれ作詩や詠歌を学んだ南畝や橘洲、菅江に対して、知られる限りでは木網にとって狂歌が唯一の表現手段であった点に本質的な相違がある。それゆえにおかしみ以外の様々な心情を狂歌に託し、狂歌の自由さを頼んだことはすでに見た通りであったが、一方で和歌への憧れからつねに狂歌を和歌の絶対性の下においた。狂歌師木網にとって、狂歌を和歌の範疇に位置づける努力は、自らの存在意義に関わるものでさえあったろう。そのような狂歌の意味や重みは、いわゆる典型的な前期戯作者として雅文芸を本領とした南畝や菅江らにとってのそれと同じではない。南畝らが中心となった狂歌壇において、木網が結果的に周縁化し、離脱していったことはそうした懸隔がもたらした必然であったのかもしれない。

その流れで言えば、木網の和学への傾斜はむしろ当然の帰結といえよう。最初に引いた『奴凧』の逸話において、木網を狂歌壇に結びつけた太木との邂逅の時、木網は『湖月抄』を読んでいたというが、これも後の一貫した和学志向を予見させるものであった。その上で狂歌師として大きな存在となるにつれて際だつ、詠歌の経験の欠如を埋め合わせるかのように、言葉への関心を押し進め、文法研究に傾倒していったのではなかったか。真顔や金埒等、狂歌を表芸とする門人たちがその許を去り、最後まで木網を支えたのが和学者北静廬であり岸本由豆流であったことは、そうした木網のすがたを象徴する。

狂歌界が急激に大衆化し、狂歌判者が職業化する中でも、木網は狂歌を以て金銭を受け取ることを潔しとしなかったらしい。

年の暮に狂歌点取の懐紙に添てこがね壱分送けるに、いにしへ柯求といへるもの、歌集めける頃、板の料とて銭を添て送ける人のありしを返すとて、俳諧のてんやものならさもあらめ銭とは和歌のうらみなりけるとつゝみ紙にかいつけてかへし侍れば、をくりたるこがね返すとて

千金の春をとなりに置ゆへにけふの一分は先返すなり　元杢網　『新古今狂歌集』巻十六雑上

柯求は地下の歌人で杉若氏。詞書の狂歌は件の『渚の松』巻十八に見える。天明期においても落栗庵狂歌会では参加無料で通していたことがここで想起される。このように終始、狂歌を金銭の具としなかった木網の感覚は、南畝らの資質、狂歌に対する姿勢の違いを超えてなお、判者の職業化以前の「天明狂歌師」のものであり続けたと言えよう。

注

（1）石川了「天明狂歌の連について――唐衣橘洲一派を中心に――」（『雅俗』四号、一九九七）、同「『狂歌若葉集』の編集刊行事情」（『日本文学史論』世界思想社、一九九七）、同「赤良・橘洲と三囲狂歌会」（『東海近世』十号、一九九九）。

（2）生家は大塚梧堂「元杢網と其の生家」（『埼玉史談』十一巻三号、一九四〇）、墓所は岸伝平「落栗庵木網とその生地」（『武蔵野史談』三巻一号、一九五六）・矢島悯子「元木網夫妻の探墓と発見」（『国文白百合』一号、一九七〇）指摘。過去帳は木網に「小川屋平七伯父」、智恵内子に「岸本主馬伯母」と注記。娘の記載は従来未報告。小川平七は娘幾地内子夫（文政元年頃成『江戸方角分』写、中野三敏編近世風俗研究会複製本による）。岸本主馬も女婿（由豆流の父）か（ただし本間游清『みゝと川』八によれば父の称は能登）。本稿執筆にあたり、御子孫にあたる金子敏雄氏、金子家の菩提寺にあたる景徳寺、木網夫妻の墓所正覚寺のご協力を賜った。

（3）橘洲には『狂歌弄花集』序（寛政九年付）、南畝には他に木網追善『もとのしづく』序（木網との邂逅を抽象化、太木に触

れず）がある。時代が下る資料では、式亭三馬編『狂歌觽』（初編、享和三年刊）が、大屋裏住が、南畝への入門以前の明和期に木網と狂歌を詠んだと伝え、岳亭定岡『百家琦行伝』（天保六年刊）裏住項も木網に師事したというが、裏住の行状を記した南畝の碑文（『大田南畝全集』十八巻）にも記載のない事実のため、ここでは注記に止める。

（4）　太木の没年については井上隆明『平秩東作の戯作的歳月』（角川書店、一九九三）参照。雁奴は太木の俳号。木網は晩年『俳諧饒舌録』に太木の発句を引く。なお木網はこの嵩松の号より高嵩谷門人とされるが、確証はない。寛政十二年の刊行と思しい、恵厚尼亀台という人物の絵入り発句集『独発句』に、嵩谷とともに、「元木阿弥」落款で挿絵を寄せる。

（5）　この間の年代の推定は、石川了「狂歌の流行」（『講座日本の伝承文学　韻文文学〈歌〉の世界』三弥井書店、一九九五）が行っている。『狂歌弄花集』の引用は、石川了「『繡像百人　狂謌弄花集』（翻刻・上）」（『大妻女子大学紀要　文系』二十八号、一九九六）による。

（6）　ただしその作品は未載。他にも作品のない名があることから、日野龍夫氏は別に雅文学集の存在を想定する（『大田南畝全集』十八巻解題）。

（7）　「来丑の春新板狂歌栗の下風といふ集へ入銀をすゝむる辞」。石川氏は「本来事前配布用のチラシであろうが、その板木を使って本書中にも刷り込んだと思われる」とする（注5論文、また「浜辺黒人による江戸狂歌の出版」『大妻女子大文学部三十周年記念論集』一九九八）。木網の前名網破損針兼は南畝『奴凧』『もとのしづく』序記載。

（8）　『新古今狂歌集』巻十七「卯月なかの四日」、右の向島水神の森（現隅田川神社）の木網狂歌碑（文化三年門人建）による。天明はじめの年卯月十日まり四日の日年頃の本意遂て角田河のほとり水神の森にてかしらおろし侍りてよめる俳諧也

　けふよりも衣は染つ墨田川ながれわたりに世をわたらばや　　木阿弥

小山田与清『擁書漫筆』四・四は、これを四月十日のことと伝える。

（9）　これ以前に京橋北紺屋町からほど近い中橋に転居したか。『狂歌若葉集』巻上の平秩東作の狂歌の一首に「中橋はりがねのもとへ行に」という詞書がある。あるは東作が京橋と中橋を混同したか。他に資料なく、未考。石川了氏御教示。

（10）　『狂歌若葉集』上に東作が「もとの木あみかいはじめに船松飾といふことを」とし、この月並み会のうち、正月の会が「会はじめ」と呼ばれたことが知られる。この題による狂歌は、『狂歌若葉集』に五首、『万載狂歌集』に四首が収められる。

（11）　石川了「『狂歌若葉集』の編集刊行事情」（『日本文学史論』世界思想社、一九九七）。時期については石川了「天明狂歌壇

の連について――唐衣橘洲一派を中心に――」（『雅俗』四号、一九九七）参照。

（12）浜田義一郎「栗花集について」（『大妻大学文学部紀要』十号、一九七八）、および石川了注（11）両論文。

（13）東京都立中央図書館加賀文庫所蔵「狂歌番付」七十枚のうち十三枚め、および山本修巳氏所蔵貼交帖（国文学研究資料館マイクロフィルム・ヤ2―6―4）所収。この資料の性格については拙稿「狂歌師の虚飾――山陽堂という人」（『国語と国文学』八十五巻七号、二〇〇八）参照。

（14）前掲石川「狂歌の流行」（注5）論文。『江戸狂歌本選集』十五巻（東京堂出版、二〇〇七）に翻刻を収め、諸本の異同について簡単に触れた。

（15）鈴木俊幸「唐来三和年譜稿」（『中央大学国文』三十号、一九八七）・石川了「天明狂歌壇の連について」（注11）指摘。

（16）石川了「『狂歌師細見』の人々」（『近世文学俯瞰』汲古書院、一九九七）の検証により、同氏が疑問とする項は除いて算出。

（17）年次は和田博通「天明初年の黄表紙と狂歌」（『山梨大学教育学部研究報告（人文・社会）』三十一号、一九八〇）推定。鈴木俊幸『蔦屋重三郎』（若草書房、一九九八）Ⅱ章に詳述される。野崎左文手写本（慶大蔵）で伝わる同図が原本通りであるか否かは不明。

（18）『江戸の戯作絵本（二）全盛期黄表紙集』（社会思想社、一九八一）宇田敏彦注。

（19）浜田義一郎「狂歌歳旦黄表紙五種」（『大妻大学文学部紀要』三号、一九七一）翻刻・紹介。

（20）『日本古典文学大辞典』浜辺黒人項（浜田義一郎執筆、岩波書店、一九八四）。

（21）狩野快庵『狂歌人名辞書』（一九二八）以来の通説。『明和十五番狂歌合』（文化八年南畝他序、写）に自ら「八十八翁」と記し、所蔵者雁金屋清吉が絶筆としたのが根拠か。関根只誠『名人忌辰録』（一八九四）・四世絵馬屋額輔『狂歌奥都城図誌』（一八九一）は享年八十一歳とする。

（22）早稲田大学図書館所蔵自筆本による（二〇〇九年現在早稲田大学図書館ＨＰで画像で確認できる）。同書には木網の外孫由豆流（本間游清『みゝと川』八によれば母が木網夫妻の娘）や静廬の他、南畝、また真顔・京伝等、木網門・数寄屋連中との親しい交遊が窺える。

（23）「佐岩季成改桜木茂見」は、おそらく寛政五年末『四方の巴流』・翌年『新古今狂歌集』以降「桜戸茂見」として見える門人中島孝昌（享和期の自筆『三芳野名勝図会』でも桜戸）。佐岩季成から「桜木茂見」と改名したとするこの資料が、「桜戸

（24）茂見」よりも遅いということはほぼあり得ないため、寛政五年末以前の資料と考えられる。『新古今狂歌集』にその旨を詠んだ狂歌が見える。
（25）年代が判明する「杢」の用例の上限は寛政元年『悼東作翁夷曲歌』で、天明期の木網の署名は、版行された資料の内、漢字で表記された例では七年の『古今狂歌袋』まですべて「木」の字。寛政期の刊本・摺物では、「杢」を用いるものが八点、「木」が三点。『ふでのやどり』では寛政四年の一枚のみ「木」で、他の年次未詳の摺物八点で「杢」。
（26）その他、木網六十八歳没を伝えるものに、梅本高節『狂歌師伝』（昭和三年識、写）がある。
（27）石川了「浜辺黒人による江戸狂歌の出版」（『大妻女子大文学部三十周年記念論集』、一九九八）。
（28）この作品の狂歌師肖像が似顔で描かれていることについてはティモシー・クラーク「北尾政演画の狂歌師細判似顔絵」（『江戸文学』十九号、一九九八、のち改訂して'Some Portraits of Kyōka Poets by Kitao Masanobu', *Orientation*, vol.35, Jan-2004）が論じる。
（29）思文閣『古今名家筆蹟短冊目録』二号（一九九一）掲載の武藤是哉旧蔵「狂歌貼交短冊帖」、茶梅庵文庫蔵の各一枚（中野真作氏ご教示）で「糸ほどに落るしみづをむすびつゝ命をつなぐ山の下庵」。後者では五句め「山」が「峰」。『新古今狂歌集』では「むすびては」。これ以外に二〇〇八年秋の東京古典会出品の狂歌短冊貼の収める木網の墨跡も「八十八翁」とする。
（30）加藤定彦「大伴大江丸の研究」（『国文学研究資料館紀要』二号、一九七六）、森繁夫「山本季鷹年齢考」（『人物百談』三宅書店、一九四三）参照。季鷹については盛田帝子氏御教示。
（31）松浦史料博物館蔵。いずれも挿絵なし。二枚のうち後者に見える名を挙げておくと竹蓋置・難波葭住・薄墨隈成・毛牖有・峰杣人・和気有風、これに木網。いずれも年代判別の手がかりはないが、この貼込帖が、松浦静山による同時代の収集にかかる、ほぼ純粋な天明五年の作から成るものであることより、天明五年の作と考えておく。一枚目の菅江の表記が「漢江」であることとも符合する。
（32）ソウル大学校蔵本が鳥居フミ子編『ソウル大学校所蔵近世芸文集』（勉誠社、一九九八）に影印される。他に関西大学図書館中村幸彦文庫にも一本がある。
（33）森川昭翻刻（『天明文学』東京堂出版、一九七九）。
（34）田中仁「元木網智恵内子夫妻の手紙」（『近世文芸』四十二号、一九八五）翻刻・紹介、洛東遺芳館所蔵書簡。

（35）『遊行・在京日鑑』五巻（仏教研究所、一九九三）による。近時、谷口學「元木網と天明狂歌の展開（四）」（『埼玉史談』五十二巻一号、二〇〇五）によって明らかにされた。この論文の刊は長澤和彦氏御示教。谷口氏は「岸本能登」を岸本由豆流その人とみなすが、天明八年生の由豆流がこのとき女婿として木網と一緒に出家することはあり得ない。

（36）由豆流の父は岸本讃岐の称が知られるが（『松屋筆記』『国書人名辞典』等）、本間遊清『み、と川』八に以下のようにあることから「能登」を称した時期があったと考えられる。「由豆流が父は能登といひしが……木網妻をば智恵の内子といふが娘をむかへて妻となし、今の由豆流をばうませたる也」（愛媛大学文学資料集6、一九九三）。

（37）内閣文庫蔵本。長澤和彦氏ご教示。日付を「二十一日」と伝え、遊行上人の歌第四句を「さそふ心も」とし、木網の返歌の第二句を「こゝろもけふは」とする。成立については長澤和彦「文宝亭文宝（二世蜀山人）覚書」（『二松学舎大学人文論叢』六十五輯、二〇〇〇）参照。

（38）この摺物には白川与布禰の詠もあり、同行が判明。与布禰は菅江門人で、木網が入集した『天明睦月』の編者。小谷氏（『江戸方角分』）。『三芳野名勝図会』の記述からも川越の人かと推定される。

（39）自筆本を底本とする山野清三郎校注『校注三芳野名勝図会』（川越市立図書館編、一九九四）による。二〇〇九年現在埼玉県立図書館のＨＰで画像が公開されている。

（40）無窮会図書館平沼文庫蔵（ただし「神習文庫」印あり）。写本二冊。山田泰男「狂歌師元木網の門人拾栗庵高濤の『初雁集』（草稿）について」（『埼玉史談』五十四巻一号、二〇〇七）紹介。外題は「初雁集」ながら、上冊扉は「狂歌初雁集」の「初雁集」を棒線で消し「田面雁」と改めている。

（41）木網は正体を隠して勝ち続けたが、夕刻に狂歌で名を明かしたという（同町教育委員会編『嵐山町の伝説』、一九八五頃）。収集された民話で、出典の有無も未詳だが、『ふでのやどり』と同じ善光寺参詣の逸話も見えることから、記録しておく。

（42）鈴木俊幸『蔦重出版書目』（青裳堂書店、一九九八）。

（43）「ら」字下半を欠くが竹との取り合わせから虎と判断する。巻軸の栗本厳阿が「落栗庵」を冠するが、木網は文化二年刊『文孝冊』でも落栗庵を名のる。無心亭常恒も落栗庵を名のり（文化元年序『狂歌巨月賞』・Ｇプルヴェラー氏蔵『〔桜杜鵑狂歌集〕』仮題）、『もとのしづく』・東北大学狩野文庫所蔵『〔狂歌集〕』（四・一三四九七、仮題、返草摺物の合綴）では鳴戸高濤が二世落栗庵を称し、「落栗庵」号の継承関係には不明な点が多い。

(44) 大妻女子大学所蔵。石川了氏御教示。
(45) 国立国会図書館所蔵『天明絵暦』所収。板屋常恒画で、色刷。木網（表記は「杢網」）・智恵内子らの十四名十四首を収める。寛政六年の『新古今狂歌集』で十二歳とされる三芳野花子が（但、入集三首中一首では十一歳）、この摺物では十一歳であることより一応、寛政五年と推定しておくが、この貼込帖の大小のほとんどが天明三、四年の作であることから、その推定に若干の疑問は残る。
(46) 東京大学総合図書館蔵本による。本文に異同があり明治大学図書館・東大国語研究室蔵本は「おこるゆえん」を「おこれるゆゑ」とする。前者が『渚の松』と同文。『渚の松』は野村貴次編影印（私家版、一九九一）による。この点、渡辺好久児氏にご助言賜った。
(47) 石川了氏蔵本。同氏「朱楽菅江」（『解釈と鑑賞』六十五巻五号、二〇〇〇）参照。俳諧歌説については渡辺好久児「朱楽菅江小論」（『文学研究論集』六号、一九九七）が詳述。
(48) 蒿蹊門人の彼らへの配慮でもあるか。前掲注（34）田中論文・風間誠史『近世和文の世界』一章四節（森話社、一九九八）参照。
(49) 『新古今狂歌集』巻九の長流歌は、『林葉累塵集』巻十五にも見える。詞書に相違あり。契沖の一首は『萍水和歌集』所収。
(50) 他に禅秀法師・甚久法師各一首、油煙斎貞柳二首、蜷川新右衛門夫妻贈答歌がある。
(51) 『手紙雑誌』一巻四号（一九〇四）翻刻掲載。木網の発句は、他に寛政六年蝶夢編『祖翁百回忌』に入集。なお本書に触れる了阿の書簡がある（東京都立中央図書館所蔵『了阿墨叢乙集』第六冊）。
(52) 東京大学国語研究室蔵本による。
(53) 大妻女子大学蔵本による。

第二節　智恵内子の狂歌と狂文

智恵内子《ちえのないし》は、節松嫁々《ふしまつのかか》とともに天明狂歌の女流狂歌師の双璧とされてきた。狂歌が大流行を見た天明三年以後の活動しか認められない節松嫁々に較べ、智恵内子は、早く安永五年に南畝の父の還暦を祝う詠が知られる（天明三年刊『万載狂歌集』巻十）。明和以来、夫元木網とともに狂歌活動に参加していたと思わせる記述もあり[1]、実質的に天明狂歌壇に加わった女性の先駆けと見てよい。

とはいえ、智恵内子の生涯には不明な点が多い。夫妻の菩提寺である深川の正覚寺の過去帳によって文化四年六月二十日の忌日は判明するものの、その享年さえ、関根只誠『名人忌辰録』が伝える六十三歳を裏付ける資料は見出されていない。智恵内子その人を考える手がかりは、今のところ種々の撰集に入集した百余首の狂歌や狂文の他にはない。

これまでの智恵内子の評価は、古典志向と女性らしさの二点に集約できる。いくつか例を挙げれば、水野稔氏は、「郭公多」と題する次の詠、

郭公ひるともいはず夜なきするみどりこやまのかしましき声　　『徳和歌後万載集』（天明五年刊）巻二夏

この「幼児の比喩などに、女性らしさ」を見出し、宇田敏彦氏もこれに「女流作者ならではの詠」という評を与えている[2]。森川昭氏は『狂文宝合記《たからあわせのき》』（天明三年刊）所収の狂文「少年玉」や「女性らしい生活感の現れた歌」とする次

の詠等を挙げて、「日常生活を雅なるものに結びつけようとする志向」を指摘、「いかにも女性らしい品のよさが現れている」と評す[3]。

山姫も冬は氷のはりしごと滝つせぬひやとづる布引　『古今狂歌袋』（天明七年頃刊）

子どもや裁縫の縁語を〈女性らしい〉ものと見なす一般的な感覚から言えば、智恵内子の狂歌や狂文の作品を見る限り、右のような評価は正鵠を射たものと言ってよい。が、女性らしいという抽象的な評価は、それ以上の考察を棚上げにしてしまうものでもある。本稿は、狂歌に表現されたその〈女性らしさ〉の検討から始めたい。そのことによって、智恵内子に代表される女性の天明狂歌師たちの表現を考え、彼女たちにとっての天明狂歌の意義を見極める手がかりとしたい。

一　〈女性らしさ〉のことば

〈女性らしい〉という評価の理由には、まず語彙の選択があろう。智恵内子の作品には一般的に女性性と結びつけられやすい表現を用いた例がたしかに多い。先に掲げた「山姫も」の詠は裁縫の縁語で構成されるが、次の「小川町霞」と題する一首も同様である。

さほ姫の霞の衣ぬひたてにかゝるしつけのをがはまち哉　『徳和歌後万載集』巻一春

霞を春の女神である佐保姫の衣に見立てて、縫ひ・しつけの苧と縁語を連ねて小川町を出す[4]。次の詠において、嘘の皮から皮衣を出し、話しが合わないことを綻びと見て衣装の縁語仕立てにするのも、恋歌として女性性を強調する仕掛けである。

ある人にかはりてうとうなりたるおとこのもとへ遣しける

恋しとはまつかなうそのかは衣ほころび口のあはぬ君かな　『新古今狂歌集』巻十五恋五

衣装に絡めた趣向としては、次のような作もある。「質屋七夕」を題とする前者で、質に流されつつある貸し小袖は七夕二星への供物。

質蔵に虫ほし合のかし小袖あまのかはらに末はながさん　『狂歌若葉集』巻下（『万載狂歌集』巻四秋上にも収載）

佐保姫が二度たつはるのから衣ころも霞の山のかさね着　『閏月歳旦』[5]（天明四年刊）

次の『新古今狂歌集』巻十七雑上に見える二首は、女性間の贈答のため、ことさらに女性の慣習であるお歯黒の縁語で仕立て、鉄漿やその原料五倍子《ふし》の語を織り込んだものと解されよう。

はやうより音信のみし侍りていまだあはざればよみて送りける

おはぐろのかね〴〵ねがひくらせども今にあふべきふしのなきかな　千代笹子

返し

おはぐろの出かねて今にまいらねばやがてあふべきふしをこそまて　智恵内子

最初の「郭公多」の一首のように、子育てを女性の仕事と見なす発想からか、子どもは女性性と結びつけて考えられやすい。「待桃花」の題による次の詠は、桃の花を少女に見立てる。

けふもまた花は莟のむすびがみうすき毛もゝのはへさがりゐだ　『狂歌若葉集』巻下

左は木網の生家金子家伝来の短冊に見え、地元杉山で安産のお守りとされたという一首。

やすやすと讃州志度の浦の海士玉のやうなる子を産みのはた[6]

讃と産、海と産みとを掛け、讃州志度以下、浦・海士・海の端・玉と謡曲「海士」の縁語で綴り、玉を子どもの比喩とする。

こうした女性の生活様式やその性別役割、あるいはその身体機能に関わる語彙――すなわち〈女性らしい〉言葉の使用は、前の贈答歌からも分かるように、智恵内子に限ったことではない。以下に、さまざまな女性狂歌師による比較的早い例を掲げるが、以後もこうした詠は枚挙にいとまがない。

更衣

やゝ春もたち縫ものゝかたはらに子をもねん〳〵衣がへかな　遊女手管『狂歌角力草《すまいぐさ》』（天明四年刊）

霞たつあしたのはらはひとつにてうむは二子の太郎月かな　秋風女房『閏月歳旦』

をなじ夜（望月の夜、小林注）雨はれければ

此頃のこぼれかゝりし空も又くもなくこよひうまれ月影　鶴籠女《つるのかごめ》『徳和歌後万載集』巻三秋

さほ姫の衣は春のくる日より空に霞のいそぐたちぬひ　千筋黒髪『狂言鶯蛙集』巻二春上

寄赤飯祝

胡麻塩もふれや千とせの色直し衣桁にかけし赤のめし物　節松嫁々『狂言鶯蛙集』巻九賀

また『金平子供遊』(7)は、吉野葛子が核になって智恵内子や秋風女房・鶴籠女ら女性狂歌師を集めた歳旦狂歌集で、歌麿門人千代女の署名のある挿絵があるが、これも題名の通り、子どもの遊びを主題とする。『狂文宝合記』において智恵内子・相応内所・吉野葛子が出した宝は、各々「少年玉」こと手鞠、「坂田金時枕」、「業平迷子の太鼓」で、手鞠や迷子太鼓はもちろん、金時も草双紙の英雄として、すべてが子どもと関わるのも偶然ではなかろう。

これらの〈女性らしい〉趣向による女性性の表現は自然なものでないことに注意したい。右に掲げてきた詠の多くは、題やその詠まれた状況それ自体が、子どもや裁縫等に関わる〈女性らしい〉表現を必然とするものではない。そ

うした語彙や修辞はそれらを詠むにあたって作者が加えた趣向の部分に属する。その趣向で女性性を強調する例が、右のように繰り返し重ねられるところに作為ないし演出が見えよう（それが意図的であろうと無かろうと）。智恵内子の次の一首において燕の飛ぶ姿を機織りに喩えるのも趣向であって、作者智恵内子の実体と結びつけて「機織りに関心があり、裁縫をもたしなむ家庭的な女性」と把握する必要はない(8)。江戸市中に住む裕福な町人の女性が、自ら機織りに親しむ機会がどれほどあったろうか。

はたをへるよふに飛びかふつばくらは柳のいとによりつもどりつ　　『狂歌若葉集』巻下

これらの表現が作為的なものであるということは、つまり今日の目から見てというだけではなく、他ならぬ彼女たち自身を含めた当時の文脈において見ても、それらが女性的だと捉えられたということになる。ならば、わざわざ女性性を表現したのはなぜなのか。かたや男性の狂歌師の詠にとくに男性性の強調が見えない状況を鑑みれば、少なくとも、端的に言って、男性を標準とする男女の非対称な社会の中で、狂歌壇においても、狂歌師一般としての男性に対して、女性には女流狂歌師としてあえて〈女性らしさ〉の表現が求められたということであろう。そしてまた、それを表すことは社会における性別役割を内面化した彼女たちにとっても主体的な選択として妥当であったことではなかろうか。

二　狂文の和文体と女性性

こうした女性性の表現という観点からふたたび智恵内子についていえば、彼女が多く遺した和文体の狂文に関しても同様の傾向が見られる。あまり注目されないが、智恵内子は狂歌の数に比して、また夫の木網にも増して多くの狂文を著した。概要を把握すれば、最初の作と目されるのが、南畝の母の六十の賀宴を記念した『老萊子』（天明三年三月開催、翌年正月刊）で、巻頭の菅江に続いて祝辞を載せる。[9] この賀宴の翌四月に、狂歌においては木網の門人であった万象亭と数寄屋連中が主催した天明の宝合の成果を板に起こした『狂文宝合記』では、出品した狂文「少年玉」に加え、序も担当。版行された資料で言えば、もう一つ、木網門人の最上稲船の帰郷に際して作られた『うまのはなむけ』（刊年不明）[10] があり、智恵内子は狂歌一首に、詞書というには長い一文を添えている。加えて、絵巻『たぬきの草紙』（成立未詳、本節付篇参照）がある。

智恵内子はこれらの狂文において一貫して王朝風の和文体を採用する。狂文としての滑稽の要素に多寡はあるものの、俗にもっとも寄った『狂文宝合記』「少年玉」でも、[11]

唐国にあるてふ玉はいざしらず、わが日の本の潮のみち干、其の玉あられふりにし代にも、たまをやまたうしどのあま人、はたりんさうぞがたぐひもあなれば、かのみゆきの大納言の尋ねものし給ひけんたつの首なる玉々、ことに尾をふる狸の八畳敷をてらせる玉のあざけりも思はで、あら玉のとしのはじめ、うなひをとめが手玉もゆらにひいふうみよのみたからとて、いつむになんな夜光の珠、こゝのつ唐土の十五の城に……

と、謡曲「海士」や『竹取物語』等本朝の故事とともに、藺相如の「完璧」（『史記』藺相如列伝等）等中国の故事や手鞠歌などの俗曲を取りいれるにも語彙を和語に換え、枕詞や掛詞を用いる等、和文脈になじませるように努めている。

隅田川畔柳橋の河内屋で開かれたその催しの様を描くにも次のような調子であった（同書序）。

れいの落栗のいほせばしとて、庵崎のすみだ川をあなたに、とりがなくあづま橋をこなたに、いなむしろ川ぞひ柳てふはしのつめなるや、かうちとかいふ高どのなむよしとて、かの人々の荷なひいだせるこそ、ものさらす文月のくらまちにひとしう……

こうした和文体もまた、女性性の表現と捉えられないだろうか。右のような王朝物語風の和文体は、賀茂真淵の「女文也」（『にひまなび』明和二年成、寛政十二年刊）という規定を待つまでもなく、[12]数々の女筆手本が示してきた女性に許された文体であり、その採用は女性性の表現として順当である。女筆手本や女用文章でもかなり長文のものが出されていたようで、[13]これらに拙くも、近世における擬古文の発達の一面を見ることも可能であろう。智恵内子自身、修辞に意を用いた雅文体の書簡が知られる。[14]これに則り、流麗な擬古文を操ることは多分に〈女性らしい〉ことのはずであった。『老莱子』では智恵内子の他、鹿都部真顔もこうした和文体によって狂文を寄せたが、[15]『狂文宝合記』では、智恵内子に加え、その門人吉野葛子、[16]女性と推定される真事女、大事三味が物語調の和文で狂文を寄せ、それ以外では性別は不明ながら三味線を弾く音曲関係者と考えられる三筋糸道の一文程度と、王朝風和文体による狂文の作者に女性が多いのもこの理由によっていよう。

三　和文体と自己像

こうして語彙においても文体においても女性らしく作られた智恵内子の狂歌狂文であったが、それらにおいて滑稽の要素はさほど強くないことはこれまで引いた箇所からも理解されよう。それは智恵内子自身の認識とも一致するようで、『老莱子』の一文の末尾で、[17]

けふなんつどふひと〲もむさし野のはらか丶ゆる言のはの中に、われのみ松の木まじめなるや桑はむ虫のおこなりかし。

と自ら述べる。『うまのはなむけ』では、門人最上稲船の長門への帰郷にあたって、つねによりつどふ人々名残おしみて、かり嶋のかりにだにわかるゝはかなしきを、ほどもなくあふ（ぶ）の松原まつとしりなばまたこん時のうらをこそまため、わすれ貝なひろひ給ひそと、ちぎりておの〳〵むまのはなむけすとてよめるたはれうた

とゞめましおなじ名残のから衣うちくたびれてつまのまつらん　　智恵内子

と、この直前に見える豊浦の里に加え、奥津借島や阿武の松原など長門の歌枕を織りこみ、浦・貝を縁語として和文の彫琢に努める一方で、まったく滑稽の要素を捨象しており、辛うじて狂文に分類できるのは結びの一首において「唐衣擣つ」に掛けて「うちくたびれて」などと俗語を詠み込んでこれを狂歌としたからにすぎない。また『たぬきの草紙』は、野中の破屋に美人を見出して夜な夜な通う甥を不審に思い、跡をつけた叔父が、相手が古狸であることを看破、鉄砲でしとめるというたわいもない筋を和文体で綴る絵巻だが、これも滑稽味は薄い。王朝風の物語に鉄砲を持ち込むことの落差と狸の八畳敷の醸す素朴なおかしみに加え、末尾の狂歌一首によってかろうじて狂文と見なし得る程度である。こうした滑稽味の希薄さもまた作品の〈女性らしさ〉と無関係ではないのではないだろうか。

和文や狂文が、詠者の感興を直に表すものと見なされやすい和歌・狂歌から派生したものである以上、その作品は作者のあり方を反映したものと見なされる。智恵内子自身そのことに自覚的で、むしろ文中において作者としての自らに注意を促すことも多かった。それが先の『老萊子』の「われのみ松の木まじめなるや」であり、また『狂文宝合記』「少年玉」の末尾の、

いらざるをふなのゐせごゝろに、はづみすぎたる大それまりと、にくまん人もあなるべけれど、ひたすらゆるしてたまはれかし。

という自己言及であったろう。『たぬきの草紙』を結ぶ狂詠「くちぐすりまはりかねたるてつぽうはこれぞはなしの

たねがしまなり」も、この一話を「話の種」として虚構性を明かすことで作者の存在を示唆する。つまり智恵内子の作品にはどこかに作者像が見え隠れしており、そこにおいて〈女性らしい〉表現はすなわち〈女性らしい〉自己像の虚構を助ける。見られることを意識すれば、女性らしさの規範から外れる大胆な滑稽さは退けられよう。同様に、『狂文宝合記』では他の女性の作にも文飾以上の滑稽さはほとんどない。

さらにいえば、智恵内子はそのように擬古文を著す主体に注意を喚起した上で、その主体としての狂歌師「智恵内子」像を積極的に王朝時代の女房に擬えようとしたかとさえ思わせる。真淵に影響を与えたとされる、服部南郭等古文辞派の詩文に日野龍夫氏は自己陶酔的な演技性を見出したが(18)、そのように擬古的な表現は、作者と作品とが一体視されるとき、作者までをも古人に準える効果をもつ。『狂文宝合記』「昼寝の鼓」において、女性と推定される出品者真事女は次のようにこうした効果に積極的に身を委ねている。

> さう〴〵しくてねぶたくなるに、風ふきとをせとすだれさへあげたれば、そこによりふさんもけんせうなれど、もたる扇も取おとすばかりはしたなくねぶらるゝに……ころ〳〵と物の落る音して、おどろき覚ぬ。かみのこぼれたるをかいやりながら先づとりて見れば、おなじ柘の木もてつくらせたる小枕なりせば……（傍線は小林）

達意とは無関係に挿入されたこれら筆者の動作やその形容の記述は、一見して近世の女性のものではなく、垂髪姿に檜扇をもつ王朝の女房のそれであることがわかる。そうした姿に自己を擬えようという意図は、省略箇所で『源氏物語』常夏巻の雲井雁を昼寝の例に引くことにも明らかである。もちろん彼女たちの試みは南郭や真淵らのような思想的な意味をもつものではなかったろうが、智恵内子にあっては宮中の高級女官「内侍」を響かせたその狂名が王朝女性としての演出を端的に示していようし(19)、また『人《ひと》遠《を》茶掛物《ちやがけもの》』（天明六年刊）の挿図に「めでたきもの」「さちほこの朝日にかゝやきたる　又くろかもとかいふもの、こしのきらめきたる」と賛したことは(20)、清少納言のやつしとして自らを造型した例である。

第一章第一節で論じたように、天明狂歌とは元来「ばかもの」を演じる遊びであったが、それは、天明中頃にはただの「ばかもの」ではなくなる。『千載和歌集』の名を借りて勅撰集に倣った『万載狂歌集』の名と部立に、また歌仙絵に準えられた、『吉原大通会』（天明四年刊）や、『吾妻曲狂歌文庫』（天明六年刊）・『古今狂歌袋』（天明七年頃刊）の狂歌師像に表れたように、天明狂歌のあり方が古典和歌の茶化し、あるいはやつしの意味あいを強めていた。智恵内子の場合はとくに、当世性よりも江戸賛美よりも、その面が前に出て完全には「ばかもの」になり切れていないというべきか。さまざまな意味で古典の上になり立った天明狂歌の古典との距離は、まったくの茶化しから擬古すれすれのところまで幅広いが、智恵内子の位相は後者に近い。彼女の求めた女性らしさの典型が王朝女性として像を結んだといってもよいかも知れない。「破れたる衣を着侍て」という狂歌的な卑俗な題を和歌の言葉で詠じた左の詠は、やつし王朝人としての狂歌師の虚構という演出のさまをよく示す。「破れ衣」は貧乏な（はずの）狂歌師としての仮装であって、もとより裕福な町人であった彼女の現実ではない(21)。

ふる小袖人のみるめも恥しやむかししのぶのうらの破れを　『狂歌若葉集』巻下

四　和文史の中で

智恵内子の和文体を女性性の表現手法として検討してきたが、これも同時代の擬古文の技術の発達の中で生まれたものにほかならない。智恵内子にとってこれを可能にした基盤は何であったのか。

和文史をふりかえれば、時に天明初年、和文創作を思想的に意義づけ、以後の和文隆盛の原点となった賀茂真淵が没して十有余年をへて、江戸ではその影響下に建部綾足以下、和文の創作は徐々に広がりを見せつつあった。寛政期に和文の会を開いて多くの和文作品を生み出す加藤千蔭や村田春海ら江戸派の活動もようやく始まろうとしている。(22)

ただ、出版という点では、和文の思想的基盤となった真淵の著『にひまなび』『文意考』も含め、真淵以下県門の文集が陸続と刊行されるのは寛政以後のことである。天明初年の時点で上木を見ていたのは、わずかに、夭逝した県居門人油谷倭文子《ゆやしづこ》の遺稿を集めた『文布《あやぬの》』（宝暦八年刊）、京都版ながら同じ頃和文創作に傾注しつつあった伴蒿蹊の『国文世々《くにつふみよよ》の跡《あと》』（安永六年刊）が挙げられる程度であろうか。(23) もっともこれ以前の和文、たとえば南畝が上田秋成の和文集『藤簍冊子《つづらぶみ》』の序（文化元年付）で触れた木下長嘯子や藤原惺窩の作なども視野に入れるべきかも知れない。

また一方で、江戸の堂上派武家歌人の作り続けた和文が写本によって伝わり、ために文章規範として和文集も編まれたという。(24) そうしたもののなかに「明和十五番狂歌合」の判者をつとめた萩原宗固の手を通ったという近世堂上歌人の和文例集『官家文藻』（写）があることは注目されよう。内山賀邸も、またその門にあった南畝や橘洲・菅江らもそうした風潮の中に身を置いていたことは想像に難くない。

こうした流れにあって、天明狂歌周辺でも、そのごく初期の催しの記録として銘記される『たから合の記』（安永三年頃刊）の早鞆《はやとも》和布刈《めかり》こと塙保己一の序と一文、『万載狂歌集』の橘やちまたこと加藤千蔭の跋が、表現上の滑稽さはほとんどないが、和文体で綴られたという先例はあった。

多くは出版に至らないまでも、歌人らの間で高まりつつあるこのような和文創作の機運を背景としながら、智恵内子ら天明狂歌師の狂文は、徹底した王朝風の和文体と枕詞や掛詞などの修辞の多用によって特徴付けられ、さらにそうした技法自体を茶化す一面を持つ。『老莱子』でいえば、智恵内子の「みよし野の山ほどあなれば」「むさし野のはらかゝゆる」であり、真顔では「への字なす眉の尻長く、りの字なす鼻の下長き友がきをつどへて」という具合である（智恵内子は滑稽への志向が薄いのは先述の通りだが）。元来、漢学を基礎とするためか、南畝には、和文体、とくに物語的な擬古文調の狂文自体が多くないが、「なつくさ」（天明八年頃刊『四方のあか』所収）の「あこはしゝまだせじ……手をやれば、例のもらしつ」などが挙げられようか。本来書き漏らしたことを言う「例のもらしつ」の用法を意図的にずらすのである[25]。

おかしみを身上とする南畝や菅江、それに対して和歌の教養を基礎にした温雅な作風の橘洲や木網という対立図式で捉えられることの多い天明狂歌壇において、古典趣味が指摘される智恵内子は、木網とともに後者に連なる作者の一人に数えられてきた。そこにおいて和歌的背景として想定されるのは、賀邸や宗固の連なる堂上派であった。ただ、内山賀邸や、その師とともに日野家に入門した菅江[26]、あるいは堂上派歌論の影響がいわれる橘洲[27]等の狂文と較べても、智恵内子の狂文は王朝物語風の擬古文体に対して、より意識的であることは見逃せない。試みに『老莱子』の菅江と智恵内子の祝辞を比較してみよう。智恵内子は、

あからのぬし、ことし弥生末のよかといふにたらちめのむそぢの賀奉り給ふときゝて、かのわたりのひとびとはいふもさらなり、西ひんがしともいはず、わかうどはあしをそらにしつゝ、はやしのごとくあつまり、老人ははとの杖つくば山のかひあることゝてこのもかのもよりよろこびもうさんとつどひくるもの、みよし野の山ほどあなればにや……

と、老いの縁で「鳩の杖つく」から「筑波山」、山の峡に甲斐を掛け、筑波の縁で『古今和歌集』東歌の「このもかのも」と、和歌的な修辞を多用し、また「いふもさらなり」「あしをそら」などと王朝文学特有の言い回しを積極的に交えようとする。これに対して朱楽菅江は、

北のねやに物し給ふ尼ぎみの六十の賀たてまつらんとのほゐに、れいのたはれ歌よめらん友どちのかぎりをつど

へて、やがてことぶきのむしろをひらく。されば崑崙のやまをぼにせきにたゝみ、碧桃の枝をくはびやうにさせり。げにや親を愛するものあへて人をにくまず。はた親をけうずるものあへて人をあなづらざらめば……

と語彙は和文脈によりながらも掛詞や序詞・枕詞等の修辞には意を用いず、むしろ漢語を多く交えつつ長寿の象徴として崑崙山の西王母の碧桃に触れ、「親を愛する者」以下『孝経』天子章の詞取りをするなど、唐土の故事を多く取り入れている。賀邸も菅江と同様に、「詠指頭画狂歌并序」（『栗花集』）を次のような調子で漢語交じりで記し、和文脈を保とうという意識は強くなかったようである。

名ある中にも中ゆびの墨、これもまた紙におとせばくもけぶり、たちまち竜蛇もはしりがきの自由自在をえちごや、たれかはその右の手にいでんと、みづかきに柏手うちてこれは〳〵と感ずるも……

橘洲の、例えば『狂歌若葉集』序も同じくである。つまり智恵内子は、彼ら堂上派に直接に連なる人々よりも、はっきりと王朝物語風の和文体を打ち出している。このようなある意味での逆転現象には、別の由来・要因を考えるべきではなかろうか。つまり、智恵内子がこうした一貫した和文脈の文章を記すとき、おそらく女性性を意識した。その規範はどこにあったのか。

これら王朝風の和文体の基礎をなす智恵内子の王朝物語に対する素養を窺わせるのが、前に触れた『たぬきの草紙』である。栗栖野に住む男の登場に続いて、

いつとてもものあはれならぬおりはなき中にも、わきてこよひのあらたなる月の色は二千里の外とかやいへるを思ふに見ぬもろこしのひとまでもしのばるゝものから……

と、『源氏物語』鈴虫巻の源氏の詞「月みる宵の、いつとても物哀ならぬをりはなき中に、こよひのあらたなる月の色には、げになをわが世のほかまでこそよろづ思ひながさるれ」を踏まえる。「わが世のほか」に代えて「もろこし

の」白居易の著名な詩句「二千里ノ外故人ノ心」をも織り込むのは、北村季吟『湖月抄』（延宝三年刊）に見えるこの箇所に対する注によるものであろう。(28) 夫の木網が『湖月抄』を読んでいて太木と出会ったという逸話はよく知られているが、(29) 智恵内子の親炙ほども窺われる。また、この男が蓬葎の生い茂る昔ゆかしい破屋に女君を見出す場面では、

たちかへる道もわすれ、すのこにしりうちかけてふることなどおもひいでゝ、

むしだにもあまた声せぬ浅茅生にひとり住らん人をこそおもへ

かゝるさまなんむかし物がたりにも似侍るかな、と打ながめをるに……

と記すが、この歌は『宇津保物語』俊蔭の巻に見える兼雅の詠で、物語の文脈をも踏まえ、この場面自体が、彼が草むらに分け入って「心細げなるすまゐ」に俊蔭女を見出す場面に重ねられる。こうした箇所には智恵内子の王朝物語摂取の一面を見ることができる。

しかし、こうした古典に関する個人的な知識教養とともに、狂歌壇的背景も考えられないだろうか。智恵内子には題に「万葉体」をうたう詠がある。次の『狂歌若葉集』の一首である。

団扇合　万葉体　　『狂歌若葉集』下

うなひらがよりてとらまくほしのごとふる江の螢しりひかるみゆ

「うなひ」すなわち幼子が螢を追うさまは、古典で言えば『大和物語』四十段の式部卿宮に仕える童部が螢を捕らえて献上した話を彷彿とさせる。が、「まく」の用法と併せみれば「見ゆ」の止め方も上代を思わせる。「うなゐ」は、『狂文宝合記』の序やその「少年玉」にも見える、智恵内子が比較的よく用いた語彙だが、たしかに『万葉集』に多く用例が見られる。振り返れば『狂文宝合記』序「見ぬ人みまくほりせば」もまた万葉風の言い回しであったし、「少年玉」の「手玉もゆらに」は『万葉集』巻十「足玉も手玉《ただま》もゆらに織るはたを」云々の詠を踏まえ、たしかに

『万葉集』ないし万葉ぶりの受容の跡が窺える。

前の「万葉体」を標榜する歌が作られた「団扇合」に着目しよう。これは木網門下の主催と思しい天明二年三月の催しで（本章第三節）、写本『栗花集』の収める当日の記録に就けば、この催し自体が万葉風を趣向としたことが分かる。例えば「ぶら挑灯」「なすび」は、それぞれ、

へさきもていもがつき出す猪牙をはやみ楫まくら箱こがれけらしも　算木有政

味ものと思ひなすびのしぎ焼はくへどもあかずたねもあらなくに　一文字白根

といった調子で、平秩東作に至っては「たをやめのいもは味噌すり　ますらおのせなは胡麻すり」という勢いで長歌を仕立てている。このように狂歌会という場で万葉体が趣向として成立するには、狂歌壇における万葉風というものの共通理解が前提となろう。『万葉集』といえば、真淵以下県門が喧伝していたことが想起されるが、南畝も『寝惚先生文集』（明和四年刊）に「寄万葉」として「和学先生《ワガクノセンセイ》万葉辞《ノコトバ》」と詠み、天明四年の四方連春興の一つ『大木の生限』でも詩会と万葉の会読で和漢の才子も忙しい、と「和」を『万葉集』に代表させるように、狂歌師連中にとっても当時の新しい風潮として目を惹かれるものであったようである。東作は、安永八年の南畝主催の高田馬場五夜連続月見でも「万葉体狂歌」と称して長歌を詠み、南畝もそれに倣って橘町の芸者に「長歌」を貰う夢を見たことをやはり長歌一首に作って「夢見まくかも」と結ぶ。加えて次のような『万葉集』巻六の「橘は実さへ花さへ其葉さへ」をふまえた上代風の反歌を付けている。

袖ふれるみさへ花さへそのはさへたちばなてうにすめる君はも

これらは万葉風の詠歌を志向した古学派の動向をあてこんでこその詠作であろう。それを念頭に置かなければ、可笑しさも半減する。

智恵内子に話を戻そう。『万葉集』も、季吟の『万葉拾穂抄』や仮名書の『万葉集』の刊行を考えれば他の古典と同様の受容は可能ではある。ただ、『湖月抄』や『宇津保物語』に親しんだ智恵内子にとって、右に述べたような万葉風の趣向を共有して、それを茶化すような知識水準にある狂歌壇という環境にあれば、〈女性らしさ〉の文体の規範は、おそらく女筆手本や女用文章にとどまるものではなかろう。万葉風を鼓吹するとともに王朝風の和文体を「女文」と規定した真淵一門の古学派はもちろんのこと、さらにその門下の和歌・和文をよくする女性たちの動向も視野にあったのではないかと想像されまいか。智恵内子ら天明狂歌師の女性たちは、同時代の教養ある女性の最先端であったそれらの女性歌人たちの存在を規範として、王朝風の和文体に〈女性らしさ〉の表現を求めていったのではなかろうか。その結果が、堂上派武家歌人に近い位置にあった菅江よりも橘洲よりもなお徹底した王朝風和文体狂文を生んだのではなかったか。

結び

最後に、智恵内子にとって天明狂歌とは何であったのかを考えたい。古典への親炙を充分に窺わせる智恵内子の滑稽味を追わない作風は、彼女の本意は和文和歌の知識を用いた表現にあって、そのほのかなおかしみは狂歌師としての申し訳にすぎなかったようにも見える。それは当時の県門の動向をも視野に入れた教養ある女性としての自己表現が、狂歌師という立場をとったときの絶妙な均衡点であったろう。それでも天明狂歌は彼女に表現の機会を与えた。〈女性らしさ〉の表現という狂歌壇的な、あるいは社会的な要件を、古典和歌のやつしとしての天明狂歌の性格を最大限に生かし、自らを王朝女性に擬えることで実現した。そうした演出こそが智恵内子にとっての天明狂歌そのものの意義であったのではなかろうか。南畝をはじめとする狂歌を余技とする人々にあって、狂歌は戯れという一つの韜晦のかたちでもあったが、本章第一節で論じた木網と同じく、智恵内子においてはまさに自己表現そのものであり、その意味で彼女はまさしく狂歌師であった。そしてそれは多かれ少なかれ他の天明狂歌師の女性たちにも言えることではなかったか。ここに天明狂歌の多様な側面の一端を見ることができよう。

注

（1）天明狂歌の濫觴を語る『狂歌弄花集』橘洲序（寛政九年付）に「四方赤良……大根太木てふものをともなひ来り、太木また木網、智恵内子をいざなひ来れば」とある。

（2）『日本古典文学全集46　黄表紙　川柳　狂歌』水野稔注（小学館、一九七一）、『新編日本古典文学全集79　黄表紙　川柳　狂歌』宇田敏彦注（同、一九九九）。

（3）森川昭「智恵内子」（『国文学』昭和五十四年三月臨時増刊日本女性史特集号、一九七九）。

（4）『日本古典文学大系57　川柳狂歌集』（岩波書店、一九五八）浜田義一郎校注参照。

（5）慶應義塾図書館所蔵。

（6）韮塚一三郎『埼玉の女たち　歴史の中の25人』（さきたま出版会、一九七九）紹介。

（7）後述の『大木の生限』など四作とともに出された天明四年の四方連歳旦。浜田義一郎「狂歌歳旦黄表紙五種」（『大妻女子大学文学部紀要』三号、一九七一）紹介。

（8）『鑑賞日本古典文学31　川柳　狂歌』（角川書店、一九七七）森川昭評。

（9）この他、天明三年正月刊の万象亭編『絵本見立《みたて》仮譬尽《かいづくし》』中巻の入集について付言すべきであろう。同書の狂文の文体が一貫していること、万象亭の凡例の「夷曲の歌人に乞て、松の木の脂こき詞のだいに梅桜の継穂をなして此ふみに花咲すなる」という表現から、狂文部分は万象亭作で、狂歌のみが智恵内子ら狂歌師たちの協力によって成った作と思われるため、智恵内子作の狂文には数えない。この点について広部俊也氏のご助言を賜った。

(10) 大妻女子大学所蔵。寛政頃のものと思しいこと等は本章第一節参照。
(11) 以下、同作は延広真治他『狂文宝合記』の研究』(汲古書院、二〇〇〇)による。
(12) 真淵は文体上の性差をきわめて重視したという(鈴木淳「県門の女流歌人たち」『江戸和学論考』ひつじ書房、一九九七、初出一九九六)。
(13) 小泉吉永『女筆手本解題』(日本書誌学大系80、青裳堂書店、一九九八)。
(14) 香川景樹、伴蒿蹊および千蔭の門人であったという京都の柏原永寿・正寿(延子)宛。田中仁「元木網智恵内子夫妻の手紙」(『近世文芸』四十二号、一九八五)紹介。
(15) 浜田義一郎「「狂文」覚え書」(『江戸文芸攷』岩波書店、一九八八、初出一九六八)に分類が備わり、菅江の作も和文体とされるが、後述のように意識的な擬古文とは言いがたい。
(16) 石川了「大田南畝と山道高彦」(『大田南畝全集』十六巻月報、岩波書店、一九八八)参照。
(17) 以下、同作は日野龍夫『五世市川団十郎集』(ゆまに書房、一九七五)影印による。
(18) 日野龍夫「演技する詩人たち――古文辞派の詩風――」(『徂徠学派』筑摩書房、一九七五)。
(19) 石上敏「天明狂歌とは何か――その逆説的本質」(『岡大国文論稿』二十五号、一九九七)に智恵内子の狂名が智子内親王(後桜町帝)のもじりであるという説があるが、智恵内子が雲上のその人の即位前の名を知っていたのか、もじりの前提となるような当時の江戸の人々が共有する知識基盤があったのか等、検討すべき課題が多い。
(20) 『洒落本大成』十三巻(中央公論社、一九八一)。黒鴨は黒ずくめの着衣に脇差しの従僕。
(21) 落栗庵定会は「飯料三十一文字、めしを喰ねばいらず」(天明三年刊『狂歌師細見』)といい、月三度の定会ごとに数十人に及ぶ会衆に食事を振る舞ったようで、五人扶持の御徒として現実に貧しかった南畝等とは一線を画す。
(22) 田中康二『村田春海の研究』一部一章(汲古書院、二〇〇〇)。
(23) 鈴木淳「江戸時代後期の歌と文章」(『新日本古典文学大系68　近世歌文集下』岩波書店、一九九七)、風間誠史『近世和文の世界』序章二節(森話社、一九九八、初出一九九七)等参照。
(24) 松野陽一「江戸武家雅文壇『和文題』集成稿(一)」(国文学研究資料館『調査研究報告』十二号、一九九一)。
(25) もっともこうした技法は純粋な和文体狂文でなくとも多々行われた。例えば『狂文宝合記』の草屋師鯵「三月伝来の備舍利」の「直《ね》がさがる雛に」は「あまざかる鄙」のもじり。これらは和文の修辞法への関心が、文体そのものから遊離して広がったことを示すものと捉えられよう。

(26) 渡辺好久児「朱楽菅江小論」(明大大学院『文学研究論集』六号、一九九七)。

(27) 渡辺好久児「唐衣橘洲の狂歌理論」(同右『文学研究論集』三号、一九九五)。

(28) 引用文とも『湖月抄』本文による。

(29) 南畝『奴凧』(写、文化十年識)に「湖月抄よむえせものありしを、尋ぬれば、大野屋喜三郎といへるものにて、京橋北紺屋町の湯屋なり」。

（付）『たぬきの草紙』影印・翻刻・略注

【書誌】

○底　本　埼玉県立歴史と民俗の博物館蔵。

○体　裁　巻子本一巻。二四・〇×六八〇・〇糎。紙本淡彩。写本（作者自筆か）。

○外　題　「たぬきの艸帋」（無辺題簽）。

○落　款　「智恵内子戯作」「智恵内子」。

○挿　絵　六図。無款。様式は、松樹の描き方など木網のそれ（『うまのはなむけ』他）に類似する。

【凡例】

・図版は見開きで上下二段に収めた。

・漢字は通行の字体に統一した。

・仮名には意味によって私に濁点・半濁点を施した（底本には一切ない）。「ハ」「ミ」「ニ」は平仮名と見なし、合字は開いた。反復記号は底本の通りとした。

・句読点を私に補った。

智恵内子
戯作

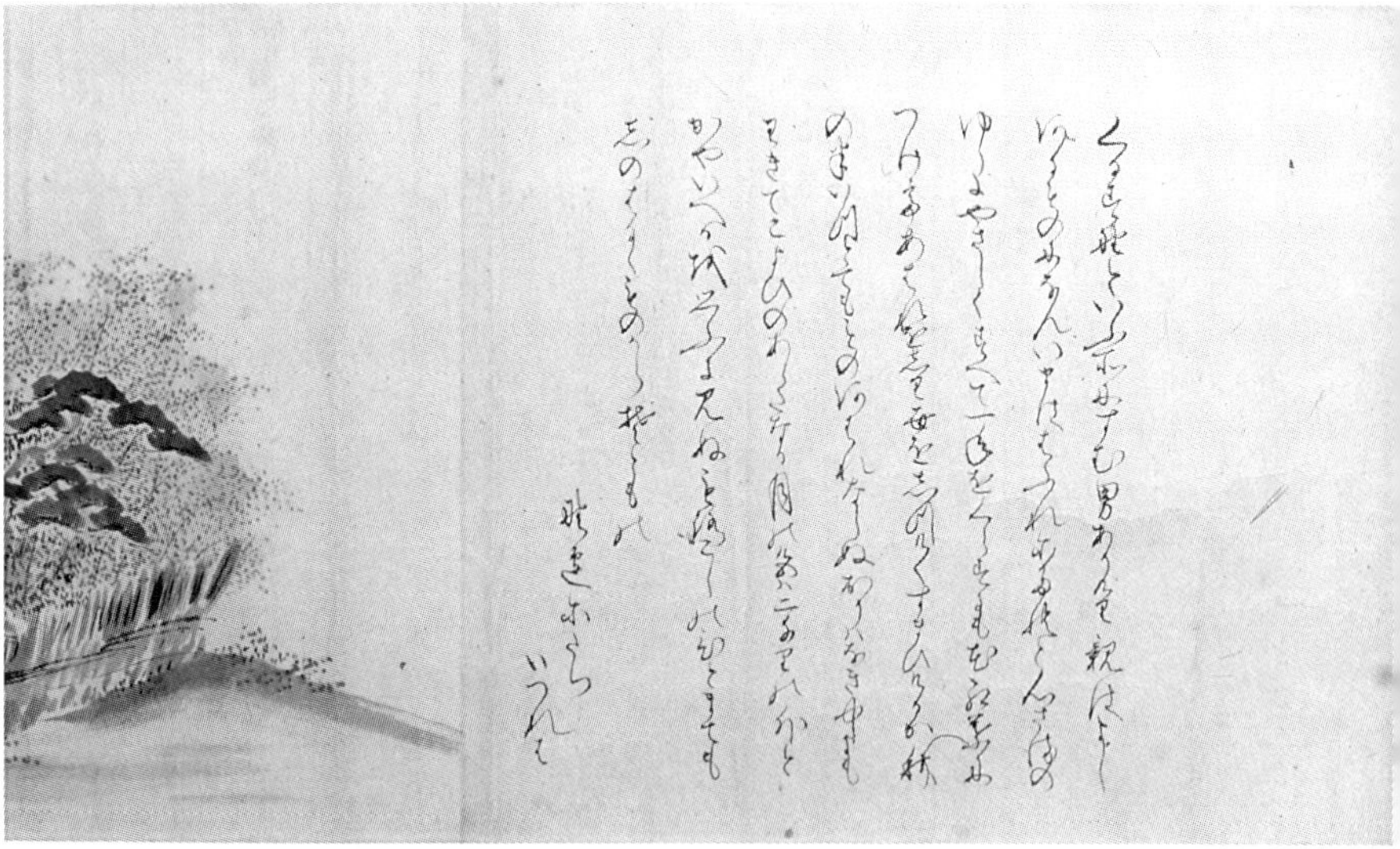

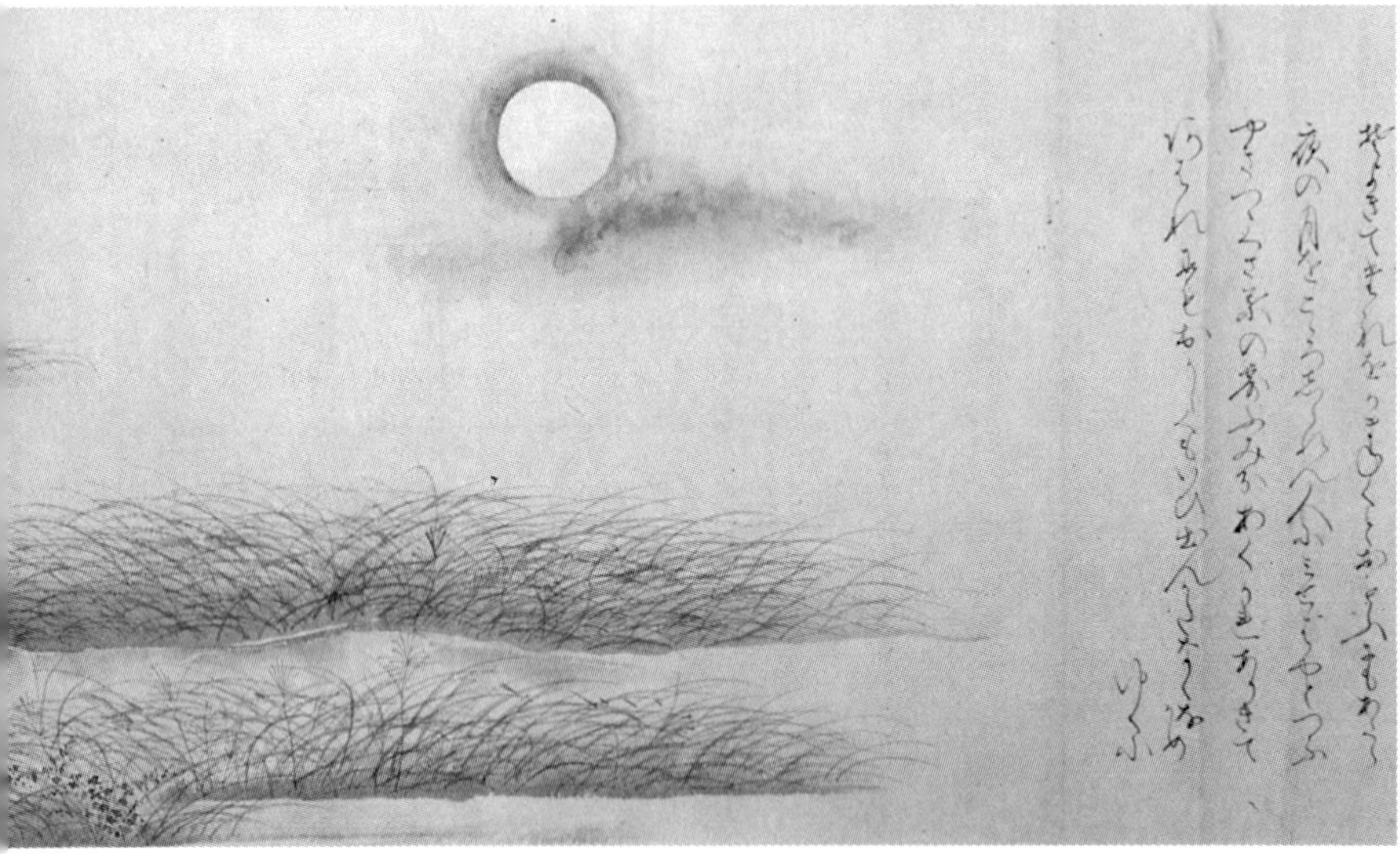

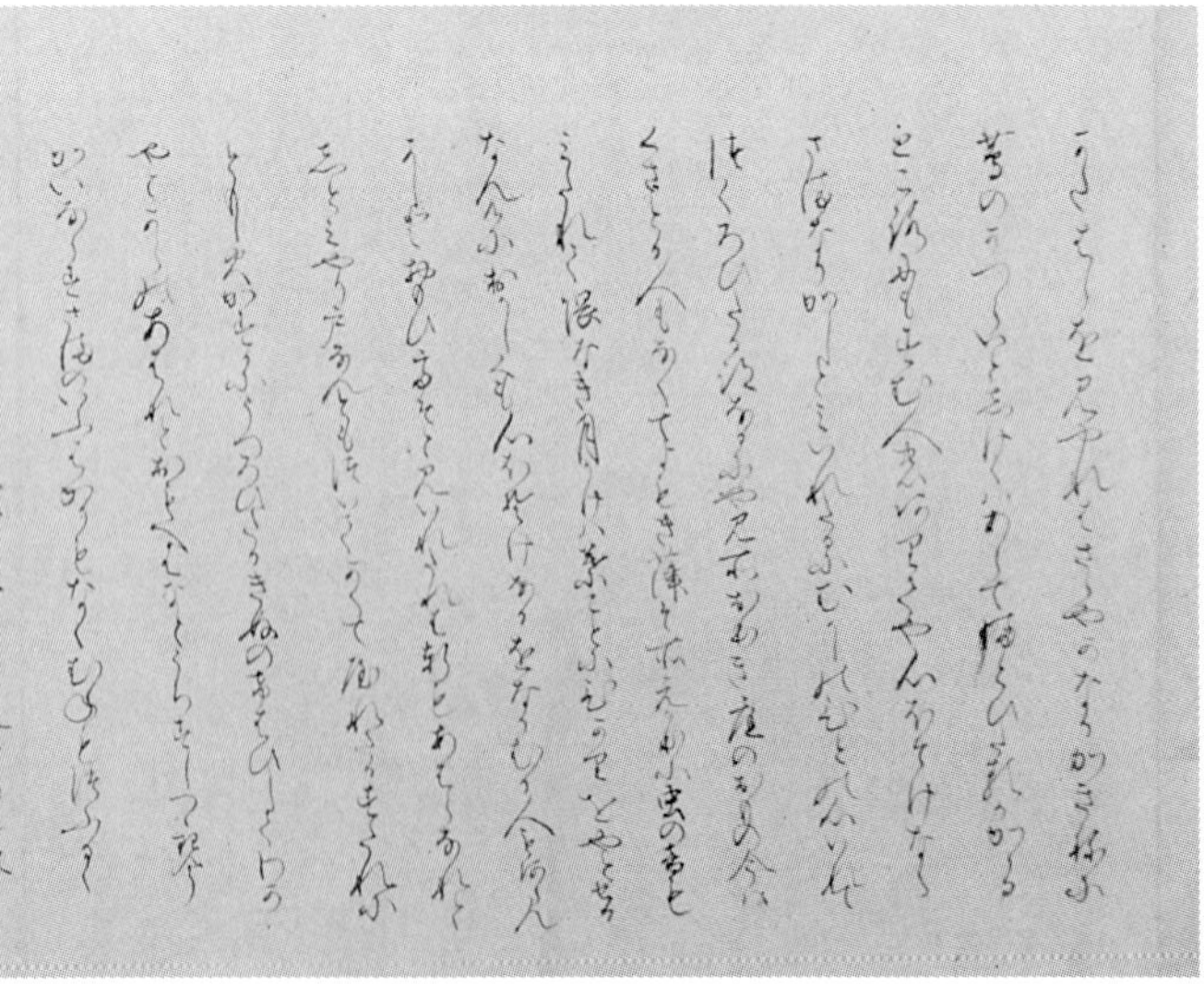

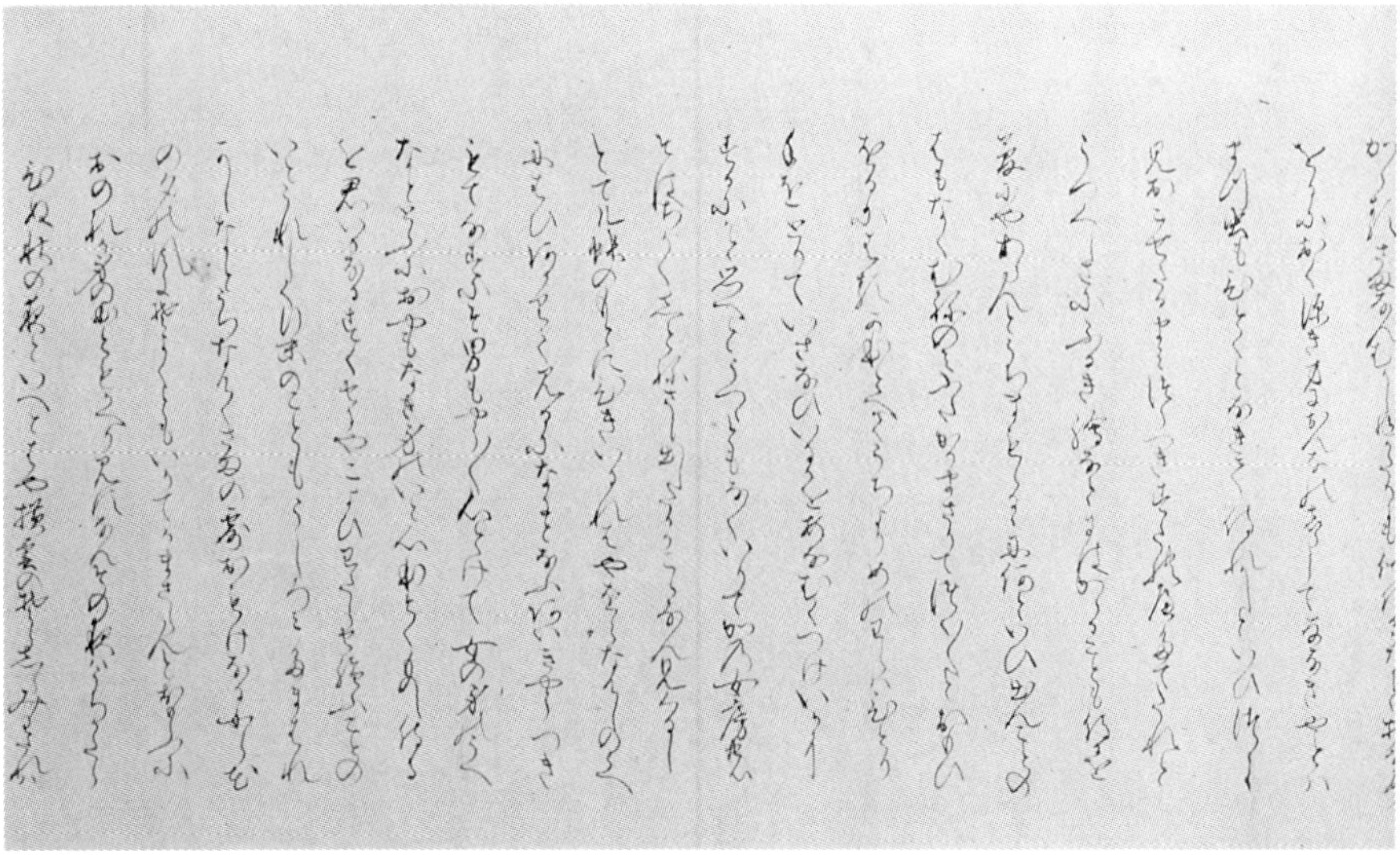

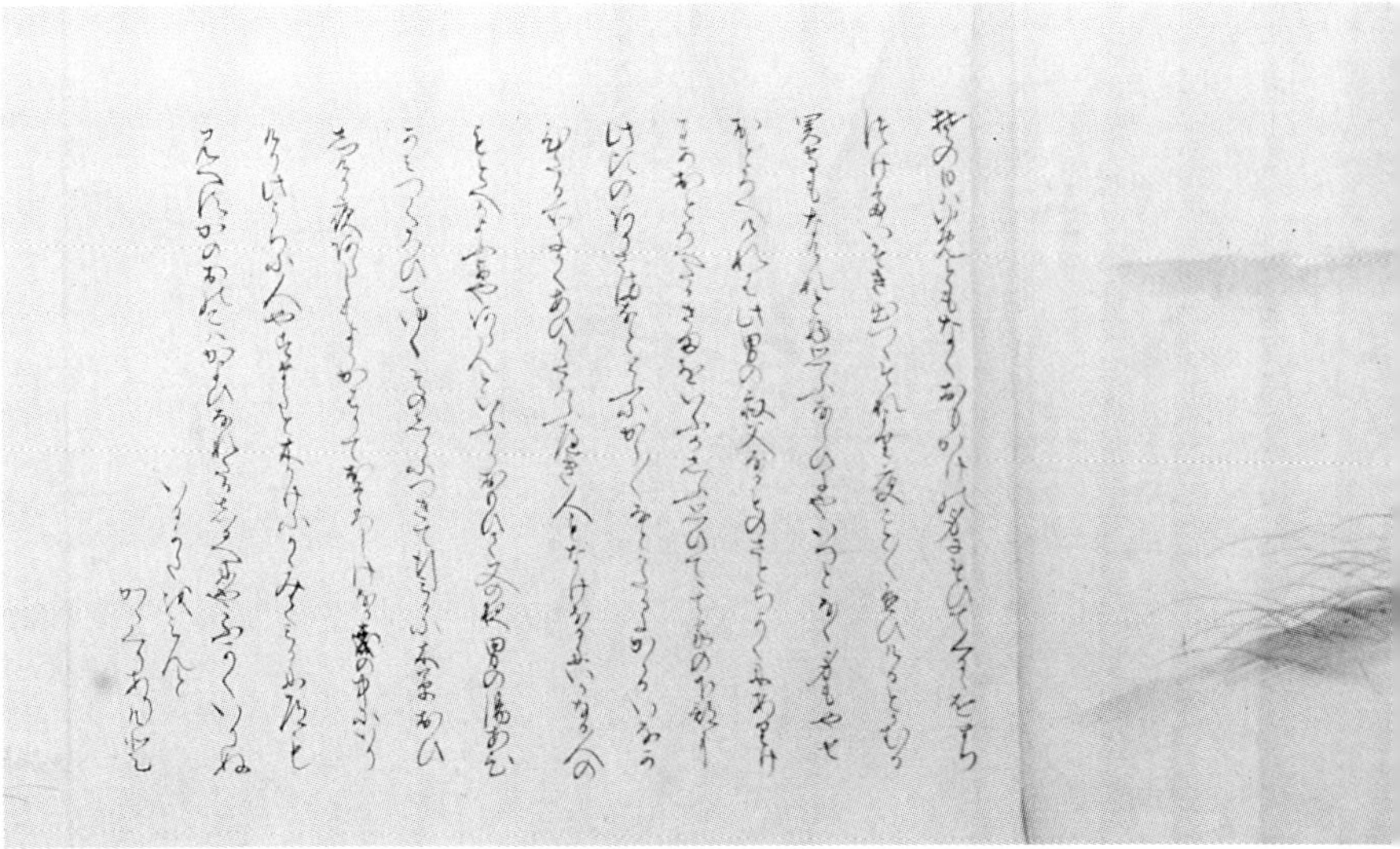

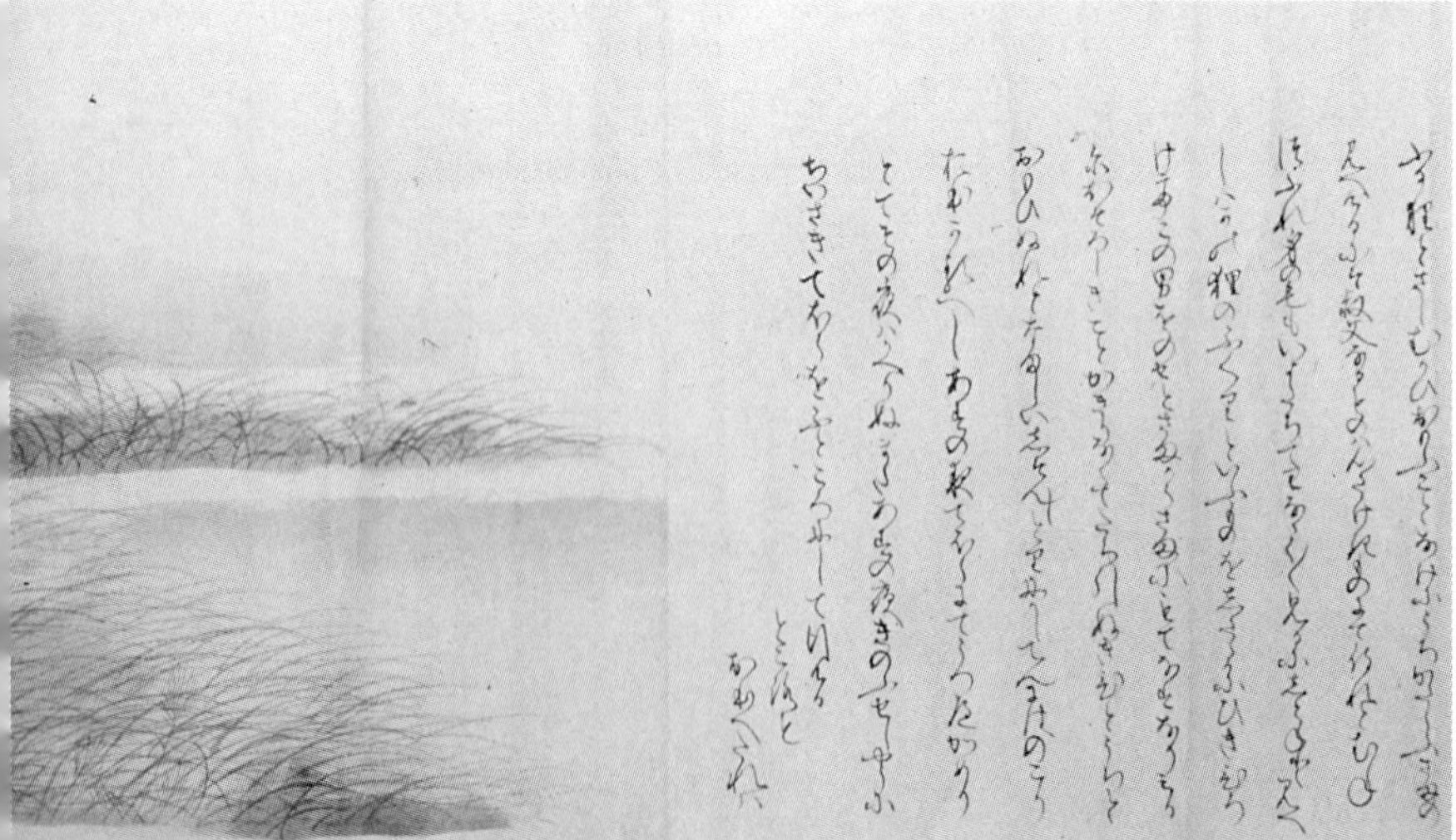

◇本　文

たぬきの艸帋

智恵内子戯作

くるす野といふ所[1]にすむ男ありけり。親はよしあるものになん[2]。いまははふれにたれど、心ざまのゆうにやさしく、すべて一年をくらすにも花紅葉につけてあはれをしり[3]、世をしづけくすまひけるが、秋の半、いつとてもものあはれならぬおりはなき中にも[4]、わきてこよひのあらたなる月の色は二千里の外[5]とかやいへるを思ふに見ぬもろこしのひとまでもしのばるゝものから、そともの野辺にたちいづれば、月かげやう〳〵さしいづるに、萩すゝきなんどそよぎて、たれをかまねく[6]とおもふにも、あたら夜の月をこゝろしられん人にみせばや[7]とつぶやきつゝ、くさ葉の露ふみ分あくがれありきて、あはれにもおかしくもいひ出んかたなくながめゆくに、かたはらを見やれば、さゝやかなるかきねに蔦のかづらいとしげくはあらでまとひたるが、かゝるところにもすむ人のありてや心ぼそげなるさまなりかし[8]とみいれたるに、むかしのひとの心いれてつくろひたる跡なるにや、見所おほき庭[9]のおもの今はくさとる人もなくて、よもぎ葎ぞ所えがほに[10]、虫の音もみだれて、隈なき月かげは葉ごとにひかりをやどせるなん、げにおかしくも心ぼそげなるをながむる人もあらんかしとおもひてぞ見いれたれば、軒もあばらなれど、しとみやり戸なんどもついて、かくてやれたるすだれにともし火かすかにうつろひたるきぬのけはひして、わがやどからのあはれとおもへば[11]などうちずしつゝ、琴かいならすさまのいふばかりもなくむねもつぶるゝばかりゆかしくて、たちかへる道もわすれ、すのこにしりうちかけてふることなどおもひいでゝ、

　　むしだにもあまた声せぬ浅茅生にひとり住らん人をこそおもへ[12]

かゝるさまなんむかし物がたりにも似侍るかなと打ながめをるに、おく深き方におんなの声して、友なきやどはまつ

虫もひとくとなきて侍れ⑬かしといひつゝ、見おこせたるまみつらつき、すだれへだてたれど、うつくしさに、ふるき絵などにはかゝることも侍るを、夢にやあらんとうちまもらるゝに、何といひ出んことのはもなくむねのみふたがりまさりてつく〴〵とおもひをるに、はるかほどへてうちよりめのわらはひとり手をとりていざないるゝを、あなむくつけ、いかにするにかと思へど、うつゝともなくいりて、かの女房のそばちかくしとねさし出したるが、こゝなん見ぐるしとて几帳のもとにひきいるれば、やをらなげしのうへにはひあがりて見るに、なにとなふあいきやうづきもてなすにぞ、男もやう〳〵心とけて女の身のうへなどとふに、おやもなき身のいと心ぼそくものし侍るを、君いかなるすくせにや、こよひわたらせ給ふことのいとうれしく、行末のこともうしろみたまはれかしなどうちなげくさまの、露おもげなる女郎花の夕の風にそよぐとも⑭いかでかまさらんとおもふに、おのれが身のほどもかへり見ずなん、その夜はうちかたらひぬ。秋の夜といへどはや横雲のそらしらみわたれば、残る心を又あすのよとちぎりてよもぎがもとの露よりさきにけぬべき心ちに⑮、かへりみがちなりや。

その日はゆめともなくおもかげの身にそひて⑯、くるゝをまちつけていそぎ出つゝ、それより夜ごと〳〵通ひける。とがむる関守⑰もなければど、物思ふならひにや、いつとなく身もやせおとろへければ、此男の叔父なるものさとちかくにありけるが、おとろへたるさまをいぶかしふ思ひて、其家の下部に此頃のありさまなどとふに、かう〳〵などかたるに、かゝるいなかびたる所にかくあひかたろふべき人もなげなるに、いかなる人のもとへかよふにやあらんといぶかりおもひて、又の夜男の湯あび、かみつくろひてゆくそのしりにつきて行みるに、木草おひしげり夜あらしもようかはりて、おそろしげなる森の中にいりけり。此うちに人やすまうと木かげにかゞみてみるに道もみへず。かのおのこはかよひなれたるしるべにや、ふかくいりぬ。いるかたをみんとかゝぐりありけど、闇なればおそろしきことはかりなし。月はあり明にて夜半過る頃より少しあかりて木の間もる影にすかしてみやれば森のすみに大きなるほらあり。

しのびて見るにかの男大きなるふる狸とさしむかひおもふことなげにうちかたらふさまの見へけるにぞ、叔父なるものは心たけきものにて侍れど、むねつぶれ身の毛もいよだちてわなゝく〳〵見るに、しとねと見へしはかの狸のふぐりといふものをしたゝかにひきひろげてこの男をのせ、とざまかうざまにもてなすなり。みるにおそろしきことかぎりなくて、たち引ぬき、ひとうちとおもひぬれど、なまじいしそんじとりにがしてんにはのこりおほかるべし、あすの夜てぽうにてうつべかめりとてその夜はかへりぬ。またあすの夜、きのふせしやうにちいさきてぽうをふところにして行ける。ところもおぼへたれば、木かげにしのびて月のあがるをまち、すこししらみて見れば、ありしにかはらず、しとねひきのばしけるをみて、やがてくだんのものふところよりとうでゝ、たゞひとうちにとねらひよれば、音さへすさまじう山彦にひゞきて、しばしぞけぶりにみへ分ざりける。ほどなく夜はほの〴〵と明わたるに、あしもとに落たる木の葉をみれば、

くちぐすりまはりかねたるてつぽうはこれぞはなしのたねがしまなり(18)　智恵内子

注

（1）『徒然草』第十一段に「神無月の頃、栗栖野といふ所を過てある山里にたづね入事侍しに」（『文段抄』本文による、以下同）。

（2）『源氏物語』桐壺巻に「は丶、北のかたなん、いにしへの人のよしあるにて」（『湖月抄』本文による、以下同）。

（3）『源氏物語』椎本巻に「おりふしのはなもみぢにつけて、哀もなさけをもかよはすに」。

（4）『源氏物語』鈴虫巻に「月みる宵の、いつとても物哀ならぬおりはなき中に、こよひのあらたなる月の色には」。

（5）『和漢朗詠集』十五夜に「三五夜中の新月の色、二千里の外故人の心」（正徳二年刊本による、もと『白氏文集』巻十四「八月十五夜禁中独直、対月憶元九」）。

（6）『続後撰和歌集』巻十八雑下・入道親王承仁「吹く風に誰をかまねく花ずすき君なきやどの秋の夕ぐれ」（正保版本を底本とする旧国歌大観による、以下勅撰集は同）。

（7）『後撰和歌集』巻二春下・源信明「あたら夜の月と花とを同じくば心しれらむ人に見せばや」。
（8）『徒然草』第十一段に「心ぼそくすみなしたる菴あり…かくてもあられけるよ」。
（9）『源氏物語』乙女巻「つきせぬ御有様の、み所おほかるに、いとゞ思ふやう成御すまゐにて」。
（10）『源氏物語』柏木巻に「よもぎも所えがほなり。前栽に心いれてつくろひ給ひしも、心にまかせてしげりあひ…むしの音そはん秋、思ひやらるゝより」。
（11）『詞花和歌集』巻九雑上・花山院御製「こゝろみに他の月をもみてしがな我宿からの哀なるかと」。
（12）『宇津保物語』後蔭巻・わかこ君「むしだにもあまた声せぬあさぢふにひとりすむらん人をこそ思へ」（延宝版本を底本とする古典大系による）。
（13）『古今和歌集』巻十九（誹諧歌）・読人しらず「梅の花見にこそきつれ鶯のひとく〳〵といとひしもをる」。ここでは鶯ならぬ、松虫も「待つ」ので「人来」と鳴く、という。
（14）『平家物語』許文（治承二年正月）に「（中宮）芙蓉の風に萎れつつ、女郎花の露おもげなるより」（元和九年整版本を底本とする新註国文学叢書による）。
（15）『拾遺和歌集』巻二十哀傷・天暦御製「秋風になびく草葉の露よりも消えにし人を何にたとへむ」、『続拾遺集』巻十三恋三・隆信朝臣「床の上におきつる今朝の露よりも帰る我身ぞ先消ぬべき」。
（16）『源氏物語』須磨巻に「さらぬ鏡との給し面かげの、げに身にそひ給へるも」。
（17）『伊勢物語』第五段で、夜ごとの通い路を、女の家の主人が据えた番人によって隔てられた男が「人しれぬわがかよひぢのせきもりはよひ〳〵ごとにうちもねなゝん」と詠む（『拾穂抄』本文による）。
（18）類歌に「鉄砲のたま〳〵きてもはなさぬは結句おもひのたねが嶋哉」（未得『古今夷曲集』）。

第三節　鹿都部真顔と数寄屋連

寛政七年正月、四方赤良こと大田南畝は、鹿都部真顔に狂歌三体伝授を行い、判者の地位を譲った。以後、真顔は四方姓を名乗り、江戸や地方に多くの門人を擁して長く活躍する。その四方姓によって真顔は南畝の後継者として強く印象づけられ、彼が、当初元木網に師事したことは事実として知られこそすれ、その意味はそれ以上に検討されていない。木網に入門した真顔がのちに南畝の許へ参じ、四方側の領袖として狂歌壇の主導権を握るまでの経緯もよく分かっていない。本節ではこの点に着目し、天明初年より寛政半ば頃までの鹿都部真顔、および彼が属した数寄屋連の動向を跡付け、狂歌壇における世代交代の様相の把握を試みる。

『遊戯三昧《ゆげざんまい》』所収、木網自筆「七夕狂歌並序」（写）[1]は、天明二年七月三日の出来事を綴る。木網を訪れる約束であった南畝や朱楽菅江らが現われず、物事明輔《ものごとのあけすけ》（後の馬場金埒）・油杜氏煉方《あぶらのとうじのねりかた》・鹿都部真顔《しかつべのまがお》と狂歌を詠んで慰めた、という。濱田義一郎氏はこれを、門人の中でも優れた彼らを「山の手の両巨頭に接近させようという木あみの演出」と見ている[2]。この日は不首尾に終わったが、数寄屋連の中核となる彼らは、徐々に木網を離れ南畝へと接近してゆく。

一　数寄屋連の結成と狂歌壇での位置

「数寄屋連」の語の初出は、天明三年四月に行われた「宝合」の開催を知らせる報条摺物であろう。そこに名を連ねる人々は左の通りである。(3)

算木有政・物事明輔・草屋師鯵《くさやのもろあじ》（後の橘《たちばなの》実副《みさえ》）・河井物梁《かわいのものやな》・浦辺干網《うらべのほしあみ》・北川卜川《きたがわぼくせん》・小鍋味噌都《こなべのみそうづ》・五足斎延命《ごそくさいえんめい》・大原安公《おおはらのあんこう》・埒秋兼《らちのあきかね》・平左段《たいらのさだん》・大束冬名《おおたばのふゆな》・朝寝昼起《あさねのひるおき》・畠畔道《はたのあぜみち》・油杜氏煉方・秦玖呂面《はだのくろつら》・鹿都部真顔・言葉《ことばの》綾知《あやち》（岸田杜芳）・白壁山人《しらかべさんじん》・一節千杖《ひとふしのちつえ》（窪俊満）・竹杖為軽《たけつえのすがる》（万象亭森島中良）（丸括弧内は小林注）。

万象亭は「同連音頭取」とされ、実際に中心になって「宝合」の催しを執り行った。(4) 数寄屋連中は万象亭とともに主催者となり、そのときの作品を集めた『狂文宝合記』上巻に「主品」としておのおの作品を並べている。

「数寄屋橋」「すきやがし」への言及ならば、これ以前にも見える。最も早い例は、前年天明二年春の南畝の日録『三春行楽記』一月廿四日条で、「数寄橋」で三十余人と会して狂歌を詠んだという記録である。この年十一月の顔見世に合わせて南畝が団十郎父子に捧げた狂歌狂文集『江戸花海老』には狂歌師名を列挙するくだりがあるが、その中で「わけて此道すきやがし」として、算木有政、物事明輔、秦黒面、鹿都部真顔、油杜氏煉方等九名を挙げ、「はてなき大連」とする。ただ、例えば、右の宝合報条摺物の掲げる人名の内でも、卜川・味噌都は、数寄屋河岸ではなくそれぞれ本来の住所に従って配列されるように、ここでの「すきやがし」は連の名称というよりはこれらの人々の実際の居所として記されたとも言える。それでも多くの狂歌師がこの数寄屋河岸周辺に住み、狂歌活動の拠点となったことは確かで、南畝は、この「わけて此道すきやがし」の表現を、他に「黒づくししばらくのつらね」（年代未詳、『四方のあか』巻下）でも用いている。(5)

彼らの活動の記録が具体的に見えるのは、天明二年四月の三囲稲荷を舞台とする一連の狂歌会が最初で、真顔をはじめ前掲の人名の多くがすでに見えている（『栗花集』、写）。天明三年正月刊『狂歌若葉集』では、明輔二十首、有政十六首、真顔・師鯵各十二首、玖呂面九首、煉方四首、畔道三首、卜川二首、同刊『万載狂歌集』では、明輔四首、有政・為軽・師鯵・黒面・真顔各三首、干網二首、煉方・畔道・物梁・昼起・卜川各一首という入集状況であった。

この天明三年の時点では、数寄屋連は全体が木網の落栗庵門下にあったと考えてよい。天明三年四月序刊の狂歌師名寄せ『狂歌知足振《しったりぶり》』において、冒頭の一群には例外的に名称が冠されず、慶應義塾図書館所蔵の野崎左文写本のみが「スキヤ連」の記載を持つのは周知の通りである。この集団には、前掲の数寄屋連中に加えて元木網・智恵内子夫妻が含まれ、落栗庵一門と数寄屋連が一体として捉えられているもようである。狂歌人名録を吉原細見に擬え、同年七月の跋を付して刊行された『狂歌師細見』では、右の数寄屋連中はほぼ、三軒の「落栗屋」のいずれか、あるいは万象亭の「万字屋万蔵」に置かれている。[6]「万字屋」には東作や杜芳ほか戯作者が名を連ね、狂歌師としては数寄屋連の真顔や師鯵、白壁らが含まれるが、その内、為軽すなわち万象亭自身と真顔・師鯵は「落栗屋杢蔵」にも重出する。これは木網門下における万象亭を中心とする集団の形成を示すものと見てよかろう。木網と数寄屋連中の師弟関係は、『狂文宝合記』赤良・菅江共同出品「子宝序」付載「むだつどひなぞらへ系図」の、次のような記載に仄めかされる通りであろう。

男「…もくあみさんは御師匠か。」女「ほんにそれ〳〵、ししやうも〳〵、あさな夕なのおしかりにも、むだの稽古をけいしやうなごんは名づけおや、ちゑの内子はおはぐろおや、万象さんとは乳兄弟。男「有政さんや金埒さん、黒つらまがほはなんとでござんす。女「いへ〳〵それもたにんじやない。[7]（傍線は小林）

この記述は長唄「弾眴《しらびょうし》准《なぞらえ》系図《けいず》」（明和六年成）のもじりであるため、全体の意味が取りにくいが、「宝合」の主催者についていう記述と見られる。平秩東作や南畝と親しかった軽少納言こと勘定組頭土山宗次郎を名付け親とすることは他に裏付けもなく未詳であるが、木網およびその妻智恵内子を師とし、万象亭を別格において、有政・金埒・玖呂面・真顔が主要な人物であることは分かる。万象亭がこの『狂文宝合記』の上梓にあたって木網を校合者の一人に迎えたのは数寄屋連の師匠格としての木網に対する敬意の顕れといえようし、『万象亭《まんぞうてい》戯《げ》作濫觴《さくのはじまり》』（天明四年正月刊）でも、万象亭は木網を「親分」と呼んでいる。この木網と万象亭、数寄屋連の関係を象徴するのが天明三年六月に催された「狂歌なよごしの祓」の記録である。(8) その図には各連を象徴する旗印等の下にそれぞれ狂歌師の名寄せがある。その一つに木網の網印と万象亭の卍の二旗を並べて掲げる集団があり、顔ぶれから数寄屋連と分かる。これは、数寄屋連が木網を師とし、万象亭を頭領とすることを示唆するものであろう。(9) 名を連ねるのは以下の人々である。

算木有政・馬場金埒・草屋師鰺・河井物梁・浦辺干網・北川卜川・大束冬名・秦玖呂面・鹿津部真顔・竹杖為軽・白壁山人・言葉綾知・一節千杖

前掲の宝合の報条摺物に完全に重なる。木網の網模様の旗のみを印とする一群が別にあり、数寄屋連は木網門下でもやや独立した存在であったことが分かる。そもそも木網の門下の総称として、今日、研究者が多く用いる「落栗連」という呼称の当時の用例は現在のところ見出せず、『狂歌知足振』で連の名がないことも、木網門下全体を指す呼称がなかったとすれば理解できよう。名称がないほどに一体としての認識を欠いたからこそ、数寄屋連中はその中で独自に集団をかたち作ることができたのではなかったか。

天明三年における狂歌界の盛り上がりの中、右に述べた「宝合」「なよごしの祓」の他、『絵本《えほん》見立《みたて》仮譬尽《かいづくし》』（正月刊）、翌正月刊『老萊子』（三年三月に開催された南畝の母の耳順祝賀会の成果）、六月跋刊『たなぐひあわせ』等々、数寄屋連中も様々な撰集に入集している。とくに万象亭編『絵本見立仮譬尽』は、師木網夫妻や南畝・橘洲ら狂歌界の大物を迎えつつ、数寄屋連、及び浜辺黒人ら芝連の多くの連中の協力下に成った作品である。また万象亭を介して数寄屋連と深く関わる山東京伝が中心的な役割を果たした『たなぐひあわせ』においても、万象亭、恋川好町《こいかわすきまち》こと真顔、および同じく数寄屋連と近しい鳴滝音人《なるたきのおとんど》が校合に当たった他、[10] 杜芳・有政や万象亭門人千差万別らが入集し、数寄屋連の人脈が生かされている。これらの書、またそれらに先行する「団扇合」（天明二年四月、『栗花集』所収）における、当時、数寄屋連を形成しつつあった多数の木網門人の活躍、[11] そして「宝合」の主催などを考え併せれば、この連中に、挿絵を配したり、実際に事物を用いたり、また文字の配置・形式に凝ったりなど、視覚的趣向を用いた狂歌狂文作品への好尚を見出すことができる。それは、一つには万象亭や杜芳、京伝ら戯作者との関わりの深さに由来しよう。しかし「団扇合」は、彼ら戯作者が狂歌壇に参入する天明二年末よりも前のことで、この時には戯作者の参加はなかった。[12] 数寄屋連中は、客分として参加した『老莱子』でも、おのおの多彩な視覚的趣向を披露している。万象亭をはじめ、杜芳・明輔・有政・玖呂面・物梁等の数寄屋連中はみな、挿図を加えたり、体裁や文字の形態に凝ったりと視覚に訴える工夫をこらしているが、同種の試みは、他には恋川春町、山道高彦、加陪仲塗《かべのなかぬり》とごく少数に限られている。つまり、万象亭や京伝のみではなく、数寄屋連中全体にこうした志向が指摘できるのではないか。逆にそれが、戯作者との親近性を生んだともいえよう。

このような数寄屋連中の特色ある活動の中、頭領万象亭は別格として、真顔は金埒等とともに数寄屋連の中心的存在として頭角を現す。とくに天明三年十一月刊『落栗庵狂歌月並摺』では序を草するまでになっている。翌四年の落栗庵の歳旦『春興抄』では、万象亭・玖呂面・冬名・干網・昼起・左段そして真顔等が、木網と同じく入集者中最多の各三首を採られた。彼ら数寄屋連は、落栗庵門下の中核を担う存在へと成長したのである。

二　木網門下からの独立

力をつけた数寄屋連中は、木網から独立して行動し始める。彼らは天明四年七月刊の大門際成《おおもんのきわなり》追善『いたみ諸白』では木網と並んで入集し、その後真顔が、万象亭・杜芳と共作した芝居種の黄表紙三部作『〔涎繰当字之清書《よだれくりあてじのきよがき》〕』（仮題）で木網に言及し、その師弟関係を匂わせたのは翌春のことであった(13)。しかし以後、ほとんど木網と行動を共にしなくなる。二ヶ月前の正月刊鳴滝音人編『絵本狂文棒歌撰』で、すでに木網不在のままに、巻頭の万象亭、続く真顔をはじめ数寄屋連から十名が入集していた。同五年三月に平秩東作の耳順を賀して狂歌師連中がそれぞれに趣向をこらした狂歌狂文を貼り交ぜにした中の数寄屋連仲間による作は真顔・京伝・引網（阿漕引網）・金埒・有正・実副・為軽（万象亭）の七名の連名であるが、同じ紙片はおろか、他にも木網が作を寄せた形跡はない(14)。赤良・菅江・橘洲評『狂歌評判 俳優風《わざおぎぶり》』（同八月跋刊）は、彼ら三人が各連の「重手代」に狂歌壇の主導権を譲り渡すことを演出した作で、「スキヤ」と注される狂歌師も多数参加している。とくに真顔は、立役の部で巻頭の宿屋飯盛に対して巻軸を務めるに至って、飯盛こと石川雅望と並ぶ有力な後継者とされたが、この作にも木網夫妻の姿はない。同十月の百物語の会は、版元蔦屋の発案で南畝や東作を中心に行われ、真顔・金埒・有政が加わったが、木網はここにもいない（同五年冬序刊『狂歌百鬼夜狂』）。

　木網から独立したこれら数寄屋連の活動は、真顔・金埒の南畝への接近と連動する。両名は天明五年四方連歳旦『四方春興 夷歌連中双六』に入り、『十才子名月詩集』（同八月刊）にも有政・橘実副と真顔が参加している。後者は「共ニ四方ノ酒ヲ酌ム」仲間が「数寄屋ノ客ヲ得」（ともに四方山人こと南畝序、原漢文）て行った会に基づく狂詩集である。翌六年の四方連歳旦『狂歌新玉集』では数寄屋連からの入集者は拡大し、有政・金埒・煉方・実副が各一首、真顔は二首入っている。同集は、数寄屋連もまた四方連の下部組織としての地域連と同列に扱い(15)、彼らもまた四方連の傘下にあるかのような印象を与える。また同正月刊の狂歌絵本『絵本八十宇治川(16)』にも真顔・金埒・万象亭が入る。同書の南畝の序は版元蔦屋主導の編集を仄めかすが、四方連関係の入集者が多く、その人選には南畝の協力が窺われる。翌七年の四方連歳旦『狂歌千里同風』にも真顔・金埒・万象亭が入集。万象亭は総巻軸を務め、真顔は根本歌・旋頭歌など特殊な形式の狂歌を詠み、実力を誇示する。

　この頃の四方連の狂歌集における真顔の存在感は、元来、南畝の門人ではなかった狂歌師としては異例のものといえよう。この延長上で、真顔は、同七年正月刊『狂歌才蔵集』においては南畝に代って編集に当たる六名に加わる。南畝の甥の紀定丸《きのさだまる》、宿屋飯盛《やどやのめしもり》や頭光《つむりのひかる》という当初から四方門下にある伯楽連中、狂歌壇での実績は少ないものの、南畝に学問や詩文でも師事する紀躬鹿《きのみじか》こと井上子瓊、二歩只取《にぶのただとり》こと鈴木椿亭といった面々と肩を並べるに至ったのである。天明七年を境に南畝が狂歌界を退いたことはよく知られる通りであるが（第二章第二節で論じた）、数寄屋連中はその南畝の狂詠を「巴人亭」号を以て辛うじて翌八年正月刊『狂歌すきや風呂』に得ている。同じ時、蔦屋重三郎が前年八月に挙行された虫聞きの狂歌会の成果を歌麿の画に添えた狂歌絵本『画本虫撰《えほんむしえらみ》』もまた開板された。飯盛の序で、尻焼猿人こと抱一を巻頭に据え、南畝や菅江・橘洲を初めとする山の手連系の狂歌師を網羅するこの撰集に、数寄屋連中としてひとり真顔は入集している。

　『狂歌すきや風呂』には、南畝に続き、菅江・橘洲の狂歌も載せている。彼らは、南畝の狂歌壇引退と前後してこの二大人とも関係を深める。橘洲が序を草して編集にも協力したと思しい蔦重版狂歌絵本『絵本吾妻袂《あづまからげ》（抉）』（天明六年刊、重政画）に真顔が入集、さらに橘洲は、真顔及び定丸・飯盛の協力を得て『狂歌部領使《ことりづかい》』（寛政三年刊）を撰んだ。同書には金埒も少なからず入集している。真顔は、この年の数寄屋連歳旦『あらたま集』、同五年の歳旦『四方の巴流』にも橘洲の狂歌を収めた。菅江に関しては、千坂廉斎『江戸一斑』（写）に記録される天明七年二月付、菅江撰「三囲奉納狂歌額」(17)に真顔が見えるのをはじめとして、朱楽連の『狂歌いそのしらべ』（寛政元年刊）に真顔・

金埒が入集し、また朱楽連色の強い蔦重版の狂歌絵本『潮干のつと』（寛政元年頃刊）にもこの両名が出詠する。[18]

さらに、もう一人の江戸俗文壇の大立者烏亭焉馬との彼らの関わりも目立つようになる。焉馬との関係の始めは、天明六年四月に開かれた第一回「咄の会」であったろう。[19] 焉馬の肝煎で狂歌界の大物を集えた盛会の中、真顔もまた咄を披露した（「咄の会記」『四方真顔狂文集』[20]）。焉馬の編んだ三升連狂歌集『御江都《おえどの》飾《かざり》蝦《えび》』（寛政四年正月刊）では、真顔は序を草した上、一人一首を原則とするこの本において、ひとりで二首の狂歌を巻末に載せて自らの存在を主張する。さらに真顔は、寛政五年刊『青楼《さと》育《そだち》咄《はなし》雀《すずめ》』『天狗《てんぐ》礫《つぶて》鼻江戸子《はなのえどっこ》』以来、焉馬の著作数点の校合を鹿杖山人の名で行っている。個々の作品に対して、どれほどの貢献があったのかは定かでないが、「桃栗山人作／鹿杖山人校」という名前の併載は焉馬との近しさをことさらに印象付ける。真顔は、また寛政五年刊の数寄屋連の狂歌集『どれ百人一首』『四方の巴流《はる》』に、焉馬の狂歌を載せている。寛政後期、真顔や金埒は「咄の会」の咄本や三升連狂歌集のすべてにおいて目立って活躍することになり、この時期も「咄初め」や月並の定会において焉馬に密着していたことは容易に想像されよう。

南畝や菅江、焉馬、橘洲との交渉が増えたことは、彼らが活動を展開してゆく中で様々な関わりができたことによる必然ともいえる。重鎮たちとの交わりが深まる、またそれを意図的に深めることによって狂歌壇で重きをなし、それとともに版元にとっても逸することのできない存在となることによって、多くの撰集に入集していく。

三　真顔と木網

この間、本章第一節で述べたように、木網は狂歌壇に姿を見せることなく、しきりに各地を遊行していた。寛政に入ってからは上京し、川越に庵を構え、信濃善光寺へも参詣、さらに筑紫へまでも足を伸ばしていたらしい（木網編『新古今狂歌集』巻十九、干柿種角の狂歌詞書、寛政六年刊[21]）。とくに川越では多くの門人を擁した。前述のように、書簡に「江戸もおもしろきこともなく、さびしく候」と記したことは、こうした頻繁な地方行脚や川越生活の裏に、江戸での何らかの思わしくない状況があったことを想像させる。寛政三年序、酒月米人『観難誌』（写）には、狂詠の不徳が招いたもろもろの不幸を述べる箇所があり、その中で、具体的な内容は明かされないが、この時までに木網は「不義」に遭ったとされる。つまり、木網のこのような言動に特定の原因があることを示唆していよう[22]。これは数寄屋連の動きと関わらないのであろうか。

木網を離れて独自の動きを見せた数寄屋連と木網との疎々しさが木網側の資料からも窺えることは第一節でもやや触れた通り。『新古今狂歌集』全二十巻四冊中、数寄屋連の中でも平左段が二十首、大束冬名が十九首入集した一方で、真顔や金埒、有政等は各々一首が採られたに過ぎない。木網の寛政六年の『〔落栗庵春興集〕』（仮題）・『うまのはなむけ』（刊年未詳）は、ともに網破損針金こと梅園静廬など江戸の門人も含むものだが、前者にやはり大束冬名を交える他は数寄屋連からの入集はない[23]。文化八年に木網が没した時、金埒など物故者もいたとはいえ、その追善集『もとのしづく』に、数寄屋連中が一人も見えないのは穏やかでない。強いて挙げても前述のように数寄屋連中と近しい関係にあった鳴滝音人が詠を寄せた程度である。

とはいえ、両者は完全に関係を絶ったようでもない。『新古今狂歌集』では、右のような数寄屋連中の入集状況と裏腹に、木網自身の狂歌に「門人鹿津部真顔、算木有政、橘実副、畑畔道、河井物粱、馬場金埒と」云々という詞書を付して彼らが門人であることを明示する。これ以前、真顔編の寛政五年版『四方の巴流』にも木網は詠を寄せていた。

そして何よりも真顔が後々まで使用する「狂歌堂」号は、もともと木網のものではなかったか。木網による用例は数少ないが、他ならぬ真顔が草した『落栗庵狂歌月並摺』序に、木網の居所を指して「杖に柱にたのみよる人、狂歌堂に所せきて、此みちの難波津を手習ふ」という。木網による使用は、現在把握できる資料としては第一節で論じた貼込帖『ふでのやどり』所収寛政四年付摺物が最後で、「元杢網」の右肩にはっきりと「狂歌堂」と冠している。では、真顔の「狂歌堂」号の開始時期はいつか。同三、四年には鹿都部真顔を名乗るのみであるが[24]、五年春刊『どうれ百人一首』で始めて題簽に「狂歌堂」と冠し、序に「我狂歌堂」と記す。序に冬まで刊行がずれ込んだと言う、この年の春興『四方の巴流』でも「狂歌堂」を名乗る。一方、同年刊『癸丑春帖』『狂歌上段集』『狂歌太郎殿犬百首』など他連の撰集では鹿都部真顔以外の号の使用はいまだ見えない。つまり寛政四年暮または翌春の使用開始と考えられるので、木網の使用との重複期間はなく、号の譲渡を考えるにも不都合はない。しかしこれを明記した資料は今のところ見出せず、真顔の僭称であった可能性も否定はできない。

また、木網の門人が、真顔の許に出入りした例もある。本章第一節でも触れたように、東京都立中央図書館加賀文庫所蔵『〈狂歌集〉』(仮題)の序者桜戸茂見《さくらどのしげみ》は、川越の地誌『三芳野名勝図会』(写本)を著した中島孝昌、『ふでのやどり』所収摺物や『新古今狂歌集』にも多く入集する、川越における落栗庵の有力門人である。木網とともに真顔の寛政五年版『四方の巴流』に入集し、文化二年にはその母の古希を祝して私家版で梓行した『文孝冊』狂歌の部巻頭に真顔の狂歌を大きく掲出している。このように木網が門人の真顔との交渉を妨げた節はなく、むしろともに『四方の巴流』に入集したことは木網自身が仲介した可能性をさえ感じさせる。

この真顔と木網の関係に関し、村田了阿が興味深い逸話を記録している。

師の世にいまそかりし日、西のくぼの栗の本の庵に往かよひて戯歌まなびし事をおもひて

今もなほ西をぞ拝む西の窪西の木のかげそれもふまじと

戯歌をもて活計のなかだちとする身に成てはいよゝ、師恩の有がたき事を思ふ。其涙はた汗にまされり。

汗水をながして昔習ふ歌のやくにたつ今涙ぬぐへり　狂歌堂

（『了阿遺書』中[25]）

この「師」とは、木網が居を構えた芝西久保に言及することから、木網を指す。二首めは、おそらく木網の狂歌「あせ水をながして習ふ剣術のやくにもたゝぬ御代ぞめでたき」（『徳和歌後万載集』巻七賀、天明五年刊）を踏まえたものであろう。木網の追善集には加わらなかった真顔であるが、没後にこうして木網を偲んだという。これには両者の微妙な関係が読みとれまいか。少なくとも資料の上では両者の交渉は、天明半ば以後、師弟関係としては不自然なほどに僅かとなっている。「不義」に遭い、寂しさを吐露した木網は、江戸を離れがちとなり、狂歌壇とのつながりもごく限られたものとなる。この二つの事象に、直接的か否かは別としても、いくらかの因果関係を見出してよいのではなかろうか。

四　真顔の作風

真顔のこうした動きは、その作風とどのように関係しているのであろうか。

全体に数寄屋連中は視覚的効果を狙った趣向を好み、戯作者とのつながりが強かったことは前述した。真顔もその中にあって、天明五年より前述の『〔涎《よだれ》繰《くり》当字《あてじ》之《の》清書《きよがき》〕』など黄表紙を書き始める。そのような真顔にとって、作法書『狂歌はまのきさご』（天明三年刊）は著しても狂歌の枠内にとどまり、戯作へと踏み出すことをしない木網はやや物足りなく、多方面に活躍する南畝が魅力的に思えても不思議はない。しかし歌風からすれば、のちに俳諧歌説に傾く真顔は、南畝よりも、むしろ木網に近いのではなかろうか。

天明狂歌において江戸賛美がそれだけで歌材となることは早くに指摘され[26]、久保田啓一氏はその「めでたさ」を天明狂歌の本質と措定した[27]。天明前半期、江戸の繁華を存分に謳歌した狂歌壇にあって木網もこうした雰囲気とは無縁ではなく、彼にも『万載狂歌集』『狂歌若葉集』『徳和歌後万載集』には「吉原花」「飛鳥山花」など江戸を言祝ぐ詠が見える。中でも「吉原花」は同じ題が諸書に散見することから、何らかの席上での題詠かとも推定される。しかし木網自身の落栗庵狂歌会の兼題には、天明前半期においてさえも江戸賛美につながる当世性の強い題は見えないことは第一節で述べた通り。『狂歌師細見』見返しに載る天明三年の落栗庵会兼題は季節の景物や年中行事からなり、『万載狂歌集』『狂歌若葉集』に収められた落栗庵会席上での作と分かる狂歌の題も「船松飾」などと至って穏当で、木網自身は江戸賛美への志向をさほど強くはもっていなかったのではないかとさえ思わせる。

木網は、狂歌壇を離れた寛政半ばの『新古今狂歌集』で、その傾向をさらに強める。前に見たように和歌を志向し、のちに和学へと傾倒して文法・狂歌作法書『言葉のもとすゑ』（寛政十年刊）等を著す木網だけに、その題は和歌の伝統の枠をほとんど超えない。天明狂歌の特色である江戸名所詠は、『新古今狂歌集』では伝統的な歌枕を詠む作に取って代わられている。雅なるものに卑俗なものを取り合わせ、その落差におかしみを求めるのは滑稽文学の常套であったが、木網の場合、俗の要素も、当世の江戸風俗よりもむしろ普遍性のある卑俗な事物が担う。木網の代表作ともいえる『鳰百首』はその好例である[28]。天明狂歌の特徴とされる当世性、現実肯定の要素は木網の作にはさほど強く見出せない。

狂歌壇の主流と木網との姿勢の相違は、本歌取り等古典的な和歌世界に対する態度に典型的に表れる。左の南畝の作は、しばしば天明狂歌の代表的佳吟とされる作である。

かくばかりめでたく見ゆる世の中をうらやましくやのぞく月影
『めでた百首夷歌』・『徳和歌後万載集』巻五秋下

「かく計へがたく見ゆる世中に羨ましくもすめるつきかな」（藤原高光、『拾遺和歌集』巻八雑上他）をもじり、漢詩文の発想を取り入れて和歌の世界で守られてきた発想や価値観をあえて反転して見せる。(29) 左も南畝の代表詠の一つ。

昔たれかゝる狂歌のたねをまきてよしの、花もらりになしけん
『徳和歌後万載集』巻十二雑下

本歌「むかしたれかゝるさくらのたねをうゑてよしのを春の山となしけん」（藤原良経、『新勅撰和歌集』巻一春上）。この狂歌は彼らの姿勢を象徴的に表していよう。南畝は、吉野山の桜とともに伝統的な和歌の権威を「らりに」、散々にうち砕いて見せることのおかしみを演出したのであった。この延長上に南畝の愛弟子宿屋飯盛こと石川雅望の「あめつちの動き出してたまるものかは」（『狂歌才蔵集』巻十二雑上）が生まれるのである。

木網にも、天明期には、古典世界で美化されてきた業平を戯画化した詠がある。

筒井づゝいつも凧はあり原やはひにけらしなちと見ざるまに
『万載狂歌集』巻十四雑下

しかし、木網は、次第に和歌世界の規範内でおかしみを見出すことを志向してゆく。

はらへして年もあつさも半分にならの小川の凮ぞすゞしき
『新古今狂歌集』巻三夏

「はらへ」は六月の祓であり、また盆前の節季の支払いでもあろう。「風そよぐならの小河の夕暮は御祓ぞ夏のしるしなりける」（藤原家隆、『新勅撰和歌集』巻三、『小倉百人一首』）等によって知られる歌枕の楢の小川を出し、その「楢」に「ならば」を掛けて願望の意とする。その願いは年半ばの節季の支払いによって暑さも半分になってほしいという、生活感に見合った常識的・日常的な内容で、その落差が微笑みを誘う。しかし、祓・楢の小川と縁語で仕立て、和歌の常識に抵触することなくその常套的表現「凮ぞすゞしき」で結ばれたこの詠には、和歌的色調が濃い。

山桜さけば白雲ちれば雪花みてくらす春ぞすくなき　『新古今狂歌集』巻一春上

『古今和歌集』巻七「徒に過ぐすつき日はおもほえで」（藤原興風）の下の句をとり、その理由を、和歌の類型的な発想によって、花が雲となり、雪とされてしまうことに帰すおかしみ。和歌的な感慨を和歌の規範にこじつけて説明するこの歌の発想は、和歌的世界を茶化しながらも、その中で完結しているといえよう。木網は、南畝のように和歌的価値観を覆して見せる不遜な態度を演出することはなく、むしろ和歌世界の延長上で本歌を踏まえて詠じる。和歌に憧れ、あくまでも和歌的世界の内側でその原則に従っておかしみを求めたのであった。

のちに狂歌は和歌の伝統に連なる俳諧歌であるという趣旨の俳諧歌説を唱える真顔の狂歌観は、結果としては木網に近い。自身が編集に加わった『狂歌才蔵集』に天明期の作風を一瞥しよう。

あらそはぬ風の柳の糸にこそ堪忍袋ぬふべかりけれ　『狂歌才蔵集』巻一春上

むかしたれならはしそめて庭訓の三月きりに春の行くらん　『同』巻二春下

菓子壺に花も紅葉もなかりけり口さびしさの秋の夕ぐれ　『同』巻四秋上

一首目は風に靡く柳という発想とともに歌語「柳の糸」を用い、そのしなやかさで堪忍袋を縫う、と狂歌に仕立てた真顔の代表的な詠。次も前掲の藤原良経の歌などに見える和歌的な表現「むかしたれ」を使い、諺「三月庭訓」を絡めて行く春を惜しむ。三首目はいわゆる「三夕の歌」中、定家の「見わたせば」をもじるが、花や紅葉を干菓子のそれと見なすのみで本歌を揶揄するものではない。真顔の狂歌には大胆な発想や表現は少なく、全体に温和といってよい。この傾向は真顔の編著にも指摘できる。『狂歌すきや風呂』には『枕草子』本文の文章を題とした狂詠が並び、その冒頭をもじった序を冠するが、古典の権威を傷つけることなく、むしろ衒学臭さえ漂う。真顔自身の作を引けば、

鴬はふみなどにもめでたき物につくり、声よりはじめてさまかたちもさばかりあてにうつくしき

鴬はまき絵に似ても金箔のだみたる声はなかぬなりけり(30)

また『どうれ百人一首』において、天智天皇の歌をもじる真顔の詠は、

秋の田のかりをはらふて帳面のしめかざりする宿の福藁(31)

と、本歌の利用は「刈り」に「借り」を掛けることで一首をもじるにとどまり、真向うから本歌の内容や発想に向かって揚げ足取りをしたり、それをからかったりするものではない。こうした真顔の狂歌観や歌風は、より木網に近い。その真顔の南畝への接近は、詠風に関わる、自身の内的な要請に基づくものではなく、狂歌壇の勢力関係をにらんだ、ある種政治的な動きであったと見てよいのではなかろうか。

五　「四方」の後継者争い

黒川春村が後に狂歌壇の歴史を回想や伝聞によって綴った『壺すみれ』（写、天保八年序）は、当時の狂歌界の情勢を手短にまとめている。

寛政のはじめの頃にや、とものむれふたつに分れて、南のかたは真顔、金埒、米人、江戸住などひとまとひとなりて、執事は物梁なり。北のかたは市人、笛成、霜解、干則、一葉などひとむれにて、光翁に随従して、執事は俊満・長清なり(32)。

「南のかた」とは数寄屋連を中心に、のちに四方側となる勢力である。「北のかた」は対抗する伯楽連。宿屋飯盛は寛政三年に公事宿嫌疑一件で江戸払いにあっていたものの(33)、頭光《つむりのひかり》がこれを率いていた。普栗釣方が「四方連伯楽開基」（『俳優風』）として、天明三年夏頃『皆三升扮戯大星』で旗揚げしてより(34)、伯楽連は一貫して四方門下で活発に活

動してきた。その立場からすれば、元来四方門人ではなかった真顔に赤良の後継者の地位は譲れない。真顔の四方継承は、その座をめぐる、この光との競争であった。

寛政五年、真顔は春興帖の発行を企てた。その春興『四方の巴流《はる》』花江戸住序文には、

> 吾狂歌堂の大人はことひうしの鈍きあゆみにならひて、大なる器のおそくなる事をいとひ給はねば、春興帖とかやかりそめの集つくらんのおぼし立も年の内の春とゝもにおはしながら（傍線は小林）

傍線部よりこれが初めての企画であったことが分かる。とはいえ刊行は延び延びになり、ついに十一月まで遅れたと序に言い、限りなく六年の歳旦に近いものとなった。真顔はこの春興帖に「四方」を冠した。同書では、引退した南畝から狂歌を得たようで、「野中清水」という変名ではあるが、南畝流の筆跡でそれと明示することで、[35]この「四方」の使用が南畝の了承を伴うものであったように演出する。一方で、翌六年の伯楽連春興『春の色』では、南畝は、巴人亭号によって石川丈山『覆醤集』上巻巻頭詩「富士山」転結句を揮毫したにとどまった。

しかし光の側も負けてはいない。扇巴の判を譲り受けようと、南畝に働きかける。享和二年版『狂歌左鞆絵《ひだりどもゑ》』序において、窪俊満は次のように回想する。

> 此四方は、泉街の名酒より出たるを、かく大人の用られしより、印章にも、その比は扇巴をぞ押されける。……此印は、元来酒上不埒が石に彫て参せたるを、大人此道うと〳〵しく成給ひしのち、硯匣の隅にちりばみありしを、つぶりの光にえさせ給へと蔦のから丸がねぎければ、大人、げに彼が夷曲は赤にならぶる男山と飲味おぼして、やがてあたひ給ひ……

この譲渡が蔦屋重三郎の働きかけで寛政五年中に実現したことは、すでに鈴木俊幸氏がこの記述によって指摘している。[36]南畝自身、後述する「狂歌堂に判者をゆづること葉」（寛政七年版『四方の巴流』、『四方の留粕』下にも収録）で、

「さいつ頃何がしの求によりて、をしでは人にをくりぬ」という。しかし、真顔は、寛政七年三月刊『花くはし』序にやや異なる書き方をしている。

あふぎ所おしでもたまへるを、例の唐麻呂……酔なきにまぎらはしつゝふところにしてすべり出るを、この花にまた飲ての後はと、しかすがに見ゆるし給ふなりけり。(37)

自分に与えられかけたこの印が蔦唐丸こと蔦重に奪取され、南畝もこれを見逃したのだと主張して光の名も出さないのは、光への扇巴の譲渡を認めないというつもりだろう。この扇巴の判を光が用い始めたのは、寛政六年版『春の色』からのようである。ただしこの時の扇巴印は墨刷りで、一見した印象では、板下は書き判らしい。翌七年版『春の色』(38)や八年歳旦『百さへづり』の朱印は印章のようで、南畝に意匠権を譲られて新たに刻したかとも推測できる。

さらに同じ六年、伯楽連は連中の一人松山青樹主宰の新春狂歌会の成果を『四方のはる』と題して梓行した。(39)大奉書横半分に切った長判の二つ折、挿図も含めわずか六面の一帖で、真顔編寛政五年版『四方の巴流』にも「嘉賓」として入集していた光と俊満、麦藁笛成らも見える。つまり彼らは真顔らの『四方の巴流』の存在を知りながら、あえてこの小冊を『四方のはる』と題したのである。

しかし、翌七年版『四方の巴流』をもって両者の競争は一応の決着を見る。四方山人こと南畝の「狂歌堂に判者をゆづること葉」を掲載、真顔の正式な「四方」姓と狂歌判者の地位の継承を前面に出す。南畝がこれに、鹿都部真顔への「伝授」について、

志いたく切なるにめでゝ玉笥はこ伝授めくもをこがましけれど、鳥のあとひさしきものながら、馮婦が手うちけんとらのとしのはじめ、河原崎の翁わたしとゝもに三体の伝こと〴〵く伝へぬ。（傍線は小林）

と記したことから、この真顔の四方姓の継承の時期について六年説が出るなどの混乱がある。(40)「馮婦」とは『孟子』

尽心篇下に見える虎退治の名手であるが、「ひさしいもんだ」に「鳥のあと」を冠するのと同じく単なる修辞。寅年つまり六年初めと言うが、河原崎座の翁渡しというから、五代目市川団十郎改め蝦蔵が同座にあった寛政五年十一月からの顔見世狂言とともに伝授を行った、というのであろう。そしてその締めくくりとして、次の腹唐秋人の文を含めたいくつかの文に言うように、「こたび」、寛政七年正月に伝授の巻物と文台が授けられたと見られる。狂歌壇の重鎮の祝辞が並ぶこの七年版『四方の巴流』が出されたこの時点で、真顔が正式に四方姓を継承したと考えてよかろう。

　こたび四方先生よりひとつの巻物と文台とを与へ給ふときく。誠に牛門の子弟総て三千。多の中でこなさんに譲玉ふは此道の面目にあらずや。

傍線部は新内節「仇比《あだくらべ》恋浮橋《こいのうきはし》」の文句取りではあるが、これまで述べたような後継争いを仄めかすものでもあろう。多くの狂歌師が詠を寄せる中、桑楊庵光・尚左堂俊満らも名を連ねているが、素気ない狂歌にその心中を推し量ることはできない。

　南畝は、真顔に「拈華御笑の狂歌の印可」（同書橘洲祝辞）ともいうべき「四方の箱伝授三体の一軸」（同酒月米人）を与えた。この古今ならぬ狂歌三体伝授によって狂歌判者の地位を保証された真顔は、光を抑え、実質上、南畝の後継者の座に就いたのである。

　だが、それでは光はおさまらず、南畝のもう一つの号「巴人亭」獲得に動く。この七年正月の段階で「巴人亭」号が南畝にあったことは、七年版『四方の巴流』の菅江の祝辞等によって確認できる。浅野秀剛氏は、寛政八年春『吉原細見』広告や翌八年正月刊春興『百さへづり』光序「かしこくも大鳥の巴人亭という号さへたびてければ」より、七年中に光が「巴人亭」号を南畝から譲られたことを指摘している。[41] 四方赤良を象徴する「四方」姓と「巴人亭」号とを真顔と分け合い、それぞれに継承したのだが、肝心の「四方」の名と「三体伝授」は真顔のものとなった。しか

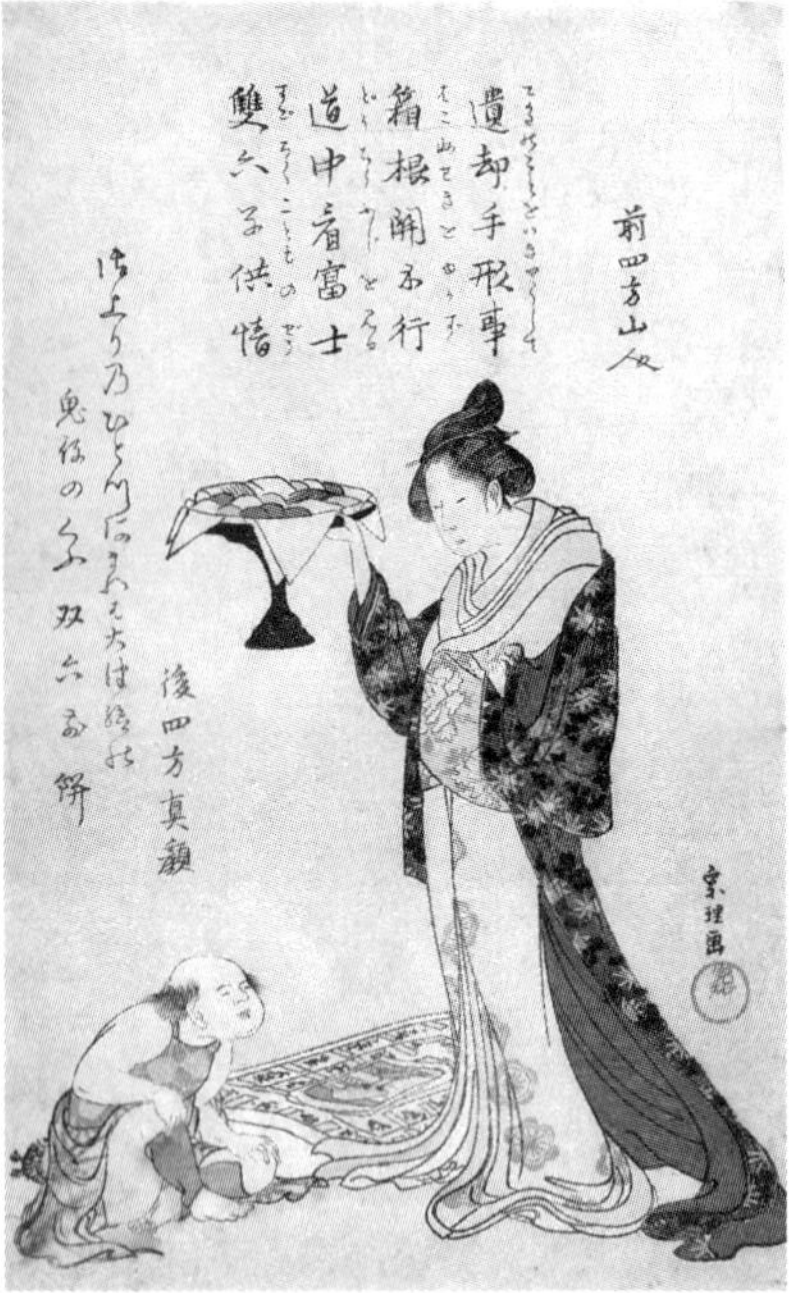

図　北斎画「四方」姓襲名記念摺物（筆者架蔵）

しその巻物の跋文かと思しい「狂歌三体伝授跋」（『四方の留粕』下所収）で、「狂歌には師もなく伝もなく、流儀もなくへちまもなし」とする南畝であるから、伝授が実体を伴うものであったのかははなはだ疑問である。それでも結果的に真顔は「四方」姓と狂歌界の主導権を獲得し、さらに翌八年正月には「四方歌垣」というものものしい名乗りとともに、いつのまにやら光が手にしたはずの扇巴を用い始める（八年版『四方の巴流』・『帰化種《しきなみぐさ》』等[42]）。この年の春興の一つと見られる『日のはじめ』に、真顔は、扇巴印を添えた序文とともに次のような狂歌をのせて敵方を牽制する。「四方」号、扇巴印をめぐる両者の争いが、この年に至っても完全には終わっていなかったことを十分に窺わせよう。また、自身の扇巴印の使用を正当化するかのようでもある。

あからひく四方の春日の朝霞似せむらさきのうばふ色かは[43]

右図は、この頃に真顔が制作したと思しい摺物である。北斎の「宗理」落款からしても寛政八年頃の作と推定される[44]。吉田冠子・三好松洛合作『恋女房染分手綱』（宝暦元年初演）十段目で知られる「重の井子別れ」の図は、真顔の四方姓継承という「独立」を記念するに相応しい。狂詩・狂歌はそれぞれに何食わぬ顔で双六を詠むものであるが、「前四方山人」「後四方真顔」といういずれも珍しい名のりが、この摺物発刊の意図を語って余りある。この図には狂詩の方のみを削った版がある（日本浮世絵博物館蔵）。自粛中の南畝に真顔が無理を言って「前四方山人」の狂詩入りの少部数を作ることを許されたのか、あるいは南畝自身、狂詩を与えてはみたもののしばらくして後悔したのか、いずれにせよ、この狂詩もまた、ためらいがちな南畝を押して真顔が勝ち得たものの一つであったろう。

そうこうするうちに、まもなく光はこの年、寛政八年四月十二日に他界、(45)浅草市人率いる浅草連をはじめ諸連がしだいに勢力を広げつつはあるものの、経験・実力もともに拮抗する相手を欠くままに、飯盛が六樹園を名のって狂歌界に徐々に復帰する文化初年まで、(46)真顔は、ひとり新しい狂歌壇の領袖として君臨することになる。

注

（1）『天理図書館善本叢書　蜀山人集』（八木書店、一九七七）影印による。

（2）注（1）書濱田義一郎解説。

（3）石上敏氏紹介（「狂文宝合会報条摺物に触れて」『書誌学月報』五十八号、一九九六）。太田記念美術館『蜀山人大田南畝』展図録（二〇〇八）に図版掲載（出品番号41）。引用に際して、狂歌師名は、それぞれもっとも一般的な表記に統一した。

（4）濱田義一郎「宝合」（『江戸文芸攷』岩波書店　一九八八、初出一九五八）、山本陽史「宝合会と『狂文宝合記』」（延広真治他『『狂文宝合記』の研究』解題、汲古書院、二〇〇〇、初出一九九八）。

（5）浜辺黒人剃髪時の狂文。南畝『奴凧』は、天明狂歌盛時、黒人が法体であった旨を記すので、おのずとこの文の成立はそれ以前の早い段階であることが分かる。

（6）『狂歌師細見』が、平秩東作を交え、真顔や万象亭ら「すきやがし」で編集されたことは、鈴木俊幸「唐来三和の文芸」（『中央大学文学部紀要（文学科）』五十九号、一九八七）および石川了「天明狂歌の連について」（『雅俗』四号、一九九七）指摘。

（7）前掲注（4）延広真治他『『狂文宝合記』の研究』による。

（8）伝本は慶應義塾図書館所蔵野崎左文手写本のみ。開催年は、和田博通氏による（「天明初年の黄表紙と狂歌」『山梨大学教育学部研究報告（人文・社会）』三十一号、一九八〇）。鈴木俊幸『蔦屋重三郎』（若草書房、一九九八）Ⅱ章に概要が紹介される。

(9) 他に、木網と数寄屋連の関係を示すものに、南畝『巴人集』(写)天明四年条、狂歌もある。「もくあみ初会の日、算木有政が扇にあみひく所のかたかきたるに狂歌せよといへば」の詞書に続き、
これやこのあこぎがうらでは網をひくすきやがしでは木あみをひく

(10) 京伝は『狂歌師細見』「万字屋」、『落栗庵狂歌月並摺』に入集、『俳優風』では「スキヤ」とされる。また音人は、「朱楽館童子」を名乗りながらも、例えば『俳優風』では「スキヤ」とされるように同連との関わりが深い。

(11) 同日三囲で行われた三種の催しの内、木網門下で「団扇合」にのみ参加したのが四名、複数出品者が四名。「団扇合」のみで言えば、参加者二十九名の内、他連にはまとまった数の出席がないのに較べ、『狂歌知足振』『狂歌師細見』両書から木網派と確認できる人物が十二名、出品数では三十三図中、十七図と半数を超える。複数出品者も、この派に集中している。

(12) 万象亭の参入が確認できるのは、天明二年十一月頃刊『江戸花海老』がもっとも早いものか。狂歌師としての京伝の活動は『老莱子』あたりが早いものだろう。

(13) 山本陽史氏御教示。山本「狂歌師の戯作──「和合楽」三部作について──」(『山寺芭蕉記念館紀要』六号、二〇〇一)。

(14) 高知市民図書館蔵『狂歌狂文貼交帖』。粕谷宏紀氏による翻刻解題(濱田義一郎編『天明文学』東京堂出版、一九七九)は「ひく網」を木網と読むが、原資料に就くかぎり「ひく網」であり、数寄屋連仲間の阿漕引網と考えられる。

(15) 南畝や木網等個人を核とする個人連と、地縁に基づく地域連との概念の交錯は、石川注(6)論文指摘。

(16) 北尾重政画。山本陽史「山東京伝『初衣抄』の引書について」(国文学研究資料館『調査研究報告』十九号　一九九八)・鈴木俊幸『蔦重出版書目』(青裳堂書店、一九九八)参照。

(17) 森銑三「朱楽菅江」(『人物くさぐさ』、初出一九三二、『森銑三著作集』十三巻収録)による。

(18) 天明末から寛政初、朱楽館の撰集は多い(石川了「朱楽菅江──多彩な文学者」『国文学解釈と鑑賞』六十五巻五号、二〇〇〇)が、真顔等が入るのは本文所掲作のみ。後、寛政七年の朱楽連歳旦『〔みどりの色〕』に真顔ら数寄屋連から三名が入集する。朱楽連は便々館湖鯉鮒や二世淮南堂倉部行澄ら門人組織が比較的堅く、真顔らが入るのが困難であったか。一方飯盛・光ら伯楽連中は比較的多く入集し、各連の距離感が推し測られる。

(19) 以下焉馬に関しては「咄の会」(『落語は如何にして形成されたか』平凡社、一九八六、初出一九六六〜六七)、「天明・寛

政期の烏亭焉馬」（『芸能と文学』笠間書院、一九七七、烏亭焉馬年譜四）他、延広真治氏の諸業績を参照した。
(20) 慶應義塾図書館所蔵。饗庭篁村『雀踊』紹介。延広注（19）論文指摘。
(21) 「杢網とともにつくしにくだりけるとき」云々という詞書を有する。
(22) 前掲注（14）『天明文学』所収、森川昭氏翻刻による。
(23) ともに大妻女子大学所蔵。『ふでのやどり』と併せ、石川了氏御教示。本章第一節に示したように、前者は寛政六年の春興と推測される。
(24) 寛政三年刊『あらたま集』『狂歌部領使』、また同四年刊『御江都飾蝦』など。
(25) 『新燕石十種』三巻（中央公論社、一九八一）による。
(26) 『日本古典文学大系57　川柳狂歌集』濱田義一郎解説（岩波書店、一九五八）等。
(27) 久保田啓一「「めでたさ」の季節」（『語文研究』五十五号、一九八三）。
(28) 『若葉集』『万載集』に各四首、『狂言鶯蛙集』に一首、『新古今狂歌集』に四首収載され、字句に多少の異同はあるが重出する詠もあり、計九首が知られるのみ。『若葉集』『新古今狂歌集』に別作品ながら題の重複するものが見られ、伝本未詳のため、本当に百首のかたちで存在したか否かわからない。
(29) 池澤一郎「大田南畝の自嘲」（『江戸文人論』一部三章、汲古書院、二〇〇〇、初出一九九八）指摘。
(30) 慶應義塾図書館蔵本による。
(31) 国立国会図書館蔵本による。
(32) 『続燕石十種』三巻（中央公論社、一九八〇）による。割注は省略した。
(33) 粕谷宏紀『石川雅望研究』（角川書店、一九八五）および稲田篤信「公事宿嫌疑一件」（『江戸小説の世界』ぺりかん社、一九九一、初出一九八四）参照。
(34) 日野龍夫『五世市川団十郎集』解説（ゆまに書房、一九七五）。
(35) 延広真治「戯作者と狂歌」指摘（『鑑賞日本古典文学34　洒落本　黄表紙　滑稽本』角川書店、一九七八）。第二章第三節参照。
(36) 鈴木俊幸「狂歌界の動向と蔦屋重三郎」（『蔦屋重三郎』V章、若草書房、一九九八、初出一九九一）。南畝の用いた扇巴はその都度形が違い、書き判であったか。

（37）国立国会図書館白井文庫蔵本による。

（38）後、『絵本歌与美鳥』と改題。浅野秀剛氏指摘による（「寛政期合筆絵入狂歌本の成立」『秘蔵浮世絵大観　大英博物館Ⅲ』、講談社、一九八八）。なお同論文にはこの前後の狂歌本刊行の様相に関して多くの知見を得た。

（39）大英博物館所蔵の一本のみ知られる。Jack Hillier, *The Art of the Japanese book*, vol1, chapter32, London: Sotheby's, 1987 紹介。

（40）前掲粕谷宏紀『石川雅望研究』（注33）寛政八年項に整理が備わる。

（41）前掲浅野注（38）論文。寛政七年三月刊『花くはし』でも真顔は南畝を「吾巴人亭主」と呼ぶ。

（42）八年版『四方の巴流』は、現在、中央大学図書館・チェスター・ビーティ図書館・ボストン美術館に所蔵が知られる。『帰化種』はシカゴ美術館・ギメ美術館・大英図書館蔵。

（43）東京都立中央図書館加賀文庫蔵本（二点を所蔵）による。刊年の記載はない。「おのれかしこくもこの四方の号をつぎて」という真顔の序は、寛政七年のものとも思われるが、本書に見える四方歌垣号・扇巴の使用が七年に遡る例が他にないこと、また序でもこれに続けて「四方に垣のもとのつらをさだむる」として、八年から新たに用い始めた「歌垣」の説明とも解釈できるため、八年の春興と見なす。八年版『四方の巴流』には有力狂歌師の入集が少ないが、本書の刊行が理由とすれば自然である。本書には山陽堂が「英沙」号で、金埒が日頭庵号で入集するため、九年以降に下る可能性はほぼない。

（44）ロジャー・キーズ氏・浅野秀剛氏御教示。なお本図について下記の拙稿で詳述した。'Surimono to Publicize Poetic Authority', *Reading Surimono: The Interplay of Text and Image in Japanese Prints*, ed. by John T. Carpenter, Leiden: Bril / Hotei Publishing, 2008.

（45）武田酔霞「つぶり光の墳墓」（『みなおもしろ』一巻八号、一九一六）。

（46）文化三年の飯盛の狂歌壇復帰については、牧野悟資「『狂歌波津加蛭子』考――石川雅望の狂歌活動再開を巡って――」（『近世文芸』八十号、二〇〇四）が詳細に跡づけている。

第四節　銭屋金埒と銭

銭屋金埒は、前節でも触れたように鹿都部真顔とともに数寄屋連を率いて活動した天明狂歌壇の有力狂歌師の一人である。真顔、宿屋飯盛・頭光とともに「狂歌四天王」と称されたことは、天明狂歌の先達、唐衣橘洲が天明狂歌の沿革を記してよく知られている『狂歌弄花集』序（寛政九年仲夏付）に次のように伝えている。

真顔・飯盛・金埒・光が輩ついでおこり、これを世に狂歌の四天王と称せしも、飯盛はことありて詠をとゞめ、光ははやく黄泉の客となり、金埒は其業によりて詠を専とせず、真顔ひとり四方歌垣と名のりて今東都に跋扈し威霊のさかむなる、まことに草鞋大王なり、また一己の豪傑ならずや。(1)

「四天王」四名のうち、真顔のみが狂歌界で勢力を伸張したことを言う記述であるが、本節では、金埒が狂歌に専念し得なかった理由とされる、その稼業に注目したい。

金埒の稼業とは、「銭屋」の名の通り、銭両替である。その「金埒」もまた銭に関わる狂名で、金埒はその狂歌活動において自らの生業を前面に出して終始「銭屋」として振る舞った。狂歌師としてのいわば役作りと、現実世界における作者実体との関係（第一章第一節）をよく窺わせる例と言えよう。本節では、天明狂歌壇の主要狂歌師である金埒の伝記を押さえると同時に、こうした「銭屋」「金埒」という狂名の意味あいをあらためて探り、「銭」と関わりの深い彼の作品を検討することによって、自意識と韜晦のない交ぜになった狂歌師の自己表現の問題を具体的に考えたい。

一　略歴

まず、その略歴をたどっておこう。『江戸方角分』によれば、数寄屋橋外二丁目、両替商大坂屋甚兵衛[2]。この住所は『狂歌觿』（享和三年刊）でも確認できる。ただし、大妻女子大学蔵『蜀山人自筆文書』（紙片記号R）[3]は俗称を大坂屋甚助とする。後年、姓を「馬場氏」とする文献もあるが[4]当時の資料では確認し得ていない。両替屋とはいえ、江戸では四軒に限られていた金銀を扱う本両替屋ではなく、金銀と銭を交換する脇両替屋と考えられる。江戸の両替屋は享保三年に六百名と定められ、うち脇両替屋には、両替業のみでなく、酒や油、紙など日用品の小売りを兼ねる業者も少なくなかったというが[5]、金埒その人の業態がどのようなものであったかはわからない。前掲の橘洲の弁によれば、その経営にそれなりに忙しかったのであろう。

金埒は、はじめ「物事明輔」を名のって元木網門下で活動を開始した。その名が確認できるのは、天明二年四月に三囲稲荷で行われた、「団扇合」など一連の狂歌会（写本『栗花集』所収）以来のことで、同年には、七月に師元木網の「七夕狂歌並序」で、また十一月頃に大田南畝が当時の狂歌界の人名を多数織り交ぜて綴った『江戸花海老』において、それぞれ言及される。天明三年正月に刊行を見た『狂歌若葉集』『万載狂歌集』両書において、金埒は、『万載集』においてこそ四首の入集にすぎなかったが、『若葉集』では二十首が採られ、これらが編まれた前年までには力のある詠み手としてすでに認知されていたことが窺えよう。

馬場金埒と改名したのは天明三年夏のことらしい。六月に狂名酒上不埒こと恋川春町が主催した「狂歌なよごしの祓」[6]に「明輔事イハクアリ　馬場金埒」と記されている。この年四月に開催した「宝合」会の記録を七月に出版した

『狂文宝合記』では、同様に「物毎明輔改　馬場の金埒」とあるのに加え、その箇所と狂文中の「むま馬金埒」という部分に入木の跡があり、改名のあわただしさを想像させる。同年十一月の『落栗庵狂歌月並摺』、同年三月の南畝の母の耳順の賀を記念して作られ翌年正月に上梓された狂歌狂文集『老莱子』でも「物事明輔改　馬場金埒」として入集する。

以後、盟友真顔とともに数寄屋連を主導してゆくことは前節と重なるので詳述しないが、天明八年頃、その狂名を「馬場」から「銭屋」に改める。天明八年の数寄屋連の歳旦『狂歌すきや風呂』に「銭屋金埒」を用いたのが最初と思しく、跋文にはさらに丸い銭形の花押を付していることが確認できる。翌天明九改め寛政元年の『狂歌譬喩節《たとえのふし》』でも「銭屋金埒」を名のり、この年頃の刊とされている『潮干のつと』を唯一の例外として、(7)以後「馬場」の使用は確認できない。この「銭屋」という名は、その点で寛政以後多くの狂歌師がそれまでに名のってきた狂名と並行して用いた「狂歌堂」「浅草庵」「森羅亭」「六樹園」「花の屋」といった号とは異なるものであって、「馬場金埒」から「銭屋金埒」へ改名したと考える方がよかろう。

この「銭屋金埒」の名と同時に、金埒はいくつかの号を用いていた。まず寛政七、八年頃の使用が認められるのが「日頭庵」である。寛政七年版の伯楽連歳旦『春の色』、同年刊の金埒の編『仙台百首』をはじめ、その他同じ年の数寄屋連の狂歌集『花くはし』や『絵本江都の見図』、また翌年の数寄屋連（この時点で四方連の名を冠している）歳旦の一つと推定される『日のはじめ』や同年の狂歌集『帰化種《しきなみぐさ》』等において、使用が確認できる。翌九年には、物毎秋輔に譲られたらしく、その年の四方連歳旦『よものはる』、また浅草連の歳旦『柳の糸』には「日頭庵秋輔」が見出せる。

寛政八年秋からは「黒羽二亭」を用いる。通人の黒仕立てに用いられた「黒羽二重」の江戸訛り「黒羽ぶてえ」を掛けた号で、山陽堂編『狂歌三十六歌撰』（刊年未詳）には、頭巾から全身黒ずくめの姿で描かれていることと併せて、金埒がそういった通人風の装いの似合う風采の人物であったことが想像される。寛政八年九月に刊行された金埒と酒月米人の共編『金撰狂歌集』をはじめ、前出『柳の糸』（寛政九年刊）や同九年の烏亭焉馬の咄本『詞葉の花』、同じく翌年の『無事志有意』などにおいて「黒羽二亭金埒」「黒羽二亭」の使用例を見出し得る。この号も、はやくも寛政十一年初には松屋梅彦に譲っていたらしく、『狂歌東来集』初編（寛政十一年刊）に「黒羽二亭梅彦」が認められる。

さらに寛政十一年頃から金埒はあらたに「滄洲楼」という号を用いる。これは焉馬の「談洲楼」と同じように、寛政期に活躍した立役の一人で、享和元年に没した三代目沢村宗十郎の名から取った号であろう。野崎左文は寛政十二年正月に南畝から譲り受けたとするが（加賀文庫蔵『江戸狂歌年代記』）、未詳。『狂歌東来集』初編（寛政十一年刊）の「号滄洲老人　銭屋金埒」のように「滄洲老人」というかたちもある。享和元年には『狂歌東来集』三編、花江戸住編の歳旦『狂歌江戸春』[8]や山陽堂の『ふもとの夷詞』、同三年に『狂歌觽』初編、文化二年には酒月米人の春興（逸題）[9]や『東来集』四編、真顔編『をばな集』[10]にその使用を辿ることができる。文化三年の米人ら編『狂歌千年集』では再び「滄洲老人」のかたちを用いている。没する前の文化四年九月の酒月米人編『月の都』[11]（外題による、序題「さらしな集」）にも「滄洲楼金埒」の名で一首を寄せる。金埒の没後、同じ米人の編にかかる文化六年刊『四方山』[12]では十八亭梅戸が「十八亭改滄洲楼梅戸」を名のっているため、この人物が「滄洲楼」号を継承したと考えられよう。

それ以外に、「銭塘金埒」なる号を使用した形跡を指摘しておきたい。三陀羅法師編『狂歌東西集』（寛政十一年刊）において狂歌の欄は彫り残しとなっているものの、この号が見られる。図に掲げる筆者架蔵の扇面にも狂歌に絵を添えて右端に「銭塘金埒画賛」という落款を付している。大妻女子大学蔵『蜀山人自筆文書』（紙片記号R）（前掲注3）において、用字は異なるが「銭糖金埒」の号で掲出されているのも、この号であろう。中国江南の地名である「銭塘」（現在の杭州）であるとするとその意味するところは不明ながら、あるいは商売繁盛を祈願してつくる絵馬の「銭塔」

に宛て字をしたものであろうか。

編著に、次項で論じる『仙台百首』（寛政七年刊）・『金撰狂歌集』（寛政八年刊）があるが、それ以外に『狂歌猿百首』を刊行している。堀川百首題を猿にこと寄せて詠んだ百首で、たとえば「桜」「述懐」もそれぞれ次のような調子で微笑ましい。一首めは素性法師「都ぞ春の錦なりける」（『古今和歌集』巻一春上）のもじり。二首めは俚諺「猿も木から落ちる」のようにサルスベリの木から落ちてもまた登れよ、と猿を励ましてみる。

筆者架蔵　金埒扇面

見渡せばくゝり桜に糸ざくら都ぞさるの錦なりける(13)

なげかじな木から落たる猿すべりすへに寄ては又のぼるべし

花屋久次郎の刊記にも、真顔と白猿こと五代目市川団十郎の二つの序にも年記はないが、寛政十二庚申年正月の刊かと推定される。というのも、真顔の「四方歌垣」号から寛政八年以降の成立であることは動かない。さらに白猿の序に「えほうも申の方」とあることから十干が乙・庚にあたる年に限られ、金埒の文化四年の没までに該当するのは寛政十二年と文化二乙丑年に絞られる。真顔の序が庚申待ちに紙幅を割いていること、白猿序「えはうも」が思わせぶりなこと、何より猿百首を刊行するのは申年がふさわしいことなどを勘案すれば寛政十二庚申年刊の蓋然性が高い。

なお、南畝の蔵書目の一つ『杏園稗史目録』（写）に狂歌本の一つとして『万葉集』なる書が見え、「金埒」と注記されるが、いかなる書か未詳。

南畝とは、真顔とともになかば門人のようになってより関係深く（前節）、南畝が天明末に狂歌壇と一線を画するようになってからも親交があったらしい。南畝が年始回りで立ち寄る先の一つでもあったらしいことが、寛政九年の南畝の『会計私記』（写）に窺えるし、享和元年の南畝の大坂出役の出立の時も大森まで出向いて真顔・飯盛等と宴を催している（『改元紀行』）。享和三年の南畝の日記『細推物理』にも散見する。

没したのは、文化四年十二月十日とされる。その前数ヶ月は病の床にあったようで、こんな狂歌を遺している。詞書に「冬のはじめより膈といふ病にてこのめる酒も呑れず湯水だに見いれずうち臥をるに、京伝子のもとより酒贈りこしたり。こゝろえず、門たがへにやと思」っていたところに使いが真顔の許へ贈るものであったと取りに戻ってきた、として、

膈やみのかねてかくとはしりつゝも酒をかへすはくるしかりけり　『あと仏』(14)

初句・第二句で病の名「膈」までも戯れになす剛胆さ。のち金埒没後十七回忌にあたる文政六年に、盟友真顔が金埒の詠を輯め、南畝の題詞に自らの序跋を付して、知友の哀悼歌とともに刊行した追善集『あと仏』に見える一首で、最期まで初名「物事明輔」の名のとおり、磊落な人物であったことを物語る逸話である。

現在、その墓所は確認できない。東京大学総合図書館蔵の林旧竹『墓碣余誌』（明治三十五年序、写）巻八狂歌戯作講話師ノ部に「芝金杉常瑞寺、転麻布古川光林寺」として記載されるも墓石の類の記録はない。享年も未詳。法号は四世絵馬屋額輔『狂歌人物誌』に伝えられるところによれば「釈浄清信士(15)」。

二　「金埒」の狂名

金埒の、その稼業にちなんだ作として今日伝わるもっとも早いものは、まだ物事明輔の狂名を用いていた頃に、

『狂歌若葉集』巻下に収められた次の一首であろう。題は「両替屋暮春」。

　包みから八重山吹の新小判かはせ〱に行春の色

「為替」に「川瀬」を掛け、包みから取り出された山吹色に輝く新しい小判が為替に供されて銀や銭に替わって行くさまを、土堤に咲く八重咲の山吹の花が川瀬に散りかかり、暮れ行く春らしい景色を見せることになぞらえるという趣向となっている。

とはいえ、金埒が自らの両替屋という商売を前面に出したと言えるのは、狂名を「金埒」に改めてからのことである。すでに述べたように、彼は、「イハクアリ」として天明三年夏頃に「馬場金埒」と改名する。この狂名は、漢文の初学書『蒙求』の標題の一つ「太真玉台　武子金埒」のうちの後者を出典とする。『蒙求国字解』（安永七年刊）の訓点にしたがって、漢文の原文部分を書き下しにし、仮名交じり文で記されたその解釈も併せて、掲出してみよう。

　晋の王済、字は武子。大原晋陽の人なり。少ふして逸才有り。風姿英爽、気一時に蓋ふ 気蓋一時トハ己レカオヲ自慢シテ当時一世ノ人己レニ及ブ者ハアルマジトホコリ見。下スヲ云 弓馬を好む。勇力人に絶す。易及び荘老を善くす。文詞俊茂 俊茂ハスグレテヨキ。句ヲ多ク吐クナリ 伎芸人に過ぐ。……性豪侈 奢侈ハ強ク。ヲゴルヲ云 麗服玉食す 玉食ハ珍味。ヲ食フヲ云 時に洛京、地、甚だ貴し 洛京ハ洛陽ノ王城ナリ。地貴ハ。屋舗地ノアタイ甚ダ高直ナリ 済、地を買て馬埒を為る 馬埒ハ馬駆場ノ両方ニ垣ヲ結ナリ。俗ニ云ラチナリ 銭を編め之に満つ 言ハ、銭ヲアミ付。テラチニ結ナリ 時の人、謂て金溝と為す 言ハ王済ガ金。銭ノ多キヲ云

『世説新語』汰侈の巻にも同じ逸話が見えるが、日本近世において早くから和刻本が流布した明の何良俊撰、李卓吾評、王世貞校の『世説新語補』には収められていないので、おもにこの『蒙求』によってよく知られた故事であったと考えられる。その要はすなわち、若くして容姿に優れ、かつ文武の才を誇った晋の王済が、豪奢な暮らしのあまり、自ら馬場を造営し、それを囲む埒にまで銭貨を編み込んだというものである。「馬場金埒」という名は、この馬場の埒にまで銭を編み込む行為、またその埒を擬人化した狂名と言え、稼業として取り扱った銭を媒介にして、王済の姿

が金埒その人に重ねられる。それは、王済が銭をめぐる逸話の主だからというだけではなく、容姿も端麗な金満家で、豪放な人物であり、「文詞俊茂」つまり詩文の才にも恵まれていたということも十分に意識した命名であったろう。そうした裕福で豪勢な才子という人物を装うことは、もちろん金埒自身の戯作的な味噌・自慢である。が、「物事のあけすけ」という初名、「趣向を湯水のごとくつかひてしかももとの趣向をはかず」（後述『仙台百首』二世恋川好町序）、「我まゝにふるまふ事久し」（後掲『金撰狂歌集』酒月米人序）といった磊落なその人柄を表す記述、また黒羽二重を着た通人の姿を想わせる後年の名のり「黒羽二亭」等から窺われる金埒の人となりと、実際、通い合うところがある。寛政七年に真顔が四方姓を継いだときに、橘洲が、真顔のもともとの器用な詠み振りに対して「猶金埒が飄逸の気をさへ副たれば」と誉める一文があり（同年版『四方の巴流』）、ここから窺われる金埒への「飄逸」という評価もまた、通底していよう。さらに『狂歌觿』初編に記された「専ら景気副たる歌を好む」「姿情ともはでに作りたるに手柄あり」という記載も軌を一にしている。おそらくそういった一致から、この名が案出されたのであろう。なかば、味噌・自慢でありつつも、豪奢な振る舞いで知られた王済の人物像に自らを重ね合わせて、この狂歌師は、「馬場金埒」という名前を名のったのではないだろうか。

さらに言えば、そういった中国の故事を出典とすること自体の衒学趣味の香りにも注意しておきたい。たとえそれが初学者も知る『蒙求』に見える逸話だとしても、漢文の古典に由来する名であることには相違ない。草双紙の言葉遊びに由来する「四方赤良」「大根太木」や、宿屋の主人の擬人名「宿屋飯盛」、しかつめらしい顔をいう「鹿都部真顔」、その容姿の特徴そのものの「頭光」といった単純な狂名とは位相を異にしている。銭屋は銭屋でも、ただの銭屋ではないと言わんばかりの気概を感じさせるとさえ言ってよいかも知れない。かの改名の「イハク」の内実は知られないが、「物事明輔」という分かりやすい狂名を捨てて、彼があえて選んだのはこういった漢文の故事に基づく、いわばしかけのある狂名であった。

金埒は、前述のように天明八年頃、さらに「銭屋」金埒を名のるようになる。「銭屋」には、王済はその財に飽かして自家用の馬場の埒に銭をちりばめたのだが、金埒自身は銭を商うのだから、銭が馬埒に編み込むほどふんだんにあって当たり前だというくらいの意味が込められていようか。この変更の背景には、『蒙求』に基づく「馬場金埒」という命名は、実際、他の狂歌師連中の狂名に較べるとわかりにくいものであったという事情もあるかも知れない。しかし、銭にまつわる漢籍の故事によって富裕な人物像を表現するのみで、滑稽味の点ではやや遜色のある「馬場金埒」という狂名よりも、「銭」持ちなのは裕福だからではなく銭の両替屋だからだという、いわばオチをも含む「銭屋金埒」という号の方が狂名として一段とおもしろいことは事実であろう。

このように金埒は、言ってみれば「銭」を狂名に仕立てて、それに狂歌師としての自己を託した。それは狂名にとどまらず、『狂歌すきや風呂』跋に付したような、銭をかたどった書き判までも用いたことにも現れている。

三　銭に託した自己表現

寛政七年九月には、二世恋川好町（前名、淀早牛）[16]の主催で、金埒が評者を務め、銭を主題にして堀川百首題を詠む会が開かれている。その成果は『仙台百首』として刊行された。[17]撰者金埒自身の詠は収められていないが、たとえば、次のような趣である。三首めの「桃栗山人」は烏亭焉馬。

杜若　　　　　　　　　　　　　　　　　　川井物築

紫の江戸はえぬきのかきつばた銭びらよりもきよきはなびら

三月尽
一文銭をしめる人もゆく春は百をとしたる心地なるらん　森羅亭
七夕
小袖までおかし申せど七夕にぜにをばなにとかさゝぎのはし　桃栗山人

一首めは江戸紫の杜若の花びらを「銭片」と較べる。カキツバタといえば『伊勢物語』が想起されるから、ここには「業平」の音もきかせているのかも知れない。二首め「一文銭をしめる人」とは、青砥藤綱を指すのであろう。一銭でも惜しんで多額を費して川中を探させる（『太平記』巻三十五）のだから、行く春を惜しむ心はさぞかし、の意。三首めは、七夕に「貸し小袖」として小袖は供えても、銭は貸せないの意。「貸さ」（ず）に「鵲」を掛ける。

題名の「仙台」とは、天明四年、仙台藩が、領内限りの流通で五年間という条件のもと幕府より許可されて鋳造した仙台通宝のことを指す。質が悪く値も安い鉄銭で、三年ほどで三十万八千貫文を鋳造して中止されたが、のちには他領でも流通したという。(18) 二世恋川好町の序に「主人おかしきふしなりとして仙台百首とかうぶらす」というから、この題は金埒自らの命名なのであろう。金埒の跋に、その意図を次のように説明する。

夫、有心体の和歌はたかしらべにしてたとはゞ小判にひとしく、きよくみやびかなれども、その意、深遠にしてみなもとうかゞひがたし。わが輩の口ずさむ、わづかに百の無心体は、一銭に宇治の仮橋をわたり、三文にさつまいもを買ふ。その益とする所、黄口の嬰児も智のつくはじめに先これをしる。これおのれが常に初心にしめす銭の目のつけ所なり。

和歌が小判のように雅やかなものであるのに対して、狂歌は日常使いの銭のように親しみやすく、幼い子でもその徳を知る、と言うのである。さらに、是しかしながら例の一国通用にして、ひろくしらしめんとにはあらず。見ん人つたなきをそしる事なかれ。

すなわち、仙台通宝が藩内に限って流通させることを建前としたのと同様に、この作品は広く評価されようとするものではないと謙遜する。金銭そのものが賤しいものと見なされるのに加え、金・銀・銭の三貨の中でもっとも下に位置づけられる銭の卑賤さは、卑俗なものであるべき狂歌の主題とするにまさにふさわしく、とりわけ仙台通宝という悪銭のもつそうした三重の意味での卑賤さが、狂歌集の名称として気の利いたものと感じられたのであろう。好町と同じく序を寄せた酒月米人は、次のようにやや違った角度からその趣向の来由を説明する。

そも〳〵鋳銭のひろく通宝なるや、見ぬもろこしの鳥目に桐の葉わけのきはめもいらず、しらぬみこしの雁首もひとさしにつらなりて、翅なくして鳶のものをやとひ、あしなくして駕で飛するなんど、すべてゑびす歌の自在に似たりけり。

晋の魯褒『銭神論』の「翼無くして飛び、足無くして走る」を卑俗化し、鳥目・雁首（煙管の雁首を潰した贋銭）と、鳥の縁語を吹き寄せにしながら、銭が広く用いられるさまが狂歌の自在さに似るという。一見、滑稽をねらった詭弁のようだが、金埒の跋の意図と同じく、銭と狂歌に共通する卑賤さを捉えて、それを手軽で身近な存在として肯定的に捉え返したものと言えよう。このように米人もまた狂歌と銭という貨幣の共通性を述べ、金埒が自らを狂歌師として演出する上で現実の銭両替という生業を強調したことを、周囲からも支える。

同じ年の春刊行の狂歌集『花くはし』の金埒の跋についても同様のことが指摘できる。真顔ら数寄屋連の仲間とともに多種多様な桜を題に詠んだこの作品の性格を、金埒が次のようにわざわざ桜を金銭にかこつけて述べるのも、その類のいわば自己表現の一種であったろう。

あしたに三文とよぶも花にして、夕に千金とめづるも花なり。三会目の床花、一枚の紙花、その名はおなじ花ながら、立ならびては深山木とみなこのくらひな違ひめあるを、委しう人にしらせんとて、東都におほかる桜のうち色香すぐれしものをゑらみ、我輩の狂歌をそへたり。詞の花三文にもせよ、此桜木は一刻千金歌仙桜に収めまして三十九じやもの花じやものといづれの人がめでざらめや。[19]

朝に一束三文の安値で売りに来る仏花（いわゆる「三文花」）も「花」なら、李白「春夜」詩に「春宵一刻値千金、花に清香有り月に陰有り」と謳われた春の夜の花も花。同様に多額の遊女への馴染み金もたった一枚の紙花も、「花」は「花」だと言う。花にも違いがあることを金銭に換算して述べる文章である。「深山木」は『源氏物語』紅葉賀の巻に由来する表現で、光源氏の姿に比べればともに舞った頭中将も見劣りがするさまを言う。桜に較べれば他の「花」などものの数ではないということであろう。たしかに花の価値を金銭に換算することは、一見それらの間の差異を分かりやすく示しているとも見えるが、金銭的価値の多寡でいえば床花の方が高かろうし、その譬喩は適切というよりやはりこじつけに近い。この譬えの強引さもまた戯作的手法であっておかしみを狙ったものに相違ない。が、「詞の花三文にもせよ、此桜木は一刻千金歌仙桜に収めまして」云々とし、「三十九じやもの」と俗謡（『狂歌若葉集』下の橘洲の詞書に「小女の三十九じやものと唄ひければ」）を引いて味噌を上げる末尾において、自分たちの狂歌を「三文」ほどの価値とする点は、もちろん謙遜ではあろうが、前述のような卑賤さという性質を媒とした十分に肯定的な、いわば卑下慢ともと言える。狂歌、またその主題となった桜をあえて金銭に譬えるこうした趣向は、金銭に託された金埒という狂歌師の存在の主張とも言えるだろう。金埒は、似た趣向で、盛んに散る桜を気前よく散財される金銭に譬える、次のような狂歌も詠んでいる。「うづきにさける桜をよめる」の題で、

有あまる金のみたけのさくら花ひごとぱつぱとちらしたれども　『古今狂歌集』（文化六年刊）巻三[20]

この歌のことは、真顔が後年「殊に興ありと覚えたるは……金の御嶽の桜蔭ともにぱつぱと詠散らせし言の葉」と金

埒の追善歌集でも印象深げに振り返っている（『あと仏』）。

作品における金埒の稼業への言及は、他にもある。この翌寛政八年秋に酒月米人とともに秋を詠む名歌を輯めて刊行した『金撰狂歌集』の題について、共編者米人は次のように述べる。

金埒かつてこがねをひさぐに、わづかにまなじりをめぐらせば好悪をしる事、弥三が馬を相するよりも速し。その業によく堪たるもめでたければ金撰狂歌しふとかうぶらしめて、撰者に四厘の軽目ありとも五メからげのをしからげて、あまねく通用せしめんとなり。[21]

「弥三」は織田信長に仕えた馬の目利き（『書言字考』）。この文章は、金埒が、金貨を扱っていたことがあって非常によく目が利いた、そのために「金撰」狂歌集と称する、という。「かつてこがねをひさぐ」が、金埒が、以前本両替屋に奉公していたことがあるという意か、あるいは両替業のことを婉曲に表現しただけで、この頃までには銭両替の稼業も廃していたということなのか、事情は量りかねるが、やはり両替商という職業に絡めての命名だと言っていることに相違はない。とはいえ、五行説に基づけば秋を金に充てることから、秋の名歌を輯めたこの狂歌集を『金撰狂歌集』と命名したと考えるのが順当だろう。そこをあえて金銭を商う金埒の撰に係るから「金撰狂歌集」だと強弁するところにおかしみがある。

このように考えると、金埒が、烏亭焉馬の咄の会の咄本のうち二作で金銭にまつわる落噺を出していることも偶然ではないように思えてくる。『詞葉の花』（寛政九年刊）には「水茶屋」の題で、水茶屋で茶代を多く取られそうになったので気を付けろと言う男によくよく事情を聞けば、茶碗が気に入って失敬したからだと判明する一話を出す。『無事志有意』（寛政十年跋刊）の噺は、「りちぎ者」と題する、稼ぎに精を出しながら吝嗇な男徳兵衛を、悪友たちが吉原に連れてゆく一話である。その後半を掲げると、

「コレ徳兵へ。おのしは三十になるまで吉原を見た事はあるまい。せめてけん物にでもあゆみやれ」「銭さへ出ぬ事ならゆかふ」と連立、大門をはいると女郎の道中。「コレ、あれが女郎か」「ヲ、サ。モウ見世が出た」と格子先へつれて行見せれば、「うつくしい物だ。一トばん壱両もでるか」「何さ、あれが弐朱だ」「うそをいふぜへ」「うそじやアねへ。酒肴に本膳めしをはら一ツぱいくつて、ねどうぐがにしき、ひぢりめん。アノ女郎を抱て寝て弐朱よ」「ハテな。それで弐朱とは、弐朱銀はありがたい。内へかへつてだいて寝よふ」[22]

素見物の約束で出かけた徳兵衛が遊女を見、二朱で遊べることを知って心を奪われるかと思いの外、あれだけの遊女を一晩買える二朱銀の価値を改めて見直したというオチでしめる咄である。これらの話し自体、金埒その人にとってとりたてて深い意味を持つわけではなかろうが、金銭をめぐる人間の行動のおかしさを切り出すことによって、金埒と言えば金銭という周囲の期待を裏切らない話の披露であったとは言えよう。

以上のように、金埒が、機会を捉えて金銭に絡めた趣向を用いたことは、彼が狂歌師としての自分をどのように演出しようとしたかをよく示している。そもそも『孟子』滕文公上に「為富不仁矣」というように、金銭そのものが儒学的な価値観の中で、少なくとも建前としては、蔑視されてきた。中でも銭は三貨のうちでももっとも賤しいものとされた。和歌に対する狂歌をその二重の意味で賤しい銭に喩えながら、金埒は狂歌師「銭屋」として自らを演出し、さかんに銭に言及した。そこには、金埒その人の狂歌観の反映もあろう。それは、寛政末頃から古えの歌人の俳諧体に狂歌のあるべき姿を見るようになりつつあった真顔とは[23]、根本的に異なっている。つまり、同じ連の盟友といえど、狂歌に対する考えまでをも同じくしているわけではなかったということである。

結び

金埒という人は、以上のように狂歌師としての自己を銭に託して表現した。しかしそれは、狂名をはじめとする金埒その人の自己表現であっただけではない。二世恋川好町が主催して金埒に批点を仰いだ『仙台百首』の数寄屋連の仲間たちにしても、金埒の稼業にちなんで『金撰狂歌集』と名付けたという酒月米人にしても、周囲もまたその演出を喜び、その勢いを盛り上げた様子が見受けられる。

前に触れた金埒没後十七回忌追善『あと仏』の命名も、やはり銭にちなんだものであった。「没後」の意の「後」「跡」と「仏」という語の組み合わせからなるこの書名ではあるが、「阿堵物」の音をきかせていることは確実であろう。『世説新語補』巻十一規箴などで知られた逸話を出典とする語である。すなわち、晋の王衍、字は夷甫は高尚な人物で、銭という語も口には出さなかった。その妻が試みに寝床の周りに銭をまき散らしておいたところ、朝起床した王衍が下女を呼んで「阿堵物」を退けよ、と言ったという故事である。「阿堵物」とは六朝時代の俗語で、これ、それを意味したといい、この話によって銭のことを指すようになる。この追善集の命名も、本人ではなく周囲が、彼を銭によって表象しようとした例である。

銭両替商大坂屋甚兵衛を、自らも、また周囲もこぞって戯画的に作り上げたこの狂歌師「銭屋金埒」という存在は、天明狂歌において、金銭による商取引で身を立てた町人たちが協同して作り上げた町人ならではの狂歌師像と見なすこともできようか。金銭を取り扱い、利殖を図ることで、少なくとも建前としては蔑まれることになった町人連中が、その銭に狂歌を譬えつつ、一人の狂歌師をその稼業にちなむ銭によって演出した。いかにも町人らしいその狂歌師像は、天明狂歌壇の主流が町人へと推移していた状況の象徴であり、その宣言であったのかも知れない。

注

（1）石川了「『狂詞弄花集』（翻刻・上）」（『大妻女子大学文学部紀要―文系―』二十八号、一九九六）による。
（2）中野三敏編『江戸方角分』（翻刻、近世風俗研究会、一九七七）。
（3）石川了「大妻女子大学所蔵『蜀山人自筆文書』について」（『大妻女子大学文学部紀要』二十一号、一九八九）による。ただし、この紙片記号Rについては、南畝と成立に関わる馬蘭亭だけでなく、狂歌界の事情に明るくない別人の手が入っていることをも石川氏が指摘している。
（4）四世絵馬屋額輔『狂歌人物誌』（成立未詳）・林旧竹『墓碣余誌』（明治三十五年序、写）巻八、『狂歌知足振』大妻女子大本三村竹清書入等。
（5）『新稿両替年代記関鍵』巻二考証編（岩波書店、一九三三）第二鍵「江戸の両替仲間の特質」による。
（6）原本は行方不明ながら、当日の春町の口上と参加者一覧が野崎左文の手で写され、慶應義塾図書館に収蔵されている。鈴木俊幸『蔦屋重三郎』（若草書房、一九九八）Ⅱ章に詳述。
（7）金埒が「馬場金埒」で入集する『潮干のつと』には、ほかにも南畝が「四方赤良」名で狂歌を載せるなど、刊行年よりやや成立が早いと思わせるところがある。
（8）慶應義塾図書館蔵本などが知られる。
（9）ベルリン東洋美術館蔵本。
（10）茶梅亭文庫蔵本。
（11）慶應義塾図書館蔵本。
（12）大英博物館・茶梅亭文庫蔵本。
（13）引用は東京都立中央図書館加賀文庫蔵本による。
（14）帝京平成大学図書館に版本が収蔵され、現時点でさらに一本の存在が知られているほか、九州大学文学部図書室富田文庫に写本がある。

(15) 梅本高節『狂歌師伝』（昭和三年識語、写本）によれば「浄清居士」。

(16) ヴィクトリア&アルバート美術館所蔵の大奉書全紙判摺物に、宗理による鯉の図に添えて「はじめ淀早牛といひ、のち恋川好町を名のり、今あらためて後尻焼猿人」という改名を知らせる一枚があり、はじめ真顔が名のったこの狂名が早牛に継がれたことが知られる。拙稿「江戸狂歌の大型摺物一覧（未定稿）」（『法政大学キャリアデザイン学部紀要』五号、二〇〇八）五十八番。

(17) 古く『新群書類従』翻刻があり、伝本としては聖心女子大学附属図書館・仙台市民図書館・ソウル大学校附属図書館および川口元氏の蔵本が知られる。ソウル本は『ソウル大学校所蔵近世芸文集』二巻（勉誠社、一九九八）に影印が備わる。

(18) その概要は『国史大辞典』などの辞書的な記述によるが、川柳をはじめとする文芸における受容については阿達義雄『川柳江戸貨幣文化』（東洋館、一九四七）に十頁にわたる詳細な記述がある。

(19) 国立国会図書館白井文庫蔵本による。

(20) 法政大学図書館蔵本による。該書は、浅草庵市人が古歌に門人等の詠を取り混ぜてまとめた撰集で、金埒の一首はおそらく別に初出があるが、今のところ把握し得ていないのでやむを得ずこれを出典としておく。

(21) 東京大学総合図書館蔵本による。

(22) 『噺本大系』による。この作品は『日本古典文学大系　江戸笑話集』（岩波書店、一九六六）に注釈が備わる。

(23) 寛政十二年の奥書をもつ真顔の『狂歌沿革記』以後、真顔の狂歌論については牧野悟資「『斧の響』考——石川雅望と鹿都部真顔の対立——」（『日本文学』五十六巻十二号、二〇〇七）参照。

第五節　酒月米人小伝

狂歌師酒月米人《さかづきのこめんど》は、興隆期の天明狂歌に参入し、のち江戸狂歌の双璧の一となる四方歌垣こと鹿都部真顔の片腕として文化期にいたるまで活躍した。その活動期間の長さからしても、また四方側の有力判者という立場の重要性からしても、江戸狂歌研究が押さえるべき要の一人である。また天明末年より狂歌壇と一定の距離をおいた江戸文芸界の大立者大田南畝が寛政期以後も親しく交わった仲間の一人であり、南畝研究のためにも米人の伝と動向は把握する必要がある。本節では、その米人の、江戸狂歌壇における重要性を考える基礎として、現在までに知り得た資料によって米人の略伝と狂歌壇において地位を確立する寛政・享和期までの動向を整理する。

一　略伝

米人にまとまった伝はなく、墓所も不明で、諸書の記述を照らし合わせる他はない。生年、父祖等は未詳。南畝『花見の日記』（寛政三年、写）の注記によれば、榎本治右衛門。榎本の姓は三代目瀬川富三郎『江戸方角分』（文化末年成、写）によっても確認できるが、(1)同書は山田の姓も併記する。宿屋飯盛こと石川雅望編『狂歌画像作者部類』（文化八年刊）は山田姓で掲出する。狩野快庵『狂歌人名辞書』（広田書店、一九二八）・菅竹浦『近世狂歌史』（中西書房、一九三六）等以来、通称を治兵衛と伝えるが、現在のところ確認できない。『判取帳』の南畝の注記によれば、(2)天明三年当時、日本橋金吹町裏に住んだという。のち天明五年八月の『俳優風《わざおぎぶり》』の時点で「深川のゑのもと」、寛政三年の南畝『花見の日記』（写）でも「深川江川橋」と記され、米人自身、後年寛政期を回想して『狂歌水篶《みすず》集』（文化十一年序刊）に「おのれ深川に吾友軒をしめつれば」という。式亭三馬編『狂歌觿』（享和三年刊）では「日本橋青物町」の住所を示す。同じ享和三年七月五日に米人の霊岸島東港町の新宅へ招かれたことを、南畝がこの年の日録『細推物理』に記しており、『狂歌觿』が上梓された正月から七月の間に日本橋から転居したと見られる。同じ時に南畝は米人が名を改めて扇屋三右衛門と称したことも記録するが、同じ通称を前月十九日の項でもすでに書き用いているので、改称の時期は、その前後という程度にゆるやかに考えるべきだろう。文化四年頃、南畝が「狂歌房米人霊岸島檜皮河岸にうつりすみけるに」の詞書で七言一対の狂詩句と狂歌一首を詠んでいるので（『をみなへし』）、霊巌島内で転居を重ねたか。文化末年頃成立の『江戸方角分』はさらに霊巌島塩町の住所を記す。米人の浮世の渡世が何であったのかは知られていないが、もちろん町人であり、転居を重ねられるような身軽な職にあったのであろう。

　米人の最期を記録したのも南畝である。狂歌集『紅梅集』（写）文政元年の項に次のような詞書で三首を収める。

　滝水米人、ひさしく行脚してかへらざりしが、ことし長月十九日、さぬきのくに善通寺村より備中のくに玉島にわたらんとするに心地あしくてつゐに善通寺村にて身まかれるよしをきゝて

すなわち、文政元年九月十九日に讃岐で客死したという。墓所が知られないのもそのせいか。文化十、十一年頃の松本をはじめとする信州や北陸での活動が紹介されたように、(3)晩年の米人は、狂歌を指導しながら各地を行脚したようで、この四国の旅もその一環であったろう。南畝の耳に届いたのが誤報でなければ、以後天保から幕末の狂歌集に見

える「四方滝水」はその名を継いだ二世ということになる。

米人は、俳諧に遊んだ経験について自ら書き残す（寛政三年序『観難誌』[4]）。ただ、葛飾派の素丸に師事したこと、鄭坡・宗瑞・柳門・英布といった人物と集ったことのみで、米人自身の俳号すら記さず、どの程度の活動であったのか、今のところ一切わからない。

二　天明狂歌壇へ――本町連の一員として

米人の狂歌界への参入は、江戸で狂歌人気が沸騰した『万載狂歌集』刊行直後、つまり天明三年中のことと考えられる。天明二年以前の狂歌壇参入を否定する根拠は、天明二年十一月頃に成った南畝『江戸花海老』（刊）の江戸中の狂歌師名の羅列の中に見えないこと、また三年正月刊『万載狂歌集』に入集していないことの二点。同三年三月十九日の恋川春町主催の日暮里狂歌大会の成果『狂歌知足振』[5]で大屋裏住率いる「本丁連」の列に並び、翌日も裏住・南畝らと潮干狩りに出かけたとされ（南畝『巴人集』、写）、これが記録に見える米人の狂歌壇への初登場となる。同じ三月の二十四日に開かれた南畝母の耳順賀を記念した作品集『老莱子』（同四年刊）にも、本町連の腹唐秋人、大屋裏住と並んで「卮米人」の表記で現れる。南畝が知友の手跡を集めた『判取帳』への記帳は、その配列より同年の四月頃。前述のように、当時金吹町裏住まいで、大屋裏住の隣人であったことから、裏住に誘われて南畝の許で狂歌を始めたのであろう。『狂歌師細見』（同七月頃刊[5]）でも「巴扇屋清吉」（つまり伯楽・本町連連合）の「一かど」とされる。本町連は南畝門下の狂歌連の一つで、その名の通り日本橋本町周辺を拠点とした。同じ南畝門にあった馬喰町付近の伯楽連とともに、町人を主体とした一団である。狂歌師酒月米人の出発はここにあった。

本町連は伯楽連と近しい関係にあり、この三年四月から十月までの月々の伯楽連主催の狂歌角力に米人がほぼ毎月参加したことが、その成果『狂歌角力草』(同四年刊)において確認できる。四月には、元木網門人の数寄屋連が実質的に主催した「宝合」会に、他の本町連仲間とともに客分として参加、「むば玉」なる宝を出品して(同四年刊『狂文宝合記』客品「むば玉の弁」)、「おこがましくもあつかましくもけふの連衆につらなり平」と新参者らしく恐縮して見せている。この年の冬には、落栗庵元木網の月並狂歌会の成果『落栗庵狂歌月並摺』にも入集が確認できる。しかし、酒上不埒こと黄表紙作者恋川春町が主催した六月の「狂歌なよごしの祓」、七月の吉原の玉菊灯籠における狂歌会の成果『灯籠会集』、この年の夏狂言での団十郎の大星由良助初役を記念した『皆三舛扮戯大星』といった、秋人・裏住ら本町連の仲間も参加した催しの多くに見えず、本格的な活動は翌年以降のことになる。

天明四年の春興として四方連傘下の諸連はそれぞれ黄表紙型の狂歌集を工夫して五作にまとめたが、米人はそのうち本町連の顔ぶれが多い『大木の生限』に入集する。四年春の序をもつ南畝編『徳和歌後万載集』(同五年刊)、同年末の序を冠した朱楽菅江編『狂言鶯蛙集』(同五年刊)の各二首は、四年中の米人の活動を示すものであろう。『徳和歌後万載集』巻一が収める、詞書きに飛鳥山の麓の家の桜を詠んだという次の一首は、太田道灌の山吹の逸話で有名な『後拾遺和歌集』巻十八の兼明親王の歌「七重八重花は咲けども」を下敷きに、七、八、九(=ここの)と数字を詠み込みつつ、「こゝ」「かしこ」を対比する遊戯的な詠法が、師南畝の詠風をよく学んだ作といえる(編者南畝の添削を経たからでもあろうか)。

七重八重こゝの家にも桜花かしこ山のあまり物かも

しかし、『徳和歌後万載集』『狂言鶯蛙集』の各二首というけして多くない入集歌数は、やはりいまだ初心者の待遇でしかなかったことを物語る。

翌五年春興の『四方春興夷歌連中双六』にも一首を載せ、天明五年八月の跋をもつ『俳優風』（同年刊）にも「四方」連中として参加して上々半白吉の位付けを得る等、ようやく幅広い活躍をみせるようになる。この年の南畝主催の月々の狂歌会の記録『下里巴人巻』（写）には、米人が八月・九月・十一月とその会に参加したさまが窺える。それでも同十月に狂歌壇の主要な顔ぶれ十六名を集めて蔦屋が開催した百物語の狂歌会（『夷歌百鬼夜狂』）には加わっておらず、大勢の四方連中の中の一人という位置付けを脱していない。

続いて天明六年の四方連春興『狂歌新玉集』に「本町連」の肩書きで入集、翌七年四方連春興『狂歌千里同風』にも詠を採られ、四方連の一員として定着する。南畝編『狂歌才蔵集』（同七年刊）になると入集歌数も八首と増し、とくに巻十四には次のような長歌・反歌形式の作を載せるなど、頭角を現しはじめる。

日本橋を過侍りて

すぐろくを　ふり出しみれば　おしろにぞ　霞はか丶れ　日本ばし　まなく時なく　ゆきかへり　みかへる田舎
ものまいり　はる〴〵来ぬる　万歳は　まことにめでたう　さぶらひにも　かたをならべて　ろく尺の　こしを
ふる雨　ふく風も　かしこき御代の　いにしへを　ためしにひくや　あづさ弓　ふくろながらに　星霜を　かさ
ね〴〵も　おありがたさよ

反歌

何事も思ひのま丶に白砂のふじゆうのなき江戸の真中

『万葉集』巻三の山部赤人の有名な田子の浦の長歌「あまのはらふりさけみれば」、およびその反歌「うちいでてみればましろにぞ」をもじり、また『古今和歌集』巻二十の「ふるきやまとまひのうた」の「ふる雪のまなくときなく」の表現を引用、『伊勢物語』や『古今集』巻九で知られる「かきつばた」の折句歌「はるばるきぬる」を在原業平から三河万歳にやつして笑いを誘いながら、江戸城を背に絶えず人々が行き交う日本橋を詠じて賞賛する。「田舎ものまいり」（田舎者–物詣）、「めでたうさぶらひにも」（めでたう候–侍にも）といった語調のよくない掛詞はあるものの、初心者から中堅の域に入りつつあった米人が、彼なりに狂歌壇の江戸贅美の雰囲気を受け止め、それを表現した作と評し得よう。この頃には、同七年二月に三囲神社に奉納された南畝・菅江ら主要狂歌師三十六名の狂歌を刻した額にも加わったほどに、[6]狂歌壇でひとかどの地位を占めるに至る。

天明年間に米人がかかわった催しとしては、他に南畝が記録する隅田川上の納涼狂詩狂歌会がある。その会の成果は伝わらず、唯一、これを伝える南畝の狂文「角田川に三船をうかぶる記」（真顔編『四方の留粕』下、文政二年刊）によれば、書肆蔦屋重三郎の主催で、南畝を判者に、狂詩を宿屋飯盛や紀定丸、腹唐秋人、算木有政、唐来参和、二歩只取《にぶのただとり》、紀躬鹿《きのみじか》、問屋酒船、狂歌を鹿都部真顔、馬場金埒、頭光《つむりのひかる》、大屋裏住、山道高彦、浅倉森角、蔦唐丸および米人、つまり南畝周辺の狂歌師連中各々八名で行われたという。年記はなく「水無月のあつさをさけんと」とあるのみで、天明四年の催しとされてきた。[7]しかし、ここまでに見た米人の活動を鑑みて、四年の段階で米人がこうした顔ぶれにまじって活動し得る位置にあったとは考えがたく、五年以降のことと考えるべきであろう。狂歌の側にともに参加した浅倉森角も天明五年までの活動がまったく確認できない人物であり、これを考え合わせ、また七年六月に松平定信が老中首座に着任した頃から南畝が活動を自粛した事実を勘案すれば、六年六月の開催を考えるのが穏当であろうか。四方社中の数少ない狂詩作者の一であった辺越方人が見えないので、あるいは彼が七年二月に没した後、寛政の改革政治の開始間際の天明七年の六月という推測も可能であろうか。

寛政初年頃の蔦屋版狂歌絵本においては、『潮干《しおひ》のつと』『和歌夷』『狂月坊』（以上元年刊）、『普賢像』『銀世界』『百千鳥狂歌合』（以上、二年刊）などにもれなく入集し、米人は狂歌壇の重要人物の一人に数えられるまでになっている。数年ぶりに復活した伯楽連の狂歌角力会の成果『狂歌部領使《ことりづかい》』（寛政三年刊）にも積極的に参加して十三首の入集を見る。同じ伯楽連系でも浅草を中心とする人々の狂歌角力（寛政四年刊『狂歌四本柱』、同五年刊『狂歌太郎殿犬百首』）には参加していないが、本流の窪俊満主催の狂歌角力『狂歌上段集』（寛政五年刊）の会では、鹿都部真顔・紀定丸・大屋裏住・銭屋金埒、および伯楽連首領の桑楊庵頭光とともに判者を務めるほどに、この頃にはすでに狂歌壇の実力者の一人となっていた。

三　数寄屋＝四方連中へ

寛政初年に狂歌壇のいわば中堅狂歌師となった米人は、寛政半ばには数寄屋連の銭屋金埒や鹿都部真顔に近づき、数寄屋連、すなわちのちの四方連の連中となってゆく。『観難誌』（前出）に見えるように歌論歌学を重く見る米人の志向は、真顔の方針と合致し、まずは順当な行動と言えよう。これはまた天明末年頃より大屋裏住・腹唐秋人ら本町連の活動が停滞したこと、真顔・金埒を中心とする数寄屋連中が、南畝等に接近することで狂歌壇における存在感を増し、ついに四方連の名を継いだこと（本章第三節）とも関わっていよう。つまり元来四方連の傘下の本町連の一員であった米人がそのまま四方連に残り、新たにやってきた数寄屋連中に吸収されたかたちとなった。南畝を中心とする旧四方連の主要狂歌師で、数寄屋連を母体とする寛政以後の四方連に残ったのは、米人のみといってよかろう。

米人が数寄屋連の狂歌集に入り始めるのは、真顔が四方姓を継承して数寄屋連が四方連となる寛政七年正月に先立つ同五年頃である。これ以前の数寄屋連の狂歌集、たとえば『狂歌すきや風呂』（天明八年刊）や『あらたま集』（寛政三年刊）に米人の名は見えない。寛政五年正月刊行、真顔編『どうれ百人一首』は、近世期にもじり百人一首として広く親しまれた『どうけ百人一首』をさらに捻った書であるが、米人はこの最終丁巻軸の銭屋金埒・烏亭焉馬に次ぐ重要な位置を占める（真顔は序と巻頭歌）。しかも、まさにその狂名にちなんで角樽を傍らに盃を戴いた肖像に添えて、酒を詠む次のような歌を載せたことは、米人の数寄屋連への本格的な仲間入りにあたっての顔見世のような意味あいさえ感じさせる。

うす霞ひきそめてより白ざけのさか屋にまがふ春のあはゆき

この作品に続いて、序に年末まで刊行が遅れたと述べる寛政五年版の春興『四方の巴流《はる》』でも、金埒の前に置かれ、その扱いは比較的重い。寛政七年版『四方の巴流』に至っては四方姓を継承した真顔に、南畝や菅江、橘洲や腹唐秋人、尻焼猿人こと抱一とならんで祝辞を寄せる待遇を受け、さらに「四方同盟判者」の列に並ぶに至る。

その寛政五年版『四方の巴流』、また前述『狂歌上段集』あたりから米人は「吾友軒」の号を用い始める。これ以前、自筆本『観難誌』寛政三年付の自序に吾友軒を冠するが、刊本に見えるのはこの年が最初である（前述の深川の居に因んだ号であろうか）。狂歌壇において堂・亭・庵といった号の使用が流行し始めた時期にあって、「ご勇健」の音をきかせた命名という（「吾友軒記」『観難誌』・享和三年刊『狂歌觿』）。

他方、もともと本町連と近しくともに活動してきた伯楽連は、本町連の活動の停滞をよそに独自の活動をすすめ、寛政五年春興『癸丑春帖』、また六年・七年両年の春興『春の色』と、春ごとに春興集を刊行するが、そのいずれもが、米人を裏住、真顔や金埒同様に客分として遇する。この点からも、米人がこの時、かつて自らが属した本町連と近しい存在であったはずの伯楽連の中心となった頭光や窪俊満らとは、一線を画した立場にあったことがわかる。

台頭する数寄屋連中への接近は、一見、米人という人物の政治性を感じさせる。が、彼自身、本章第三節で見たような、狂歌判者が伯楽連と数寄屋＝四方連に分かれ、勢力を争う当代の狂歌壇に対して、批判的であったようである。

真顔の盟友であった銭屋金埒と共編した『金撰狂歌集』（寛政八年刊）序文に、『古今和歌集』仮名序をふまえつつ次のように言う。

今の狂は忿戻にしていつはりおほしと。されば、てにをはもたど〳〵しきほどより、かのあそはくはしきに過てかたくなゝり、このうしはざえあまりて気のたらぬなんど、腹ふくるゝわざくれいひの、しれば、かたみに党をたて肘をはりて、目に見えぬ心の鬼もひこづり出て我慢の角をふり、たけからぬものゝふも猛くいさみて、野暮の正銘をあらはし、をとこをんなの中をもさまたげなんは、この頃我ともがらの風調にしてあらぬ道をもたどるなるべし。(8)

ただし、この批判は、同書の共編者金埒と近しく、唐衣橘洲編『二妙集』等、他の狂歌集でも並んで入集するなどした米人が、狂歌壇の勢力争いをよそに「師と称せず我まゝにふるまふ」、つまり独立独歩で自己を貫くその金埒を称揚する文脈でなされた批判なので（とはいえ金埒は、狂歌壇的にはあきらかに真顔の一派であるが）、多少割り引いて読む必要がある。それでも米人は、自身の編んだ『狂歌東来集』初編序（寛政十一年刊）に「初心不才とさみせらるゝもすてず旧家名人とさたするをもたうとまず、たうとむところは歌がらと作意」と言い切ってもおり、狂詠そのものを重んじる一本気な性質であったのはたしかであろう。

寛政三年の序を冠し、同八年までの記載が見える『観難誌』において、その米人の筆は、師南畝も菅江も憚れることなく、誉れ高い名歌にも忌憚なく種々の角度から批判を加える。たとえば天明狂歌を代表する南畝の名作「あなうなぎいづくの山のいもとせをさかれて後にみをこがすとは」に対してさえ「あなうは自にして、何国の山は他の噂なり。いもとせの山、吉野なり」と難癖をつけ、菅江の「思ひきや三百五十日あまりけふかあすかに年くれんとは」に「癡情をも捨べきならねど、あまりおろか過たり」と辛口である。その序に「未練の僻論」と自ら卑下するように、実力に不相応な批評と一応は断った上で、しかし「常に狂歌を難」じ、「人よんで難陳屋」とまで言われても「疵とがめはおのれ生得」と開き直る点にもその真っ直ぐな気質は窺えよう。南畝は、文化元年十月十六日付で長崎から息子の定吉宛に出した書簡に「当地の人物は十千亭、錦江、真顔など丶申風に御座候……一体温潤游情にて、柳長、枇杷丸、米人など丶申様なものは一切無之候」と記す。米人は穏やかな長崎人とは対極の人柄の例として引き合いに出されたのであり、それだけに「温潤游情」とは正反対の烈しく一徹なその気性が想像されよう。

四　詠風と作法書の執筆

さて、こうして狂歌壇に地位を確立した米人の詠風と狂歌観を考えてみたい。自筆本が残る『観難誌』は、狂歌の作品を個々に論じる点で貴重な作ではあるが、狂歌の不徳の招いた不幸を数え挙げる箇所を除けば、ほとんどが一首一首の表現の批評にとどまり、狂歌論になり得ていない。ここで注目したいのは、米人の著した狂歌作法書『狂歌このはぐさ』(享和元年刊)である。本書は、四季・恋・雑の部立で題を並べ、各題の題意を説明して頻用される表現を列挙した初心者向けの二巻二冊の小本である。巻頭に真顔の序を冠し、続いて米人自ら「初心意」と題して七丁にわたって初心者の心構えを説く。夷曲・狂歌などの字義の解説から始めるあたりに意気込みは感じられるが、もとより体系的な狂歌論というより、初心者の留意すべき点を筆の赴くままに書き連ねたものである。ここで「てにはも和歌に露たがふものなき」、つまり形式上、和歌と寸分違わない「狂歌の狂歌たるゆゑ」を次のように定義する。(9)

上三句のうち、腰の句又は二の句にてもいかにも和歌によみえがたき荒涼なる詞一言もしくは二言もたち入て、下の二句のうちにも又たはれたる詞一言をつかひて、其余は高上にも幽玄にも和歌に立まさりてはなやかに仕たつるをむねとす。

つまり上の句・下の句に偏りなく、狂歌らしい戯れた言葉ないし平俗な表現を入れて詠むことだという。あくまで初心者に対する手ほどきではあるが、「狂歌の狂歌たるゆゑ」を発想や内容でなく、用語の次元で捉えることに注意したい。さらに次のような一節が続く。

狂歌に狂言なきをぬめりといひ、五句ながら平話にして雅言なきをたゞことゝいへり。それ和歌は狂歌のよみ損ひにあらずといへども、趣意とゝのひて狂言なきもの、和歌ならずして何ぞや。是和歌は神国の余風にして、ふかくおもひ入ときは、ざれたることば、こは〴〵敷ことばなどはおのづからはぶきけづりて、つひに上手なら俳諧歌、下手ならば力なき和歌ともなる事なり。しかるを和歌とていみさくるものかは。

狂歌を詠もうとする人に向けた説明であることを前提に読まなければわかりにくい文であるが、つまりこのようなことであろう。「狂言」つまり狂歌らしい表現を欠いて狂歌になり損ねた歌は、本来和歌ではないが、やはり趣意が整っていも狂言がなければ和歌である。「おもひ入」が深ければそうした狂歌的な表現が入らないこともある。それらは、和歌の長い伝統の力によって、和歌の一種としての「俳諧歌」、あるいは下手な和歌のようになる。趣意が通ってさえいれば和歌のようであっても構わない、と。さらに続けて、

おもひをのぶる心はひとつなればそれにてもくるしからじといへる人あり。これは外道の見にしてとるにたらずといへども、たとはゞ、未練の画工虎をゑがきて猫となるとも、はじめより猫をかきたるにはしくべからず。ふたつのさかひわきがたくは、ぬめりて狂言なからんより、むしろたゞことなれとはいふべし。和歌なれとはいふべからず。そのゆゑは荒涼に杜撰なりとも趣意だにとゝのひ侍らば、てにをはの字をくはへて狂歌にいたりやすし。

思いを表すのは同じことだからといって、狂歌でも和歌でも区別して読む必要がないわけではない。狂歌を詠もうとしながら狂言を欠いて和歌に似た中途半端な歌を詠むくらいなら、歌語・雅言とは言わないまでも、はじめから「ただこと」「平話」で趣意を整えて詠むべきである。そうすれば仕立て直して狂歌にできる、と言うのである。「ただこと」を和歌と別に考えているらしき点、和歌と狂歌の価値を転倒した記述など、一見特異な部分はあるが、元来、狂歌を志す初心者に向けた注意事項の非体系的な羅列の一部であり、その点に深い意を汲み取る必要はあまりなかろう。むしろ、記述が表現の次元に終始していること、内容については、発想のおかしみより「趣意」の整合を言うのみであることを重く見たい（「趣意」のありようについての記述もこれ以上にはとくにないが）。

この語彙・表現の重視は、題ごとの詞寄せである『狂歌ことのはぐさ』にふさわしい。しかし必ずしも同書の内容に合わせた作文ではなく、米人の狂歌論そのものをよく表すもののようである。『観難誌』に見える米人の狂歌の批評の大半はこうした表現の問題の指摘である。米人自身が『狂歌ことのはぐさ』にも引く、『観難誌』の批判を紹介しよう。ある時、次の一首をある判者が高く評価した。

庭もせの萩にふすゐもなきものを鉄砲かきはきつい用心

が、上の句は雅言で成り立ち、下句にのみ俗語を交えるのはいかがかと難が付き、

庭のはぎにふす猪もなきを用心の鉄砲かきはなどかまふらん

と直してよい狂歌になったという。『観難誌』より、難癖を付けたのは米人自身、もとの詠者は頭光とわかる。米人は、『観難誌』において近世初期の『古今夷曲集』の編者、生白堂行風の言葉を引いて批判の理由を詳述、鉄砲・用心といった俗語を上下に分けるべきだと主張する。右のもとの狂歌は『狂歌部領使《ことりづかい》』（寛政三年刊）に入集するもので、判者は宿屋飯盛と真顔であった。行風の威を借りたこの批判は一見もっともらしいが、初案にあった上の句と下

の句の急激な落差が醸す勢いとおかしみは、改案では失われ、米人の主張が適切かどうかは疑わしい。しかし、米人はこの訂正後のかたちを、金埒とともに秋の歌を輯めて上梓した『金撰狂歌集』（前述）に収める。光は寛政八年三月に没し、同年秋の『金撰狂歌集』の刊を見ていないので、この改変を光が承引したのか定かでないが、共編者金埒の目は通っているはずで、米人の独断で改めたとは思えない。

こうした「難陳屋」米人に対して反論が出された記録もなく、いかにも正当とばかりに述べ立てる米人の批判を容れざるを得なかった狂歌師は他にも多かったことであろう。少なくともこの『狂歌ことのはぐさ』二巻二冊は、のち米人編著『増補狂歌題林抄』（文化二年刊）四巻四冊のうち第三・四冊として序文・「初心意」もろとも取り込まれ、文化十一年の再刷をも経て大量に流布することになる。(10)

その『増補狂歌題林抄』は、一条兼良の原撰を北村季吟が増補して流布した『増補和歌題林抄』（宝永三年刊）をもじった命名である（つまり原『狂歌題林抄』はおそらく存在しない）。類題集に各題の題意の解説と言葉寄せを併せた点は『増補和歌題林抄』と同じであるが、前述の経緯で類題集と言葉寄せが別冊で、それぞれに題意の解説があって内容が重複する。それでも江戸狂歌史上、初の類題集として画期的な企画であったとまずは評価できよう。

この書は、類題集の体裁をとるが、米人の自作の引用も少なくない。これに米人の詠風を見てみよう。まず一首め、「蛙」の題で、諺「井の中の蛙」から発想する。

井のうちにすめる蛙の歌所ふかさもおよそ二条冷泉

蛙を、『古今集』仮名序より歌を詠むものとして歌所を出し、二条家・冷泉家の名を深さ二丈の井戸底の水（泉）の意に掛ける。次は「雲」の題で、『古今集』衣通姫の有名な一首「くものふるまひかねてしるしも」の蜘蛛を雲に、「振る舞い」を饗応と読みかえる。

霧をのみかすみをくらうやま人に何をもてなすくものふるまひ

これら二首は諺や古歌などに発想を求め、その発想の連鎖や縁の言葉の範囲におかしみを求める点で、四方連の仲間の真顔らに近い詠風といえよう。次は各々「寄国祝」「思」。

入用の竹にはことをかゝずして虎のすまざる国ぞめでたき

うき人の顔にはたけはみへねども思ひの種をまかぬ日ぞなき

一首めは、画題「竹に虎」のうち、日本に竹はあるが、虎は生息しないというだけの事実を、竹の有用性と虎の危険を挙げてあえてめでたいことと持ち上げる。二首めは、顔の「はたけ」(疥)を畑と掛けて「思ひの種」の語を取り合わせる。いずれも、縁語構成の成立のために、ないものをわざわざ引き合いに出して一首を仕立てることで、おかしみよりも理屈が先に立つ感は否めない。次の「老人」の一首のように、研ぎ・切れ・極め・錆と刀の縁語で綴りながら、智恵も錆び付きがちな老人の所在なさを嘆く意を通す巧みな詠もあることはある。

何をして身のとぎにせんきれものときはめかたなの翁さびては

たしかに、以上五首いずれの詠も、先の『狂歌ことのはぐさ』「初心意」で米人が繰り返し主張したように「趣意」は整っている。が、下敷きにした諺や縁語構成の整合性のみが前面に出て説明的な「寄国祝」「思」の二首のもつ理屈くささは、自ら「難陳屋」を任じて多くの詠の表現の不整合をあげつらった米人の狂歌批評と一脈通じるものがある。

文化期初頭にさしかかり、狂歌人口がいよいよ増える中で、狂歌判者にはよりいっそうわかりやすい指導が求められる時代であったはずである。その中で、初心者向けの作法書『狂歌ことのはぐさ』『増補狂歌題林抄』を著し、抽象的な発想のおかしみを求めるよりも、具体的な語彙・表現の次元で道理を通すことをよしとする米人の行き方は、狂歌に入門する大衆の需要と合致したことであろう。その点で米人は狂歌の大衆化時代の判者の一典型といえようか。

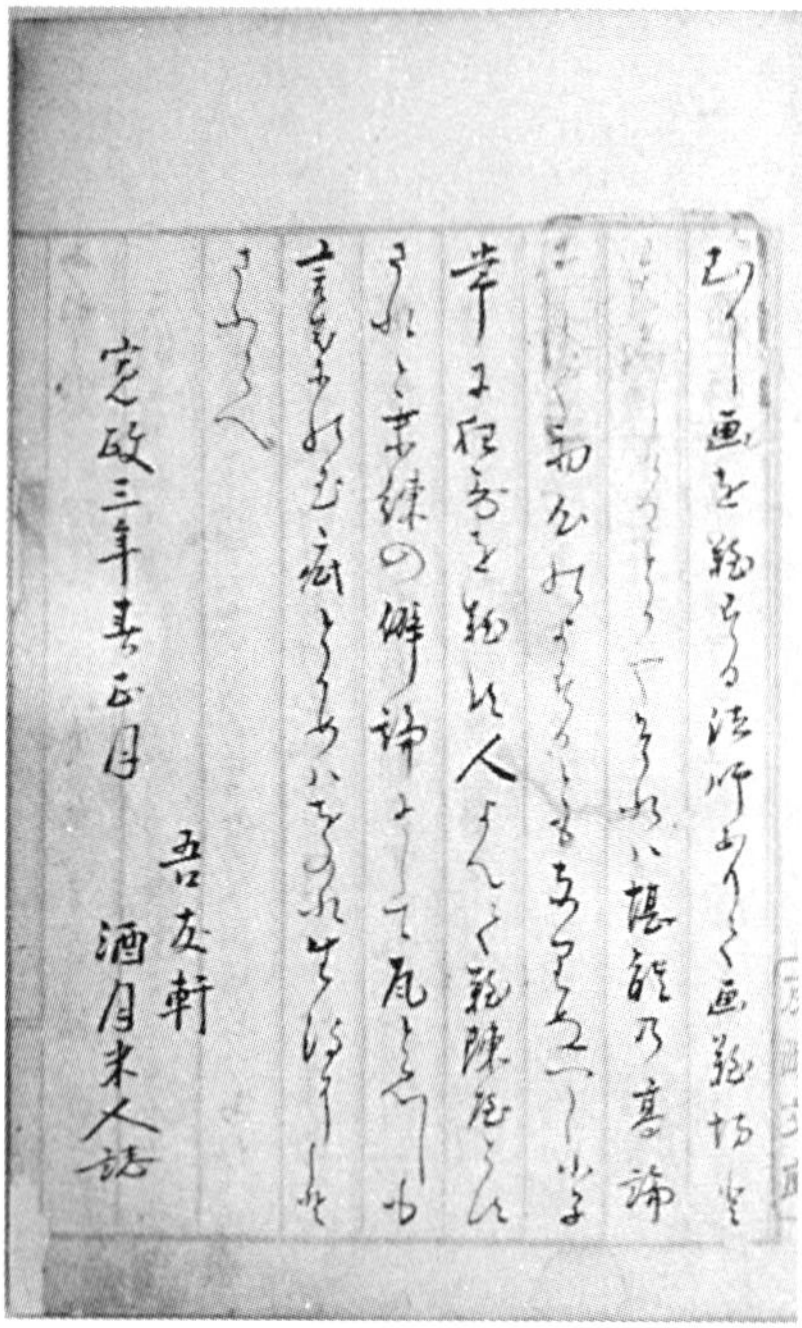

図１　米人自筆『観難誌』（東京都立中央図書館特別買上文庫蔵）

五　南畝流の筆跡と米人

米人の特徴ある筆跡は、比較的よく知られている。大東急記念文庫蔵の写本『ひともと草』に収められる自筆に見えるように、寛政末年から享和頃には斜めに筆を引く佶屈な書体が顕著になるが（後述図2参照）、寛政前期の『観難誌』の段階では、図1のように南畝の筆跡に酷似する。米人を南畝流の書き手の一人とするのは筆者だけの認識ではない。たとえば梅本高節『狂歌師伝』（昭和三年識近代写本、筑波大学図書館蔵）でも米人の項に「師の筆跡を学んでよくした」とされ、また自身、蜀山流の手で知られた三村竹清も米人について「蜀山流の手をよく書て文宝亭を凌げり」とした（「判取帳筆者小伝」）。米人は、前述の南畝の『判取帳』に天明三年に記帳したが、この段階ではまったく別書体であった。つまり、米人の南畝流の筆跡は、偶然の類似などではなく、その狂歌壇参入以後に意図的に習得したものである。

米人がこの筆跡で自ら版下を手がけている事実は注目される。『金撰狂歌集』跋に金埒が「吾友軒のあるじ禿たる筆をえらまずしてかいつくれば」と言い、図2に示す米人編『狂歌東来集』の二編序に真顔が「吾友軒筆のあゆみの達者にまかせ」とするように、寛政半ば以後、これらの自著・共編著の版下は、筆跡からしてもまず間違いなく米人自身の筆である。問題はそれ以前である。南畝流版下は蔦屋版を主とする狂歌本に天明期より寛政半ばまで散見し、

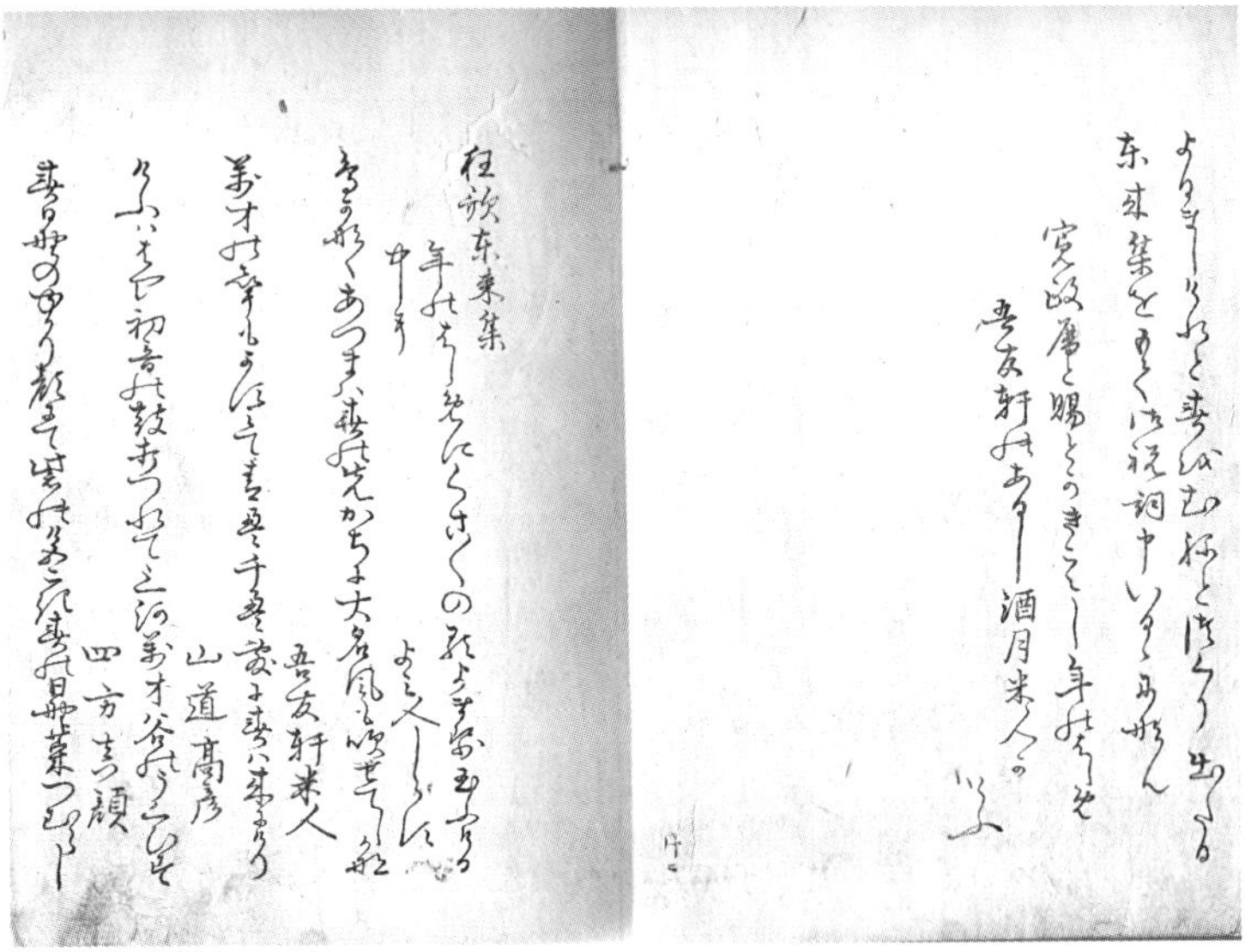

図２　『狂歌東来集』初編序末・巻首（筆者架蔵本）

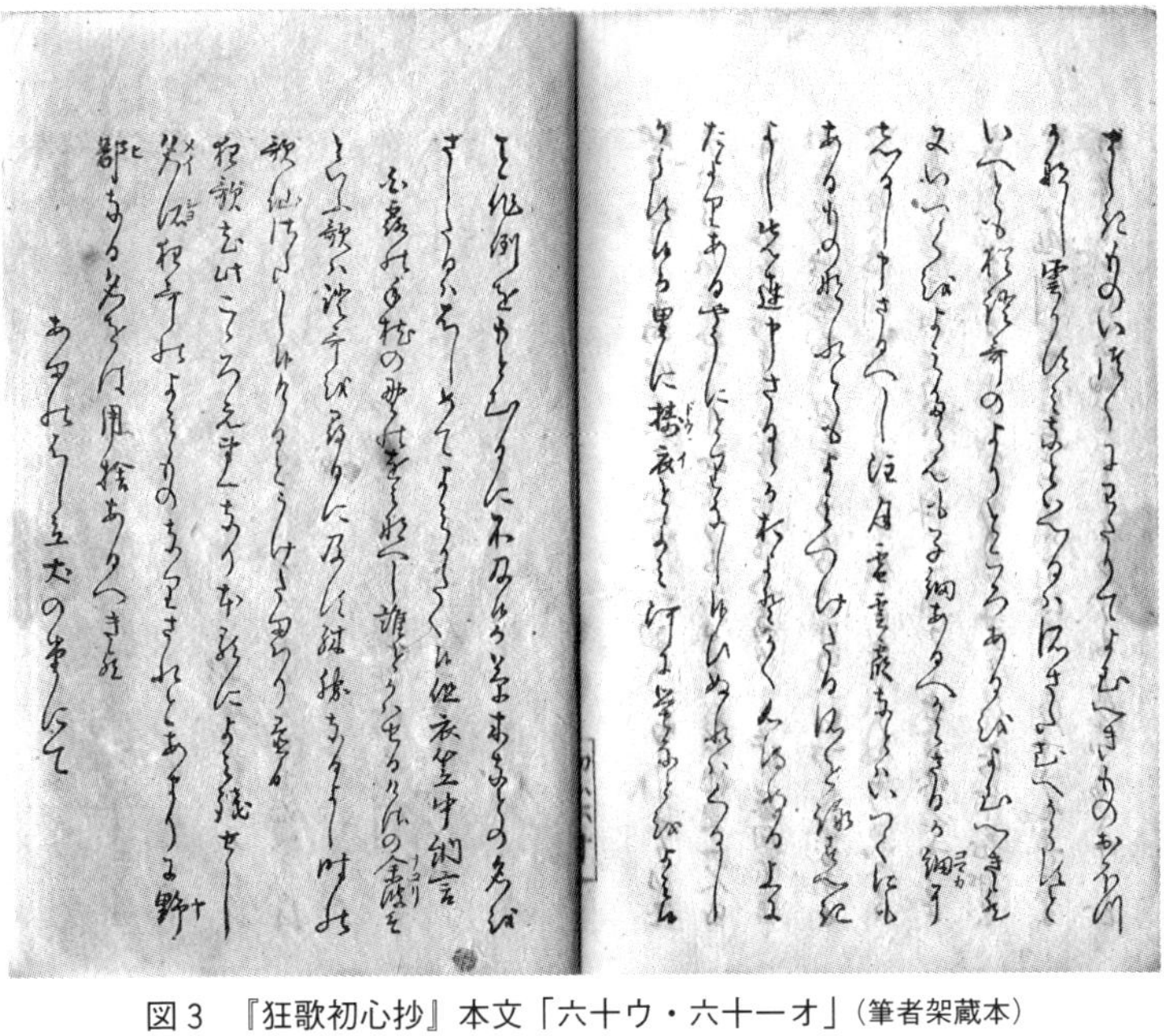

図３　『狂歌初心抄』本文「六十ウ・六十一オ」（筆者架蔵本）

時期を考えてもすべてが天明末年に狂歌壇からの退隠の意志を示した南畝その人のものとは思えない。たんに南畝流の版下が流行したというだけのことかもしれない。しかし、南畝流を習得しつつあったこの米人の関与の可能性も追求すべきではないか。たとえば図3の唐衣橘洲による蔦屋重三郎版の狂歌作法書『狂歌初心抄』（寛政二年刊）も、橘洲の自筆を生かした自序以外の本文はそうした南畝流の版下による狂歌本の一つであるが、右上から左下の次の文字へと続く斜めの線が際だつ米人の筆跡の特徴をもつこと、他ならぬ米人が跋を寄せていることから、米人の版下と見てよい作品である。他にも金埒ら数寄屋連関系の狂歌本で、『つきよみ男』（寛政末年頃刊）、また『仙台百首』（寛政八年刊）[11]などの版下も顕著に米人の筆跡の特徴を具える。後者には米人の序文があるので、ほぼ確実であろう。変わったところでは奇々羅金鶏の入銀物の家集『網雑魚』（刊年不明）の版下も米人の筆跡の特徴をもつ。ただここでは天明・寛政期の狂歌本における南畝流の書体に米人が関わった可能性を示唆し、この点は今後の検討に委ねたい。

六　南畝との親交

米人は、南畝が狂歌連中との交遊を控えた寛政・享和期にあっても、南畝と親しく交わった狂歌師の一人である（第二章第三節参照）。米人の狂歌判者としての矜持が、本町連の一員として狂歌壇に参入して南畝に直接に師事した事実に支えられていたことは、これまでの検討から容易に想像できる。その米人にとって、南畝との親交は、外面的にも狂歌判者としての威信に関わる重要な意味を帯びていたはずである。

寛政十一年に『孝義録』編纂の命を拝してより、南畝が文章力の研鑽のために開いた「和文の会」は、その参加者の多くが南畝の狂歌仲間であった。米人ももれなく参加、四作を遺して『ひともと草』（写）に収められている。その文章の一つには、この年九月の年記が備わる。米人の『狂歌東来集』は、寛政十二年正月刊の二編に「杏花園老人」の名で二首、享和元年二月序刊の三編に「覃」で一首、それぞれ和歌らしき南畝の詠を載せるほか、「よみ人しらず」「うし」などとして状況や歌の内容から南畝を思わせる作が初編（寛政十一年正月）から三編まで各一首ずつ収める（第二章第三節）。また享和三年は、南畝の日録『細推物理』によって両者の交遊をつぶさに追うことができ、米人の登場は七回を数える。南畝が参加者を記録していない集まりでも、馬蘭亭山道高彦の狂歌会のように米人の列席が想定できるものもあり、両者の接触はもう少し多かろう。つまり、馬蘭亭・真顔・焉馬といったこの頃の南畝をめぐる交友圏の中に米人もあった(12)。

米人は後に「四方滝水」を名のる。南畝の旧名「四方赤良」のもととなった流行語「鯛の味噌津で四方のあか」でもてはやされた「四方のあか」こと新和泉町四方屋久兵衛の銘酒「四方滝水」を、そのまま狂号としたものである。この号は、当時四方歌垣と称した真顔率いる四方連の有力判者である事実を体現する。が、それ以上に南畝の直弟子であることを強調する意味も担っていたはずである。米人は『狂歌水鶖集』（文化十一序刊）において二十年余以前の寛政期を回想し、その後「十とせばかりを過て師の旧号四方滝水を贈らる」という。滝水はもとより南畝の旧号そのものではないが、それにちなんだこの号は、実際に南畝から直に贈られたものであったのであろう。

その号の授与はいつであったのか。文化六年の米人らの春興『四方山』(13)において米人が「四方滝水楼酒月米人」と名のった後に、わざわざ「狂歌房もとのごとし」と注記することからして、これが「四方滝水楼」の初の名のりと思しい。同年二月の『信撰狂歌集』（刊）でも跋末に「四方滝水楼酒月米人狂歌房にしるし終つ」と署名している。この「狂歌房」は、これに先だって文化二年春興集(14)、同年刊の『増補狂歌題林抄』・『狂歌竹葉集』の頃より名のりはじめ、文化四年九月刊の米人編『月の都』（内題さらしな集）までは、この名をもっぱら用いていた。『四方山』には「滝水楼」という省略形も見え、同じ年の山陽堂編『春興四方戯《よものたわむれ》歌《うた》名《な》尽《づくし》』においても「滝水楼米人」として入集、四方滝水楼、滝水楼、いずれの名のりも文化六年春頃からと見てよさそうである。(15) 先の『狂歌水篶集』（文化十一序刊）の記す寛政期から「十年ばかり」も緩やかに考えれば、この贈号を文化六年、あるいはその前年文化五年末のこととするのに無理はなかろう。

南畝の直系であることを端的に表すこの四方滝水号を称した米人は、文化期の蜀山人時代に入っても多くの狂歌師連中とは一定の距離を保った南畝を、狂歌の世界に繋ぎ留める役割を担う人物の一人となる。たとえば、米人が編集にかかわり版下も書いた算盤玉成の追悼狂歌集『追善沈香記』（文化二～四年頃刊）にも南畝の一首がある。(16)

　算盤の玉成しゝの十六をあとさきにして六十六歳　　蜀山人

六十六歳は同書において幾度も繰り返される玉成の享年であった。また前に触れた米人の春興『四方山』にも米人は南畝から次のような狂歌を貰い得ている。

　鴬のはねだに色の麗しく妙音天のみや近く啼　　遠桜山人蜀山翁

妙音天は弁財天の別称で、この宮は羽田の弁財天。この文化六年が巳年であることに因んで載せられた一首で、前年の玉川巡視の際に南畝が詠んだもののようである（写本『玉川余波』所収）。

結び

以上のように、米人は天明盛時の江戸狂歌を経験し、寛政・享和期の狂歌壇を支えた人物の一人であった。続く文化期には、前にも触れたように『狂歌水篶集』が示すような信州や北陸での門人指導、さらに京都板の『狂歌手毎の花』三編（文化九年刊）にも狂歌・狂文を寄せるなど地方での動静が知られ、奥州白河の門人雪木庵宿成による狂歌集『狂歌千年集』（文化三年刊）の板行にも助力している。また狂歌本の刊行以外にも、文化三年には謡曲を主題にかの独特の筆跡で、柳々居辰斎・等洲の挿絵を添えて二十余枚三十数名の揃物を刊行するなど、独自の動きも見せている。本節ではそうした文化期の活動はつぶさに追いきれなかったが、米人には、初学書の執筆、地方行脚といった啓蒙的な側面が多分にあり、盟友真顔とともに、狂歌の大衆化時代をにらんで江戸狂歌壇の有力判者として活動した人物の一人であった。

(17) (18)

注

（1）中野三敏編『江戸方角分』（近世風俗研究会、一九七七）。
（2）濱田義一郎「『蜀山人判取帳』補正〈翻刻〉」（『大妻女子大学文学部紀要』二号、一九七〇）による。
（3）鈴木俊幸「一九が町にやってきた」（高美書店、二〇〇一）七章。
（4）森川昭翻刻「『観難誌』」（濱田義一郎編『天明文学』東京堂出版、一九七九）。
（5）『狂歌知足振』が天明三年三月の恋川春町主催日暮里大会の成果であることは鈴木俊幸『蔦屋重三郎』（若草書房、一九九八）Ⅱ章指摘。次出『狂歌師細見』については、石川了「狂歌師細見の人々」（長谷川強編『近世文学俯瞰』汲古書院、一九九七）参照。
（6）森銑三「朱楽菅江」（『森銑三著作集』十三巻、もと『人物くさぐさ』、初出一九三三）が千坂廉斎『江戸一斑』（写）に見えるその記録を紹介した。
（7）粕谷宏紀『石川雅望研究』（角川書店、一九八五）天明四年項など。
（8）東京大学総合図書館蔵本による。
（9）上田市花月文庫蔵本（国文学研究資料館マイクロフィルム）による（以下同）。

（10）『狂歌ことのはぐさ』ははじめ「夷曲楼」蔵版で、蔦屋重三郎・西宮弥兵衛等五肆から出され、一肆が交替したのみでほぼ同じ五肆が『増補狂歌題林抄』を刊行する際に、目録・巻首・巻尾等の題を彫り変えてその第三・四冊に流用したらしい（ただし真顔の序文の位置を第一冊へ移動する）。内題のある丁を別板に彫り直して『狂歌ことのはぐさ』も再刷された由、鈴木俊幸氏御示教。両書の諸版については鈴木俊幸『蔦重出版書目』（青裳堂書店、一九九八）参照。また『増補狂歌題林抄』が各地に流布したことは前掲鈴木『一九が町にやってきた』（注3）指摘。

（11）聖心女子大学図書館・仙台市民図書館・ソウル大学校中央図書館・川口元氏蔵本が知られる。

（12）米人が咄の会に出席し、また三升連狂歌集に入集していたことなど、焉馬との関係については延広真治「烏亭焉馬年譜（五）」（『東京大学教養学部人文科学科紀要国漢研究室』七十一号、一九八〇）指摘。

（13）大英博物館および茶梅亭文庫の蔵本が知られる。

（14）ベルリン東洋美術館蔵本。逸題。辰斎による色刷り挿絵入りの一冊。序跋や刊記など刊年の記載はないが、「丑年」を詠み込む歌があることにより文化二年の刊と推定。

（15）「滝水楼」の使用が文化六年からであることは、前掲鈴木『一九が町にやってきた』（注3）指摘。

（16）東北大学狩野文庫本による。玉成の没年、本書の刊年は知られないが、米人は「狂歌房」で署名し、また「滄洲楼金埒」の名が見えることから文化二年頃から四年までの刊であることは確実。この南畝の狂歌は『大田南畝全集』未収。

（17）西島孜哉・光井文華編『近世上方狂歌叢書』十六（和泉書院、一九九一）。ただし、この書には江戸狂歌人も少なからず含まれ、必ずしも米人が京都に赴いたことを意味しない。

（18）現在の把握のかぎりでは全二十一枚。ハーバード大学サックラー美術館に全点が所蔵される。

第六節　山の手の狂歌連――朱楽連と便々館湖鯉鮒

今日、江戸狂歌の流れを考えるとき、南畝や菅江、橘洲らの第一世代についで、「四天王」（橘洲『狂歌弄花集』序）などと呼ばれた真顔・飯盛・金埒・光の第二世代と、南畝の系統を中心に把握されることが多い。実際、当時にあっても南畝の後継者を意味する「四方」という権威を手にした者こそが狂歌壇の主流であるという意識があったからこそ、第三節で見たように真顔も光もこぞって「四方」の名を争ったのであったろう。しかし、寛政以後の狂歌壇全般を見わたせば、芍薬亭長根にせよ、千秋庵三陀羅法師にせよ、出自を異にする狂歌判者は少なくない。

中でも独自の存在感を保ったのが朱楽菅江門の勢力である。寛政十年末と、早くに師を失うことになるこの人々は、本節で見るように三回忌、七回忌、十三回忌と師の顕彰を続け、さらに二十三回忌にあわせて翌文政四年の春興として北溪画の揃物摺物「貝尽」を梓行し、菅江夫妻の狂詠を刻した「江の島」一枚をあつらえてもいる(1)。本節では、この流れに着目し、菅江の門人一門の動きを辿るとともに、そこから台頭した便々館湖鯉鮒《こりゅう》が江戸狂歌壇の有力な判者として地位を確立してゆく過程を追う。

この菅江一門には武士身分にあった狂歌師が目立つ。直参であった菅江のまわりには、狂歌壇を見わたせば、田安藩士であった橘洲や馬蘭亭山道高彦をはじめ、寛政の改革政治をめぐる変化のかたわらで士分にあっても変わらず狂歌を楽しんだ人々も少なくない。そうした存在は、天明末年の南畝周辺の変化が彼の個人的な要因によることを示唆するとともに、狂歌という文芸が定着することによって教養ある人々の嗜むに相応しい文事として認められてゆくという、狂歌をめぐる状況の変化をも表している。本節における朱楽連研究は、狂歌と武士という身分との関係を考えることによって、そうした狂歌という文芸そのものの地位の変化を考える契機ともなろう。

一　朱楽連の身分構成

とはいえ朱楽連の構成員の正体、具体的な武士の占める割合は、正確には把握し得ない。というのは、伝記的事項がほぼ判明している菅江自身を例外として、今日では個々の狂歌師の身分・正体がそれほど明らかでないためである。周囲の人物について比較的多くを書き残した南畝に比べ、菅江はそうした資料に乏しい。『狂歌知足振《しったりぶり》』『狂歌師細見』（ともに天明三年刊）で朱楽連に分類される作者は、南畝と菅江の交友圏が大きく重なっていた時期であるため、それでも多少正体が割れている。例えば、加陪仲塗《かべのなかぬり》は、南畝の父の墓碑銘を揮毫し、のちに御書物奉行にまで昇った幕臣河田安右衛門秉彝《とりつね》と判明しているし、雲楽斎は朝倉源之介、すなわちのちの旗本長坂高景と知られている。[2]

しかし、天明狂歌が爆発的な流行を見た天明三年以後に朱楽連を支えた人々については分からないことが多い。菅江の最初の編著『狂言鴬蛙集』（天明五年刊）において校合を務めた武士八十氏《もののふのやそうじ》・白川与布禰《しらかわよふね》・便々館湖鯉鮒の三名のうち、湖鯉鮒については、後に詳述するように牛込山伏町に住んだ旗本大久保平兵衛正武であることが確実であるが、八十氏・与布禰については判然としない。与布禰は、三代目瀬川富三郎『江戸方角分』（文化末年成、写）で「小石川富坂、今武州稲尾住」の「小谷」氏とされ、[3]大妻女子大蔵『蜀山人自筆文書』において「元一橋」と注される。[4]中島孝昌『三芳野名勝図会』（享和元年成、写）にも彼についての言及があり、当時川越と江戸とを行き来していた元木網との交渉も見られることから（本章第一節）、何らかの理由で一橋家の勤めを辞した後、武蔵稲尾ないし川越あたりに住まいしたと考えるのが妥当か。天明期のこの交友・位置からして、当時は一橋家に仕えていたと考えてよかろう。八十氏は、やはり『江戸方角分』「市ヶ谷」項に「元御勘定奉行勤　安部左内」とされ、狂名からも武士であったことは明らかであるが、『寛政譜』などで確認できる身分ではないようである。彼ら三人は、『狂言鶯蛙集』巻一において巻頭の山手白人こと旗本布施胤致に次いで配列されることにも注意したい。とくに八十氏は、前年に夕霧籬とともに編集・刊行した小冊『閏月歳旦』において、自らの編著とはいえ、白人・湖鯉鮒の旗本二人の前に自らと籬の作を置くように、彼らの身分に対してさほど遠慮の要らない地位にあったと考えられる。この書に序を寄せた南畝も、八十氏と籬を「両君」と敬意を込めて呼ぶ。『狂言鶯蛙集』巻十八に載せる八十氏の「借銭の山をのぞみてよめる」の長歌形式の狂歌は、「ちはやふる神代もきかぬひんぐうの神の氏子となりしよりたゞ不自由をするがなる」などと始めて、小禄の武士で貧乏ながら暇に飽かせて酒に耽る生活を戯画化した作。反歌は、左のように、その作の単調さを笑って借金の山に大和魂を掛ける磊落さが可笑しい。

　是きりでかへし歌とはたのもしや我が借金のやまとだましゐ

前の『閏月歳旦』の共編者夕霧籬も、『江戸方角分』によれば、番町住まい、土手四番町の平野弥市郎という。番町は代表的な武家地で、先の南畝の扱いからしても、武士であろう。以上のように、具体的な裏付けはとれないものの、『狂言鶯蛙集』の編集刊行された天明四、五年の時点で、菅江の門人の中心にあったのはおもに武士であったと考えられる。

『狂言鶯蛙集』巻一他に見える紀炭堅にも注意を促しておきたい。同集は、巻二以下が勅撰集に倣った配列であるのに対し、この巻のみ「画女動人情」以下、特徴的な漢字五文字の題詠を収め、狂歌会等の成果をそのまま収めたものと思しい。中に名前が一段高く挙げられている作者が二人あり、一人は尻焼猿人、もう一人がこの炭堅である。猿人が姫路藩主酒井忠以《ただざね》の弟であった抱一であるから、もう一人の紀炭堅も、相応の身分の人物を想像してよかろう(5)。名前の一字上げは、山手白人や湖鯉鮒等の旗本にもない厚遇である。炭堅は、菅江が編集を助けた蔦屋重三郎版狂歌絵本『絵本江戸爵』（天明六年刊）に一人一首が標準のところを三首も載せ、高位の武家の裕福さを思わせる。他にも『狂言鶯蛙集』など朱楽連の狂歌集には、左《さ》候《そうろう》某《それがし》といった武士の言動を戯画化するような狂名も見え、この時点で朱楽連は全体に武士色の強い集団であったと考えられる。

そうした朱楽連の性格は、作品にもさまざまなかたちで反映される。例えば『狂言鶯蛙集』は、巻七冬に「鎗剣の術を試るをり」に寒さのあまり初雪がいつ降るのか、賭けをした自分斎子璉、湖鯉鮒ら四名の狂歌を収め、同書巻九賀には「御儀式日御料理頂戴しける」酒大増長機嫌という人物の詠も見える。いずれも武士の日常の中で詠まれた狂歌である。また朱楽連としては初の春興、天明六年の『天明睦月』には、次のような武家の正月の縁語で構成する作が交じる。「武士春」等といった題詠ではない(6)。

年玉の春はお先の挟箱明てのしめのめだつ上下　　磐井真清水
ふるとしのしはを熨斗目の腰さへも横にかすみて春は来にけり　　河原梁守

一首めは、熨斗目の裃で、挟箱を担ぐ下男を従えた武士の年礼。二首めも、武士の装束である熨斗目の袴の皺をのばして気分も改まった新春の気分を詠じ、その袴の腰の縞を春霞に見立てる。次の二首も、鎗持を従えた武士の往来する江戸城の大手門あたりの下馬先の景を、太平の御代の江戸の花と賛美する。

もの丶ふのたちにし春の下馬先に振来る鎗や江戸の初花　　白川与布禰
太平の御代を追手の春霞立つゞきたる鎗挟筥　　常磐松也

次の四方赤良こと大田南畝が同書に寄せた一首も、こうした『天明睦月』の性格に合わせて演出した作ではなかったか。太平の世の御徒であった南畝が陣幕の内に新年を迎えることはもちろんなく、謀計との縁で用いた修辞である。

一年のはかりごとさへいらぬ身は帷幕の内にけさ朝寝せん

『天明睦月』は挿絵にも武家の正月風景を描くように、朱楽連の狂歌集には、以上のような武家ならではの生活風俗に取材した狂歌、ときに「武」をことさらに演出した狂詠も見え、武士作者連中がその存在を主張する。具体的な身分構成は明らかにはし得ないものの、それだけ朱楽連が武士を含む集団であったことは明らかといえよう。

先に触れた『閏月歳旦』『天明睦月』、また後述の天明七年の赤城明神での月見の狂歌集などをはじめ、朱楽連に女性作者が多いこともこうした身分構成と関わるものであろう。直接には菅江の妻が節松嫁々《ふしまつのかか》として狂歌に遊んだことに起因する現象ではある。が、智恵内子を擁しながら必ずしもそうした傾向が見られなかった元木網門人連中と比較すれば、武家の女性の平均的な教養の高さによって、より多くの女性が狂歌会に参加する、あるいは撰集に狂詠を寄せる状況がもたらされたと考えられようか。

二　朱楽連傘下の諸連

朱楽連では、天明半ば頃から規模の拡大に伴って、傘下にいくつかの連が作られた。以上に述べた身分的特徴も、朱楽連全体ではなくその一部に限った特質となる。前に触れた『天明睦月』も、次の与布禰の序によれば「山の井連」と呼ばれる人々の春興であった。

あないもこはで此門を朱楽館に入来るは誰ぞ。便々館湖鯉鮒、夕霧籬、檜皮釘武、万歳館十口、其外十二……此人々を、あるじの山の井連と呼馴しも、こち〳〵しき子細もなく、たゞ難波津、安積山の歌をおもひて、かぞいろの子をかしづくがごとく、あさくはをもはじとのこゝろなるべし。

『古今和歌集』仮名序において、難波津の歌とともに歌の父母とされて名高い安積山の歌「あさか山かげさへ見ゆる山の井のあさくは人をおもふものかな」（もとは『万葉集』巻十六）に基づく菅江の命名という。つまりこの人々の分派というよりも、師公認で朱楽連内にできた連中であった。南畝や元木網を含めて多くの狂歌師の作を含めた本書には、この序にいう十二名は明示されないが、巻末に編者の一とされる七面堂侭世《ままよ》や、後半にまとめて一定数の作が収められる千代有員《ありかず》、一丈帯武、鶴毛衣らの人々が含まれるのは確かであろう。このうち、前述の湖鯉鮒・籬の他、帯武・釘武・有員が『江戸方角分』の市ヶ谷の項に見える。帯武は加賀屋敷住まいの山下五郎と判明するが、身分や職業は分からない（加賀屋敷は地名）。釘武はその名の通り屋根屋の注記があり、通称忍屋小左衛門、有員も上州屋半四郎とあり、いずれも町人らしい。湖鯉鮒が牛込、籬が番町の住であったから、山の井連とは、朱楽連の中でも、市ヶ谷・番町から牛込あたりの山の手一帯に住む人々の集まりであったのであろう。構成員に身分的な限定があったわけではなく、所柄、おのずと武士が多くなったということか。前述のように山の井連の命名にもったい付けて『古今集』仮名序の由来を挙げてはいるが、このように山の手の地縁で結ばれた集団であることが判明すれば、「麹町の井戸」の喩え、「山の手の目見へは井戸を覗て見」（『古今前句集』初編、寛政八年刊[7]）といった柳句の表す、山の手の井戸の深さを利かせた称であったことも分かる。また、石川了氏が指摘するように、寛政元年刊の『狂歌いそのしらべ』（後出）には菅江の妻節松嫁々に「山の井連」の注記があって注目されるが[8]、夫妻の大久保の住まいからごく近いこの山の手の集まりに嫁々も参加していたのであろう。

翌七年の春興『狂歌花のさかへ』の菅江自序は、さらにいくつかの連の形成を窺わせる[9]。

諸連ともに昌平をたのしぶ。こゝに山井のあさくは人をおもはぬより、八重垣のへだてぬむつびに明月のくまなきこゝろをしり、玉琴のしらべ和ぎて、木花のさかりにこのことの行はれなば、いでや菅江らが老をやしなふにたれり。

「山の井」の他、「八重垣」「玉琴」も石川論文（前掲注8）の指摘のように、この時点で朱楽連内にあった各連の名。八重垣連については、『八重垣縁結』（天明八年跋刊）の菅江序に「この五とせ六とせがほど、かう田の神のみつのみあらかちかうつどひて、人〳〵俳諧体の和歌を詠ず……いつしかをの〳〵八重垣連ととなふ」といい、倉部行澄跋に「あが八重垣の一連の友がき、酒の神田の神垣にあつまり」というので、湯島の酒問屋であった倉部行澄（『江戸方角分』）あたりを中心に、神田明神社周辺で会集していた連中と判明する。その名の由来は定かではないが、菅江の言によれば、天明三、四年頃から活動を開始していた。歌麿の彩色刷挿絵で知られる『潮干のつと』（寛政元年頃刊）も、その跋よりこの八重垣連を中心に輯められたことが分かる。同書の菅江の序は具体的に、行澄の他、蟹馬刀方《あまのまてかた》、赤松秀成、真竹節陰、桂眉住、桃通俊、読人白寿の七名を挙げる。うち、『江戸方角分』神田の項に、秀成が聖堂下「槙屋」増田屋熊次郎、眉住が御台所町木村屋安兵衛と見え、いずれも町人風。秀成は北斎に絵を学び、朱楽連仲間山家広住作の読本『怪談破几帳《やれきちよう》』（寛政十二年刊）に「北斎門人」として、やはり朱楽連中豊年貢の酒落本『松登妓話』（同年刊）にも挿絵を描き、のち菅江追善『こずゑのゆき』（後出）にも一図を寄せている。

玉琴連には『狂歌いそのしらべ』（寛政元年刊）があり、菅江の序に「今はむさし江のひがしにつどひて風月にふけるともがらを玉琴連といふ。はじめ十あまり三人相かたらひて、たはれ歌のむしろをひらく」、つまり十三人が集ったことから箏に因む命名という。武蔵江の東とは曖昧だが、この序には竪川への言及もあり、竪川横住・宮戸川面といった狂名も見えることから、その拠としては隅田川東岸を考えれば良さそうである。菅江序は続けて「ことし寛政はじめのふん月にや、こしかたをおもひて月〱のつどへをかぞふるに、年は五とせばかり、月はいそぢになんあまれりける」というので、八重垣連にやや遅れ、天明五年頃から会集していたことになる。前述『八重垣縁結』において玉琴連の肩書きで入集するのが宮戸川面と桶河久知元であるが、後者はこの『狂歌いそのしらべ』で籬菊丸と改名する。後に二世朱楽館を名のる人物である。[10]『江戸方角分』に鉄砲洲本湊町の丸屋伝次郎とされ、町人と思しい。このあたりが中心とすれば、やはり町人の多い集団であったろう。

　この山の井連・八重垣連・玉琴連の他、前述『八重垣縁結』には「明月連」「子日連」と注記される狂歌師が入るが、前者が先に引用した『狂歌花のさかへ』序に見える以外はまったく未詳。本章第三節でも触れたように数寄屋連の鹿都部真顔や馬場金埒とも親しく、独自の活動を行った鳴滝音人《なるたきのおとんど》も『絵本狂文棒歌撰』（天明五年刊）等で「朱楽館童子」を称するが、[11]これら朱楽連内の諸連との関係や朱楽連内での位置はよく分からない。以後、玉琴連を中心とした寛政七年の春興『〔みどりの色〕』（仮題）[12]にはさらに白魚連・籬連・竹川連・梅枝連・狭衣連など種々の連の名が見えるが、いずれもそれ以上のはわからない。また歌川豊広の挿絵による彩色刷肖像狂歌集『陸奥紙狂歌合』（寛政五年刊）も菅江の門人連中による出版であるが、待合久志《まちあいのひさし》の跋によれば窓村竹（武）や俔川面ら、その入集者は「七郷連」の狂歌師という。[13]

　以上のように朱楽菅江の下には、地縁に基づいた山の井連・八重垣連・玉琴連をはじめとする多くの連が作られた。その中で、山の井連は、武家地の多い山の手で活動し、朱楽連においてもっとも武士の割合の高い集団であったと性格付けられよう。これら朱楽連の下に作られた大小さまざまな連は、菅江の統率のもと、前述の天明七年春興『狂歌花のさかへ』に加え、八年春興『鸚鵡盃』、九年改め寛政元年の『千代のためし』等、共同して一つの集を編み、また本節で触れた各連の種々の撰集に互いに入集するなど、地縁によって小集団を形成しながらも、協力関係を保った。

その状態は、少なくとも表向きは寛政十年十二月の菅江の死を前後する、寛政十年、十一年の春興狂歌集まで続く。

このように朱楽連内で種々の連が形成された天明半ばとは、狂歌の大衆的な人気とは裏腹に南畝・菅江等狂歌壇の中核に倦怠の空気が漂いはじめ、(14)『狂歌評判　俳優風《わざおぎぶり》』（天明五年刊）で後進に道を譲って隠居する意向を演出した時期であった。菅江門下の各連の活動も、そうした狂歌人気の裾野の一部でしかないという見方もあろう。しかし、第一章第二節で見たように狂歌角力・狂歌合が盛んに行われ、高点歌の返草摺物が多く作られるようになって狂歌壇がいっそうの大衆化への途を定めるのが寛政中頃であるが、それ以前、蔦屋重三郎の画策よってようやく種々の狂歌絵本が作られた天明末・寛政初年の状況にあって、(15)これら朱楽連傘下の各連がそれぞれに地道に、純粋に狂歌そのものを楽しむ狂歌会を催し続けたことは、相応に評価されてよかろう。

三　山の井連の活動

ことに山の井連が、南畝周辺の少なからぬ武士の狂歌師連中がなりをひそめていた寛政期の状況にあって、山の手で活動を続けていたことは該期の武士の俗文芸に関わる動静を把握するのに重要な鍵となろう。

彼らの作品には、前述の天明六年『天明睦月』に加え、天明九年の春興『松のこと葉』(16)、寛政三年に朱楽連内の他の連中に呼びかけて主催した狂歌角力の成果『狂歌めし合』があり、これらにもまた、『天明睦月』同様、次のような武家・武士に取材した詠作が散見する。前二首は『松のこと葉』、最後は『狂歌めし合』より掲げる。

唐までも後はみせぬ初日の出ひらく素袍や春の花いろ　渋谷御所丸

赤いはしなれど二本はさしひらきなまくらぶしのとしこしの物　対面取持

きぬ〴〵の別れはさすがたちにくしこしぬけ武士と人のいふとも　鯉屋一双

一首めは、初日の出の光を「唐までも後は見せぬ」と軍記ばりに勇ましく形容し、縹色の素袍を纏う武士の姿を取り合わせる。二首めは、大小を「赤鰯」、自らをなまくら武士と卑下しながら、鰯の縁で「刺し」「開き」と綴り、また腰の物に年越しを掛けて春興詠とする。三首め、「恋」の題で、後朝の別れを惜しむ武士の言として「立つ」に絹の縁で「裁つ」を掛けて縁語構成にする。

九州大学文学部富田文庫には、この山の井連による天明七年の催しを記録する、際だって瀟洒な狂歌集が伝存する。共紙表紙を含め全八丁の横本。左肩に題簽の剥落した跡があり、逸題。大ぶりの大本半裁の大きさで、緑色の糸で結び綴じにする。共紙表紙は緑・朱を用いた素朴な色刷りで、秋草の間で餅を搗く兎の姿を刻す。第一章第五節で見たように寛政期にはさかんに豪華な色刷りの狂歌集が出されるが、天明期には多くはない。天明期の色刷狂歌出版物としては北尾政演画の肖像狂歌集『吾妻曲狂歌文庫』『古今狂歌袋』（同六・七年刊）、同八年の『画本虫撰』の他には一枚刷がある程度で、寛政期の流行の先駆けの一つと言える作である。この本の挿画には山の井連の狂歌師の一人、腹鼓狸船の落款がある。この小冊は、天明七年の仲秋に同じく山の井連の一員、花田袖広主催の狂歌会の成果で、袖広が末尾に記して次のように言う。

今茲、あめあきらけき七のとし秋の最中、やつがれ月草の花田の袖広く、人々の高詠をあつめて梓にいのちながうせんとす。奈智の滝ひゞきに応じ、一丈の帯をとく〳〵といそげば、夜とともにかいあつめて、野飼のうしごめ総鎮守赤城のみやしろにおいて披講す。

「奈智の滝」と「一丈の帯」は、それぞれ同じく山の井連の狂歌師、奈智滝彦と一丈帯武を指し、彼らは花田袖広とともに末尾に各一首を載せる。この小冊には総勢四十三名四十三首が入集。加えて巻末に追加四名四首、また彫工提灯釣鐘の一首が付記されて全四十八首。出席せず狂歌だけを寄せた者もいたとしても、赤城明神境内でなかなか大きな催しが行われたことになる。神楽坂上の高台にある赤城明神は、山の手一帯の人々が集って月見をするのにたしかに程良いところであったろう。そのうち何首かを見てみよう。まず見返し部分に刻された菅江の詠。

　秋もなかば酒もなかばによもなかばねよとの鐘は月のそら耳

技巧的な作ではないが、「もなか」の音をも利かせた「なかば」の繰り返しも調子よく、歌語「寝よとの鐘」も空耳だととぼけるのも月の縁語仕立てで、小気味よく仕上がっている。

　金時はなきかこよひの月に又かゝるくまをもうちはらへ只　奈智滝彦

隈を熊に掛けるだけながら、熊を倒す金時を探す発想が微笑ましい。

「昼のやうだと蛤の殻を捨て」（『柳多留』七篇）と詠まれたように、江戸では十五夜に蛤の吸物を供した。次の一首は口を「開き」と「秋」を掛けるのみだが、口を開いた蛤のさまを中空に浮かぶ名月をぽかんと口を開けて眺める人々に見立てて可笑しい。

　よし砂をはくにも月のはまぐりは夜すがら口を秋の中そら　きのえ寝町

いずれも技巧の妙よりも、発想のおかしみを楽しむ作といえよう。これを例えば、安永七年に南畝が高田馬場で開いた五夜連続観月会の成果『月露草』に見える作品の勢いのよさと較べれば、その趣の違いは瞭然たる。

　よもすがらいもねせずしてしうとめが狂歌をよめの衣かつぎとや　芋屁臭人

　ぶんまはし秋の最中へうつ針のてりとほりたるまん丸な月　錦江

　おもしろや月のかゞみをうちぬいて樽もたちまちあきの酒もり　信孝

一首めは巻末の名寄せから紀定丸の詠とわかる。十五夜の供物の里芋の縁で衣かつぎを、調理の連想から嫁姑を詠み込み、狂歌を詠め詠めと互いに責めながらの寝ずの宴のさまを詠む。狂歌を詠む嫁姑の姿を虚構して技巧も巧みに威勢がよい。二首めは婆阿上人とも名のった春日部錦江の詠。名月を、中空へ針を打った「分廻し」つまりコンパスで書いた円に見立てる奇抜な趣向で、透徹した月の光を詠む。三首めは、この会の成果の一部を収める『四方のあか』（天明八年頃刊）によれば狂名出来秋万作を名のる人物の作で、月の鏡を樽の鏡に転じて、月の縁となる「立ち待ち」に「たちまち」を、「秋」に樽が「空き」と掛けて酒客らの勢いのよさを表現する。いずれも前の山の井連の逸題狂歌集の作品に比べ、技巧や発想の奇抜さが際だっている。

予め作られた狂詠を集めて披講した山の井連の赤城明神の会と、夜な夜な飲みながら当座で狂歌狂文に戯けを尽くした『月露草』の会とでは、場の雰囲気が作品に反映する度合いに自ずと差が生じよう。また盟主赤良を戴いて急激に盛り上がりゆく安永末年の熱気と、それがひととおりの落ち着きを迎えた天明末年の気分との違いもあろう。しかし、天明末年には狂歌を「よのつねのうたのすがたによりてたゞ言葉にて平懐のこゝろをのぶる」ものとする『狂歌大体』を著すに至る菅江の思想を反映して、(17)滑稽を追求してはめをはずしきるより、むしろ風流に、穏やかに月と狂歌を楽しむこの会の、また山の井連の性格をよく表すものと見ることもできよう。これから述べる湖鯉鮒の「心の狂」の追求も、橘洲の影響というだけではなく、ここにその土壌があったというべきであろう。

四　便々館湖鯉鮒の活動

ここで、この山の井連の武士作者の中でも便々館湖鯉鮒に焦点を絞ってみたい。旗本の身分ながら、早くから目立った活躍を見せ、後に判者として狂歌壇で重要な地位を占めるに至る人物である。

略伝

湖鯉鮒は前述のように旗本大久保正武。『寛政重修諸家譜』によれば、南畝と同じ寛延二年の生。旗本大岡助尹《すけすみ》の次男として生まれ、大久保正斯《まさよし》の養子となり、その致仕後、安永三年に二十六歳で家督を継ぐ。安永七年には西の丸小十人に列した。寛政十一年の『寛政呈書万石以下御目見以上国字分名集』[18]では役職を小普請とするが、小十人になる前の記載が残ったか、あるいはその間に番を辞したか。いずれ、禄高百五十俵と小身の旗本である。大妻女子大学図書館蔵『蜀山人自筆文書』（紙片R）では「大久保八左衛門」とされるので[19]、後年、称を改めたか。文化十五年七月五日に七十歳で没したことが、神楽坂からほど近い菩提寺光照寺に現存する墓碑銘によって確認できる。戒名は便了院松誉夕山居士。『寛政呈書』・墓石ともに本姓を藤原氏とする。

狂歌壇に現れるのは天明三年頃で、三月開催の南畝の母の耳順賀集『老莱子』（天明四年刊）、四月開催の「宝合」の記録『狂文宝合記』（同三年刊）より。南畝の『判取帳』への記入は、配列と「名を得たる望月なれば」の詠からすれば、その天明三年の八月頃であろう[20]。この頃から朱楽連の一員として活動していたようで、酒上不埒こと恋川春町が天明三年三月に催した日暮里の大会の成果『狂歌知足振』（同四月頃刊）で「朱楽連」の列に連なり、『狂歌師細見』（同年七月頃刊）でも朱楽連を示す丸の「の」の字を掲げる「節松葉やかん」の末席に無印の番頭新造の格で「こりう」と見える。落栗庵元木網の月並会の成果『落栗庵狂歌月並摺』（天明三年十一月刊）にも入集する。

この頃湖鯉鮒は、福隣堂湖鯉鮒（『落栗庵狂歌月並摺』では巨立）を名のっていた。この狂名の由来は定かではないが、安永頃に盛んに売られたという福輪糖という菓子に関わる命名であろうか。『半日閑話』巻十三、安永五年の記事に「阿蘭陀のふくりんとう、コリヽ」と一日に数十人が売りにまわって来たという。「便々館」は、前述した天明四年閏正月『閏月歳旦』あたりから使い始める。後年、琵琶をその印としていることから琵琶にちなんだ命名であろうが、湖鯉鮒と琵琶との関わりの詳細は知られていない。

以後湖鯉鮒は、前述のように『狂言鶯蛙集』（天明五年刊）、『天明睦月』（同六年刊）では編者菅江を助けて校合の任に当たり、『狂歌めし合』所収の角力会においてほぼ毎回、菅江の直前、つまり準判者格の位置にその詠が配されるように、山の井連の中心人物として数々の狂歌集において相応の位置を占める。

湖鯉鮒は、菅江の居た大久保二十騎町とも、南畝の在った中御徒町とも隣接する、牛込山伏町に住まいした（『判取帳』『江戸方角分』『狂歌觿』）。『寛政呈書』には牛込元天竜寺上地とされるが、天竜寺は天和の火災で御徒町の西から新宿へ移転したという（『江戸名所図会』）ので、その上地とは山伏町と同じ地を指そう。

菅江追善『花のかたみ』

その状況に変化が起こるのが、寛政十年十二月に没した菅江の追善集『花のかたみ』（同十一年三月序刊）である。[21]

この『花のかたみ』は、湖鯉鮒が亡き旧師に捧げたもので、酔月庵叟馬の跋文は次のように記す。

雪月花の時、もつとも君を思ふ。おもへども帰らぬ昔をしのびて、わいなむ堂の翁の為にいしぶみ作る人はたぞや。便々館のあるじ、これをたすくる人、花田袖ひろなりけらし。実にや翁わかうよりひろう大江都の街にあそび、何がしくれがしの名を伝へて、其流をくむ者すくなからねど、多はもらしつ。唯あしひきの山の手をかぎり、山井のあさくは思ひ給へざりし契ふかきどち、はた花橘の香をなつかしむ人々さへ、ふるき交思ひ出て、寄花懐旧といへることを詠つゝ、手向となす。

「淮南堂の翁」とは菅江のこと。雪月花に付けて菅江を思うと言うのは、菅江の辞世「執着の心や娑婆に残るらむよし野のさくらさらしなの月」をふまえていよう。この湖鯉鮒らが建てたという「いしぶみ」は、この辞世の歌を刻して、竜隠庵《りゆうげあん》、今日、関口芭蕉庵と呼ばれる目白台下の小庵の敷地内に現存する。これに際して湖鯉鮒を補佐したという花田袖広は、先述の天明七年の赤城神社の月見会の中心人物で、湖鯉鮒とともに山の井連の一員。この作品でも巻軸の湖鯉鮒の前、節松嫁々の後にその詠を置く。この跋文は、菅江の門弟が江戸中に少なくないことを述べながら、「多くはもらしつ」として触れず、「唯あしひきの山の手をかぎり、山井のあさくは思ひ給へざりし契ふかきどち」と山の井連中の菅江との縁の深さをのみ強調する。つまりこの追善集は、山の井連として亡き師に捧げたものであった。七面堂伲世、千代有員（数）、万歳館十口、腹鼓狸船、左候某といった、ここまでに論じた山の井連の狂歌集に見える名がこの狂歌集にも散見する。彼らと狂詠の場をともにしてきた節松嫁々も公認の上で、その作が湖鯉鮒と袖広の前に置かれる。馬蘭亭山道高彦も一首を寄せており、南畝がなりをひそめていたこの時期の彼の狂歌活動が、こうした山の手の地縁を通じたところにあらためて窺える。

この書には唐衣橘洲の注目すべき序文がある。

> 便々館ぬしは、ゆへありて、いま予が門にあれど、はやくより翁（菅江、小林注）に咫尺し、かの門中の高弟なりければ、野中の清水もとのこゝろをくみ、こたみ、関口てふところの竜隠精舎にしるしの石たて、翁終焉の歌をえりつけ、またさきのとし、此精舎と翁と便々館によし野の桜をうつし植しも、ふた木はかれて只ひと木、便々館にのこれるを、かのいしぶみにうへそへしは、かゝれとてしものこりけん、やさしき花のこゝろばへなりや。よて知音の人々に寄花懐旧といふことをよませ、おなじ木にえり、此さうじやにあそぶすき人にものせんとなり。
> （傍線は小林）

菅江と湖鯉鮒の桜をめぐる逸話を伝え、『花のかたみ』という題名と、本集が収める狂詠の題「寄花懐旧」の由来を物語る。しかし見過ごせないのは、傍線部の、故あって今橘洲門にある、とするくだりである。菅江の高弟であった湖鯉鮒がなぜ朱楽連を離れたのか。

独立へ――橘洲との関わり

たしかに湖鯉鮒は、それ以前から独立し始めていた。橘洲門人の尋幽亭園生桃吉が編んだ『二妙集』（寛政七年刊）にも、鹿都部真顔や銭屋金埒、頭《つむりの》光や酒月米人ら狂歌壇の新しい指導者たちと肩を並べて入集する。この頃の他連の春興においても、寛政七年版『四方の巴流』には菅江や籬菊丸とともに入集したものの、寛政九年版『よものはる』では橘洲を筆頭に末尾菅江まで、数寄屋連改め四方連以外の判者十名が名を連ねる「東都判者之列」に数えられ、菅江の門人の一という位置付けを脱して独立した判者として扱われている。この年には、寛政八年三月の頭光の没後、伯楽連から独立した浅草市人ら浅草連の翌九年春興『柳の糸』に、橘洲と隣り合って入集、伯楽連に残った窪俊満等のこの年の春興『伯楽集』[22]にも、その市人らとともに他連の有力判者の格で入集する。この『柳の糸』における配置は、湖鯉鮒と橘洲との関係が、菅江の生前からのものであったことを窺わせる。同じ浅草連の寛政十年春興『男踏歌』でも園生桃吉と隣り合って入集しており、その配置が偶然でなかったことを示していよう。

橘洲と湖鯉鮒の関係の深まりは、一枚刷（摺物）においてより具体的に窺える。「北斎宗理」落款のある二枚の大型の摺物である。一枚は大英博物館所蔵で、右半分に高殿から楼下の花を見る美人と子どもが描かれる。[23]狂歌とその構図から上野清水観音堂の花見の図と知られる。左半分に湖鯉鮒ら十六名の狂歌を載せ、巻軸に橘洲を据える。もう一枚はギメ東洋美術館の蔵品で、下半分に花の下の遊女と新造二人を描く。その上に橘洲から末尾の湖鯉鮒まで十九名の狂歌を載せる。初めに据えられた橘洲の狂歌には詞書があり、櫛屋久兵衛という人物の上洛の餞として作られた摺物のようである。[24] この摺物には前述の馬蘭亭山道高彦や、同じく天明期に四方連の一員として活動した讃岐高松藩士の馬屋厩輔らが見え、湖鯉鮒や橘洲が、彼らとの交友を保っていたさまが窺えよう。「北斎宗理」落款の使用は寛政八年から十年に限られるから、[25] これらもやはり菅江の在世時のもので、その頃から橘洲の許に出入りしていたことが分かる。

橘洲との関係は、菅江没後しばらく続き、寛政十二年末頃まで辿れる。この年、題名からしておそらく年末に刊行された『狂歌歳暮集』（同年橘洲序）において改名を披露した橘里館卜翁が、詞書に「こたみ唐衣橘洲・便々館湖鯉鮒の両子へ便、古柳亭名志也の名をあらためて」として両名の狂歌を収める。[26] 橘洲もまた、まもなく享和二年七月に没することになるが、同年正月には湖鯉鮒は朱楽連に戻ったかたちであったことは後述する。

菅江の一周忌寛政十一年十二月に出された『こずゑのゆき』において、湖鯉鮒はたしかに独立した判者として扱われる。眉住、秀成、菊丸、行澄ら、八重垣連・玉琴連の狂歌師十二名が編者として名を連ね、嫁々をはじめ、菅江の子や弟、また南畝・橘洲・木網以下、狂歌壇の主だった顔ぶれが詠をよせた大規模な追善集であったが、その中で湖鯉鮒は、潜亭裏成（後の芍薬亭長根）や烏亭焉馬、唐来三和や山東京伝、智恵内子らとともに、つまり斯界の重要人物として客分の位置に並んでいる。湖鯉鮒のこの頃の狂歌壇での地位と朱楽連本流との距離を窺わせる配置である。千代有員、花田袖広らの山の井連中、また武士八十氏や夕霧籬といった彼と近しい関係にあった人々は、朱楽連中のその他大勢の狂歌師の間に埋もれ、朱楽連全体としての主導権が、山の井連ではなく、八重垣・玉琴連と呼ばれた人々の方に移っていることも分かる。

寛政十二年十二月十二日の菅江三回忌の法事に際し、その遺児籬人影がその遺影を軸に仕立て、手向けの狂歌会を催したというが、その記録に湖鯉鮒の名はない。[27] しかし湖鯉鮒は、その後一応は朱楽連に復帰する。享和二年の朱楽

連の春興『春の戯れ歌』序に嫁々は次のように述べる。(28)

ことし享和ふたつみつのえ戌の年、便々館のぬしの朱楽館にたちかへりぬる事をことほがんと人々のおこせぬるを見せ給ふは、門松の千年にたえし筆の林しげき言の葉になん有ける。実にや友垣の近きはさら也、をちより伝へてかく楽しみを同じうするは、硯のうみ浪たゝぬ御代の御恵なれば、などか見てのみや人に語らんとて、桜木に物し給ひぬ。しかはあれど、とみの事なれば、はやうものしりたる人を先とし、此頃此道に入たる人をのちにせんとにも、只送れるまゝにかい付給へる、其ことはりをのべて序せる也。（傍線小林）

この春興集は、横本ながら全三十四丁、半丁に五、六名の詠が並ぶ、春興帖としては大部なもので、傍線部の記述は配列への苦慮を窺わせる。しかし入集者の顔ぶれからするに、朱楽連中の全面的な歓迎を受けたとは必ずしも言い切れない。酔亀亭天広丸・辛崎屋松風、前出の橘里館卜翁ら、橘洲とその門人が詠を寄せ、他連から浅草連中や馬蘭亭、巴扇堂世暮気らが入集する一方で、こうした客分の詠を迎えるかたちで巻末にずらりと並ぶはずの朱楽連中の名が少ない。『こずゑのゆき』の編者のうちでここに見えるのは山家人こと広住と五息斎壁塗のみ。本集全体を見渡しても他に楊柳亭五元が交じる程度で、行澄や眉住、菊丸や村竹らが見えない。所見の伝本には刊記もなく、表紙も改装と思われるもので、最後の一、二丁が脱落していてそこにこれらの人々の詠があった可能性も否定はできない。が、嫁々がこの序で傍線部のようにわざわざ断るのは、山の井連以来の湖鯉鮒の仲間の花田袖広や七面堂伿世、またこの頃の門人酔月庵叟馬などが一般狂歌師に交じって前の方に置かれたことを指すだけなのか。本来巻軸に来るはずの、『こずゑのゆき』を編んで朱楽連の主流となった人々の詠の到着を待っていたが、結局得られなかったために起こった不体裁への言い訳ではなかったかとさえ憶測したくなる。

湖鯉鮒が、菅江の数々の号を一つとして受け継がなかったことも、そうした朱楽連の動向と関わるのかも知れない。

やや後年の資料になるが、菅江十三回忌・節松嫁々追善『たむけぐさ』（文化七年刊）[29]の文々舎蟹子丸の狂歌の詞書に、次のように言う。

翁菅江に家四つ有りし。いはゆる朱楽館・松風台・芬陀利花庵・淮南堂に終給ひて、ことし十まり三めぐりの碑さへふりにたれど、其名はいよゝ埋れずして……

この詞書の通り、朱楽館は籬菊丸が、松風台は鶴立停々が、芬陀利花庵《ふんだりげあん》は窓村竹が、淮南堂は桂眉住が引き継いだことが本集において確認できる。補足すれば、菅江一周忌『こずゑのゆき』や寛政十二年の朱楽連『春帖』などに見えるように淮南堂ははじめ倉部行澄が継いだが、本書にその名が見えず、『春帖』の時点でその序に病の床にあったとされる彼はこの時点で世になかったか。ともかく淮南堂の号は眉住に譲られていた。また松風台が菅江の号であったという確証は外にないのでやや心許ない。少なくとも菅江の生前、寛政十年の朱楽連『春興帖』以来の停々による使用が認められる。これを除いたとしても、菅江の三種の号を門人連中が奉じ、分け合ったさまが観察できるが、そこに湖鯉鮒は加わっていない。

判者として

以上のように湖鯉鮒が菅江の号を受け継がなかったこと、菅江在世時から、他連の狂歌師と交わり、橘洲に入門して積極的に経験を積んだことには、菅江の威光にすがることなく独立した判者になろうとする湖鯉鮒の姿勢が窺えようか。『狂歌觴』初編（享和三年刊）は、その結果として湖鯉鮒が独立の判者としての地位を築いたことをよく示す。収載の判者十八名の選定には、編者式亭三馬との関係が影響し、必ずしも狂歌壇の実態を公平に捉えたものとはいえないが、山の手側唯一の判者という扱いは、斯界における湖鯉鮒の相応の存在感なくしてはあり得ない。朱楽連の後継者は他に誰一人として立項されていない。

判者となった湖鯉鮒の月並会の開始は、少なくとも寛政九、十年あたり、ちょうど橘洲に入門していた時期に遡れる。湖鯉鮒の編著『狂歌杓子栗』の寛政十一年七月付の酔月庵叟馬の序は、この作品が「二とせ三とせ計先より月々につどへるつらのうたども」と今の世に名だたる狂歌師の詠を編纂したものであるという(30)。寛政三年『狂歌めし合』でも準判者格として待遇されていたが、湖鯉鮒自ら中心となって月並み会を催した記録としてはこれがもっとも早い。合評も含め、便々館が判を加えた狂歌合の返草摺物の早い例としては、『月並』(31)他、挿絵や合綴の状況から享和から文化初年の開催と推定されるものが現在確認できる。こうした月並会・高点狂歌会の興行は当然ながら一定の入花料を取って行われたもので(32)、湖鯉鮒の微禄を補ったであろう。湖鯉鮒が判者となるべく研鑽を積んだことは、半ば判者の職業的な側面をも視野に入れた行動であったかも知れない。

こうして湖鯉鮒は山の手に名だたる狂歌判者となった。湖鯉鮒らがその山の手の名所を採り上げて狂歌に詠じ、その景を北斎に描かせて色刷りの美麗な絵本としたのが、『画本狂歌 山満多山《やまたやま》』（文化元年刊）であった。その書袋に山姥が描かれるように、謡曲「山姥」の「山又山に山めぐり」に因んだ命名で、鈴木重三氏の考証のように、北は王子・飛鳥山から南は愛宕山まで、東も聖堂から西は目白・高田や十二社まで、士庶の行き交う山の手の四季折々の景を詠み込んだ(33)。鈴木氏が同じ解説で指摘したように、これは菅江の七回忌に合わせて制作されたものと思しく、末尾から二つ目には、前述のように湖鯉鮒らが関口の竜隠庵に建てた菅江の辞世の狂歌碑が描かれる。これはた、前年に停々ら朱楽連中が『みやこどり』と題して隅田川周辺の江戸名所に取材し、紅嫌いの北斎の絵を配した狂歌画帖を出したことと対応するものとも位置づけられようか(34)。彼らが本拠とした山の手への愛着を存分に発揮した本書は大原炭方編とされ、湖鯉鮒は校閲の立場に置かれる。湖鯉鮒はこうして山の手を代表する江戸狂歌壇の有力判者となった。

文化四年の逸題の朱楽連春興集では、湖鯉鮒は珍しく朱楽連本流の淮南堂・朱楽館・松風台といった人々と巻末のいわば身内の列に並び、朱楽連出身者としての落ち着いた円満な関係を窺わせる。(35)しかし、湖鯉鮒は以後、朱楽連の枠内にとどまることなく、山の手側ないし琵琶連と称される自派を形成して門下を広げ、月並会を催し、『狂歌不卜集』（文化元年刊）、『袖玉狂歌集』（文化四年刊）、『狂歌浜荻集』（文化九年刊）をはじめとする数々の撰集、また北斎らの絵を添えた多くの摺物を制作してゆくことになる。(36)

結び

天明以来、武士作者の多かった朱楽連、そのうちとくに山の井連の活動とその作風を概観し、その中から武士としては初の職業的狂歌判者便々館が誕生するまでの過程を追ってきた。湖鯉鮒が師事した菅江も橘洲も、幕臣歌人内山賀邸に学び、とくに菅江はさらに賀邸とともに堂上家に学んで、本歌もよくした人々であったという。(37)しかし湖鯉鮒についてはそうした事実は知られていない。若年時の知識の形成過程が明らかでないこともあるが、『江戸方角分』のような資料においても狂歌の合印のみで、『狂歌觽』にもとくに言及はないので、湖鯉鮒の表看板は狂歌のみであったようである。つまり、ひとかどの旗本が、和歌や漢詩の余技としてではなく、もっぱら狂歌の判者となることを羞じない、むしろ積極的に判者となるべく自ら研鑽してゆくような状況が享和・文化初年には生じていた。第一章第一節でも論じたように、狂歌が広く認知され、教養ある人々にふさわしい芸事としての評価が定まりつつあった時代にあって、狂歌判者は、旗本の公然たる副業にまでなったのである。湖鯉鮒の代表詠、

三度たく米さへこはしやはらかし思ふまゝにはならぬ世の中(38)

は、ある真理をついて世人の共感を喚びながら、米、炊くとまま（飯）で縁語構成にする。滑稽者というよりも、世知に通じた知恵者としての作者像を彷彿とさせよう。『狂歌觽』の挙げる作例から一を掲げれば、「旅」の題で、

古郷の軒のつま迄思ふなり雨のふるたび風のふくたび

旅先で故郷の妻を思う心を、屋根の端に準えて詠む点が、度に旅をきかせるのと併せて、ほのかに可笑しい。同書には「別て心の狂に手がらあり」との評を載せ、そうした知恵者的な判者像を打ち出そうとする湖鯉鮒の志向が見て取れる。こうした像は、旗本としての風格を保ちながら、判者として活動するのに適した演出であったろうか。

このように武士が、点料をとって指導し、盛んに高点狂歌会を興行する玄人となることは、俳諧など他の文芸に照らしても一般的なことではなかった(39)。それも、和歌でも漢詩でも、また俳諧でもなく、狂歌である。旗本であった湖鯉鮒が職業的判者となったことは、その意味でも狂歌という文芸の地位の変化を物語る画期的な出来事であった。

注

（1）*Reading Surimono: Interplay of Text and Image in Japanese Prints*, ed: John.T. Carpeter, Leiden: Brill/Hotei Publishing 2008 に掲載。その後も、三十二回忌にあたる文政十三年には、の庵漢江が追善狂歌会を興行して『狂歌窓の雪』として出版し（聖心女子大学図書館・ソウル大学校図書館蔵）、明治三十一年には弥生庵序、千種庵・桃の屋選で菅江百回忌の狂歌会が営まれ『百世草』が刊行されている（聖心女子大学図書館・二又淳氏蔵）。

（2）南畝の旗本との交友については、宮崎修多「大田南畝における雅と俗」（『日本の近世』十二巻、中央公論社、一九九三）参照。

（3）以下、同書は、中野三敏編『江戸方角分』（近世風俗研究会、一九七七）による。

（4）石川了「大妻女子大学所蔵『蜀山人自筆文書』について」（『大妻女子大学文学部紀要』二十一号、一九八九）翻刻・紹介の紙片Rに見える狂歌師名寄せ参照。

（5）この点には早く菅竹浦『近世狂歌史』（中西書房、一九三六）が注目している。
（6）関西大学図書館中村幸彦文庫本・ソウル大学校図書館蔵本が知られる。ソウル本は鳥井フミ子編『ソウル大学校所蔵近世芸文集』二巻（勉誠社、一九九八）に影印。
（7）『古今前句集』は、菅江の編であることが明らかにされている（宮田正信『秘稿最破礼』解説、太平書屋、一九九二）。
（8）石川了「朱楽菅江──多彩な文学者」（『解釈と鑑賞』六十五巻五号、二〇〇〇）指摘。
（9）天理大学附属天理図書館・筆者架蔵本による。
（10）小池藤五郎「朱楽菅江・節松嫁々夫妻の追善集と鴨鞭蔭」（『日本歴史』百六十三号、一九六二）指摘。
（11）加藤隆芳「鳴滝音人小考──その初代と二代」（『中大国文』四十五号、二〇〇二）参照。
（12）拙稿「寛政七年朱楽連歳旦『みとりの色』──北斎伝の一資料──」（『浮世絵芸術』百三十四号、二〇〇〇）。
（13）千葉市美術館ラヴィッツコレクション、大英図書館、ゲルハルト・プルヴェラー氏の各蔵本の現存が確認できる。
（14）和田博通「天明初年の黄表紙と狂歌」（『山梨大学教育学部研究報告（人文・社会）』三十一号、一九八〇）・鈴木俊幸「狂歌界の動向と蔦屋重三郎」（『蔦屋重三郎』V章、若草書房、一九九八、初出一九九一）参照。
（15）鈴木「狂歌界の動向と蔦屋重三郎」（前掲注14）参照。
（16）天理大学附属天理図書館蔵本。石川了氏御教示。
（17）天明七年の奥書がある本があることは石川「朱楽菅江──多彩な文学者」（前掲注8）指摘。菅江の狂歌論については渡辺好久児「朱楽菅江小論」（明治大学大学院『文学研究論集』六号、一九九七）に詳しい。
（18）小川恭一編『江戸幕府旗本人名辞典』（原書房、一九八九）収載。
（19）石川了「大妻女子大学所蔵『蜀山人自筆文書』について」（前掲注4）。
（20）濱田義一郎「『蜀山人判取帳』補正〈翻刻〉」（『大妻女子大学文学部紀要』二号、一九七〇）による。
（21）東京都立中央図書館特別買上文庫蔵本。石川前掲注（8）論文指摘。この書の性格は、下記の解題でもやや論じた。拙稿「寛政十二年朱楽連歳旦北斎画『春帖』」（『浮世絵芸術』百三十八号、二〇〇一）。以下、本稿には、この解題で触れたことを発展させて論じた部分がある。なおこの序の触れる碑については柴田光彦「関口芭蕉庵の朱楽菅江狂歌碑」（『早稲田大学図書館紀要』七号、一九六六）に報告がある。

（22）ゲルハルト・プルヴェラー氏蔵本と太田記念美術館蔵本が知られる。

（23）いくつかの文献に掲載があるが、見やすいものは Gian Carlo Calza, *Hokusai*, Milan: Electa, 1999, p132（邦訳は、ジアン・カルロ・カルツァ『北斎』ファイドン、二〇〇五）。

（24）いくつかの文献に図版掲載があるが、太田記念美術館『ギメ東洋美術館所蔵浮世絵名品展』図録（二〇〇七）の図版が大きくて見やすい。

（25）永田生慈「葛飾北斎年譜」（『北斎研究』二十二号、一九九七）。Roger Keyes, 'My Master Is Creation: Prints by Hokusai Sōri', *Impressions*, no.20, 1998

（26）九州大学文学部富田文庫に写本蔵。橘洲の序に「梓に寿しはべる」と言うこと、鳥文斎栄之らの挿絵などから考えて版本写しと思しい。本書には「淮南堂菅江」の一首が見えるが、前述のように菅江はすでに没しており、不審。

（27）慶應義塾図書館蔵、野崎左文『随見随聞録　一名蟹の屋覚帳』八編（写）に写しが伝わるのみ。野崎「二世朱楽館について」（『江戸時代文化』四巻七号、一九三〇）所引。

（28）大英博物館蔵本による。本書には他に津和野葛飾北斎美術館の蔵品がある。

（29）九州大学文学部富田文庫蔵本。小池藤五郎「朱楽菅江・節松嫁々夫妻の追善集と鴨鞭蔭」（『日本歴史』百六十三号、一九六二）所引『朱楽菅江 節松嫁々 追善集』は本書を指すようであるが、本稿では富田文庫蔵本の原題簽「たむけくさ」の名を採る。小池稿では早くに菅竹浦『近世狂歌史』で示された、菅江没後にその襲名をめぐって門人籬菊丸と桂眉住・窓村竹らに争いが生じたという事実を否定すべく引かれた資料で、同氏は本集で、菊丸の二世朱楽館襲名を門人連中すべてが承認したとするが、菊丸の跋文に言うように、それ以前に何者かが朱楽菅江を僭称したという事実は、やはり門人間の襲名をめぐる争いと無縁ではなかろう。野崎「二世朱楽館について」（前掲注27）の言う催馬欄貞岡の専横と関わるか。

（30）確認できる刊記はすべて文化五年版といい、成立時期は確定しがたいという（『狂歌杓子栗』渡辺好久児解題、『江戸狂歌本選集』五巻、東京堂出版、一九九九）。

（31）東北大学狩野文庫・九州大学文学部富田文庫蔵本。

（32）月並会の入花料については石川了「江戸狂歌史の一側面――入花制度とのかかわりを中心に――」（矢野貫一・長友千代治編『日本文学説林』和泉書院、一九八六）参照。

(33) 近世日本風俗絵本集成『画本狂歌山満多山』（臨川書店、一九七九）鈴木重三解説。

(34) シカゴ美術館・ライデン民俗博物館・旧ベレスコレクション・カリフォルニア大学ロサンゼルス校の各蔵本が知られている（後三点は零本）。

(35) 大妻女子大学蔵本・大英図書館蔵本が知られる。

(36) 湖鯉鮒と北斎との関係は久保田一洋「葛飾北斎と江戸狂歌連の研究」（『鹿島美術研究』十二号別冊、一九九五）が論じる。

(37) 小林勇「天明風浅見」（『国語国文』五十五巻九号、一九八六）、前掲渡辺「朱楽菅江小論」（注17）参照。

(38) 初出は『狂歌めし合』（寛政三年刊）。飯盛編『万代狂歌集』（文化九年刊）にも収められ、追善として建てられたと思しい西新宿の常円寺の湖鯉鮒の狂歌碑（大田南畝書）にも刻まれる。

(39) 加藤定彦「都会派俳諧の展開――蕉風俳諧とのせめぎあい」（『俳諧の近世史』若草書房、一九九八、初出一九九三）によれば、江戸座は職業的宗匠によって構成され、年番の行事が運営したという。井田太郎「江戸座の参加者」（『近世文芸研究と評論』六十二号、二〇〇二）は、得器・存義らもと武士身分にあった者が宗匠となった例があることを述べるが、この人々も勤仕と点業を同時に兼ねてはいない。

まとめにかえて

三章十六節にわたって、多方面から、天明狂歌の特色と、それを担った人々の活動の具体相を明らかにするように努めてきた。「天明狂歌」には、第一章に見たように、一つの流行現象として、そのあり方、作風、それに関わった人々の動向や活動方法、出版方式などさまざまな面で一定の傾向・特質が見出せることは事実であるが、一方で、背景・経歴を異にする多くの狂歌師連中がさまざまに関わり合って行われた活動とそこから生み出された作品の総体であるだけに、その意義もあり方も多様である。第二章で検証したように、天明文壇の盟主四方赤良として戯れ尽くした感のある大田南畝であるが、その遊びにも、遊びなりにというべきか、遊びとしてというべきか、思いのほか真剣な一面があった。すなわち、狂歌も狂文も、言葉による表現の一型式として新たな表現を追求する手段であることに変わりはなく、一面で漢詩文と通じるところもあった。大田南畝という一人の人物にあっても、天明狂歌は、滑稽の才を縦横に発揮した徹底的な戯れとしての貌と、言葉に対する感覚と才能にさらに磨きを掛けようとする真摯な文学的営為という二つの面を見出し得る。第三章で見たような、狂歌を唯一の表現手段とする人々にあって、狂歌がたんなるその場の戯れの域に収まらなくなっていったのも当然のことであったろう。天明期における江戸狂歌壇の空前の活況は、天明狂歌の明るいおかしさに満ち溢れた戯れが多くの人々を惹きつけたことに加え、そうした多様なあり方がいっそう多くの人々の共感を呼び、その参加を促すものであったことが重なって、もたらされたのではなかっただろうか。以上の検討によって、南畝や橘洲のような知識人の一時の戯れとして始められたにすぎない天明狂歌が、いかにして江戸の内外に広がる大衆的な支持を得て真顔らに代表されるような職業的判者の活計を支えるたずきにまで成り得たのか、その経緯と要因を多少なりとも説明できたであろうか。

今後に残した課題も少なくない。木網の年齢についての推測等、今後の資料の出現が待たれる問題は措くとしても、戯作をはじめとする、同時代の他の形式とは異なる天明狂歌独自の表現性とはどのようなものであったのか、それは和歌のみならず俳諧・雑俳とはどう関わるのかという根本的な問題はいまだ十分に解き明かし得ていない。また本論文で対象とした享和頃までを見ても、寛政半ば以降に活動が活発化した浅草市人の浅草連の活動、この頃徐々に始動しつつあった芍薬亭長根の菅原連、三陀羅法師の千秋側などの動向など、おもな判者やその連の動きについてはまだ明らかでない点も多い。また、大田南畝という大きな人物を把握するために、その生涯を鑑み、その中で狂歌の意義を考えることも大きな課題と言えよう。

〇

本書は、二〇〇四年に東京大学に提出した博士論文をもとにして、その後著した論文のうち主要なものを加えた。初出は以下のとおりであるが、ほぼすべて大幅に加筆・訂正している。

第一章　天明狂歌の特質

第一節　「天明狂歌の狂名について」『国語国文』七十三巻五号、二〇〇四年

第三節　「狂歌角力の発達」『国語と国文学』七十九巻十号、二〇〇二年、原題「江戸における点取り狂歌の発達」

第四節　「狂詩の役割」『太平詩文』三十六号、二〇〇七年、原題「天明狂歌師の狂詩集『十才子名月詩集』小考」

第五節　「江戸狂歌連の摺物制作」John T. Carpenter編『*Hokusai and His Age: Ukiyo-e Painting, Printmaking and Book Illustration in Late Edo Japan*』Hotei publishing（オランダ）、二〇〇五年、原題 'Publishing Activities of Poetry Groups in Edo: Early Illustrated Kyōka Anthologies and Surimono Series'

第六節　「天明狂歌前史の一齣――明和の『肖歌』」『国語と国文学』八十四巻二号、二〇〇七年、

翻刻は『法政大学キャリアデザイン学部紀要』三号、二〇〇六年

第二章　大田南畝の狂歌と狂文

第一節　「南畝と江戸狂歌の先人」『比較文学研究』七十五号、二〇〇〇年、原題「大田南畝と江戸狂歌の先人」

第二節　「政変下の南畝と狂歌」太田記念美術館『蜀山人大田南畝』展図録、二〇〇八年、原題「笑はば笑へ――政変期の南畝」

第三節　「寛政期の南畝と狂歌」『近世文芸』八十号、二〇〇四年、原題「寛政期の大田南畝と狂歌」

第四節　「詩文と戯作――『七観』をめぐって」『文学』（隔月刊）三巻二号、二〇〇二年、原題「大田南畝『七観』をめぐって――詩文と戯作」

第三章　狂歌師たちと連の動向

第一節　「落栗庵元木網の天明狂歌」『近世文芸』七十三号、二〇〇一年

第二節　「智恵内子の狂歌と狂文」『日本文学』五十巻十二号、二〇〇一年

第三節　「鹿都部真顔と数寄屋連」『国語と国文学』七十六巻八号、一九九九年

第四節　「銭屋金埒と銭」『法政大学キャリアデザイン学部紀要』四号、二〇〇七年

第五節　「酒月米人小伝」『法政大学キャリアデザイン学部紀要』二号、二〇〇五年

第六節「山の手の狂歌連――朱楽連と便々館湖鯉鮒」『江戸文学』三十一号、二〇〇四年

若さに甘えているうちに、はじめて論文と呼べるものを世に出してからうかうかと十年も経ってしまった。その間、遠慮のない私はずいぶんと多くの方にお世話になった。本当に多くの方々にこの研究に関わることをお教えいただきもし、資料をお見せいただきもし、もっと基本的な本のこと、研究者としての姿勢のこと、関心のあり方などなど、さまざまなことについてご助言いただいたり、学ばせていただいたりしてきた。その一つひとつはとてもとても記しきれないが、ここまでやってこられたのはこうして育ててくださった諸先生方、研究会・学会等々でお世話になった皆様方、古書肆の方々、各所蔵者・機関の方々、また一緒に学んできた先輩方、同年代の仲間、後輩たちのおかげだと心より感謝している。

その中でどうしてもお名前を挙げて感謝の言葉を申し上げないと済まない方々がいる。まずは、小生意気で身勝手な私を叱咤激励しつつ、いつも熱心にご指導くださった長島弘明先生。はじめに南畝研究にお導きくださってから、さまざまな機会ごとに鋭いご助言をくださる揖斐高先生。江戸狂歌について何事も惜しみなく、いつも温かく親身になってお教え下さる石川了先生。いつも驚くような資料とともに狂歌本についてのさまざまをお教えくださる中野真作先生。絵入狂歌本・狂歌絵本また摺物について一から手ほどきをしてくださった浅野秀剛先生。二〇〇二年のロンドン大学SOASへの留学以来、狂歌摺物を中心に多くのことをお教えくださり、さまざまな機会をお与えくださっているジョン・T・カーペンター先生、そして私が最初にロンドンに行く機会を作ってくださった（だけでなく、いつもいろいろお教えいただいている）岩田秀行先生。大小暦の調査にお誘いいただき多数の摺物に触れる経験をさせてくださるとともに諸々のご助言をくださる岩崎均史先生。幅広い目配りで、南畝のこと、狂歌師のこと、種々の資料をお教え下さる長澤和彦氏。

そしてなにより、大学に入学してすぐに研究室をお訪ねして以来、いつも優しく懇切丁寧に数限りなく多くのことをお教えいただき、研究対象のみならず近世のあらゆる物事への深い愛情と物事を調べることへの徹底した姿勢を身をもってお示し下さった延広真治先生のご恩は計り知れない。

汲古書院の三井久人氏にはだいぶ前から論文集を出してくださるというありがたいお誘いをいただき、編集・刊行においては、『宝合』以来お世話になった小林淳氏、その後引き継いでくださった飯塚美和子氏に丁寧に編集いただいた。

また本書の英文要旨は、畏友バーバラ・クロス氏に添削の労をお取りいただいた。

こうした皆様方に改めて心よりお礼申し上げるとともに、拙いながらも本書をご厚意に報いる第一歩としたい。

本書の刊行にあたり、平成二十年度科学研究費補助金（研究成果公開促進費）をいただいた。記して謝意を表する。

天明狂歌壇催事年表（未定稿）

＊天明狂歌連中にかかわる出来事を、催事を中心に簡略にまとめ、下段に参考として江戸版狂歌集の刊行状況を現時点で確認できる範囲で示した（仮題には〔　〕を、刊年が推定の書目には？を付した）。ただし寛政半ば以降の各連の月並高点狂歌合とその成果（返草摺物）については年次不明のものがほとんどであることから掲出しなかった。なお、本稿を編むにあたり次の文献を参照した。

延広真治「烏亭焉馬年譜（三）～（六）」（『名古屋大学教養部紀要』十八・『芸能と文学』笠間書院・『東京大学教養学部人文科学科紀要』七十一・七十四　一九七四～一九八二）
粕谷宏紀『石川雅望研究』（角川書店　一九八五）
中野三敏・久保田啓一・宮崎修多『大田南畝全集』年譜（岩波書店　一九九〇）
井上隆明『平秩東作の戯作的歳月』（角川書店　一九九三）
石川了「狂歌の流行――江戸天明狂歌を中心に」（『講座日本の伝承文学　韻文文学〈歌〉の世界』三弥井書店　一九九五）
鈴木俊幸「蔦屋重三郎代々年譜」（『蔦屋重三郎』若草書房　一九九八）

年	日時・催事　（　）内は典拠	狂歌集の刊行　（各年内は順不同・含推定）
明和五		（山辺馬鹿人『肖歌』）
明和六	橘州宅で狂歌会（『明和十五番狂歌合』写、南畝識語）	
明和七	正月　明和十五番狂歌合（『明和十五番狂歌合』写）	（柳下泉末竜『柳の雫』）
明和八	九月十三日　四谷の橘洲宅で「謡十三番」を題に「十三夜観月狂歌会」（『万載狂歌集』巻五秋下）	
安永三	二月四日　牛込で（山の手）宝合会（『たから合の記』） 二月十一日　下町「稲荷三十三社巡礼御詠歌」（『讃仏乗』） 四方赤良、酒上熟寝ら十余人で集う（『四方のあか』所収「から誓文」）	
安永五		白鯉館卯雲『今日歌集』
安永六	十月　赤良、菅江等とともに日暮里本行寺に遊ぶ（『四方のあか』所収	

	「日ぐらしの日記」）	
安永七	七月十六日　大根太木「十五番狂歌合」（『四方のあか』「太木十五番狂歌合判詞奥書」） 十月　赤良、白駒・錦江らと日暮里に遊ぶ（『四方のあか』所収「日ぐらしの日記」・『南畝集』586詩）	
安永八	正月四日　吉田蘭香写し絵の書初め会（『四方の留粕』「春の遊びの記」） 八月十三〜十七日　高田馬場五夜連続月見（『月露草』写）	
天明元	九月十三夜　赤良、土山宗次郎酔月楼会に出て「十三夜十三体」の狂文を作る（『四方の留粕』）	浜辺黒人編『初笑不琢玉』？
天明二	正月十四日・二十四日　三十余人が集まる木網の狂歌会に赤良も加わる（『三春行楽記』） 正月二十五日　赤良、昼に無端斎（一文字白根）、夜に榊原氏（峰松風か）を訪れて狂歌を賦す（『三春行楽記』） 四月二十日　三囲会「詠指頭画狂歌」「三囲社頭奉納狂歌」「団扇合」他（『栗花集』） 六月二十一日　築地明石橋畔北川卜川宅に赤良・橘洲・菅江・手柄岡持・木網・智恵内子・一文字白根ら十余名が集って狂歌会開催か（加賀文庫蔵野崎左文『狂歌年代記』所引写本『夏日北川氏詠狂歌集』） 七月三日　木網と数寄屋連中「七夕狂歌会」（『遊戯三昧』所収木網自筆「七夕狂歌並序」） 秋　歌麿主催とされる「戯作者の会」に赤良・菅江参加（『蜀山人判取帳』所収一枚刷） 十一月九日　南畝息定吉髪置きの祝儀で大田家に人々が集い、『通詩選笑知』を作り上げる（翌正月刊） 十一月二十四日　加保茶元成狂歌会（『四方のあか』所収「冬日逍遙亭詠夷歌序」） 十二月十七日　赤良・菅江・木網ら、蔦重に招かれ吉原の大文字屋に遊ぶ（『遊戯三昧』「としの市の記」）	丹青洞恭円編『狂歌めざし艸』・浜辺黒人編『栗の下風』・四方赤良『市川贔屓江戸花海老』
天明三	正月七日　吉原扇屋に赤良ら遊び、狂歌を詠む（『巴人集』） 正月十三日　京橋にて木網狂歌会、三十余人会す（『巴人集』、『奴凧』）	四方赤良『めでた百首夷歌』・同編『万載狂歌集』『灯籠会集』・唐衣橘洲編『狂歌若

	春　子々孫彦・加保茶元成・山道高彦・坂上竹藪・内匠はしらの狂歌会それぞれあり（『巴人集』） 三月十九日　恋川春町主催日暮里狂歌大会（『狂歌知足振』） 三月二十日　赤良・大屋裏住・酒月米人ら潮干狩りに出かけて狂歌を詠む（『巴人集』） 三月二十四日　目白台にて南畝母耳順賀宴、兼題「老木花」で狂歌大会（『老莱子』） 四月〜十月の四の日　馬喰町角力会（『狂歌角力草』、『狂歌師細見』見返し） 四月二十五日　柳橋で万象亭主催の宝合会（『狂文宝合記』） 夏　小伝馬町にて宿屋飯盛狂歌会（『巴人集』） 五月十二日　子々孫彦狂歌会（『巴人集』） 五月　五代目団十郎の大星由良之助を祝って南畝と伯楽連中ともども観劇（『巴人集』）、『皆三舛扮戯大星』を編む 六月十四日　馬喰町伯楽連狂歌会（『巴人集』） 六月十五日　酒上不埒こと恋川春町主催「狂歌なよごしの祓」（慶應義塾図書館蔵、写） 六月　雲楽斎四谷別荘会（『巴人集』） 七月　灯籠会（『灯籠会集』） 七月　一日千首詠開催か（山陽堂一枚刷「諸連会合并年暦」） 八月二日　赤松連初会（『巴人集』） 九月十五日　四方連中を中心に神田祭狂歌を隅田中汲に贈る（『栗花集』、あるいは四年か） 十月十三日頃　山道高彦・馬屋厩輔・節藁中貫、雑司ヶ谷真乗院にて「狂歌投やり花合」（『栗花集』、『巴人集』） この年、落栗庵月並会、毎月三の日開催（『落栗庵狂歌月並摺』、『狂歌師細見』見返し） この年七の日、黒人角力会（『狂歌栗の下風』、『狂歌師細見』見返し）他、山道高彦（十の日）・子々孫彦（二の日）などの会あり（『狂歌師細見』見返し）	葉集』・万象亭編『絵本見立仮譬尽』・万象亭ら編『狂文宝合記』・元木網『狂歌はまのきさご』・同編『落栗庵狂歌月並摺』・浜辺黒人編『猿の腰掛』・普栗釣方編『狂歌知足振』・東作ら編『狂歌師細見』・伯楽連『皆三舛扮戯大星』・丹青洞恭円『狂歌二葉艸』
天明四	正月　加保茶元成狂歌会か（『四方のあか』「加保茶元成春帖手鑑序」）	四方連系歳旦黄表紙型狂歌集五種・赤良編

	閏正月　武士八十氏・夕霧籬主催『閏月歳旦』狂歌会 正月〜十二月十六日　山の手「角力会」（渋井清「浮世絵入門」チラシ掲載『太陽浮世絵シリーズ　歌麿』平凡社　一九七五） 閏正月頃　深川櫓下「たはれ歌の角力会」（『巴人集』） 閏正月頃　木網初会（『巴人集』） 二月頃　赤松連中狂歌会（『巴人集』） 六月　京伝妹の名で「手拭合」開催（『たなぐひあはせ』） 七月　加部仲塗主催「前赤坂会」（『栗花集』） 十月　「音曲花合」開催か（『栗花集』「投やり花合」追記） 十一月九・十日　扇巴屋店開きに、南畝、榎雨露住・蔦重らと酉の市に遊ぶ（「霜月九日十日とも、くれ竹のふしみ町なる扇巴屋のみせびらきなりしが、十日は酉の市なれば、つとめて余丹坊、蔦唐丸、榎雨露住など、土手の酉の市にあそび侍りしと「巴人集」にみえたり」『通詩選諺解』戯注。但、現存の『巴人集』にはなし） 十一月　桐座顔見世かけあい台詞の狂歌会（『栗花集』）	『老莱子』・武士八十氏編『閏月歳旦』・元木網編『春興抄』・宿屋飯盛ら編『狂歌角力草』・大門際成追善『いたみ諸白』・丹青洞恭円『狂歌続二葉艸』
天明五	正月十九日　赤良会初にて当座で『唐詩選』題狂歌会（『巴里下人巻』） 春　南畝父自得の古稀賀宴（「春日詠寄七福神祝夷歌」『四方のあか』） 三月十日　平秩東作耳順賀宴（高知市民図書館『狂歌狂文貼交帖』） 七月七日　橘洲判で七夕題狂歌会（『狂歌天河』） 七月十五日より　新吉原伏見町扇巴屋扇灯籠狂歌（『下里巴人巻』） 七月十九日　巴人亭にて「新宅狂歌会」（南畝自筆『かたつぶり』所収「巴人亭記」注記） 八月七日　赤良・菅江・橘洲、蔦屋にて『俳優風』判。これ以前に元となる狂歌会開催か 八月十五日　仲秋の狂詩会（『十才子名月詩集』） 八月十九日　赤良月並狂歌会（『下里巴人巻』） 九月十九日　赤良月並狂歌会（『下里巴人巻』） 十月三日　良村安世主催赤良判天明狂歌合（写） 十月十四日　深川の土師掻安の別荘で百物語狂歌（『狂歌百鬼夜狂』） 十月十九日　赤良月並狂歌会（『下里巴人巻』） 十一月十九日　赤良月並狂歌会（『下里巴人巻』）	四方連歳旦「夷歌連中双六」・朱楽菅江編『狂言鶯蛙集』・四方赤良編『徳和歌後万載集』『三十六人狂歌撰』？・赤良ら判『狂歌評判俳優風』・『夷歌百鬼夜狂』・鳴滝音人編『絵本狂文棒歌撰』・古瀬勝雄編『狂歌天河』

天明六	正月二十六日　朱楽連主催「詠雑煮餅狂歌」会（『四方のあか』「春日泉亭詠雑煮餅狂歌序」） 二月十八日　唐衣橘洲初会（南畝自筆『かたつぶり』「春日唐衣橘洲初会狂歌序」注記、年は推定） 三月　山王社頭花合開催か（山陽堂一枚刷「諸連会合并年暦」） 四月十二日　烏亭焉馬主催第一回「咄の会」 十一月　伯楽連歌舞伎題狂歌会（『狂歌千里同風』詞書） 十一月頃　『狂歌才蔵集』編集のための狂歌会	四方連歳旦『狂歌新玉集』・朱楽連歳旦『天明睦月』・宿屋飯盛編『吾妻曲狂歌文庫』・『絵本八十宇治川』・蔦唐丸編『絵本江戸爵』『絵本吾妻袂（抉）』・一風斎編『狂歌太郎冠者』
天明七	正月　真顔・飯盛・光・定丸ら『狂歌才蔵集』校合 正月　伯楽連「曾我対面」狂歌会（東京国立博物館蔵歌磨画大奉書全紙判摺物・大英博物館蔵歌川豊広画小判狂歌師画像揃い物、あるいは天明八年正月か） 二月　俊満の制作で三囲稲荷に三十六首の狂歌額を奉納（千坂廉齋『江戸一斑』） 六月　隅田川で狂詩狂歌競詠（『四方の留粕』「角田川に三船をうかぶる記」、年代推定は本書三章五節、あるいは前年六月か） 八月十四日　蔦屋の肝煎で、庵崎で虫聴きの狂歌会（『絵本虫撰』） 八月十五日　牛込赤城神社境内で朱楽連観月狂歌会（九州大学文学部富田文庫蔵、逸題狂歌集）	赤良ら編『狂歌才蔵集』・四方連歳旦『狂歌千里同風』・飯盛編『古今狂歌袋』・蔦唐丸編『絵本詞の花』・菅江編『花のさかへ』『〔赤城明神仲秋狂歌会集〕』・万象亭編『絵本吾嬬鏡』・鎌倉近人快気祝『〔麦生子〕』
天明八	正月二十五日　烏亭焉馬主催第二回「咄の会」	『画本虫撰』・朱楽連春興『鸚鵡盃』『八重垣縁結』・数寄屋連春興『狂歌すきや風呂』
寛政元	三月　黒人七十賀会開催か（山陽堂一枚刷「諸連会合并年暦」） 二月一日　焉馬主催第三回「咄の会」 七月　この月までに（朱楽連系）玉琴連五年間に五十回余の月並会を行う（『いそのしらべ』序） 八月　菅江ら、牛込での虎の籠細工の見世物を詠む狂歌会（日本浮世絵博物館蔵、逸題写本、「千里同風」等の写四点を収める中に「とら」と題して収める、年月は見世物興業の記録による）	朱楽菅江編『千代のためし』『潮干のつと』『松のこと葉』『狂歌いそのしらべ』・宿屋飯盛序『和歌夷』・紀定丸序『狂月坊』『絵本譬喩節』・『悼東作翁夷曲歌』 （寛政初頃）金鶏編『絵本紅葉橋』『絵本千代の秋』？
寛政二	七月七日　飯盛主催で「七夕狂歌会」（『絵本天の川』） この年　伯楽連主催、橘洲・飯盛・真顔・定丸判で角力会（『狂歌部領使』）	橘洲『狂歌初心抄』・頭光序『普賢像』・宿屋飯盛序『銀世界』・奇々羅金鶏編『絵本

	この年　焉馬「咄の会」	吾妻遊』『絵本駿河舞』
寛政三	四～十一月月、朱楽連狂歌角力（『狂歌めし合』） 頭光判、馬道霜解（書肆山中要助）主催千種会狂歌角力（『狂歌四本柱』） この年　焉馬「咄の会」	飯盛編『絵本天の川』・数寄屋連歳旦『あらたま集』・菅江編『狂歌めし合』・橘洲ら判『狂歌部領使』・寝語軒美隣編『絵本福寿草』
寛政四	正月二十一日　焉馬主催「咄初め」 三月　真顔、芳町で扇合開催か（山陽堂一枚刷「諸連会合并年暦」） 五月　山東京伝書画会開催 六月　向島一日百首詠開催か（山陽堂一枚刷「諸連会合并年暦」） 窪俊満主催、桑楊庵光ら判狂歌角力（『狂歌上段集』） 頭光判、馬道霜解（書肆山中要助）主催千種会狂歌角力（『狂歌太郎殿犬百首』） 秋頃、光・俊満ら向島秋葉奉納狂歌虫合（国会本扉墨書による、または五年九月・国文研ＭＦ初瀬川文庫本Ｃ１１９０５扉墨書）	『伯楽春帖』（『狂歌桑の弓』）・頭光編『狂歌四本柱』・奇々羅金鶏編『百千鳥狂歌合』・烏亭焉馬編『御江都餝蝦』・感和亭鬼武編『狂歌仁勢物語』
寛政五	三月～六月、光・俊満ら「謡曲扇絵合」を実施し、浅草金龍山一ノ権現奉納（国文研ＭＦ初瀬川文庫本Ｃ１１９０５扉墨書による）	（伯楽連）『癸丑春帖』・寛政五年版（四方連）『四方の巴流』・真顔編『どうれ百人一首』・窪俊満編『狂歌上段集』・馬道霜解編『狂歌太郎殿犬百首』・待合久志編（朱楽連）『陸奥紙狂歌合』
寛政六	三月　真顔、都講招集か（山陽堂一枚刷「諸連会合并年暦」） 四月　千秋連、回向院の開帳にあわせ「連合女品定」奉納	元木網編『新古今狂歌集』『落栗庵春興集』『うまのはなむけ』？（寛政後半頃か）・（伯楽連系）『四方のはる』・寛政六年版『春の色』（伯楽連春興）・鹿都部真顔編『絵本纈染』・芍薬亭編『絵本よもぎの島』・三陀羅法師編『連合女品定』
寛政七	正月　南畝、真顔に「四方」姓を許す（寛政七年版『四方の巴流』他） 四月～七月　焉馬「咄の会」（『喜美談話』） 夏頃、堀川二百題大会（撰者光、勧進俊満）（『壺すみれ』） 九月　数寄屋連、堀川題銭百首狂歌会（『仙台百首』）	寛政七年版（四方連春興）『四方の巴流』・真顔編『花くはし』『絵本江都の見図』・真顔閲清涼亭撰『春日廿四興』・二代目恋川好町編『仙台百首』・花江戸住編『狂歌歳旦　江戸紫』・寛政七年版（伯楽連春興）

		『春の色』・朱楽連春興『みどりの色』・園生桃吉編『二妙集』・南海堂元船興風編『〔桜杜鵑狂歌集〕』？・柳亭淳直『春の湖』？
寛政八	正月　南畝、光に「巴人亭」号を譲る 四月　正木桂長清主催、頭光判狂歌角力、この月までに終了（『晴天闘歌集』） 四月　芝泉岳寺開帳に合わせ、窪俊満・正木桂長清ら『四季扇絵合』（早大・加賀文庫・初瀬川文庫本）、千秋連『絵馬合女仮名手本』奉納 壻東亭ら泉橋狂歌連「東都名所煙草入合」実施（国会本扉墨書による） 長清主催、市人・笛成・干則三評の月並会、および御蔵前の貢庵則次の月並会（『壺すみれ』）	寛政八年版（四方連春興）『四方の巴流』・鳴滝音人編『旧則歌仙』・真顔編『日のはじめ』・伯楽連春興『百さへづり』・正木桂長清編『晴天闘歌集』・清涼亭菅伎編『帰化種』・芍薬亭編『春の曙』『吾妻曲花鳥余情』？・『祝詞石腸児』・銭屋金埒／酒月米人編『金撰狂歌集』・分露米寿賀集『〔寿〕』・可々庵東編『夷曲久語花』
寛政九	正月　萩の屋翁（先）大屋裏住耳順賀（山陽堂一枚刷「諸連会合并年暦」、雪木庵宿成作一枚刷） 七月　高輪石橋灯籠合開催か（山陽堂一枚刷「諸連会合并年暦」） 浅草観音地内天神開帳の際、俊満ら「狂歌団扇合美人揃」奉納（国会・天理本） 市人一評の月並会、また真顔・市人・裏住三評の月並会（『壺すみれ』）	寛政九年版『四方の巴流』・真顔編『つきよみ男』（？～寛政末）・浅草市人編（浅草連春興）『柳の糸』『〔巴人亭主人追善夷曲集〕』・芍薬亭編『春のみやび』・窪俊満編『伯楽集』・三陀羅法師編寛政九年版『さんだらかすみ』・市川白猿『友なし猿』・烏亭焉馬編『美満寿組入』
寛政十		朱楽菅江編『〔春興帖〕』・浅草市人編（浅草連春興）『男踏歌』・森羅亭編『春興帖』・山家広住編『深山鶯』・麦藁笛成編『初若菜』・三陀羅法師編寛政十年版『さんだらかすみ』・菅江追善『花のかたみ』・木網『言葉のもとすゑ』
寛政十一		朱楽菅江編『〔春興帖〕』・浅草市人編『〔春興〕』・浅草市人編『東遊』・酒月米人編『狂歌東西集』初編・三陀羅法師編『狂歌東西集』・菅江一周忌追善『こずゑのゆき』・烏亭焉馬編『今日歌白猿一首抄』・式亭三馬編『俳優楽室通』

寛政十二	四月　山陽堂見立家紋画合（文化六年刊『四方戯歌名尽』） 八月　尚左堂（俊満）十五百番歌合開催か（山陽堂一枚刷「諸連会合并年暦」） 十月　秋長堂（物簗）呉服物合開催か（山陽堂一枚刷「諸連会合并年暦」）	森羅亭編『春興帖』・桂眉住『春帖』・浅草市人編『東都勝景一覧』・酒月米人編『狂歌東来集』二編・銭屋金埒『猿百首』？・馬道霜解編『狂歌花鳥集』・唐衣橘洲『狂歌うひまなび』・奇々羅金鶏『燭夜文庫』『闇雲愚抄』・十返舎一九編『夷曲東日記』 （寛政末頃）市人編『狂歌伊勢海』初～四編？・山陽堂『狂歌三十六歌撰』？・三陀羅法師『狂歌三十六歌仙』？
享和元年		『〔木網三芳野門人春興狂歌集〕』・酒月米人『狂歌ことのはぐさ』・同編『狂歌東来集』三編・壺十楼成安編（浅草連）『隅田川両岸一覧』・山陽堂編『ふもとの夷詞』・烏亭焉馬編『団十郎七世嫡孫』・一風斎『はないかだ（桜花）』
享和二	浅草干則、光のあと、桑楊庵二世を襲う	正木桂長清編『太郎月』・便々館湖鯉鮒編『春の戯うた』・唐衣橘洲『狂歌酔竹集』・花江戸住編『狂歌江戸春』・酒月米人編『狂歌東来集』四編・二代目白鯉館卯雲編『月のえ月のと』・朱楽連『みやこどり』・三陀羅法師編『五十鈴川狂歌車』・頭光七回忌追善『狂歌萩古枝』・窪俊満編『狂歌左鞆絵』・馬道霜解編『狂歌まくのうち』『狂歌新手集』？・桜川慈悲成編『絵本忠臣蔵』・芍薬亭長根編『竜宮城百番狂歌合』
享和三	春　鶴脛長喜、判者として「浅瀬庵」を名のり、浅草連系「浅」号の先駆けとなる（『壺すみれ』）	手柄岡持『東かい道』・正木桂長清編『はるの不尽』・麦藁笛成編『月微妙』・浅草市人編『狂歌職人鑑』・甘露庵蜂満編『狂歌五十之歌見』・梓並門編『楚古良宇知（江戸名所狂歌集）』・松葉満守編『狂歌三十六

題集』・飯盛判『忠臣蔵当振舞』・真顔／三陀羅法師判『堀川太郎新狂歌集』・式亭三馬編『狂歌鱐』・天広丸『千年の松の葉』

〔付記〕　本年表の作成にあたり牧野悟資氏に御教示いただいた。記して感謝する。

著者略歴

小林ふみ子（こばやし　ふみこ）

1973年　山梨県生まれ。

東京大学文学部卒業、同大学院人文社会系研究科博士課程修了。博士（文学）。

日本学術振興会特別研究員、法政大学キャリアデザイン学部専任講師を経て、現在、同准教授。

〔編著〕
『絵入　吉原狂歌本三種』（太平書屋、2002年）
『『狂文宝合記』の研究』（共著、汲古書院、2000年）
『江戸見立本の研究』（共著、汲古書院、2006年）

〔論文〕
「狂歌師の虚飾――山陽堂という人」（『国語と国文学』第85巻第7号、2008年）
'Surimono to Publicize Poetic Authority', *Reading Surimono: The Interplay of Text and Image in Japanese Prints,* Brill/Hotei Publishing, 2008
「天明狂歌と『連』」（『国文学　解釈と鑑賞』第73巻第3号、2009年）

天明狂歌研究

二〇〇九年二月二十五日　発行

著　者　小林ふみ子
発行者　石坂叡志
整版印刷　富士リプロ㈱

発行所　汲古書院
〒102-0072 東京都千代田区飯田橋二-五-四
電　話　〇三（三二六五）九七六四
FAX　〇三（三二二二）一八四五

ISBN978-4-7629-3569-5　C3092

KYUKO-SHOIN, Co., Ltd. Tokyo.

Study of *Tenmei Kyōka*: abstract

Fumiko KOBAYASHI

This book attempts to be a comprehensive study of the craze for *kyōka* poetry from the late eighteenth century to the beginning of the nineteenth century in the city of Edo, present-day Tokyo. *Kyōka* is a genre of poetry which started developing in medieval times in the same form as Japanese traditional poetry *waka*, consisting of 5-7-5-7-7 syllables, but *kyōka* poems' terms and subjects were unlimited; they could include non-poetic or secular content or expressions to make themselves comical. The city of Edo saw the craze for *kyōka* among townsmen as well as those of *samurai* status, with participation from members of Feudal Lords' families and Shogunate officials, to popular actors, musicians, authors, publishers and ukiyo-e designers, from the Tenmei era (1781-1789) to the end of the Tokugawa period and beyond. Its popularity prevailed uninhibited, and spread to the provinces once established. The *kyōka* craze of this time was later called *Tenmei Kyōka*, after the name of the era in which it flourished for the first time. This book covers primarily from its very beginnings in the Meiwa era (1764-1772), to the end of the Kyōwa era (1801-1804), focusing on the Tenmei-Kansei (1789-1801) eras, before the *kyōka* world saw another dimension in the Bunka-Bunsei eras (1804-1830). The Kansei era was the period when professional masters of *kyōka* gradually started to appear who received incomes by teaching increasing numbers of newcomers, while all poets enjoyed *kyōka* just as an amusement at the early stage.

The study of *Tenmei Kyōka* has concentrated solely on poets' relations and the activities of their groups, disregarding their works except for a few famous anthologies. Light has started to be shed not only on the case of the most influential poet Ōta Nanpo, but also on some other outstanding figures. This book as a whole tries to take this type of pluralistic approach to *Tenmei Kyōka*, paying attention to various poets' activities in the *kyōka* world in Edo, at the same time without neglecting their outcomes.

This book consists of three chapters.

The first chapter, entitled 'Features of *Tenmei Kyōka*', raises six typical or important elements and aspects of *Tenmei Kyōka*.

The first section, 'Pseudonyms of *Tenmei Kyōka* Poets', discusses the comical pseudonyms of poets which were more or less unique to them. These poetry names have hitherto been regarded as too ridiculous to stand for the personality of each poet and as no more than 'anonymous'; a mere joke on each occasion, being nothing to do with poets' attributions, unlike other kinds of pennames. This section carefully examines examples of usage of these names in chronological order, and reveals that such poetry names were undoubtedly representations of fictional personalities in the role of comical *kyōka* poets, but at the same time were comically exaggerated self-expressions closely connected to each poet's characteristics at the early stage of the *kyōka* craze. The nature of such pseudonyms was ideal for followers who wanted self-promotion as *kyōka* poets to display themselves as up-to-date and stylish. This makes pseudonyms closer to a self-expression of each poet rather than a representation of a fictional personality as with poets at a later stage.

The second section, 'Development of the Scoring System of *Kyōka*', explains the process of formation of the scoring system for *kyōka* competitions, or *kyōka sumō*. In this system, a *kyōka* master proposed subjects for poetry composition in advance and accepted submissions. He gave scores to each poem submitted, and edited anthologies of high scoring works, and sent copies back to all applicants. Such a system, often expressed in a metaphor of the *sumo* world, has its origin as early as the beginning of the *kyōka* craze in 1783 probably under the in fluence of *zappai* (playful haikai), and was established by the early nineteenth century as the dominant form to hold competitions throughout the century.

The third section, 'The City of Edo represented in *Tenmei Kyōka*', concerns works of *kyōka* which have names of local places in Edo as their subjects. The *Tenmei Kyōka* poets continuously made a celebration of their city, which is assumed to be the very essence of *Tenmei Kyōka*. This section points out

that such works of 1780s, which present names of places in the city as their theme, do not describe these places at all, instead they concentrate on rhetoric and techniques with words or expressions related to the places. It suggests the nature of Tenmei *kyōka* that attach importance to rhetoric and techniques, granting that their audience know these places well. They became, however, more descriptive as time progressed in the 1790s and onwards.

The next section, 'The Role of *Kyōshi*', deals with *kyōshi*, which are comic verses in Chinese classical poem style composed by the *kyōka* poets. Granted that *Tenmei Kyōka* was an attempt to play upon all preceding literature, including Chinese as well as Japanese, it must be natural that its expressions also took the forms of both Chinese (*kyōshi*), and Japanese (*kyōka*). Focusing on a small anthology of ten poets and works named *Jissaishi Meigetsu-shishū* (Anthology of Moon Gazing by Ten Talented Poets) published in 1785, this section indicates that *kyōshi* enabled poets to achieve expressions which *kyōka* could not; by referring to Chinese sources in a form closer to their originals, or even opening a new field of expression by finding poetic sentiment in the life of ordinary people in Edo. In short, *kyōshi* complemented *kyōka* in terms of both expressions and motives.

The fifth section, '*Surimono* Production by *Kyōka* Groups', analyzes the differences and similarities of two forms of *kyōka* publications; books or single-sheet prints (*surimono*). As an overview of the history of *surimono* publication by *kyōka* groups in large format and in series, especially those published to celebrate the coming of the New Year, this section examines their functions for *Kyōka* masters heading their groups in comparison with the book form. Considering that *surimono* was a simpler format than books (or albums) - though *surimono* in series could contain as many poems as a book - and that there was more flexibility in specific printing or additional contributions without any binding process, here is proposed the hypothesis that the form of *surimono* in series, often produced in 1810s-1820s, was devised as one which could compensate for the disadvantages of books or albums, as a format in-between of the two forms.

The last section of this chapter, ‘A Scene from the Prehistory of *Tenmei Kyōka* in Edo', introduces an anthology named *'Yatsushiuta'* which was published in Edo at the time when the seeds of *Tenmei Kyōka* had just been sown. This work enables us to shed light on the characteristics of *Tenmei Kyōka* by comparing its style and manner with those of *Tenmei kyōka*. The work is noteworthy in its mentioning of various kinds of people, things and incidents in the city of Edo, and in having many elements in common with *Tenmei kyōka*, including the inclination towards celebrating the city, which is often said to be the essence of *Tenmei kyōka*. However, the difference lies in that *Yatsushiuta* often tends to be more cynical or sarcastic, whereas *Tenmei Kyōka* was thoroughly optimistic, ignoring the dark side of things. In addition to the speed of *Tenmei kyōka* works which derived from their rhetorical techniques, which *Yatsushiuta* also lacks, this aspect could be a fundamental of *Tenmei Kyōka*.

The second chapter is titled ‘*Kyōka* and *Kyōbun* by Ōta Nanpo’. *Kyōbun* is a sub-genre of prose, which has the atmosphere of *kyōka*, as *haibun* relates to *haikai*. This chapter aims to reveal unknown aspects of Ōta Nanpo, who was no doubt the biggest figure in *Tenmei Kyōka*.

The first Section, ‘Ōta Nanpo and the precedents of *Kyōka* in Edo’, focuses on his interest in the forerunners of *kyōka* tradition, especially those who had connections to the city of Edo, although he is considered to have neglected the history of *kyōka* and to be proud of his and his colleagues’ originality. His words boasting of his and his colleagues’ works should be interpreted as comically-sounding rhetoric. Such partiality is particularly notable when compared to other influential poets of the *Tenmei Kyōka* such as Karakoromo Kisshū or Akera Kankō. Among the many poets in the tradition of *kyōka*, he paid special attention to those related to the city of Edo because of his affection for it. This section especially points out the influence upon his work of rhetorical techniques by Fujimoto Yūko (1647-1726), the author of *Harukoma Kyōka-shū* published in Edo in 1713.

The second section, ‘Nanpo’s Attitude towards Kyōka during the Political

Turmoil at the End of the Tenmei Era', considers how he managed to survive as a retainer of the Tokugawa Shogunate, at the same time, as a notable *kyōka* poet at the difficult time of the political reforms. He is known to have retired from the *kyōka* world in 1787 and meanwhile distanced himself from his *kyōka* colleagues, a topic on which many scholars have revealed their insights. Introducing his private print (*Egoyomi*) of 1788 whose *kyōka* seems to imply that he is uninterested in what other people say about him, this section attempts to clarify the complicated situation around him and his complex feelings at that time. His *kyōka*, and some *kanshi* (poems in Chinese format), suggest that he did not feel any contradiction between composing *kyōka* in praise of flourishing Edo and maintaining his loyalty to the Shogunate, however he most likely lived in fear of accusation due to an unfavourable reputation through his links to *kyōka*. At the same time, he attempted a career as a retainer under the new authority of Matsudaira Sadanobu who was seeking talented bureaucrats. He wished to remain loyal for the sake of his family's future prosperity, and to act responsibly in his position.

The next section, 'Nanpo and *Kyōka* in the Kansei Era', focuses on his conduct during the Kansei era. Although he himself wrote, and it was later believed, that he had been distant from the *kyōka* world since the end of the Tenmei era and had not composed *kyōka* until the Kyōwa era when he went to serve in the Shogunate office in Osaka, this section shows that he did continue composing *kyōka* poems on private occasions, by pointing out some evidence in descriptions in documents, anthologies, and prints. This fact leads to the conclusion that *kyōka*, as well as *kanshi*, was a befitting format for him to excel in rhetoric. It was this period when he realized the significance of *kyōka* in expressing himself under the difficulties.

The last section of this chapter, 'Sino-Japanese Prose-Poems and Gesaku ("Playful Literature")', analyzes a work by Nanpo named '*Shichikan*' written in *kanbun* (Chinese style) probably in the late 1780s, or 1790s. The work has a framework, named *shichi* (seven) which comprises dialogues rising from seven questions, originally devised in Han dynasty in China and known from

some works in the famous ancient Chinese anthology, *Monzen* (*C.Wenxuan*). He shows his affection for the city of Edo by giving a detailed description to a fictional character who is assumed to be from western Japan (*Kamigata*), of the various pleasures in the city, and by showing his admiration of the peaceful life under the Tokugawa Shogunate. The accounts transcend the distinction between elegance and vulgarness (*ga-zoku*), which shows Nanpo's attempt to treat such distinction objectively and flexibly to innovate expressions.

The third chapter, 'Poets and Groups of *Tenmei Kyōka*', consists of biographical descriptions of important poets of *Tenmei Kyōka*, tracing their careers in the *kyōka* world, as well as their lives and works.

The first section concerns Moto no Mokuami, a colleague of Ōta Nanpo from the early days of *Tenmei Kyōka*. He was a townsman, and was said to have had as many students as half the population of Edo (an exaggeration, of course). He frequently used conventional expressions and rhetoric following the rules of *waka* as did Karakoromo Kisshū, unlike Nanpo who were relatively free in their expressions, and fond of referring to contemporary matters in their poems. Mokuami seems to have been absent from the world of *kyōka* since the late 1780s, spending more time on journeys, visiting at least Kyoto, Kawagoe in Musashi Province (close to his home town, Sugiyama, now in Saitama Prefecture), and Shinano Province (now Nagano Prefecture). Also, he devoted his study to the grammar of literary language in which classical poems were written, adoring *Kokugaku* (National Learning) scholars such as Moto'ori Norinaga. Although he had many students, he never received tutorial fees from them. In these terms, he can be regarded as one of the typical examples of early literati who enjoyed *kyōka* just for fun, playing with knowledge and words.

The second section introduces Chie no Naishi, Mokuami's wife. Beginning her career probably during the 1760s, but at least by 1776, she was no doubt the most active female poet from the early stage of *Tenmei Kyōka*, while the other well-known female poet Fushimatsu no Kaka, Akera Kankō's wife, seems

to have joined after 1783. Unlike her husband, Chie no Naishi left some *kyōbun* as well as *kyōka* in the style of ancient tales and poems of the Court, which she used just to help emphasize her elegance and feminineness, often without making her works comical by exaggerating the disparity between that and vulgarness, as male poets did. Although her works have been viewed as 'feminine', this quality of her works was entirely constructed as a style rather than being just her nature as a woman.

The third section pursues the beginning of Shikatsube no Magao's career until he established his position as the successor of Nanpo in 1795 and prepared to dominate the next few decades. He started his career under the guidance of Mokuami with his colleagues in a group named Sukiya-ren. While the group devised various kinds of interesting events and anthologies with visual designs of picture and text in cooperation with many comic authors, such as Santō Kyōden in his young days, Magao shared the taste with his teacher, Mokuami respecting classical subjects and expressions. He gradually approached Nanpo, as well as Kisshū, Kankō and Utei Enba, another influential literary figure known to have launched *'Hanashi no Kai'* (story-telling meetings) which are important in the history of *rakugo* (comic story-telling), and behaved as if he were originally their student. After Yadoya no Meshimori, who would have been the most probable successor of Nanpo was exiled by prosecution on a false charge, Magao competed with Tsumuri no Hikaru for the position of Nanpo's successor and the most important title of Yomo, and won, while Hikaru succeeded the name of Hajin-tei from Nanpo.

The fourth section focuses on Zeniya no Kinrachi, Magao's colleague of Sukiya-ren. His occupation was *zeni* (a type of penny) exchange; as an amateur poet, he emphasized himself to be an exchanger of money in many ways: in his pseudonyms, poems and anthologies. For example, his second pseudonym 'Umaba no Kinrachi' was taken from the story of Ō Sai (C. Wang Ji) known from the book Mōgyū (C. Mengqiu) who was so rich and extravagant that he made the fence of his riding ground (*uma-ba*) with coins (*kinrachi*). Later he emphasized his occupation more by using Zeniya (*zeni* shop) as a part of

his pseudonym. In short, *zeni* embodies his identity as a *kyōka* poet. According to his explanation, it was because zeni and *kyōka* poetry shared some qualities, such as commonness and familiarity; *kyōka* and zeni being ranked low in the hierarchy of poetry and money worlds respectively. In these terms, he can be seen as an interesting example of how townsmen asserted their presence by their occupation in *kyōka* poetry.

The next section follows the career of Sakatzuki no Komendo. He stated that he attached importance only to the quality of poems, regardless of faction or authority. In fact, he used his sharp tongue against many others' works, including those of the authorities in the *kyōka* world, in his critical essay *Kannanshi* (Writing on Observing Problems, preface dated 1791). His argumentative nature, seen in this work, made his poems rational and explanatory, and led him to write books for beginners: *Kyōka Kotonohagusa* (Seed of Words, 1801) and *Zōho Kyōka Dairinshō* (Forest of Subjects, 1805). His handwriting resembles that of Nanpo, his teacher. There are possibilities that he wrote out copies in the 'Nanpo style' to be carved in blocks for book printing in the 1790s or thereabouts. He seems to have been among those close to Nanpo even in the 1790s when Nanpo refrained from associating with friends related to *kyōka*. Around 1809, he took the poetry name 'Yomo no Takisui' which is closely associated with Nanpo's former penname 'Yomo no Akara'. Such a relation with Nanpo undoubtedly authorized him as a *kyōka* master.

The last section of this chapter, and this volume, concerns Benben-kan Koryū, who was a disciple of Akera Kankō. This section firstly explains the activities of Kankō's group (Akera-ren), and several sub-groups under it including Yamanoi-ren into which Koryū joined. The group was distinctive in consisting mainly of samurai, especially at the outset. Students of Kankō then split up into further groups around his death in 1798. Koryū moved groups to work with Kisshû around that time and became an independent master of *kyōka* in the 1800s. Being a mid-high ranking retainer (*hatamoto*) of the Shogunate, he made a profession of *kyōka* and was actually active as a master usually receiving tutorial fees from his students. This fact suggests that the

status of *kyōka* master was no longer a joking matter by that time; established as a literary genre, as other kinds of poetry such as *haikai* and *kanshi* had become, of which a retainer aimed to profess and was proud to be a master.

Although *Tenmei Kyōka* is often referred to as a movement, there was no common purpose or value shared or promoted by all poets at any stage of it; it consisted of more diverse activities by various poets. They shared time, place and *kyōka* activity, but each poet enjoyed *kyōka* in his or her own way.

[Author's note]
I would like to express my gratitude to Barbara Cross for editing my first draft of this English abstract.

索　　引

あ行

か行

さ行

た行

な行

は行

ま行

や行

ら行

わ行